不老的传说

张名河歌词作品研讨文集

广西音乐家协会 编

作家出版社

张名河(左)与乔羽(中)、郑南(右)合影

乔羽:"一个是沿着河边去巡逻,一个是精美的石头会唱歌。"

张名河（右）与张藜合影
张藜："你是一条河，每朵浪花都是歌……"

张名河（右）与黄朝瑞合影
黄朝瑞："傍水而行……"

目　录

贺信（代序）｜001

此生只为艺术痴　晨　枫｜001

旷达胸襟，俊美词章　魏德泮｜012

站在歌词顶端的杰出词作家　晓　丹｜018

美的巡礼　吴善翎｜028

恰巧而妙，情切致美　李　丽　金　沙｜054

水一上路就成了河　红　雨｜062

品濯清涟，妙笔生花　向晓钟｜080

一条流淌在空中的河流　容本镇｜119

长长的河　黄朝瑞｜124

张家溜溜的大哥　张仁胜｜135

此物最相思　常剑钧｜141

浅谈张名河歌词创作的强大力与时尚感　王建平｜146

成功，靠底蕴胜出　梁绍武｜151

曲者眼中的歌词　唐　力｜156

纯粹与经典　宋安群｜169

文学性与音乐性的交响曲　张利群｜172

张名河的歌词艺术　麦展穗｜187

名河传说　包晓泉｜195

不老的传说　胡红一｜200

梧桐移南国，繁茂结硕果　李　君｜210

时空交错与情感交织　黎学锐｜220

与青春结伴，与理想相依　唐春烨｜226

文学主潮中的歌词创作　冯艳冰｜238

　词河蕴四美，人间传好歌　钟纪新｜244

情深好似河悠悠　黄　劼｜260

爱与背叛　丁　铃｜271

张名河竟然在南宁　陈　纸｜286

张名河歌词艺术的三个关键词　王布衣｜297

词林秘境沿河走　黄　钰｜310

词语蕴藏的空间信息　金　彪｜319

时代精神与流行元素　彭　洋｜324

高唱经典，前进在新时代　裴　龙｜331

文学与音乐的巧妙融合　张　灿｜336

附录一：名河入歌海　浪花朵朵开｜343

附录二：张名河歌词作品研讨交流活动在南宁举行｜348

附录三：让世界在歌声中认识广西　蒋　林｜351

附录四：张名河：你是一条河　李宗文｜357

后　记｜363

贺信（代序）

中国音乐文学学会贺信

  正值张名河先生耄耋之年，他的作品研讨会在广西召开，我谨代表中国音乐文学学会祝贺本次会议顺利召开并预祝会议圆满成功！

  张名河先生出生在湖南湘西人杰地灵的武陵山区，工作之后即北去黄河，到了北国，做过辽宁省文联驻会副主席；后又南下长江，来到南疆，担任广西壮族自治区文化厅的副厅长，几十年来，这一北去南下，也许正好暗合了他名字的寓意。不管地域的变化还是职务的迁升，他都始终从事着祖国的文化工作，始终追求并奉献于中国音乐文学事业。

  他是中国音乐文学学会的资深常务理事，又是学会主席团荣誉委员。1981年在湖南株洲召开的中国歌词研究会全国代表大会上他是正式代表，代表着全国一百多名会员。这个会议是中国音乐文学学会的前身会议，可想他从事音乐文学事业之早。

他在音乐文学创作和理论方面有如下几个特点：

其一，无论地域变换或职位迁升，他都始终不渝地钟情于音乐文学事业，直到今天。这反映出他做人的襟怀坦荡与做事的执着追求。他现已编纂出版了词作选、说词文选和音乐剧作选三辑书卷，这对中国音乐文学事业是不小的贡献。

其二，他的作品尤其是歌词作品大多是经过谱曲、歌唱、录音诉诸社会的歌声，而并非满足于铅字曲谱的作品，这说明作者始终追求着"听闻于群众之耳，传唱于百姓之口，牢记于人民之心"的民声，这既是音乐文学作品活态的重要表征，也是人民至上的理想追求。

其三，他的作品语言质朴平实，情感真挚深沉，始终追寻着"使用群众熟悉的语言、抒写百姓喜爱的语言、创造人民佩服的语言"之语体语境的至高境界，这也是歌词尤其是主旋律歌词的时代要旨。因此，他也为我们的时代、我们的人民创作出不少的脍炙人口的作品，而《一个美丽的传说》《二泉吟》等作品更是成为人民记忆与历史记忆的经典。

我因北京疫情的原因，不能到会学习，实属抱歉！在这里谨拟一副贺联送给张名河先生：

做公仆为原创历尽游子成赤子；
去黄河下长江走遍他乡是故乡。

最后，请允许我宣布：鉴于张名河先生作为中国歌词研究会全国代表大会代表及其多年来一直对中国音乐文学事业的贡献，我代表中国音乐文学学会特向他颁发学会勋章及证书！

祝愿张名河先生身心健康！幸福长寿！

祝愿广西壮族自治区音乐文学学会的工作和事业在新时代新征程中更上一层楼!

中国音乐文学学会会长　宋小明

2021年11月20日

中国音乐家协会《词刊》编辑部贺信

欣闻"张名河音乐作品研讨交流活动"由中国音乐文学学会、广西音乐家协会、广西艺术创作中心在南宁联合举办,中国音协《词刊》杂志作为支持单位,谨表示热烈诚挚的祝贺。

张名河是享誉当代中国歌坛的著名词作家,半个世纪以来,他才思奔涌,笔耕不辍,创作了《一个美丽的传说》《二泉吟》《美丽的心情》等深入人心的经典歌曲。

张名河的艺术生涯从北方到南方,历任辽宁省宣传部文艺处处长、辽宁省文联副主席、广西壮族自治区文化厅副厅长等领导职务,为繁荣党和人民的音乐事业做出了杰出的贡献。

张名河也是中国音协《词刊》的老朋友,他长期担任《词刊》编委,让词界同仁大受教益。

在发出这封贺信的日子,2021年11月21日的《解放军报》文化副刊头条发表了长篇通讯《精美的石头会唱歌》。这一定是"天意君须会"的呼唤,我们虽因客观原因抱憾未能赴南宁参会,但张名河同志的这个金句,恰代表了我们此刻的心声,祝愿张名河创作成果像会唱歌的精美石头一样,辉映着大江南北,镌刻在人们心中。

中国音乐家协会《词刊》编辑部

2021年11月21日

此生只为艺术痴
——张名河歌词艺术简评

晨　枫

也许是由于我一向这样固执地认为,任何一位作家、艺术家的人生价值,只能存在于他(她)所创作的作品或者所塑造的人物形象之中,也就是说,只有存活在时代与历史视域中的艺术作品,才能赋予作者以生命的永恒,舍此,则任何方式的人为炒作、吹捧、褒扬,只能是一种毫无意义的逢场作戏而已,所以,当包括《美丽的传说——张名河歌词选》《结伴词林——张名河说词文选》与《茉莉花——张名河音乐剧作选》在内的三卷本作品选静静地置放在我的案头时,也以沉甸甸的分量压在我的心头。我明白,这是名河毕生犹如春蚕吐丝般辛勤付出所结出的茧子,其珍贵程度可想而知。此时,我顿觉过去曾为他的集子写过的几篇文字相形见绌,便不由自主地萌发了重开新篇的念头。

名河小我两岁,我们应属同龄之人。巧合的是我们都是十七岁在各自的高中时期发表过处女作,又同在1964年走出大学校门。只是,我是从大西北的黄河之滨走到了北京,他则从三湘四水之畔走到了东北,后又南下广西。几十年来,作为同行的我们,除了他是编辑我是作者的以文会友和几次开会的匆促相逢之外,彼此从未有过促膝相谈的机缘。但"知音无远近，万里尚为邻"，正是这种深藏于心的灵犀，让我还是决定将名河和他的作品置于当今我国歌词艺术家的坐标系上，冒昧阐述一些个人的心得体悟，以求教于名河与他作品的接受群体。

身在"专业"之外造就的不凡业绩

至少从进入改革开放新时期以来，活跃在我国当代的歌词艺术领域里的歌词艺术家群体，大致分布着三大营垒：

一类是从战争年代起到共和国成立后一直延续了几十年的、在各级文艺演出团体从事文学创作的专业作家。这部分人虽则人数并不算多，但却至少在一个较长的时间里，属于支撑我国内地歌词创作大厦的栋梁。他们拥有国家给予的薪资，创作属于他们的职务范围，也是他们的本职工作，更为重要的是，作为文学创作人员，他们至少享有本团体为自己的作品谱曲、编曲、乐队伴奏以及排练演唱的完整资源，这使得他们可以以此为据，进一步通过在社会主流媒体上展示自己的作品而提高知名度与影响力。可以说，在歌词创作这一行业里，这一部分专业作家是一批得天独厚的天之骄子，熟悉演艺界的大约都对他们中相当一部分作家的名字和作品不陌生。

另一类是改革开放后开始出现并逐渐发展壮大的一些供职于大都市音像出版部门的职业作家营垒，这个营垒是随着市场经济的发展、城市化进程的加速与商业文化的兴隆而被催生出来的。他们同我国二十世纪三四十年代繁盛于上海的流行歌曲作者群体生存状态大有相似之处。但若同上述专业作家群体相比，由于没有国家供养的优厚条件，就只能以市场为依托，以通过商业化运作方式销售自己的歌曲产品为生，因而缺乏一定的稳定性。但他们中的一些作家凭借其传播度甚为广泛的作品，同样在歌曲消费市场上赢得了上佳的口碑和受众的青睐，其中有的成为知名的代表性人物。

除了以上两类之外还有一个营垒，那就是由供职于各个不同行业、利用业余时间从事歌词创作的作者构成的业余作者群体。对这个群体中的大多数人来说，其优势在于，各自都有自己相对稳定的职业，使得创作并不同他们的生存直接关联，因而多是以爱好为主，并没有多少压力。但由于人数众多，遍布全国各地，职业庞杂，每个人的学养、修养也良莠不齐，在歌曲这门融歌诗、谱曲、编曲、演唱、录制、销售等于一体的综合性艺术生产中所处的单打独斗的被动地位却是显而易见的。但他们中的极少数出类拔萃者，其名作等身的赫赫业绩却足以令其光耀于当代歌坛与词坛，这一点又是无可否认的。还有必要强调的是，从市场经济的规律和改革不断深化的全球趋势考察，正是这个群体蕴藏着巨大的潜在能量，随着时代的变化、改革的深入，尤其是现代科技对于艺术生产的影响，可以预料，这一群体势必会在同"专业"群体此消彼长中赢得更加宽阔的发展前景。

如此看来，名河应当归属于最后一个营垒之中——他一走出大学校门就迈进了报纸、杂志社的门槛，成为在出版岗位上为他人做嫁衣的编辑；八十年代中期曾调入辽宁省委宣传部任副处长、处长；几年后又调至辽宁省文联任驻会副主席；九十年代末南下，调任广西壮族自治区文化厅副厅长，后任自治区文联副主席。这就意味着，他从七十年代以来的所有作品都是在他所从事的编辑或文化行政工作之余完成的。这样的创作状态和他所问世的大量优秀歌词艺术作品，最确切地诠释了他所付出的只能是完成本职工作之外全部的才智、精力、心血以及所有属于个人支配的时间，其强度之大、用心之苦，恐常人难以体会。

厚重文化积淀孕育的累累硕果

进入新时期以来，在歌词艺术创作园地上辛勤笔耕者的数量的确可观，尤其是在互联网无所不在、自媒体空前发达的当下。然而，乔羽先生的那句话"歌词看来很容易写，但要写出好词并不容易"确实是至理名言。这是由于篇幅短小、通俗上口的歌词所概括的却往往是社会、是历史、是时代、是人生，其容量不容小觑。正是基于此，我一向秉持一个观点，那就是一个合格的、能成大器的歌词作家，应当是用一支笔通过多种艺术形式去状写社会，抒写人生。换言之，那些毕生只会写歌词者，恐怕难以成为名副其实的作家、艺术家。在这一点上，百余年来为我国现代歌词艺术做出过突出贡献的先贤们，如李叔同、刘半农、黎锦晖、韦瀚章、田汉、孙师毅、塞克、安娥、光未然、公木、贺敬之、管桦、乔羽等，都为我们提供了范例。他们中的每一位无不是既在歌词艺术上功业卓著，又同时在诗歌或者戏剧或者美术或者电影等多个艺术领域里创造过令我们叹为观止、世代称赞的杰出业绩。

我们从这个意义上来考察名河。首先，几十年来，他先后在《抚顺工人报》、辽宁省文艺创作办公室、辽宁省音乐家协会任编辑；其次，他的创作始于诗歌，之后一直锲而不舍，发表过长诗《真理的女神》《红岩碑》，出版过诗集《爱的沙器》《琴弦上的岁月》，他作为诗人实至名归；再次，他有两部大型原创音乐剧《茉莉花》与《蝶殇》均由原空政歌舞团在北京公演问世，其中前者在全国巡回演出多达百场，使他作为剧作家也当之无愧；还有，他曾经出版过一本由自己翻译的《山口百惠歌唱选》，看起来并不起眼的一本出版物，却至少证明了名河精通日语，其识谱能力、试唱水平也非同小可——因为翻译歌曲的出版起码需要两个程序，一是译词，二是配歌，否则无法将外国歌曲翻译成中文再配入歌谱中公开出版。而此举在歌词界鲜有所闻，应当属于独一无二的个例。

再来看他始终如一钟情的，也是他付出心血最多、收获面最为广泛的歌词。

我不想将他的歌词选集同其他歌词作家的同类集子进行比较，我只想强调一点，那就是长期以来，对于歌词艺术本质的理解在歌词界始终存在着并不相同的认知，即真正意义上的歌词，究竟是入乐后作为歌声组成部分的唱词，还是未谱曲成歌停留在纸质或者电子文本上作为文的歌词。我不想，也不适合在这个场合就此发表议论。至今仍然随着音乐旋律回响在我们耳旁的歌词，除了百余年前李叔同的《送别》、八十余年前田汉的《义勇军进行曲》与光未然的《黄河大合唱》以及公木的《八路军进行曲》（今《中国人民解放军军歌》）、七十余年前王莘的《歌唱祖国》、六十余年前乔羽的《我的祖国》等歌词经典名作，还有几首只是作为文字停留在纸质上的文本歌词被历史所铭记？对此，名河的创作实践也同样为我们做出了回答。

收集在歌词选《美丽的传说》中的歌词已经入乐演唱的共一百七十五首，而未曾谱曲的文本歌词，即他所称的"待翼新作"仅仅只有九首。我相信这不可能是名河歌词作品的全部。

名河的歌词几乎囊括了歌词所能辐射的所有领域，包括电影、电视剧的主题歌和插曲，出现在各地电视荧屏上的晚会与音乐电视歌曲，歌手在不同场合演唱的创作歌曲（含交响合唱、组歌）以及为少年儿童们创作的童声歌曲。这些歌曲传播媒介多样，涉及门类全面，受众广泛，表面看来似乎司空见惯，但仔细考察你就会发觉，并非每一位歌词作家，甚至名家都能够像他这样一一涉笔并获得喜人成果。

植根真情挚爱土壤的艺术佳品

鲁迅先生有句名言，"创作总根于爱"，言简意赅地道出了艺术创作的真谛；罗丹也曾说过，"艺术就是感情"，一语道破了感情是艺术作品中的生命。须知，艺术创作是一种心灵的历程，是艺术家在面对自然与社会生活时内心所产生的种种真情实感的一种特殊反映，因此情感就成了艺术创作中形象塑造的主要推动力，它会贯穿于创作的全过程，而情感的真诚则是艺术作品生命力的根基。古人所谓"九曲发于源泉，百层起于厦基"，正道出了感情对于筑构艺术大厦的关键作用——大凡那些传世的优秀艺术作品，无一不是作者在参透人生百味、遍尝爱恨情仇的灵魂拷问中，穷极自己的满腔至情至爱才得以问世的。我以为，名河之所以成为歌词艺术的成功者，正源于他作品中那些不时拍打人心的真挚情感波澜。

名河的《美丽的传说——歌词卷》中特意收录的作为《代序》的诗歌《我的爱情》系作者1964年创作的。对一位刚刚走出大学校门的作者来说，这首长达一百二十七行的抒情诗，集中倾诉了风华正茂的青年诗人对人间美好而纯洁、高尚而执着的爱情的高度崇尚。他以熊熊燃烧的激情昂首高唱着："你是心和心相吻，使我如痴如醉，如梦如醒；你是心和心相碰，使我如痴如狂，如火如焚……你如此美好、如此神圣。"字里行间处处袒露着诗人一往情深的眷恋心境，而作者就是带着这样一种典型的诗人气质，踏上自己的艺术创作之旅的。在这里，我忽而想起了印度艺术大师泰戈尔的一句话："爱是充实了的生命，正如盛满了酒的酒杯。"

浏览名河的作品选集你会发现，他的生命是充实的，因为他的全部作品无不是以真情实感的倾诉为出发点的，正如与名河有过近三十年交情的同事、辽宁作曲家晓丹所说的，"他的每首词作，都在做情感上的文章""在他的眼中，爱情、亲情、友情、乡情，父与子、男人与女人、老人与孩子，世间万物、小花小草都是一个感情的世界。他喜欢这个大千世界，一落笔，每笔写的都是情。情的湿润、情的柔美、情的灵性、情的风情万种，每进入一部作品的构思，他都会被自己的情拖曳而去，无法拒绝"。而这种情既晶莹纯净、多种多样，又细致入微、真挚动人，从对祖国的爱恋到对乡土的眷念，从对亲人的情思到对朋友的挂牵，从对古代先贤崇高品质的礼赞到对现实生活多姿多彩的讴歌，可以说无所不容，无所不在。这里我想强调一点，那就是，对于我们时常见到的大量创作歌曲来说，大多数都是从主观意识出发的抒情作品，或激昂慷慨，或欢快愉悦，或情深意长，或委婉蕴藉，其所抒发的情感基调往往是相对单纯的，比较易于把握。但对于那些有人物、有故事、有情节的影视作品的主题歌或者插曲而言，其歌词所要传达的情感色彩就要丰富得多，人情世态也复杂得多，这里的难点在于，作者必须深入到剧中人物的内心世界中，去对其处境、心理、情绪以及所要倾诉的心语进行一番既细致入微又恰如其分的体察、领悟，才有可能使作品获得成功，而这一点在名河的作品里得到了相当程度的印证。

据此我们看到，当名河作词的一些独唱歌曲在音乐电视中出现时，他通过歌手的演唱所抒发的情感常常带有强烈的主观性与内视性，比如讴歌女儿只身勇赴国难崇高情怀的《昭君出塞》；再如，抒写纯真爱情的《奇缘》；还有为伟大母亲满含热泪引吭放歌的《千古情》，以及以艺人阿炳的凄苦生涯为背景一度唱响荧屏的《二泉吟》等。然而，在名河辑入歌词选的全部一百七十五首作品中，约占全部歌词的百分之四十的七十首并非是直抒胸臆的抒情歌词，而是作为电影或者电视剧主题歌或者插曲出现的影视歌曲。如前所述，这些作品都是与影视中的人物、情节紧密关联的，系影视音乐的一个组成部分。相形之下，创作这些作品对于作者的要求相比于直抒胸臆的创作歌曲显然更为复杂——作者或者是从全剧所表达的思想处出发去阐发某种人生理念，或者是替剧中某个主人公在特定的环境中去诉说内心世界的某种情感，或者是从观众的感受出发去臧否剧中出现的某个事件或人物等。几十年来，他先后为三十余部电视连续剧（《木鱼石的传说》《皇太极》《封神榜》《杨乃武与小白菜》《海外遗恨》《汉宫飞燕》《都市民谣》等）与电影（《远山》《桃花水》《都市风流》《桂花雨》等）创作主题歌或者插曲歌词，并一一交出了圆满的答卷，获得了上佳的社会反响。其中如《一个美丽的传说》，由于主题歌歌词形象而准确地传达了该剧对于人间善良、勤奋优秀品质的热情褒扬，使得从该电视剧1985年开始播映至今将近四十年里，这首主题歌一直成为歌坛上被歌者反复选唱的热门歌曲，无论传播覆盖面还是艺术渗透力均令人叹为观止，在这一点上，名河显示了独有的社会生活与厚实老到的艺术历练，充分证明了他在历史、社会、文学、音乐等方面的丰厚学养与修养。至于2011年他为原空军政治部歌舞团创编的音乐剧《茉莉花》，其中展现的男女主人公凄楚悲凉的多舛命运，其所以能收到催人泪下的艺术效果，更是编剧投入一腔诚挚爱心的有力见证。对此，笔者曾经专门撰文品评，故不再赘述。

人品艺品相得益彰的无悔人生

列夫·托尔斯泰有这样一个论断，即"在艺术和诗中，人格确实就是一切"，又说，"风格就是人格"，异常精辟地阐发了作家、艺术家的人格修养对于其作品所具有的决定性意义。据此，我们完全有理由这样认为，每一位作家、艺术家所创作的艺术作品或者所塑造的艺术形象所能达到的思想与艺术高度，是由他（她）的精神境界与人格品质决定的。

对于名河我曾经发表过这样的见解：从他为大量电视连续剧与电影创作的主题歌和插曲歌词以及音乐剧《茉莉花》中可以清晰地看到，他是一位以婉约见长的作家，他那细致入微、极度敏感的艺术触角，总是善于从那些社会最底层的弱者心灵深处捕获真实、善良、美好的人性光点，而这些人性中的珍贵品质正是他毕生孜孜以求并身体力行的，因而便会在反复体味、发酵中将自己的一颗爱心和一腔情感十分自然地转换给表现对象，从而在人性的升华中赋予作品一种具有普世价值的文化品格与人文情怀。我想，这一切都应当是在名河自身的性格取向、艺术修养、文化积淀、人生体验与创作实践的共同作用下所形成的。

艺术家的作品中所显示的风格特色，是他人格特征的一种折射，而人格特征又是由他的出生地域、成长环境、生存状态、社会经历、学识修养、性格气质等多种因素所决定的。名河生于湖南沅陵，三湘四水那片人杰地灵的山水土地，孕育了他少年时期的彬彬有礼和大学时代的知书达理。大学毕业后，他被分配到工业基地抚顺从事报纸编辑，此后的三十余年，他最美好的青春年华里又融入了东北人的豪放爽朗与执着坚毅，而这一切或多或少、或浓或淡地都润物细无声般地潜入了他的艺术作品之中，成为他人生中一种特殊形态的生命显影。

近距离接触过名河的人都会对他平和厚道、真诚执着的性格特质留有深刻印象，如与他交往多年的辽宁词作家吴善翎就说过，名河"内向、沉静，不苟言笑""诚挚、机敏，勤于思索"。而晓丹则这样评价说："我喜欢名河的人生态度——大气、从容、平和、智慧，宽容中有一丝机敏。我欣赏他的文字——精练、简洁、飘逸、老到。"这些朝夕相处的朋友用各自的一双眼睛，生动、逼真地勾勒出了日常生活与工作中的名河的个性气质特征。

关注名河的人大约还会有这样一种认知，即在当今的歌词艺术领域里，他无疑是一位成就卓著的歌词艺术家，但同时，在他的人生历程中还有一段任职于省级宣传文化部门领导的经历。环顾当下歌词艺术园地，类似的实例当然并非个例，但成大器者却寥若晨星——君不见，一些党、政领导干部时而也会钟情于歌词创作，他们也会在某种情况下乘兴动笔，写词成歌。但事实是大多数人充其量只能是一种附庸风雅而已，过一把瘾罢了，难以在艺术创作上有所作为。他们没有，也不可能像名河这样的艺术家官员一样——在领导工作岗位上，是一位勤于职守的公务员，善解人意，宽容大度；在业余时间里，又是一位艺术产品的创造者，自始至终坚守自己的艺术理念，真诚地面对多彩的社会生活，执着于内心的所感所思，他从不追风，更不赶潮，沉静内敛，温厚谦恭，低调做人，高调做事，做人如水，做事如山，才最终成为我国当代歌词艺术领域里极具声望的代表性人物。

从发表诗歌处女作至今，名河在文坛上已经笔耕了约有一个甲子的时光，留下了大量文字与声音形态的艺术作品，这些作品除极少数流传于街头巷尾之外，大多数则留给了历史，我以为对一位以歌词创作为主业的作家来说，这是常态。要知道，任何一位作者从来不会，也难以成为风情万种、光彩照人的舞台或者荧屏上的常客，只有幕后千变万化的社会生活才是他们心灵的栖息地，即使是那些自以为已经是誉满天下的著名词作家而百般炒作者，也同样如此。名河深谙此理，所以，他从不指望大红大紫，风光一时，他坚信，唯有让那些植根于心灵深处的艺术作品，随着时间的流逝而不时在岁月中回响，才是作者生命所能达到的最高境界，而这正是支撑他经年累月孜孜以求不懈创造艺术佳作的强大驱动力。

最后，我想说一句题外话。就艺术发展的规律来说，每一位作家、艺术家在不同历史时期的作品，总会显映出某一历史时期时代变化的投影，而这一点在歌词艺术领域更加鲜明。从这个意义上说，如果作家、艺术家能够在自己的文集里注明作品创作、问世的时间，对于后人研究其生平事迹与创作道路是大有裨益的。可名河这位颇具研究价值的作家在自己的三卷本作品选里，也留下了这样小小的缺憾，虽然它并不影响名河丰腴厚实的人生。

2021年10月2日—16日匆匆

旷达胸襟，俊美词章
——著名词作家张名河歌词作品赏析

魏德泮

我和张名河先生是认识多年的词友，最初是从他作词的两首歌曲《我们美丽的祖国》（晓丹作曲）和《一个美丽的传说》（吕远、程恺作曲）闻其大名的，后来相见了多次，交谈甚欢。他是一位成绩丰硕且有独自风格的当代词作家，他的音乐作品研讨交流活动11月将在南宁举行，我应当趁此机会好好品赏一下他的歌词作品，并把学习心得跟词友们分享。

洞察世间悲欢　感悟人生哲理

我品读了《美丽的传说——张名河歌词选》中的每一首歌词，赞赏他词章的俊美、雅丽，也惊诧于他洞察世间悲欢的深邃目光，感悟人生哲理的洒脱情怀，感受到他那开朗、旷达的胸襟。

如电视连续剧《封神榜》主题歌《神的传说》，对于以周武王伐纣为主线展开的大大小小神仙、人、鬼怪在不同层面的厮杀，新旧势力你死我活的激烈斗争，歌词仅用4个比喻概括之："一个神话，就是浪花一朵；一个神话，就是泪珠一颗。""一滴苦酒，就是史书一册；一滴热血，就是丰碑一座。"作者对如此浩大、悠远的拼杀混战的本质意义看得多么透彻：它是历史长河的小小浪花，它是伤心人的莹莹泪珠，它里面虽有悲苦，却铸成贤主战胜昏君的不朽历史，它虽洒下热血，却树起一座道德的丰碑。"聚散中有你，聚散中有我，你我匆匆皆过客？看千古烟波浩荡，奔流着梦的希冀，梦的嘱托！"在悲欢离合、酸甜苦辣的生活中，作者洞察到他们生存的目的都是为了实现心中的梦想。"呼唤中有你，呼唤中有我，喜怒哀乐都是歌，听万民百世轻唱，只留下神的飘逸，神的传说！"能把人生的喜怒哀乐看成都是歌，这是何等旷达的心胸啊，在老百姓百世的歌声中，只留下神的飘逸，神的传说，又是何等开朗、超脱的情怀！电视连续剧《封神榜》片尾曲《独占潇洒》正好呼应了上面主题曲的立意，开头四句："愿生命化作那朵莲花，功名利禄全抛下；让百世传颂神的逍遥，我辈只需独占世间潇洒。"向往神圣高洁的莲花般的人生，淡泊名利，无欲无求，从而获得真正的潇洒。

　　人要活得明白，歌词才能写得深刻。由于名河有坚实的、正确的人生观作为底蕴，他的许多歌词作品中闪烁着人生哲理的光芒。这些哲理像维生素溶于菜汁之中不易被觉察，却默默地滋养着听众的心灵。如电视连续剧《木鱼石的传说》主题曲《一个美丽的传说》，木鱼石精美，木鱼石会唱歌，但一石难求，歌词写道："只要你懂得它的珍贵，山高路远也能获得。""只要你把它爱在心中，天长地久不会失落。"这就包含着一种人生哲理，表现出一种人生观：木鱼石好似人类美好的未来，为了得到它，我们必须不怕山高路远不断地追求，在追求中快乐，在追求中逝去，在追求中永恒，天长地久也不会失落。又如电视连续剧《贺兰雪》片尾曲《爱的永恒》中说："谁说那生命是短暂流星，瞬间里孕育着爱的永恒。"作者从为正义事业牺牲的短暂生命中看出永恒的意义，赞美高尚的人生观。

　　诗文是作者品格、情操的反映，作者有什么样的气质品格，就会写出什么样风格的文章。陆游说："君子之有文也，如日月之明，金石之声，江海之涛澜，虎豹之炳蔚，必有是实，乃有是文。夫心之所养，发而为言，言之所发，比而成文。人之邪正，至观其文，则尽矣决矣，不可复隐矣。"（陆游《上辛给事书》）名河能写出这气度恢宏的作品，把世态炎凉、人生得失看透，跟他旷达的胸襟和正确的人生观是分不开的。

意象精准贴切　抒写情景交融

　　歌词意象是情感、现象、理念经想象的语言凝结物，是人们审美情感的表现形式。朱光潜说："美感的世界纯粹是意象世界，超乎利害关系而独立。"[①]词作者根据自己观察的角度以及审美情趣等来选择意象，展开联想与想象构思歌词，塑造出艺术形象和审美意境。名河在歌词创作中能根据不同的题材，精准地选择意象，创造出虚实结合、情景交融的审美意境。

　　如歌词《二泉吟》抒写对饱尝人间辛酸和痛苦的民间音乐家阿炳的同情，对他创作的二胡曲《二泉映月》的赞美。歌词中选择的"无锡的雨""惠山的泉""太湖的水""二泉的月"等意象，既点明了阿炳所处的环境，又跟他的代表作《二泉映月》联系起来，十分准确、贴切。同时，每个实景后面都有一句虚写，如"无锡的雨，是你肩头一缕难解的愁"，怜悯之情由"雨"引起，"二泉的月，是

---

① 朱光潜《谈美》第2页，广西师范大学出版社2004年11月版。

你命中一曲不沉的舟"，赞美之情与"月"相生，从而达到情景交融、诗情画意兼备的艺术效果。

清代王夫之《姜斋诗话》中说："情景名为二，而实不可离。神于诗者，妙合无垠。巧者则有情中景，景中情。"如《昭君出塞》中作者选取了"雨、风、关山、古道"等昭君离开汉宫前往匈奴路途中的意象，来创造出塞的意境。"女儿出塞去，马蹄踏芳草，天姿熄灭了烽火，国色软化了钢刀。"运用实虚结合的语言，揭示出昭君出塞的历史意义——使西汉与匈奴和睦相处。"衣正飘飘，马正啸啸，大漠从容雁飞高；梦也渺渺，魂也渺渺，一曲琵琶千古谣。"情由景起，景为情染，情景交融的画面表现出人们对王昭君人格魅力的赞许，给人们留下深刻印象。

语言简练俊美　风格雅正典丽

歌词的载体是语言，作品的立意、情趣以及各种创作技巧都要通过语言来表现。歌词是听觉艺术，对语言有特殊的要求，就是要意深语浅。古人说："'诗用意要精深，下语要平淡。'……非精深不能超超独先，非平淡不能人人领解。"(《随园诗话》)名河深得其中三昧，他的歌词语言简练，短句为多，语势灵动，音乐性强。既有从生活中提炼出来的口语，又有诗化了的变形语言，淡语皆有味，情语皆有致。他的歌词注重用活动词，如电视连续剧《皇太极》主题歌《一代巨星》中：

刀剑有情无情？
砍倒一个大明，砍出一个大清。

> 铁骑有情无情？
> 踏碎一个黄昏，踏醒一个黎明。
> 啊，刀剑里呼啸你的笑声，
> 铁骑上闪现你的身影，
> 一代风流，一代巨星，
> 白山黑水与你携手并行。

上面六个动词用得多好，有摧枯拉朽之力，有横刀拼杀之气，凸显出皇太极一代巨星的形象。《妲己吟》中"眉儿弯弯，扬一副销魂的剑，指儿尖尖，拨一曲断肠的弦。"这里的"扬"和"拨"放在句首强音位置，把人物情态传神地勾画出来，替换上别的动词是很难取得这样的艺术效果的。

名河的歌词讲究整齐美和音乐美，上下句常常音节整齐，意思相关对称，读起来上口，听起来顺耳。如：

> 云里观山山色媚，雾里赏花花意浓。（《江南梦》）
> 一个缘字给了我太多的伤悲，一个情字给了我太苦的滋味。（《有缘来相会》）
> 歌洒大海歌也醉，汗洒船台汗也香。（《情系大海》）
> 有笑有泪才是完整的世界，有爱有恨才是男儿的风骨。（《曾经走过的路》）

讲究对称的美还常常表现在前后两段上面，既便于记忆，也利于谱曲。如《我们美丽的祖国》（晓丹作曲）：

> 什么地方四季常开鲜艳的花朵？我们的祖国美丽的祖

国。(第一段前二句)

什么地方到处充满幸福和欢乐?我们的祖国美丽的祖国。(第二段前二句)

他的歌词有时还运用回环的修辞,利用相同或相近的声音有规则地回环往复,增加语言的节奏感和音乐美,同时可以渲染气氛,增强感染力。如:

情,依然相同;心,依然相通;来,有缘相逢;去,有侣相从。(《来去一瞬中》)

佛在心中,爱无疆,心在佛中,情无涯。(《佛歌》)

他的歌词常用ABB形式的叠字词组,增加了音乐美。如:

"金丝丝,银线线","梦甜甜,花艳艳","亮闪闪的银镯","美灿灿的绣球","火辣辣的扁担舞","响当当的铜鼓"(《壮族诗情》)

总的来说,张名河的歌词形成了自己一种雅正典丽的风格。所谓雅正,即文雅纯正,内容上客观、真实,价值观正确,形式上符合中国传统诗歌美学的规范;所谓典丽,主要指语言方面的特点,虽然其词章有些是豪放、旷达的,但其美学形态的主导方面是优美的,其审美情趣简洁洒脱,凝练隽永。司空图说:"愚以为辨于味,而后可以言诗也。"(《与李生论诗书》)《二十四诗品》就是他辨别诗味后写出的诗歌风格论。我们如果对名河的歌词风格有个理性的认识,对于欣赏、品味他的作品以及创作出不同风格的作品都是十分有益的。

站在歌词顶端的杰出词作家

晓 丹

在我欣赏的当代词家辞典里：乔羽、阎肃、金波、晓光、张藜、郑南、王健、瞿琮、李幼容等。和他们一样，张名河的光芒丝毫不会逊色。

——题记

在我动笔之前，说真的，对张名河的解读能否准确、透彻，还没有完全的把握。但，我仍愿意以一个朋友的身份和心情，诉说对他的理解，对他的经历、学识、能力，以及对他的审美情趣，和艺术思想，作一解读。我认为，张名河是站在当代歌词顶端的杰出词作家。

名河兄和我相识于上个世纪70年代初。当时，我在辽宁省毛主席著作出版办公室（简称"毛办"）负责全省音乐编辑出版工作。那一年，郑风、普烈和我负责辽宁的《战地新歌》征集。在省创作学习班上，张名河的一首《毛主席拿起我采的煤》，引起了音乐界广泛的关注。词，写得大气磅礴，诗意盎然，充满了理想主义情怀。他的这种主旋律写作具有引领意义，在其带动下，后来的辽宁歌曲创作中产生了有重大影响的作品，其中，最有名的是秦咏诚先生的《毛主席走遍祖国大地》《长城颂》……张名河是写重大题材的先行者。

1978年，《音乐生活》复刊。张名河从省创作办公室调入辽宁音乐家协会，我从春风文艺出版社调入音乐生活编辑部。音乐的纽带把我们彼此紧密联系在一起。在那个充满激情的纯真年代，我们有着共同的音乐理想。

《音乐生活》是一本专业性刊物，是音乐家安波、劫夫亲手创办的。刊物名字是安波提出来的。他说过一句非常经典的话："生活里少不了音乐，音乐里更少不了生活。"这便是《音乐生活》的含义与由来。他给刊物做了精准的定位。那个时候，刊物在东北乃至全国，是少有的音乐启蒙渠道和窗口。编委会名家云集，音乐大家们把他们的心血之作交付刊物发表，音乐新人通过刊物进入乐坛。刊物凝聚了音乐大家们的音乐理想，也见证了那个年代乐坛的丰饶。

《音乐生活》有独特的精神品格。编辑部在沈阳大南门里的大帅府，张名河和我坐对面桌。编辑部阵容强大，成员有：孙凤举、成敦、普烈、寒溪，还有后来调入的方萌、韩冰、耿大权。他们都是省内行家里手，资历和阅历都很深，大家同在一间大屋里办公，留给我的记忆，似乎有看不完的稿件，接不完的电话。大家在一起谈时事，谈稿件，谈作家与作品，谈艺术人生。

张名河严谨细致的编辑作风，在编辑部里是出了名的。他总爱咬文嚼字，经他手的稿件整洁、干净，词不达意的文稿，能删则删，能改就改。对有疑义的文字，他反复推敲，遇到表述不清的观点，他一定要查明出处，以保证文章或词论的准确性。他发的稿件，绝不放过一个错字，让文字发挥最大的张力。他主编的栏目，获期刊优秀作品奖。张名河文学底子厚，编辑部重要文章和编者按，音乐界重要人物的采访，一般都由他来承担。他常和我说，做编辑工作是一种偏得，从来稿中，可以学到不同作家的创作风格，要研究他们各自的特点。同时，当编辑要多动笔，眼要高，手也要高。张名河有自己的艺术风骨，他认准的方向，就会坚持去做。他以独到的审美眼光与专业水准，编发了许多高质量、有影响的作品，为刊物打造一流名家，扶持青年作者的成长，为音乐界的繁华与发展，做出了自己的贡献。在那段与他密切相处的日子里，他的精神潜移默化地影响着我，和他交谈，有一种愉悦，你会接受他许多东西，他把他知道的方方面面说给你听，把他的词作读给你听。兴致开来了，他会引经据典，论述他的艺术看法，他语言思维逻辑的力量，直达人心，让人信服。我喜欢张名河的人生态度：大气、从容、平和、智慧、宽容中有一丝机敏。我欣赏他的文字：精练、简洁、飘逸、诗意。他写的作品，惜字如金，字里行间透露出才气。我谱写他的词，能很快摸清词的脉络。这种感觉从何而来，因何而生？似乎说不太清，但却是真真切切。那些年，他给我的教益，也许还要超越艺术方面。对于他，我将永远心存感激。

张名河不仅是出色的编辑家，还是杰出的词作家。他有一颗不老的童心。他爱孩子，熟悉孩子的生活。80年代初期，我们合作过两部大型少儿组歌：《红花少年》和《为中华之崛起》（中国唱片社出版）荣获辽宁省人民政府奖。那年，小女秋子5岁，他还特意写了一首《我又长一岁》的歌词，作为生日礼物送给她。词，充满童真童趣，语言的描绘，逼真如生活的复制。把一张贺年卡，比喻作小春燕，飞到爸爸妈妈身边，祝福孩子又长一岁，老师同学们都好喜欢……而今，女儿长大成人，已是音乐学院的教授。张名河说过一句名言，"天真是想象力和创作力的源头"。在孩子的心上，梦是甜甜的、蓝色的。人世间的一切，都能幻化成鲜活多变的形象……

1979年年初，文艺的春天已来临。在大帅府音乐生活编辑部，我俩喝茶谈艺，要写首孩子们喜欢的歌。我记得他说，写首题材大一点、分量重的作品。音乐最好选用动感、带有舞蹈节奏的旋律。从他的眼神和话语中，我明白了他的意思。我说："最近写了一首四分之三拍子、圆舞曲风格的曲子。你看可否填词？"旋律抄给他后，没过两天，张名河就给我一份誊写工整的《我们美丽的祖国》歌稿。词，写得很美，起句很别致，采用一问一答的形式，巧妙而自然。歌中这样唱道：

什么地方四季常开鲜艳的花朵／我们的祖国美丽的祖国／亲爱的叔叔阿姨像蜜蜂一样辛勤劳动／花丛中为我们创造那甜蜜的生活／什么地方到处充满幸福和欢乐／我们的祖国美丽的祖国／灿烂的五星红旗像朝霞一样高高飘扬／阳光下和我们永远同唱理想之歌

这样的歌词对我来讲，就像一幅有声的画面。我略加调整，在扩充尾句，加上"啦啦啦"衬词，进一步提升情感浓度，音乐主题采用重复手法，首尾相应，让旋律环环紧扣，层层发展，渲染孩子的幸福与自豪感。首唱是沈阳广播电台少儿合唱团，指挥南洋老师。我没有想到，这首歌，从此一发而不可收。1981年，荣获文化部第二届全国少儿歌曲征集评选优秀作品奖。之后，被选入全国中小学音乐课本。教育部艺教委常务副主任、我的老师周荫昌教授来信和我说，在北京的街头，上海的南京路，广州的珠江边，他都听到孩子唱这首歌。在各电台、电视台、出版社、音像出版的助推下，《我们美丽的祖国》风靡祖国的大江南北，在亿万孩子中间广泛传唱。40多年过去了，歌曲影响了一代又一代人，被誉为20世纪中国最优秀的10首少儿经典。张名河这首词，功劳甚大，对我一生事业的定位，对我终身从事的少儿音乐创作，都起到了关键的作用。从那时起，我不间断地给孩子写歌，我和名河又写了许多首孩子喜欢的歌。如，《阳光下的孩子》《小鸟的故事》《我们是祖国的花朵》《小手会说话》《第十万零一个为什么》《老师的爱》《我的中国，我爱你》《花木兰传奇》《孔雀公主》《听到开花的声音》《故里西施》等。有些歌曲至今还在传唱，显示出强大的艺术生命力。

儿童歌词创作是一门很高超的语言艺术。难就难在，用浅显通畅的语言，表达纯真的童心。好的词家，不但要有文学修为，要有爱心，还要有对大自然的亲近与眷恋。在艺术品格上，有自己独特的追求：爱心、快乐、智慧、趣味、诗意、幻想、幽默……

张名河的儿童歌词，为孩子洞开了一扇扇五彩缤纷的认知之门。引领孩子以天真好奇、活跃的想象，认识生活，感知世界，拥抱梦想。就像一面镜子，从歌中，你能照见自己，同时，也能感受到作者无处不在的期待。他用爱浇灌孩子的心田，用真诚开启孩子心灵的世界，他把乐观坚忍的精神，化作孩子的品性。在孩子心里，注入了一道柔和浪漫之光，点燃了自己，也照亮了别人。张名河的儿童歌词，是一种孩子唱了喜悦、成人听了赞叹的感悟。

张名河的成人歌词也非常精彩。他用歌词点亮自己的生命，通过作品解读人生，观照社会。他写的歌，往往成为一种言论的公共话题。他的一些歌曲，常让大家眼前一亮，给人以精神层面的启迪。

电视连续剧《木鱼石的传说》里的主题曲《一个美丽的传说》，一经问世，便引起很大的轰动，成为专业院校师生、歌唱家们在舞台上首选的曲目。这首歌，别具一格，极富特色。我以为，名河的词，有别于其他人之处，在于他的独特性：独特的发现，独特的感受，还有独特的表达。这种艺术洞察力，蕴含着人生真理的光芒，唤起了社会公众的共同关注。作品在平淡中见厚重，于浅显中见悠远。他赋予石头生命，在他的眼里，石头也是会唱歌、有情感的。他善于在情与理之间寻找平衡，把普通得不能再普通的石头，写得可观可赏，耐人寻味，给人以一种精神上的抚慰。独一无二的语言，就像乔羽的《一条大河》，阎肃的《雾里看花》，晓光的《在希望的田野上》，李幼容的《蓝天上有颗会唱歌的星》……让人永远记住了的，还有张名河的"精美的石头会唱歌"。

歌曲《美丽的心情》美得没有边界。词人以天蓝水蓝、天朗地盈为蓝色的基调，编织出一个美丽的意境。语言鲜活通透，字里行间表达了人们对美好生活的无比向往。一双眼睛，一道风景，一张笑脸，一个黎明。独特的大背景和小意象，给人以新鲜的心灵体验。词，有如在绿水蓝天之上，清风明月之间，让美丽的心情与爱同行。他写的那种情感，是普遍人都有的，是心灵与情境交融的呈现。张名河之所以在乐坛独树一帜，我觉得，其秘诀就在于：他不断给自己创造难度，不断突破和超越自我。他的每个作品，都能让人感受到他用情之深。他善于从一个点，一个画面，一个耐人寻味的场景，捕捉一种新鲜思想，抒发瞬间跳动的思绪，用形象和细节表达自己的情致，留给人驰骋想象的空间。评论家言：他的词，有视野的高度、广度和深度。

几十年来，张名河为多部电影和百余部电视连续剧写歌，从一定意义上来说，这是心灵的独白，也是一个诗人对自己灵魂要说的话。

我欣赏他在电视连续剧《封神榜》里的9首歌词，首首独具灵性，不拘一格，诗意飞扬。他对历史思考，突破了文字，有品尝不尽的味道。尤其主题曲《神的传说》和片尾曲《独占潇洒》更是神来之笔。词，鲜活灵秀，可遇不可求，就像第三只眼睛，开在额间，长在指尖，亮在心头。那种微妙感觉，那种效果，你可以想象到，张名河的独到。词的艺术含量，超越了连续剧本身，它指向一种精神上的高度，饱含诗意的美。既有质感，又有形象，以其明丽的色彩，吸引人眼球。巧妙的构思，令人叫绝！

他的电视连续剧《皇太极》主题歌《一代巨星》更是一种大气势、大气象、大手笔之作。歌中唱道：

刀剑有情无情／砍倒一个大明，砍出一个大清／铁骑有情无情／踏碎一个黄昏，踏醒一个黎明……

在张名河眼里，他始终关注着时代的沧桑巨变，让万千的情义在天地间激荡。他不像一般词人，只听凭情感在内心翻涌。他的词，像史诗一样让人荡气回肠，洒脱空灵，张弛有度，用色彩的亮度和纯度，冲击读者审美心理，有属于他自己的美学风范。

《桂花雨》是电影《桂花雨》中的一首插曲。这首词，体现了张名河的美学思想。词这样描绘：

那年相约看花雨／桂树下走来我和你／如今又闻桂花香／花雨中留下我自己／桂花雨桂花雨／让我想起远方的你／你那里可有桂花香／谁听你唱那桂花曲……

追求词的美，是张名河的一个心结，一个梦想。在他的心里，桂花雨是一段值得珍藏的思绪，几行轻盈的歌词，折射出某一特定时刻的心理指向。通过桂花雨的牵动，暗伏了有情人之间渴望的情愫。瞬间跳动的心绪，既浓缩了自然的景色，又透出了情感的韵味，充溢着色彩的光泽。想一想吧，那花雨中弥漫的桂花香，有情人漫步在青青的芳草地，空气中的落花香了满身衣，那是怎样一种意境？如此心灵状态的披露，让我们在吟唱的想象中，嗅出了一种淡淡的心香。

张名河的词，意象新颖，角度独特，语言富有磁性，以抒情见长。词，简洁干净，很抓人。在极简中，创造出诗意，经意象的比喻，抵达诗意和美感，充盈着歌诗美学的倾向。词，始终有一个内核，就是在他的创作中，洋溢着浪漫主义和理想主义情怀。这种唯美气质，给不同层面的人以多方面的欣赏冲击和感受。

大型原创音乐剧《茉莉花》是名河写的带有悲剧色彩的故事。以江南民间艺人阿泉收养的女儿茉莉花做原型，用浪漫的手法，巧妙的布局，把剧中人物设计得活灵活现，神态毕肖，演绎了一场人性之美与丑恶的对弈，引发人们对人生、命运，以至社会的深刻的思考。剧情跌宕起伏，扣人心弦，呈现出那个年代社会生活真实图景。唱词清雅秀丽，具有古典韵味，贴近人心。

张名河的视角，始终关注着人性的力量，品味人世之间的真情。以优雅的文字，传神的语言，擦拭历史的底色。先以一个剧情，悬在观众眼前，像一幅卷轴，一点点推开，人的视觉和人的情感也跟着铺开；然后，进一步展开人物之间的纠葛，逐渐打开社会表象下的"生活流""情感流"，再打开人物的心理和情感脉络。情节巧妙交汇穿插，娓娓道来，亲切而自然。一会儿是口语式，一会儿又是散文式；像是在说故事，又像是在抒情。把社会与人之间的关系，抖落得明明白白。不同形式的构架，带给人一种欣赏和视觉的快感。在音乐剧中，你还会感受到，他让自己的思想倾向，天衣无缝地从情节、场景和他塑造的人物中，自然而然地流露出来。精妙的故事，从始至终洋溢着自然纯朴、诗意而优雅的美质。音乐剧带给我们的不仅是艺术上的启示，也包含了社会学层面的思考。我认为，音乐剧《茉莉花》是一部思想上有深度、精神上有高度、艺术上有光彩、颇具观赏价值的好音乐剧。

半个多世纪以来，张名河著作颇丰，不断发表他喜爱，我也喜欢的作品。如：诗集《爱的沙器》《琴弦上的岁月》，张名河作词歌曲选《神的传说》《爱的花地》，译词歌曲集《山口百惠歌唱选》，歌曲盒带专辑《木鱼石的传说》《封神榜》《杨乃武与小白菜》《张名河作词歌曲选》（1—3集），张名河歌词专著《美丽的传说》，理论专著《结伴词林》，张名河音乐剧作选《茉莉花》等。

张名河用生命的火焰，描绘出一幅自己的音乐长卷。他众多的音乐作品广泛流传，《一个美丽的传说》《我们美丽的祖国》《美丽的心情》《二泉吟》《不朽的黄河》《阳光下的孩子》《我的中国，我爱你》等数十首歌曲，在国内外产生重大深远的影响。有舞台的地方，有校园的地方，有井水的地方，就能听到他的歌。

张名河的音乐作品，自带一种光芒，呈现出张名河式的特色。大家都知道，天下没有相同的两片叶子。格调，是有高下文野之分的。格调，透过作品的形式内容、风格样式，折射其艺术品位，以及作者的人格价值观念。张名河写的作品，格调高雅，文采扑面而来，它是人生历练的整合。它所表现的是一个人的学养、才情、学识、人品、胸襟、阅历和灵性。从作品所表达的思想艺术内涵，我们可以感觉到，他将形象、理性和逻辑思索，进行完美的嫁接。他将自己融入到"天地之精神"独往来的人生大境界中。

张名河的诗文，情溢满满，情入笔端。他把情看得高于一切，看成是世界上最美好的东西。写到情，一切皆随之有情，他为之心动流泪，心灵为之而净化。在他的笔端，爱情、亲情、友情、乡情、父与子、男人与女人、老人与孩子，甚至人与自然，江河湖海、世间万物、小花小草都有一个情感世界。他喜欢这个大千世界，一落笔写的都是情。写情的湿润，情的柔美，情的灵性，情的风情万种。张名河每进入一部作品构思，都会被自己的情，拖曳而去，被情感的潮水所浸染，而无法拒绝。他让爱的温情缓缓渗出，让情感的河流闪烁思想之光。张名河作品对情感的重视，是因为，人们在现实的社会中，出现了情感上的饥荒。人们之所以亲近它，是因为情温暖着我们。在孤独的时候，情给了我们欢乐，在我们疲惫的时候，情放松了我们的身心。对这种情感，许多现代人已经丧失了这种表达方式。但它是我们所向往的。

张名河的词，是情做的，是带色彩的，有大红色、橘粉色、鹅黄色、乳白色、浅蓝色、淡绿色、紫薇色……他所有的作品，经过砂洗后，蒙上一层情的薄纱，给人以心灵的沐浴。

且看，张名河许多作品的名字：《爱的花地》《爱的沙器》《爱的传说》《爱的足迹》《爱在这方》《爱的永恒》，哪一部不标示着情的印记？正是一个情字，萦绕和贯穿他一生的为人为艺。

2021年秋，于沈阳江户雅致寓所

美的巡礼
——张名河歌词艺术浅论

吴善翎

认识张名河，屈指算来四十多年了。记得上个世纪七十年代末，《音乐生活》复刊后，他正是刊物的文学编辑，我是辽宁歌舞团的创作员。第一次去送稿件，找到编辑部的驻地——早年张作霖的大帅府，见到了这个面目清秀、风度儒雅的张名河。一番交谈，得知彼此都是南方人，自然拉近了距离，况又志同道合都属意歌词创作，很快就成了一见如故的朋友。名河性格内向，少年老成；我做人低调，不喜张扬，但聊起歌词却都会敞开心扉各抒己见，相聚时常常是一杯清茶坐而论道，总有说不完的话。

名河在辽宁一直是词坛的领军人物，不光歌词写得好，人也极有亲和力。1981年秋，我和名河都去湖南株洲参加全国歌词创作座谈会（现改称为中国音乐文学学会第一届全国代表大会），会后，辽宁词界在全国率先成立了省级学会，推举老一辈歌词作家鸣戈为主席。鸣戈退休后，名河众望所归继任了辽宁的"词头"，我算是五位副主席之一。于是我们在一起论词谈艺的机会更多了。

不久，名河调入省委宣传部文艺处任处长，后来又转任省文联副主席，一直在做辽宁文化艺术界的组织和领导工作。尽管身陷大量的行政事务工作,他却始终不曾动摇对歌词创作的执着追求。当编辑时他说:"我丝毫没有通常所说的编辑只给他人做嫁衣的感觉。一方面,我兢兢业业地编稿;另一方面,我也勤勤恳恳地写作。"到了领导岗位,他依然不改旧习,还是在工作之余,点灯熬夜地去爬格子,似乎身上总有用之不尽的精力,大脑里总有流之不竭的才思。人们只看到那些年国内、省内的大奖他拿到手软,却看不到这每一张奖状都浸透了他的心血和汗水。

名河调入宣传部,是人生重要的转折关口。工作压力大,生活压力更大。人到中年,上有老下有小,三个孩子都在上学,生活难免捉襟见肘。虽然居住条件略有改善,从原先逼仄的陋室迁入了高层的小三室,可九楼顶层没有电梯,也是苦不堪言。有几回赶上饭点去他家蹭饭,进了他家门,早就累得我气喘吁吁满头大汗,天天爬这么高的楼,想想也真难为他了。

当然,人到中年也正是学识、才情、阅历、文笔最为成熟的黄金岁月和艺术创作的收获时节。想起孔老夫子表扬颜回的一段话:"一箪食,一瓢饮,在陋巷,人不堪其忧,回也不改其乐。"而名河也正是在这种境况下,以苦为乐,乐在其中,居然才华横溢妙笔生花,写出了他一生最值得自豪的作品。不但出版了多部专著,还为几十部电视剧和音乐电视创作主题歌,包括脍炙人口的《木鱼石的传说》《封神榜》《杨乃武与小白菜》《皇太极》的主题歌,以及《二泉吟》《千古情》等等。多次获得全国大奖,被聘为《词刊》编委,并被评为"全国十大词作家"。我不知道,今天的名河,回忆起在这段忙碌的工作和艰难的生活双重压力下痛并快乐的时光里,"挤压"出许多人即使辛劳一生也难望其项背的辉煌,有几多感慨,几多怀想!

名河的作品引起了全国音乐界的关注,当时国内多家刊物争相发表有关他的介绍和评论。我也有幸应邀写了两篇文章，后来被收录进他的《结伴词林》之中，其中那篇《玫瑰色的抒情》是为他出版的作词歌曲集《爱的花地》而写的评论，发表在1987年第四期的《词刊》上。其中有这样一段话："徜徉花地，我发现每一株花茎下，作者播下的几乎都是一颗情种，一片情的种子生发出爱的花地，无怪乎会如此奇香袭人，美不胜收呢！"二十多年前的这番话是我从他的那本新作字里行间梳理出来的，可翻开他之后二十多年的这三本书，恰更印证了我当年的判断。仅就他在《美丽的传说》中所选的二百零三首作品，无一例外几乎处处都浸润着他心间浓浓的情和爱。

谈到诗词中的情，古今中外都有过很多权威的论述。汉代经学家为中国最古老的歌词总集《诗经》所写的序言中，就提出了"情动于中而形于言"的主张。两千年后，俄国的别林斯基也有同感，他说："情感是诗的天性中一个主要的活动因素。没有情感就没有诗人，也没有诗。"

可见无论写诗作词，都是作者感情的表达，越是充分的表达，就越要有真情、激情、深情，甚而痴情。名河的歌词能不胫而走，首先是他作品中的情，感染了作曲家，谱写出动情的音乐，为歌词插上了飞翔的翅膀，继而有歌唱家动情的演绎，引起听众的共情。一个情字贯穿着艺术创作的始终。

其实，人生在世孰能无情？尤其是成功的诗人词家，哪一个不是多情种子？他们不但因情命笔，还常常为情所困。元代的诗词名家元好问在他最著名的千古之问中说："问世间情为何物，直教人生死相许？"当然也有人一心想斩断情丝，到头来却"剪不断，理还乱"，落得个心口不一打了自己的脸。

唐代大诗人白居易，他一生炼过丹学过道，一心想早日成仙；他还读过佛经学过禅，盼着能死后升天。道教主张无情即圣人，禅宗认为无情即佛祖。白居易心心念念追求做到无情，梦想"跳出三界外，不在五行中"，可是作为诗人，一旦落笔便身不由己，他的经典之作《长恨歌》《琵琶行》，哪一行哪一句不是深陷情中不能自拔？想当年，他才思泉涌诗兴大发之时，笔下流出"此恨绵绵无绝期""江州司马青衫湿"等传世名句，只怕早把顶礼膜拜的天尊和佛祖们抛到了九霄云外！

除了诗歌中满纸情天恨海，白居易的文学主张就更实在了。他在那篇著名的《与元九书》中说："感人心者，莫先乎情……诗者，根情、苗言、华声、实义。"他把诗作比为草木，感情是它的根，语言是它的苗，声韵是它的花，而思想内涵是它的果实。白居易的理论是他对自己创作经验的总结和对当时作品的分析和体会。作为文学遗产可算是当时的真知灼见。但毕竟时隔一千多年，未必说得清今天的创作现状。但于我而言，倒是一个踏入名河歌词园林的路标，引导我从寻根开始去领略他姹紫嫣红的一畴芳菲。

一

真正的艺术作品，不会是无源之水，无本之木。白居易把情比作根，还是颇有见地的。刘熙载在《艺概》中也说："词家先要辨得情字，诗序言：发乎情。文赋言：诗缘情，所贵于情者，为得其正也。"歌曲唱情，一首歌没有感情的支撑，就是无本之木，很快就会枯萎。不会有真正的艺术生命。

都说人是感情动物，但人的感情确实很复杂，包括喜怒哀乐爱恨恩仇等多种类别、多种侧面、多种形态。但古往今来最吸引艺术家反复吟唱乐此不疲的还是"爱"，爱是灵魂绽放的花朵，爱是人性最美的形态，它更是艺术永恒的主题。名河的作品就是抓住了"爱"字做文章，除了许许多多标题或词句上有"爱"字的歌词外，还有很多"不着一字，尽得风流"之作，无不溢出满满的爱意。其实，古今文坛，爱与诗词早就结下不解之缘，为爱张目的名篇佳作琳琅满目。试看今日词坛，写爱的作品铺天盖地俯拾皆是，若无几分新意岂能入得作曲家的法眼？下面请大家赏析名河这首歌唱母爱的《千古情》：

千古情，最深是母爱，

千古情，最重是母爱，

最怕想起你柔弱的身躯，

尝尽了艰辛只盼儿女成才。

苦涩的泪花，

含笑的期待，

有你人间才有家园，

风和雨你把它全挡在门外。

千古情，最深是母爱，

千古情，最重是母爱，

最难忘记你亲切的呼唤，

送走了春夏又把秋冬迎来。

无边的岁月，

不倦的神采，

有你家园才有温暖，

一弯月梳理着你绵绵的情怀。

母爱是人间最圣洁的感情。这种爱只有付出不求回报，这种爱任劳任怨无悔无怨。这是人生最难忘最依恋的感情，任凭年岁增长斗转星移，这种爱不仅不会淡忘，反而会在心灵中留下最深的烙印，最重的分量。名河词中反复吟唱"最深""最重"的"千古情"，表现了母爱在人性中的准确定位。人们尽管活到了儿孙绕膝的年纪，每当从梦中回到母爱呵护下的岁月，依然会感到那样亲切，那样温暖。正如李商隐所说："此情可待成追忆，只是当时已惘然。"

名河在词中饱含深情地塑造了"柔弱的身躯""苦涩的泪花""含笑的期待"一组传神的意象，使母亲的身影如在眼前呼之欲出。让人感觉她穿越时空站在面前，音容笑貌一如旧时，正轻轻地呼唤着自己的乳名。这种细微而生动的描写直入肺腑，强烈地撞击着人们的心灵，唤起人们对母亲的回忆和对母爱的依恋，很容易就引起受众心灵上的呼应，感情上的互动，使作品滋生出深入人心的审美力量。

这首歌词言简意赅，两段结句皆为词眼，总结和提炼了全篇的意蕴所在。"有你人间才有家园，风和雨你把它全挡在门外。""有你家园才有温暖，一弯月梳理着你绵绵的情怀。"深情而诗化的语言，概括了主题，赞美了母亲的崇高，母爱的伟大。其中那句"一弯月梳理着你绵绵的情怀"更是神来之笔，以一弯明月象征母爱的神圣明洁，让人望见月亮就会思念母亲。这种象征性的意象让人回味无穷。

名河作品中用情极深的例子不胜枚举。比如他的代表作《二泉吟》。这首歌词怨愤之情力透纸背。爱与恨是人类感情中对比最强烈的两个侧面，爱有多深，恨就有多切。《二泉吟》正表达了作者对阿炳这位民间音乐家发自内心深处的同情，以及他对《二泉映月》这首名曲由衷的爱，其间也宣泄了对扭曲阿炳命运的黑暗时代刻骨的恨。这首日本指挥家小泽征尔认为"应该跪着听"的乐曲，感动了中国，也感动了世界，还勾起了名河儿童时代初听这首不知其名乐曲的美好回忆。

歌词以情景交触、虚实交错的艺术手法，巧妙地把具象的"无锡的雨""惠山的风""太湖的水""二泉的月"，化为审美主体心头的忧愤和怨愁，用"失明的双眼""无语的泪花"去穿过黑暗寻求光明。最后又以"人生一杯壮行的酒""命中一曲不沉的舟"为低沉的语境增添了一份力量，为灰暗的色调增添了一份光明。既寄托了作者的美好心愿，也传递了作品的弦外之音。

尽管这首歌词谱曲后屡获大奖，但名河意犹未尽，情亦未了，后来又扩展思路，以生花妙笔写出了以《二泉吟》作为主题歌的著名音乐剧《茉莉花》，居然大获成功！

名河的作品以情生文，其大至祖国山河、都市村落、神话传说、历史人物；小至爱情、亲情、友情、乡情，花鸟鱼虫，童话儿歌……凡落笔处无不情满爱溢，绝非此刻三言两语便能说全的。限于篇幅，就不展开谈了。下面来探究一下名河作品中的语言之美。

二

语言是文学艺术最基本的表达手段，而诗词的语言是至精至纯的文学语言。歌词语言除了情深意切，还需有张力有美感。比起诗来，歌词的限制更多，写词不像写诗那样，可以天马行空任凭想象自由发挥。首先篇幅受限，一首歌长则四五分钟，短的仅一两分钟，可容纳的歌词最多也就一二百字。所以要求文字简短再简短，语言压缩再压缩。但是麻雀虽小五脏俱全，一首成功的作品，难就难在必须以最精练的语言，表达完整的艺术构思和思想感情。但名河做起来得心应手举重若轻，甚至做得很完美。请看他为电视连续剧《杨乃武与小白菜》写的片尾歌曲《小白菜》：

>小白菜，泪汪汪，
>从小没了爹和娘。
>童养媳，苦难讲，
>就怕逼着去拜堂。
>
>半夜里，秋风凉，
>望着月亮哭断肠。
>小白菜，泪汪汪，
>苦水比那溪水长。

这首片尾歌词全篇仅只五十二个字，言辞质朴几近口语，却讲述了一个完整的故事，构筑了一个完整的世界。作品语短情长，寥寥数言概括剧情，表达了作者对主人公凄苦命运的深切同情，以及对黑暗社会的谴责和控诉。

作品一句歌词一个画面，八句歌词连成了凄凉感人的故事。当然，这也是导演逼的，片尾字幕就这么长。一部电视剧，片头、片尾和中间的插曲，都有规定的长度，歌词作者就得"戴着镣铐跳舞"，能如名河跳得这么出色，实属不易。

歌词语言的画面美，是名河歌词语言的重要艺术特色，这个特色在他为电视连续剧《封神榜》所写的插曲《妲己吟》中发挥得更加淋漓尽致：

> 星儿闪闪，
> 好一双迷人的眼；
> 月儿灿灿，
> 好一张女儿的脸。
> 金簪儿插在鬓边，
> 银链儿挂在胸前，
> 一身光华，
> 一身曲线，
> 专把那帝王的魂儿牵。
> 喜众神相杀，
> 盼众生相残，
> 恨的是情满人间，爱满人间。
>
> 眉儿弯弯，
> 扬一副销魂的剑；
> 指儿尖尖，
> 拨一曲断肠的弦。
> 泪珠儿洒在金銮，
> 朱唇儿吻在枕畔，
> 一派巧语，
> 一派花言，
> 早许了当初姐妹愿。
> 叹悲歌不断，
> 泣春梦不还，

恨的是身也无援，心也无援！

名河用生动而富有诗意的语言，为这位历史传说中的蛇蝎美人，绘出了一幅惟妙惟肖的画像。从她的美目粉面、身材曲线，到她的金簪银链、花言巧语，由表及里，由实到虚，揭示出她扭曲的感情，歹毒的心机。语言美和画面美交相辉映相得益彰，达到了"诗中有画，画中有诗"的境界。

值得一提的是《妲己吟》中的第二段歌词："眉儿弯弯，扬一副销魂的剑；指儿尖尖，拨一曲断肠的弦。"一个"扬"字，一个"拨"字，两个动词，把一幅死画写活了。接下来："泪珠儿洒在金銮，朱唇儿吻在枕畔，一派巧语，一派花言，早许了当初姐妹愿。"这一连串的动作，增添了歌词语言的动态美，把妲己这个人物刻画得活灵活现若在眼前。

名河歌词语言另一个重要特色，就是含蓄之美。

中国的诗词理论推崇含蓄。宋代理学家邵雍说："美酒饮教微醉后，好花看到半开时。""微醉"也好，"半开"也罢，都是艺术欣赏的一种境界。

由于民族意识与民族性格的制约，中华民族的心理素质总体上偏于内向，长期以来，儒家"温柔敦厚"的诗教对民族审美心理有着深远影响。经过历代作家的苦心经营，含蓄就成为诗词创作的基本要求和审美心理的基本需求。

其实，含蓄之美不是古典诗词的专利，也完全符合现代接受美学的审美原则。接受美学认为：作品的社会意义与美学价值，只有通过读者的欣赏再创造才能呈现。作者通过创作想象表现生活和心灵，读者通过再创造的想象来体验生活和心灵。

歌词语言也一样，不能把话说得太满，要给受众留下一定的审美空间。含蓄之美对作者而言，既是技巧，也是风格。对作者是创作的艺术空间，对受众是欣赏的想象空间。中国古典诗词令人百读不厌，其奥秘就在于含蓄内敛，引而不发，情在词中，意在言外。含蓄的作品能激发受众的审美想象，让人们根据各自的生活体验去领略审美空间中的无限风光。

风格即人。通过名河的许多作品，都可见到他在歌词语言含蓄美方面的造诣，感受到他在中国古典诗词方面的深厚功力。其中他为电视连续集《封神榜》创作的主题歌《神的传说》就是一个范例：

花开花落，花开花落。
悠悠岁月，长长的河。
一个神话，就是浪花一朵；
一个神话，就是泪珠一颗。
聚散中有你，
聚散中有我，
你我匆匆皆过客。
看千古烟波浩荡，
奔流着梦的希冀，梦的嘱托。

日出日落，日出日落。
长长岁月，悠悠的歌。
一滴苦酒，就是史书一册；
一滴热血，就是丰碑一座。
呼唤中有你，
呼唤中有我，

喜怒哀乐都是歌。

听万民百世轻唱，

只留下神的飘逸，神的传说！

电视连续集《封神榜》取材于同名中国古典神魔小说。其内容依托周兴商灭的历史背景，以武王伐纣为时空线索，从女娲降香开始，到姜子牙封三百六十五位正神结束。故事博采民间传说，发挥神话夸张、奇幻的手法，赋予各类人物奇特怪异的形貌，神奇莫测的法术。其中哪吒闹海、子牙下山、文王访贤、众仙斗法等情节，都展现了古人丰富的想象力。

武王伐纣是中国三千多年前的历史，是一场先进的新政权推翻腐朽的旧王朝的革命，也是一场"吊民伐罪"反抗暴政的正义战争。史书记载这场最后攻克京都朝歌的大决战为"牧野之战"，双方参战人数超过百万，后人用了"血流漂杵"这四个字来形容战争的残酷和惨烈。

《封神榜》原著长达百回，改编成电视剧后也有三十多集。为这样一部大戏写一首主题歌词，应该难度不小。虽然是"戴着镣铐跳舞"，但作者很聪明，不但未被"镣铐"束缚了手足，反而巧用电视剧的故事情节，借"镣铐"发力，调动丰富的艺术想象和创作技巧，高度概括剧情提炼主题，于上千首应征歌词中脱颖而出，应导演之邀创作出一组誉满艺坛的歌词精品。。

"一个神话，就是浪花一朵；一个神话，就是泪珠一颗。"作者从悠远而渺茫的历史时空中登临送目，把戏中所有惊天动地的故事，视为岁月长河中的一朵小小浪花，把剧中所有令人眼晕目眩的神话，视为历史的一滴泪水。化用以小喻大、化虚为实的手法，描绘出既新颖又壮阔的意象，令人耳目一新。

第二段歌词中，作者又对全剧的主题思想作了更为深入的挖掘和更为广阔的展开。"一滴苦酒，就是史书一册；一滴热血，就是丰碑一座。"他一反第一段歌词的手法，化实为虚，以小见大。这两组意象，内涵更加延展，情怀更加高远。

历史总归是胜利者书写的。于失败者而言，名败身亡，留下千古骂名，这段历史一字一句，都是难以吞咽的一滴苦酒；对于胜利者，则封神成仙，共享功成名就之荣，这段历史正是他们的滴滴热血，铸就了胜利的丰碑。

这首歌中最令人注目、值得人们反复玩索的，正是这四组令人回味的金句所塑造的四组象征式的意象。它就像是书法和绘画中的留白，语句中强烈的跳动感和空灵感，让人感受那种"语不接而意接"的含蓄而空灵的审美享受。

当年极左思潮把歌词当作政治传声筒，不讲究艺术形式，不提倡语言美，以为随便凑上四六八句，只要押韵就是歌词了，因此歌词中充斥唯恐众人不懂的说教和政治口号，这些"作品"根本无法激发人们的美感联想，既不尊重受众，也败坏了他们的胃口，败坏了歌词的声誉。诗人臧克家说："我要求严谨、含蓄。因为我尊重读者，不把他们当傻子。严谨就是应有尽有，不多也不少。含蓄就是力的内在。诗不是散文，应该让读者享受一点属于他们的权利。"

名河作品的语言美，还有许多可谈之处，比如他在炼字、炼句和炼意方面的功力和成就，将来有机会，可以当个专题来研究，今天就略而不谈了。需要强调一下，语言美在他的歌词特色中，绝不只是一棵小小的树苗，而是长成了枝繁叶茂的大树。

三

白老夫子所说的"华声"我理解为诗词中的音韵格律。对于今天的歌词艺术而言，就是指它的音乐性。就这个话题，下面我对名河作品中的音乐美谈点浅见。

诗词同源。从源头上，诗词就与音乐分不。《诗经》是一本最老的民歌，之后的楚辞、汉乐府、唐诗、宋词、元曲、明代歌曲、晚清的学堂乐歌直到现代的歌曲……两千多年来，诗词与音乐比翼双飞的岁月，就是一部完整的中国音乐文学史。诚然古诗词与现代歌词有明显区别，但其中音乐基因的传承是割不断的。

音韵格律是评判古诗词的重要标准，即使名家大师，作品中稍有"不协"之处，也难免为人诟病。为此李清照曾在《词论》中对词坛前辈颇有微词，她说："至晏元献、欧阳永叔、苏子瞻，学际天人，作为小歌词，直如酌蠡水于大海，然皆句读不葺之诗尔。又往往不协音律。"可见宋词对音韵格律要求还是很严格的。

宋词突破了唐诗呆板的句式，称之为长短句，有几百个词牌可供词家选用，诸如《菩萨蛮》《西江月》《念奴娇》《贺新郎》等等，都是供歌女演唱的不同曲调，每个词牌不但有规定的旋律，连每个字的平仄都有严格的规定。词家必须依曲填词，稍有差错就会招人讥讽。比起宋词来，现代歌词创作显然少了许多清规戒律。除了少数依照旧曲填词的歌曲外，多数还是先有了歌词，再由作曲家依词谱曲，创作流程由先曲后词转变为先词后曲。不过这种变化并不意味着放弃对古诗词中音乐美的传承。

我认为韵律美和节奏美，始终是歌词音乐美的主要特征。歌词需不需要押韵一直有争论。我却坚持歌词押韵很有必要。歌曲是听觉艺术，作为汉语语音的韵脚，就是同一韵母的字，在句末同一位置上反复出现，往复回旋，前后呼应，从听觉上给人一种完整和稳定的美感，使作品增添了抑扬顿挫回环流畅的韵律美。

名河的歌词很讲究韵律和节奏，这里我选了一首《梨花雪》与大家共享：

春风一夜，
千树万树梨花雪。
香了山野，山野美得如此特别，
暖了人心，人心美得如此纯洁。
啊，梨花雪，
梨花雪，
愿做你花间那轮霜晨月，
花好月圆影叠叠。

春风一夜，
千枝万枝情凝结。
醉了山雀，山雀声声唤来飞蝶，
醒了山泉，山泉叮咚唱得真切。
啊，梨花雪，
梨花雪，
愿随你早春吐艳齐绽放，
共绘多姿好时节。

这首词，名河写得很美，很抒情。他选用了"乜斜"韵，是诗词中的"窄韵",在十三辙中一个不常用的韵脚。窄韵可用的字较少,但名河在这里却运用自如,几乎句句有韵而用语不俗,读来赏心,听来悦耳,毫无"以韵害意"之处。

《梨花雪》节奏鲜明,一首百余字的小词,有三字句、四字句、七字句、十字句等多种句式结构,错落有致,长短交替,声调铿锵,如雨打芭蕉珠落玉盘。歌词的节奏美为作曲家音乐节奏的变化提供了极好的机缘。

刘熙载在《艺概》中说:"词之为物,色香味宜无所不具。"这首小词除了韵律美和节奏美可堪赏析之外,还真是色香味俱全。你看,"春风一夜,千树万树梨花雪"直接化用了唐诗"忽如一夜春风来,千树万树梨花开"的意境,只是岑参是把雪比喻为梨花,名河反其意而用之,把梨花比作雪,描绘出一片开阔的花的视野。接着"香了山野""暖了人心""山雀声声""山泉叮咚",这样视觉美、听觉美、嗅觉美,连带着触觉美都有了,真成了色香味俱全的一道珍馐了!

说到底,歌词是用来唱的,当然像名河这些出色的作品,离开音乐也有自己独立的审美价值。但人们称歌词为音乐文学,是因为词与曲有过千古姻缘。诚然,现代诗和散文也主张作品的音乐美。但是毕竟歌词算是明媒正娶吧!一首好歌,只有词曲双双珠联璧合,才能凌空翱翔,流传八方。

正因为歌词是用来唱的,所以有没有可唱性,决定作品的存在意义。可唱性是歌词的本质特征,没有可唱性,作曲家就不会有创作冲动,歌唱家也不会感兴趣。名河的歌词正因为富有可唱性才会拥有这么多知音。他的歌词源于生活,高于生活。名河说过:"因为爱生活,我才歌唱。因为歌唱,我才更爱生活。"在辽宁工作时,我们曾多次一起去采风和深入生活,但生活中并非处处都有可歌的事和物。名河却总能从司空见惯的，甚至毫无美感的事物上找到灵感，从不可唱的事物中，创造出可唱的意象。早年他写的那首名为《浪花能结什么果》的儿歌，便是一个很好的例子：

> 小浪花，一朵朵，
> 浪花能结什么果？
> 唱着歌儿进电站，
> 又发电来又送热。
> 小朋友，都来看，
> 浪花结出电灯一颗颗。

这是名河集子中一首很不引人注目的儿歌。只有短短六行，共42个字。他在这有限的篇幅中表达出孩子们的无限遐想，把毫无诗情画意的水电站写成了情趣盎然的儿童歌词。他以孩子的话构筑了能结果的小浪花这一蕴含童心、童趣、童真、童言的意象，把一个冷冰冰的发电设施，写成了饱含可唱性的歌词。德国诗人歌德说："不要说现实生活中没有诗意，诗人的本领正在于他有足够的智慧，能从惯见的平凡事物中，见出引人入胜的一个侧面。"名河的歌词，就善于从难以歌唱的事物中，找到一个富有诗意的侧面，找出一个唱得起来的角度，创造唱得起来的意象。可唱性充分展示了他歌词中的音乐美。

前面我提到歌词要给受众留出审美空间，让人们以自己的想象，在欣赏和思考中完成艺术的再创造。这里我还想谈谈，歌词创作不仅要给受众留出空间，还要给合作者——作曲家留出一定的空间。没有音乐空间的歌词，作曲家只是把文字语言"翻译"

成音乐语言，没有施展音乐创作才华的余地。许多出色的歌曲，一句歌词反复吟唱还意犹未尽。有的歌曲唱到兴起，只一个"啊"字或是"啦啦啦"等虚词，便把音乐推向高潮，往往写成了这首歌曲最精彩的乐段。有人说这是作曲家的本事，与歌词无关。其实不然，如果歌词只是平铺直叙，没有为感情步步推进层层铺垫预留出音乐空间，作曲家哪里会找到激情奔涌火山喷发的突破口，写出震撼人心的音乐高潮？歌词没有抒情空间，音乐又怎么写出一唱三叹低回悱恻的旋律？名河的许多作品能写出好歌广为流传，除了作曲家的高超技艺和深厚功力，恐怕与歌词本身的音乐美不无关联。这一点在他那首《不朽的黄河》中展示得很充分：

  一条黄河水，

  滔滔向东流；

  一曲黄河谣，

  年年唱不休；

  一位好姑娘，

  默默站滩头；

  一位老艄公，

  风里浪里走。

  啊，黄河，

  不朽的黄河，

  一脉中华的热血，

  一卷飘动的锦绣。

  啊，黄河，

  一部奔腾的历史，

一个浩荡的追求。

一条红腰带，
缠绕春和秋；
一把大长橹，
摇动喜和忧；
一壶烈性酒，
壮魂又壮胆；
一支水上箭，
从来不回头。
啊，黄河，
不朽的黄河，
一脉中华的热血，
一卷飘动的锦绣。
啊，黄河，
不朽的黄河，
一部奔腾的历史，
一个浩荡的追求。

　　黄河是中华民族的母亲河，歌词作品中，歌唱黄河一直是热门题材，其中以光未然和冼星海合作的《黄河大合唱》最为经典。作为一首单曲，能够在繁若星空的"黄河谣"中突出重围一枝独秀，登上央视春晚的舞台，必有其过人之处。就歌词而论，给音乐留下的创作空间就很有探讨的价值。

　　名河的作品处理大题材很有办法，这首歌词以小见大，由实化虚，从一曲黄河谣引出河滩上的姑娘，再从风浪中引出老艄公；第二段，虚实结合，那条"缠绕春和秋"的腰带，那把"摇动喜和忧"的长橹，那壶"壮魂又壮胆"的烈酒，还有那条"从来不回头"的如箭的飞舟。一幅幅劈波斩浪惊心动魄的画面，把艄公不惧风浪勇往直前的动态写得跃然纸上呼之欲出。

一首以《不朽的黄河》为题的歌词，作者居然不吝笔墨勾勒了一位惊涛骇浪中的艄公形象，这分明是作者精心营造的审美空间，直到唱出"啊，不朽的黄河，一脉中华的热血"之后，人们才领略到这种象征式意象的空间美。象征式的意象拓展了作品内涵的深度和广度，并具有暗示意义。象征主义大师、法国诗人马拉美说："说出的是破坏，暗示才是创造。"名河笔下的艄公，正是我们民族性格的象征，是民族气质的代表。

黄河流域是中华文明的发祥地，见证着千秋荣辱，流淌着百代兴亡。歌词中"一脉中华的热血，一卷飘动的锦绣"能引出人们多少思索多少联想。结句"一部奔腾的历史，一个浩荡的追求"则凭高眺远继往开来，既有对昨天的回望，又有对未来的向往，既有厚重的历史感，又有鲜明的时代感。

《不朽的黄河》歌词的前后段对比明显落差很大，从抒情的实写过渡到激昂的虚写，歌词留出了很大的音乐空间，而这正是作曲家施展拳脚的绝好时机。一声"啊，不朽的黄河"让歌曲从前段音乐中积蓄的能量到了临界点，感情如壶口瀑布急流直下一泻千里，能量得到释放，音乐进入高潮。至此，又一次重复出现"啊，不朽的黄河"，这是歌词留给音乐的"一唱三叹"的空间。唱完第一篇旋律，音乐意犹未尽，需要重复才能尽兴，而听众也需要重复才能满足。优美的音乐往往需要一次次重复，在重复中变化，在重复中发展，在重复中刻进人们的音乐记忆，使之萦绕脑际挥之不去，这才是歌曲一唱三叹的妙境。

名河的很多歌词显然深谙其中的奥妙，在创作中留出了宝贵的音乐创作的空间，才会广受作曲家的青睐，谱写出流传久远的好歌。

四

诗言志，词抒情。这是唐宋的诗词作家们所遵循的一条不成文的规则。李清照是宋词婉约派的代表，她写"莫道不销魂，帘卷西风，人比黄花瘦"，直把身边的悲欢离合小情小景，写得缠绵悱恻精微细腻，让当时词家们无不心服口服。但写起诗来却文风大变，她那首"生当作人杰，死亦为鬼雄，至今思项羽，不肯过江东"的五绝，写得豪情万丈，壮志冲天，又让多少男儿自愧不如。她把诗与词的不同功能分得很清，并通过自己的创作实践，做到词不言志，诗不抒情。但是，一代宗师苏轼、辛弃疾等人，偏偏无视成规，屡屡把自己的凌云壮志家国情怀写入词中，在词坛树起豪放派大旗，留下许多传世佳作，引得后人赞不绝口。刘熙载在《艺概》中说："苏、辛皆至情至性人，故其词潇洒卓荦，悉出于温柔敦厚。"称赞他们的作品，既突破了温柔敦厚的诗教，更摆脱了词不言志的成规。

既然诗词都有"言志"的传统，那么究竟什么是"志"？就字面而论，可能有人解读为"志向"，其实那只是浮浅的理解。诗词中的"志"应该接近白居易"实义"中的"义"，是指作品的思想内涵。如果果实是植物生命的最终价值，那么作品美好的思想内涵正是其艺术价值的重要体现。古典文论中"义"与"意"相通，歌词的思想内涵就是创作中的立意。

从名河的作品来看，他是一位非常看重立意美的词家。他的全部作品都包含着积极的思想感情，都在讴歌真善美的价值观，有着满满的正能量。当然，歌词中的思想来自生活，是作者深入生活观察生活，经过反复提炼和思索后的独特感悟，它应该是新颖的，独创的，个性化的，有与众不同的发现。

历来歌词作品中，人们对歌唱祖国的题材往往情有独钟，但真正出色的却寥若晨星。这说明作者们跟风随大流的太多，真正拥有创新意识，给人留下深刻印象的立意太少。名河在辽宁时写过一首此类题材的歌词，至今时隔二十多年，我还记得这首《祖国之恋》：

> 我是雪橇，
> 奔驰在北方的大地；
> 我是竹筏，
> 漂流在南疆的小溪；
> 我是渔火，
> 闪烁在金色的洞庭；
> 我是牧歌，
> 飞扬在绿色的戈壁。
> 啊，我的每个脚印都是亲吻，
> 祖国，我就是这样深深地爱你。
>
> 我是红梅，
> 开放在雪冬的怀里；
> 我是青稞，
> 生长在冰封的山脊；
> 我是炊烟，
> 缭绕在甜蜜的黄昏；

> 我是鸽群，
>
> 歌唱在欢乐的晨曦。
>
> 啊，我的每次呼吸都是情话，
>
> 祖国，我就是这样深深地爱你。

这首词写得情深意切刻骨铭心，抒发的是对祖国的大爱，没有半句豪言壮语大话套话，却吐露出一腔感人肺腑的赤子之情。两段歌词塑造出"奔驰的雪橇""漂流的竹筏""闪烁的渔火""飞扬的牧歌""开放的红梅""冰封的青稞""缭绕的炊烟""歌唱的鸽群"等八组动态式的意象组合，烘托一个共同的主题。作者巧妙地使用向心式的意象结构，即多种意象，从四面八方向一个中心聚集，每个意象都如一颗星，众星捧月环绕着一个核心；每个意象都是一双手，众手举起一个崇高的思想。形成一个创新的结构，蕴涵一个创新的立意。

歌词创作中，作者在意象塑造方面比较慎重，往往避免意象繁杂，深怕分散了话题，弱化了主题。但这首词，作者反其道而行之，凝聚起意象群体的合力。每组意象都像是感情的一朵云霞，等到朵朵云霞铺满了天边，只待一声"啊"字，一轮辉煌喷薄而出，喊出了滚烫的一句："祖国，我就是这样深深地爱你。"这种引而不发、一发而不可收的结构手法，增添了思想内涵的浓度和烈度，增强了作品的艺术感染力，展现出歌词的立意之美。

艺术作品除了审美娱乐和审美认知之外，还有审美教育功能。这三种功能是相辅相成密不可分的。对于审美主体而言，前两者是主动的，后者是被动的。怎么能化被动为主动，最好的办法那就是"寓教于乐"，把艺术作品中的思想，融合在艺术中，让人们在娱乐中潜移默化予以认同。这里我再谈名河那首流传多年的成名作《一个美丽的传说》：

有一个美丽的传说，
　　精美的石头会唱歌。
　　它能给勇敢者以智慧，
　　也能给善良者以欢乐。
　　只要你懂得它的珍贵，
　　山高路远也能获得。

　　有一个美丽的传说，
　　精美的石头会唱歌。
　　它能给懦弱者以坚强，
　　也能给勤奋者以收获。
　　只要你把它爱在心中，
　　天长地久不会失落。

　　这是名河为电视连续剧《木鱼石的传说》写的主题歌词。语言朴实无华，简约明快，却含有深刻的意蕴和人生的哲理。歌词赞美了勇敢、善良、坚强、勤奋的品格，使这块会唱歌的石头，闪烁出理性的光辉。普烈汉诺夫曾说："说艺术只表现人们的感情，这一点是不对的。不，艺术既表现人们的感情，也表现人们的思想。"名河的许多作品都是既有情趣又有理趣，情理交融相得益彰。艺术里的思想如"水中着盐"，让人们在审美享受的过程里，不知不觉悠然心会。

　　歌词篇幅短小，有人戏称为"雕虫小技"。岂不知文章越小难度越大，名河有许多像《一个美丽的传说》这样短小精美的歌词，却微言大义，蕴含着很深刻的思想。这是因为作者所站者高，所见者远，所怀者大，小小歌词往往寄托着大情怀。他的作品立意中，既有历史情怀，也有时代情怀；既有家国情怀，也有人文情怀。

名河的自选集中，有三分之一以上是为电视剧或电视节目创作的主题歌和插曲。多年之后，人们淡忘了剧情，但还记得其中的歌曲。有的年轻人，也许根本就没赶上热播的年代，完全不知道剧中的故事，这并不妨碍他们喜欢和传唱这些歌曲。当然，随着作品的流传，歌中的哲理，也会"随风潜入夜，润物细无声"，像春雨一般滋润人们的心灵，使人们默默领略着名河歌词艺术的立意之美。

流连在名河的歌词园林，仅就作品中的感情之美、语言之美、音乐之美和立意之美谈了一些粗浅的看法。这对我而言，是一次学习机会，更是一次美的巡礼。涉足此间，深感繁花似锦目不暇接，可惜只是走马观花，来不及细细研读慢慢品味。很多精彩的词例，不能一一列举，只能留下挂一漏万的遗憾。尤其是近十年来，名河华丽转身专攻音乐剧创作，上演之后好评如潮，实在可喜可贺。可惜我对音乐剧一知半解，不敢妄加议论，很想聆听专家高论，为我补上这一课。

歌词虽然历史悠久，但在文坛上并没有显赫的地位，只被称为"诗余"，一直到了宋代才大放光彩，一度当了文坛主帅。发展到了今天，居然成为最普及、最流行、最大众化的文学样式，这无疑是近百年来几代词家辛勤努力的结果。

株洲会议之后，词坛迎来了春意盎然的新局面。以乔羽为代表的老一辈大师们笔力犹健，都以精湛的艺术为中国词坛留下他们最后的辉煌；名河和我们这群初露头角的各省作者，风华正茂正是当写之年。一时人才济济，堪称开创了一个歌词创作历史上群芳竞秀的盛世。

名河就是这群人中的佼佼者。他学识渊博，古典诗词功力深厚，文思敏捷，才气逼人。名人辈出的湘西沃土给了他与生俱来的天赋；冰封雪飘的关东黑土地给了他勤奋坚毅的性格；钟灵毓秀的八桂大地又为他增添了浪漫隽永的诗情。他的词，典雅而不古奥，含蓄而不晦涩，简练而不局促，精巧而不雕琢。唱起来是一首好歌，读起来是一首好诗，即使离了曲调，依然文采飞扬引人入胜。名河以他的生花妙笔，为中国歌词绘出一道亮丽的风景，为词坛留下一行闪光的足迹。他的歌词已深入几代人的音乐记忆，他的影响已为中国词史写下浓墨重彩的一笔。

还记得当年词界思想活跃，不同的创作主张，曾引起了学术争论。湖南的于沙先生主张"我把歌词当诗写"，北京的张藜先生提出"我的歌词唱着写"。名河虽然没有参与讨论，可他用自己的作品告诉大家，他更倾向乔羽先生的主张。乔老爷子认为：歌词创作应该"寓深刻于浅显，寓隐约于明朗，寓曲折于直白，寓文于野，寓雅于俗"。我想：这也许就是名河作品能够雅俗共赏流传久远的奥秘吧！

经过半个多世纪的辛勤耕耘，尽管取得了骄人的成就，但名河从不炫耀，从不张扬，依然故我，还是谦谦君子的形象。当年，尽管我们走得很近，但他许多获奖的作品，周围的朋友竟然浑然不知，直到看到他的三本书后才吃了一惊。记得乔老爷子说过："不为时尚所惑，不为积习所蔽，不为浮名所累。"这三句话基本概括了名河的人品和艺品。我相信，他和他的作品将成为中国词坛一个"美丽的传说"。

恰巧而妙，情切致美
——张名河词作评析

李丽　金沙[①]

讲述一段段动人的故事，谱写一个个美丽的传说，诉说一片片赤诚的真情，词作家张名河以笔为镐，深耕词林，勤勉奋进，收获了一朵朵精美巧致的艺术之花。"诗魔"洛夫认为，写诗"是一种价值的创造，包括人生境界的创造，生命内涵的创造，和语言的创造"[②]。张名河词作，形美情美意美，入乐入诗入画，展世间百态，抒万般情愫，为山河着色，为生活讴歌，开创了一方具有独特艺术价值、情感价值、审美价值的词林天地。

---

① 李丽，1979年生，女，山东费县人，文学博士，怀化学院文学与新闻传播学院讲师，研究方向：中国现当代作家作品、文艺评论。
　金沙，1962年生，男，湖南隆回人，词作家，一级编剧，湖南省文联主席团委员，湖南省音协副主席、秘书长。
② 洛夫：《洛夫谈诗：有关诗美学暨人文哲思之访谈》，江苏凤凰文艺出版社2015年版，第19页。

一、各巧其巧，恰巧而妙的艺术风格

克罗齐强调，艺术是直觉，故艺术之美不在刻意的雕琢修饰，而在恰如其分的表现力。张名河词作在艺术表现上做到了"恰"字，"恰"即刚好、适当、合宜之意。真正的艺术，"能够运用形体而不受拘束"[①]，张名河词作恰如其分的形式之灵巧、意象之精巧、思维之新巧，产生了真切自然的艺术妙境。

张名河词作形式自然顺畅，结构简洁明了。他的词作多采取二段式结构，段与段均齐，段内则多参差错落，用韵较为自由，不拘泥于一定的程式。整体上看，其词作形式结构较为严格、严谨，但整齐中有变化，整饬而不呆板，无刻意之重，无雕琢之累，呈现出整齐美与参差美共存、对称美与灵巧美同在的形式美感。如歌词《一代巨星》《海葬》《妲己吟》《梨花雪》《啊，湘江》等等，均取两段式结构，段落间对称齐整，段落内部则句与句之间长短错落、变化自如，形成了错落有致、流畅自然的形式美。《二泉吟》更是在无尽的"悠悠"回荡中形成了回环往复与跌宕起伏相互交融的艺术韵味，而《祖国之恋》则以完全对称的比喻辞格句式的重复运用，产生了强烈的形式复沓美，从而强化了歌词情感的浓烈性。

歌词语言是有情感的音乐性语言，而语言是有意义的，因此巧妙的歌词语言本身就自带情感节奏。节奏是艺术的灵魂，除了表层

[①] [法] 丹纳：《艺术哲学》，傅雷译，江苏人民出版社2017年版，第23、129页。

的形式和结构带来的节奏感以外,歌词语言自身的意义所蕴涵的情感情绪的跌宕起伏,同样带来节奏的轻重起伏。如"山一程,水一程,山高水远路难行;风一更,雨一更,风寒雨冷梦难成"(《寻求》),"一程""一更"所内含的漫长、艰难的意指与"山高水远路难行"和"风寒雨冷梦难成"相呼应,形成悠长缓慢、叹息低沉的节奏。"人到江南心已醉,不是梦,又是梦;人到江南不忍归,情无穷,爱无穷"(《江南梦》),这两句虽然是前述两句的相同句式的调换,但由于"梦"和"无穷"的虚幻缥缈的感觉,所以节奏虽然舒缓徐回,但无沉重压抑之感。由此可见,隐含在歌词语言之内的情感情绪的节奏,虽然不动声色,但更能直抵人心,这需要词家对语言有相当高的敏感和娴熟的把握才能达成。

歌词的妙处从移情而来,意象是沟通情感的重要媒介,因此歌词的形象性、抒情性和感染力皆由意象产生,艺术的情趣、境界都寄托在意象里。张名河词作意象的选择精巧、生动、贴切,皆是司空见惯的寻常事物,形象在艺术家手中化成具有艺术生命力和灵性的审美意象,产生了美妙的艺术效果。《一曲琵琶送君行》以窗内窗外、风声琵琶声的互应起笔,以具体可感的意象切入,在凄切哀怨的氛围中将个人离愁别恨和国难民怨联结沟通起来。《妲己吟》以星儿喻眼,以月儿比脸,突出了天姿国色的美与媚;以弯弯的眉儿扬销魂的剑,以尖尖的指儿拨断肠的弦,刻画了蛇蝎心肠的狠与毒,美到极致、丑到极致的形象呼之欲出。从同样是写"母亲河"的三首词:《不朽的黄河》《啊,湘江》《不朽的辽河》的意象选取上,可以看到张名河在意象选择上的审慎、严谨和高妙。一条黄河水、一曲黄河谣,一位好姑娘、一位老艄公,诉说着中华民族奔腾的历史和浩荡的追求。滔滔东流的黄河水和生生不息的中华民族,立于天地之间,历经沧桑而奔腾不朽。意象简单朴实而不失磅礴之气,《不朽的黄河》呈现出壮阔、沧桑、深沉之美。《不朽的辽河》以"大风雪"为核心意象,"大风雪染白了辽河的潮头,大风雪喝醉了辽河的烈酒,大风雪举起了辽河的沧桑,大风雪敲开了辽河的歌喉",大风雪覆盖之下,辽河的壮阔与北方民族的豪放、洒脱、倔强和爽朗融为一体,歌词意境开阔、磅礴、超逸。对于生长于湖湘大地的词作者来说,湘江是更亲切、更熟悉的母亲河,在《啊,湘江》这首歌中,他想象着母亲河湘江欢畅地流过稻田、橘林、侗寨、土家,好似真切地看到母亲河染一身金浪,带一身果香,听芦笙轻轻吹响,随山歌飘向远方,一半是蜜、一半是糖、一半是情、一半是爱的母亲河永远流淌在儿女心上,歌词更显亲切、温馨、隽雅之美。

  歌词需要对生活、对情感进行高度凝练概括,并能从中提炼出耐人寻味的诗意和哲思。张名河的歌词里处处闪烁着理性的光芒和智慧的火花,显露出作者思维的睿智、新鲜、新颖和新巧。在形而下的感性观照和形而上的理性洞察之下,欢情之愉、悲情之诚、感悟之性、哲思之理都在他歌词的字里行间显露出来,让人在获得艺术审美享受的同时,有所启迪,有所领悟。《花开,并不都在晨曦》以"谁播种欢乐,谁就收获真诚的敬意""谁热爱生活,谁就领受生活的甜蜜"的哲性思索,强化了老年并不是黄昏、并不只有孤寂的人生观念,倡导耕耘进取、乐观有为的人生姿态。《走出自己》冷静理性地看待婚姻感情问题,既然分离就不再叹息、不怕孤寂,保持美丽、学会珍惜才能走出风雨、走出自己。这诗意的豁达洒脱,温暖了失意的人生,温润着失落的心灵。《昭君出塞》将一个柔美的弱女子,置于关系家国命运、民族和谐的历史风云中,"天姿熄灭了烽火,国色软化了钢刀"

是点睛之笔的词眼，表现了化解战火烽烟的女性力量，突出了弱女子家国为先的牺牲奉献精神。《一代巨星》把一代帝王放在"情"中探问，无情的刀剑烽火砍烧出有情的昌盛黎明，一代伟业亦是一代人生，一代巨星亦有一代风流。辩证之巧，哲思之妙，自然而来。

音乐是时间的艺术，艺术创作是一个渐进、渐悟、渐成的过程。自然质朴而又丰富多姿、简单纯粹而又鲜活生动的艺术风格，是以深厚的艺术修养、文学素养及人文情怀为根基的。可以说，张名河词作看似信手拈来，实则是以"笼天地于形内，挫万物于笔端"的能力和气魄为底气的。

二、诚挚深切，情切致美的艺术情怀

"凡作传世之文者，必先有可以传世之心"，传得开、立得住、留得下之歌词，亦必含传世之情。张名河词作字字句句都是情，长长短短皆由爱，诚挚深切的情感融入是其词作能够打动人心，具有深厚的内涵意蕴和审美张力的根本所在。歌词是作家个性的真实流露，张名河词作情感的诚挚深切首先来自他对歌词创作真诚恳切、严肃不苟的态度。他始终对歌词艺术保持一片忠贞之情，用真诚的创作捍卫"歌词的使命与尊严"。诚如他自己所言，"愿以一颗词心，捧给大家"。一首首词作，都是蘸满真情的潜心之作，都是他向世人捧出的赤诚。

艺术都是抒情的，歌词以抒情为本，张名河深谙"情感是艺术大树之根"的道理。他的每一首词作都熔铸了切切真情，鸟语花香、山河家国皆着情色，阴晴圆缺、悲欢离合皆为情语。甜蜜又苦涩的爱情、温暖且温馨的亲情、或深沉或热烈的家国之情，都是他吟咏、歌颂、赞美的对象。欢欣愉悦、凄婉哀怨、悱恻缠绵、深沉热烈，都来自他最真切的感受，最真诚的触摸，最真挚的投入。作曲家晓丹说，"张名河的歌词是由情做成的"[①]，诚然也。

"精美的石头会唱歌"，一字一词一句在张名河的笔下都流淌成有情有义的爱的天地。女儿痴、男儿怨，相见欢、别离念，那是爱情。《既曾相爱》虽简短精练，却把"一片痴情化云烟，纵然相识难相恋"的欲爱不能、欲恨不成的矛盾苦楚极致地表现了出来，既有"梦也断，魂也断；山也怨，水也怨"的哀怨凄苦，也有"记住那番誓言，忘掉这般仇冤"的超然释怀，人间挚爱的真谛怦然而得：既曾相爱，短暂也是永远。不论经几世轮回磨难，历几世沧桑变幻，情永远不变，爱总在心间，"那段真情不会是一梦如烟""相视一笑还是当初的容颜""千古爱恨只不过匆匆一瞬间"（《相视一笑》），你终有归属我的那一天。这爱的忠贞不渝、赤诚不改，怎不令人动容？心安处、情归处，那是亲人故乡。离乡的游子苦苦地追寻探问着："一样的思乡情，一样的盼早归，为什么同去不同回；一样的游子梦，一样的赤子魂，为什么同喜不同悲？"魂牵梦绕的故乡水，"那是妈妈流下的泪"（《别问故乡水》），天涯游子的深情诉说，道不尽"人生长恨水长东"的无限愁思。山遥水远，隔不断故乡亲人的呼唤，山弯路转，阻不断回家返乡的信念，"一声近，一声远；一声重，一声轻"（《呼唤》）的呼唤，我都听见，你都听见。《深山的木屋》以质朴的深山木屋象征慈爱的祖母，深情赞颂了像古老木屋一样默默承受满山的风雪霜露，默默肩

[①] 晓丹：《我心目中的张名河》，《音乐生活》，2008年第3期，第12—15页。

负人生的劳累辛苦的慈爱的祖母,深山木屋让人看到了祖母的操劳、隐忍与重负,读懂了她的慈爱、牵挂与嘱咐,歌词既表现了对祖母的思恋怀念,也是对故乡童年的纪念。

基于公道人心、天地大义的仁慈和博爱是立人之本,是一个人最深沉、最根本的情怀,更是有良知、有情怀、有担当的艺术家要着力表现的。《二泉吟》是张名河的致情佳作。民间音乐家华彦钧对词作家的影响颇深,《二泉映月》曾经给他的童年带来了深厚的艺术滋养。《二泉吟》的抒情主体不是一个客观书写的旁观者,而是一个与艺术家在悠悠的岁月、悠悠的风雨、悠悠的暗夜、悠悠的琴声中凄苦行吟的同行者。跟随音乐家,词家行走在凄苦的岁月里、不平的小路上,行走在无锡的雨中、惠山的泉边。循着音乐家的人生之路、艺术之路、心灵之路,词作家与其共饮太湖的水、共谱二泉的月。这痴情痴迷的真诚投入,让他听懂了琴弦上流淌的愤和忧、苦与愁,看到了暗夜里的光明、不屈与抗争,更悟透了一个真正的艺术家应有的情怀、使命与担当。《二泉吟》是为他人立传,也是为自己代言,是超越个人情怀之上的博大胸怀和高尚情操。艺术的最高境界就是让人动心,能让人动心的必定是真情。在《祖国之恋》中,"我"化身为祖国大江南北、高山大川、四季晨昏中的"雪橇""竹筏""渔火""牧歌""红梅""青稞""炊烟""鸽群",以最虔诚的心情、最亲近的姿态,把身心扑向祖国大地,把自己融入祖国怀抱。这是对祖国最朴素而又最深情的恋歌,"我的每个脚印都是亲吻""我的每次呼吸都是情话""我就是这样深深地爱你"。

张名河的创作是属于他个人的,也是属于时代的。他的创作有时代的烙印,也必定会给时代留下自己的印记。他的创作始终保持"平和的立场、平和的心态",以图表现"朴素的良知",这是他所追求的文品与悟性。丹纳说，艺术的特质是"又高级又通俗"，其妙处就在于"把最高级的内容传给大众"[①]。张名河的创作达到了这种"又高级又通俗"的境界，愿他的歌词如"美丽的传说，天长地久不会失落"。

---

① ［法］丹纳：《艺术哲学》，傅雷译，江苏人民出版社2017年版，第23、129页。

水一上路就成了河

红 雨

谁小时候都会爱上几首歌，有的歌长大就淡忘了，有的歌长大了仍记着，进而想知道是什么人写的词、什么人写的曲、什么人演唱的，为什么它会一直印在自己的记忆中。我走近诗人、词作家张名河先生，终于找到机会采访他，就是这样。

小学的音乐课上，我曾跟同学们高声合唱《我们美丽的祖国》，"什么地方四季常开鲜艳的花朵，我们的祖国美丽的祖国"；中学时，国产电视剧悄然登场，看着《木鱼石的传说》，嘴里哼着"有一个美丽的传说，精美的石头会唱歌"；大学时代，在电视剧《封神榜》里感悟生命的花开花落，听《神的传说》；上世纪90年代初，音乐电视的出现拓展了歌曲的审美空间，先生作词的《二泉吟》在1994年荣获中央电视台"花城杯"音乐电视大赛金奖，这时，我已是电台广播文艺的从业者，对全国的文艺动态与现象密切关注；90年代末，我开始做民族音乐的编辑、主持人，后来做名家访谈节目，更加有意识地从专业角度关注这位词作家。

张名河，国家一级编剧，终身享受国务院政府特殊津贴。从十几岁发表诗歌、舞台剧剧本到如今耄耋之年还在应邀创作诗词歌赋。纵观其创作成就，歌词作品先后数十次获全国各类音乐作品大奖，如中宣部"五个一"工程奖、中国音协金钟奖、央视音乐电视片作品金奖、全国影视歌曲一等奖。出版了《爱的沙器》《琴弦上的岁月》《结伴词林》等各类诗集、歌词集、文集等著作10余部。

张名河，真的就像一条河，从故乡湖南沅陵发源，伴着岁月的流淌途经越来越广阔的世界，无论是自然的还是人文的，虽然它不知道哪里会成为它的两岸，也不知道何处会给予它意外的风景，但它的泾流中翻涌的始终都不只是个人的生活，更有国家、民族、时代、奋勇、梦想、诗意……从涓涓流向辽阔，从小河变成大河。

一、源头之水

2021年4月，80岁的张名河再次回到故乡沅陵。2020年12月26日，沅水二桥等"四桥两路"工程竣工通车，"天堑变通途"，造福一方百姓。县政府特邀他创作一篇《沅陵大桥赋》，以示纪念。几十年间，他无数次回到家乡，他在一点点成长，家乡也不断呈现给他崭新的面貌。

故乡，在张名河的心中有着特殊的深意。那里，是他生命的源头，也是灵魂的归宿；那里，是他灵感的源泉，更是精神的支撑。从23岁大学毕业离开故乡，他每年都会挤时间回到老家，即便是生活拮据的年代里也从未间断，看看那里的老街老房，探望亲人故友和安息在那里的祖辈，以及那生生不息的母亲河——沅水。

沅陵，古称辰州。地处湘西，沅水中游。因北枕沅水，南傍高大的土阜，故得名沅陵。这里曾涌现相单程、冯锡仁、刘作孚等历史名人。王昌龄、李白、杜甫、王庭珪、杨慎、林则徐等人均有诗词留存这里的山山水水。两千多年前，秦朝大儒伏胜携家将以命护书,将满满一车的书简运至沅陵城西北15公里处二酉山的山洞中,从此"二酉洞"被称为"中华文化圣坛"。沅陵县城西北角的龙兴讲寺,是世界上现存最古老的书院,大学者王阳明曾在此讲学收徒,后来其弟子将寺院改名为虎溪书院。而张名河初中就读的沅陵一中大门前坡下那幢木楼房,正是作家沈从文先生在沅陵的故居,先生每经沅陵都会在此小住。沈先生的表侄黄永玉也常客居于此,梁思成、林徽因夫妇也曾来此做客。沈先生赐予这幢房子一个雅名——芸庐。这是一座名副其实的芳香的屋舍,在此居留的文人大家,他们之间精神的往来、思想的碰撞早已把灵魂之馨香洒在芸庐的每个角落。他们的作品和人格魅力也在中国文化史上留下永久的芳香。

这个被多次写进诗歌典籍、为文人墨客青睐的古城就是张名河的家乡。1941年,张名河出生于湘西沅水河畔、距离沅陵县城五里的小乡村——张家湾。饱读诗书的爷爷很得意孔夫子的"美哉水,洋洋乎",加之家就在沅水边,给他起名时便用了"河",还给他起了个极雅的乳名"香泉",这是家人和乡邻们都喜欢的称呼,这个雅致的名字也给这个农村走出来的少年一种骨子里的自豪感。沅水是长江的支流,有水有山的地方总会或多或少带给人自然的灵气和生存处世之道吧。

读小学高年级的时候,张名河被送到沅陵县城里念书,住在亲戚家。那是一个比乡村更明亮的世界,电灯取代了煤油灯,对一个孩子来说,绝不仅仅是在学习上更便利,而是进入一个新天地。每天写完作业,他最喜欢一个人在古城的长街上行走,陪伴他的就是街灯下长长的身影。独处陌生的地方,他以一个少年的眼光打量和探寻周围的人和事,那种感觉既新奇又浪漫。杂货铺、中药店、照相馆、首饰店、电影院、邮政局、医院、剧场、酒楼……各色人等出出进进,浓浓的烟火气飘荡在长街上空。逢上年节,人们耍龙灯、舞狮子、玩蚌壳，欢庆震天的锣鼓声似乎将生活的艰难都驱赶到了云彩里。

山歌相对，渔歌互答，故乡绮丽的自然山水，厚重的人文历史，神秘的风水宝地，赋予人特殊气质和多彩的幻想。苗、汉、土家等多民族交混融合使人们的性格与文化呈现出多重与多元态势。这样的土壤最适宜文学艺术的生长。加之祖辈的文化基因，个性的敏感多思，张名河15岁就在报纸上发表了自己的首部小歌剧《母女辩》，全县文艺院团争相排演，剧本荣获专区文艺调演创作奖，少年诗人从此扬名。

1960年，他考进湖南电力学院，学业精进，专业突出。蓬勃的青春与浪漫的诗情相互增益，诗人本色愈加突显。4年之中，他共发表诗歌50余首，登载于《湖南文学》等省内外报刊，日后集结出版成诗集《爱的沙器》。

二、青春之波

大学毕业后，张名河分配到辽宁工作，这一待竟是34年。先是在《抚顺工人报》、抚顺文化局任编辑、创作员，工作了10年。在那里娶妻生子，完成了生活中的大事。那时，他每晚点灯熬油，就为自己的诗稿变成铅字发表。滴滴汗水变成累累果实，这期间发表的诗作达300余首，刊载于《诗刊》《上海文学》《新港》《人民日报》《辽宁文艺》等重要报刊。1974年5月，他调到沈阳，在辽宁省文艺创作办公室任编辑、编辑部主任。1978年3—5月，分别当选为辽宁省作家协会、音乐家协会、电影家协会理事。再后来，任辽宁省委宣传部文艺处处长、辽宁省文联驻会副主席、辽宁音乐文学学会主席等职。从中南到东北，从沅水之畔到辽河之滨，诗人一路向北，他柔情儒雅的气质中又注入了东北大地的豪放、幽默。他说："大学毕业后，我从南方到了东北，几乎是一个字一个字地学习东北普通话。"

说完这句话，我们都哈哈笑起来。到了东北的地界，你就会不自觉地染上风趣诙谐的气息。好像不幽默一下，都对不起刚才说的话。

"张老师，虽然在辽宁生活了30多年，好像您还保留乡音多一些。"

"学普通话的中间还闹了不少笑话。这么多年过去了，现在回到南方，南方人都以为我是东北人；可东北人一听我就是南方人。"这类似绕口令的话绕出一个理儿：有些东西无论如何是丢不掉的。比如基因，比如根。

谈到他的成名词作《一个美丽的传说》，张名河弱化了自己，反倒感谢起作曲家吕远和演唱者柳石明。他说："当时，辽宁电视剧制作中心的金守泰导演找我写这首词，我也没想到这首歌会流传到现在。后来我跟人说，写歌真就是'有意栽花花不发，无心插柳柳成荫'。不过我以前都没机会说过，这首歌能得以流传，应该感谢吕远老师。他不光是一个著名的作曲家，还有长诗出版。他是一个大家！"

柳石明、唐河、张名河都在采访中提及和感念的吕远，是海政文工团的词曲作家，1946年参加解放区宣传队演出，要说他跟我们长春还有渊源，1950年，他到东北师大音乐系学习，几年前还回母校举办了作品音乐会。吕远创作了1000多首歌曲，约百部歌剧、舞台剧和影视片音乐。他创作的《克拉玛依之歌》《走上这高高的兴安岭》《八月十五月儿明》《泉水叮咚响》《我们的生活充满阳光》等歌曲在百姓中间传唱。

张名河回忆道:"当年,我和海政的词作家马金星很要好,他跟我说到吕远的时候都是非常崇敬的。马金星已经不在了,而吕远比我们年长10多岁,实际上他应该是我们的老师辈。记得有一次到北京开会,他主动到我们会场看望我,给我留下的印象非常深刻。"

这才是英雄本色。我想起歌唱家柳石明与吕远之间的彼此礼敬。还有很多老艺术家都是这样,经常把桂冠戴在值得尊重的人头上,而非自己。

歌曲的时代性首先是由歌词体现出来的。尤其在改革开放初期,这首歌词里的点睛之句早已超出了电视剧本身所传达的意味:

>它能给勇敢者以智慧,
>也能给善良者以欢乐。
>只要你懂得它的珍贵,
>山高路远也能获得。
>……
>它能给懦弱者以坚强,
>也能给勤奋者以收获。
>只要你把它爱在心中,
>天长地久不会失落。

那块精美的会唱歌的石头其实是人们心中对未来的憧憬。那是一个相信梦想又创造了梦想的年代;那是一些相信梦想又创造了梦想的人。毫无疑问,那个时代、那些人中,就有张名河的身影。

张名河给听众带来一首好歌,好歌也给张名河带来好运。《一个美丽的传说》4次获得全国各类评比一等奖。他的名气也越来越大，辽宁省内及北京、上海等地的导演纷纷邀请他写歌。后来，他又为《封神榜》《杨乃武与小白菜》《汉宫飞燕》《法门寺猜想》《大唐游侠传》《小巷幽兰》《贺兰雪》《天梦》等几十部电影电视剧创作歌词。

1990年，改编于神话故事的电视连续剧《封神榜》在内地又掀起一波收视高潮，成为80后孩子们的童年回忆和寒暑假陪伴。该剧由上海电视台与香港、台湾联合出品。导演是上海电视台国家一级导演郭信玲，她曾被评为全国十佳电视导演。香港的几位著名演员汤镇宗、陈秀珠、黄伟良等人都是第一次来内地拍戏。

当时上海电视台的确下了很大气力。主题歌创作并非指定某位词作家来写，而是在他们掌握的一部分优秀词作家范围内邀约了20多人一同来写，然后从这些作品中选出10首入围作品。

盛情难却，张名河写了两首歌词寄去，过了些日子，他接到音乐编辑顾国新打来的电话。

"张老师，您写的歌词《神的传说》我们想用在片头曲，导演希望您能来上海一趟。"

张名河说："既然你们选上我的词，你们能不能看一看我另外那首，因为我寄去了两个方案。"

张名河说的另一首歌词就是后来用在片尾曲的《独占潇洒》。按照他的个性，如果这首不入选他是不会提这个建议的，他个人似乎更喜欢另一首词。

顾国新说："其实您的两首作品都入围了。导演请您来上海是请您再写12首歌词。"

因为电视剧36集，人物众多，情节复杂，只有片头片尾两首歌毕竟单薄了一些，上海台想趁着电视剧的热乎劲再做一盘《封神榜》歌曲专辑的磁带。

张名河如约到了上海，又创作了《直钩钓鱼悠悠哉》《刀剑未必无情》《哪吒歌》《妲己吟》等10首插曲。工作顺利完成，返程机票已买好，就等第二天下午返程，上午，音乐编辑顾国新急急忙忙找到张名河，说："张老师，您今天恐怕走不了了。"

原来，上海的另一位电视剧女导演李莉看了《封神榜》后便相中了剧中的歌词，随即向剧组打听词作者情况，并请顾国新帮忙联系张名河，恳请他续留一段时间，为电视剧《杨乃武与小白菜》写一组歌曲。

就这样，张名河在上海又逗留了半个多月，为电视剧《杨乃武与小白菜》创作了主题歌和插曲共11首，这些歌曲也集结成一盒磁带出版发行。想不到一次上海之行竟完成两部电视连续剧的20多首歌词，优质且高产。

回过头来再看《封神榜》的歌曲，人们常说"头上三尺有神明"，是不是张名河多年来在创作上的虔诚感动了诸神，使他的歌词写作有如神助？导演特意请了内地和香港著名歌手毛阿敏和谭咏麟唱了两版片头曲《神的传说》，给观众留下深刻印象。说到给众神写主题歌总有点玄，有点神，离现实生活很远，张名河的词找到了虚实之间一个恰当的点，你可以说他在写神话，也可以说在写现实，甚至写他自己。

花开花落，花开花落。
悠悠岁月，长长的河。
一个神话，就是浪花一朵；
一个神话，就是泪珠一颗。
聚散中有你，

069

聚散中有我，

你我匆匆皆过客。

……

　　无论天上的神，还是地上的人，都如岁月长河里的一朵浪花，皆为匆匆过客。诗人在片头曲中抛出一个人生课题：如何认知自我。而在片尾曲中似乎隐喻着答案，歌词充满禅机，这分明是诗人对生命的深刻体悟。片头片尾相呼应，仿佛圆满的一生。

愿生命化作那朵莲花，

功名利禄全抛下；

让百世传颂神的逍遥，

我辈只需独占世间潇洒。

　　除了这两首每集必播的主题歌，还有一些具体的场景及人物画像，如姜子牙、哪吒、妲己等。如何表现"姜太公钓鱼——愿者上钩"？张名河在歌名上似不经意间便给姜子牙画了一张速写。《直钩钓鱼悠悠哉》，一个"直"字将人物品性定位——中正、坦荡；悠悠哉，则是生存状态，不慌不忙，不徐不疾，从从容容，潇洒天地间，与片尾曲的内核相统一。诗人用了出题的方式，巧妙地把问题抛给观众，耐人寻味，童声合唱的演绎，纯真中增添了诙谐的色彩。

悠悠哉，悠悠哉

说稀奇，道古怪

直钩钓鱼悠悠哉

谁见过鱼钩不打弯

　　谁见过鱼钩露在外

　　愿者你上钩，不愿你莫来

　　任凭风浪起，稳坐钓鱼台

　　此中的奥妙任你猜

　　1990年，张名河刚好步入知天命的年纪。立于天地之间，时而仰望苍天，时而叩问大地。如何成为天地之间那个大写的人？诗人通过这10余首歌词书写胸臆，也许，这一切也是天意。

三、奔腾之浪

　　一张旋转的老唱片，一把年头久远的二胡，一位身着暗黄碎花纽襻上衣的女子，走在江南的青石板路上，吟唱着一曲动人心魄的歌：

　　风悠悠，云悠悠，

　　凄苦的岁月在琴弦上流；

　　恨悠悠，怨悠悠，

　　满怀的不平在小路上走。

　　……

　　1994年，辽宁电视台拍摄的音乐电视《二泉吟》荣获了中央电视台"花城杯"第二届音乐电视大赛金奖。由张名河作词，孟庆云作曲，辽宁籍歌手曾静演唱。这里还要着重提一笔的是，此次大赛共有参赛作品470余首，金奖15个，张名河获得本次大赛唯一的最佳作词单项奖。这个作品诞生也有一个动人的故事，是因错过而中标的大奖。

通常创作一首单曲，人们不大可能想到写这个题材。1991年，张名河到新加坡参加一个活动。等他回到家中，发现座机上有个陌生号码，回拨过去才了解，是上海的一个剧组想拍一部关于阿炳的电影，邀请他写主题歌。

但时间已经过去20多天，剧组不可能等那么长时间。张名河心中有些小小的遗憾，他知道已经错过了这个机会。为什么说写阿炳是个机会？因为他对阿炳的身世，对他的那首闻名于世的二胡曲《二泉映月》有一种彻骨的爱恋，那是埋藏在张名河心中几十年的情结。

我们还得将目光投向他的家乡，穿越到上世纪50年代沅陵县城的那条长街。那个叫"香泉"的少年每天晚上9点钟一定会做一件事：县有线广播站结束晚上节目的时候，固定播放一个曲子，他必须听完这首结束曲才回家。当时他并不知道这个曲子叫什么名字，只是被那悠扬凄婉的琴声深深打动。听得久了，他养成了习惯，从街的东头走到西头，正好听完。一遍遍聆听，他把整首曲子背下来，刻在心里。

柴可夫斯基说："音乐是上天给人类最伟大的礼物，只有音乐能够说明安静和静穆。"试想，听到这样的音乐，少年张名河的内心一定充满了不可名状的感动，或许是静穆，抑或是悸动。当如水的月光与如水的旋律倾泻在少年澄澈的心田，他的心中也会流淌一条纯美的河，这条河与故乡的河一道滋养他，把他带到丰美的青年，硕美的中年，醇美的老年……

多年以后，他终于知道萦绕心头的那首曲子是《二泉映月》。

尽管时间已经错过,他还是连夜把歌词写出来了。写完以后,词就放在那儿。当辽宁电视台导演张丹请他写歌时,他第一时间想到了《二泉吟》。

只要心怀挂念就不会真的错过。歌曲《二泉吟》创作成功,但与阿炳的缘分并未结束。"无锡的雨,是你肩头一缕难解的愁;惠山的泉,是你手中一曲愤和忧。"歌曲吟唱了近20年,他心里装着的无锡还从未曾拜访,无锡的雨只在梦里出现。直到2011年夏天,音乐剧《二泉吟》在无锡首演,张名河才第一次与无锡相会。

2010年,老搭档孟庆云找张名河商量创作一部音乐剧,他欣然同意,可是选择什么题材呢?结果两人不谋而合,都想到了用阿炳作为一种音乐原型,最后完成了音乐剧《二泉吟》。因剧中女主人公叫茉莉花,所以这部剧也叫《茉莉花》。2011年,由空政文工团在京公演,并在建党90周年之际,作为重点献礼剧目登陆国家大剧院。该剧讲述了一个发生在民国年间的悲剧故事。通过一个江南民间盲人二胡演奏家阿泉收养的女儿茉莉花,在旧社会歌舞职场酸甜苦辣的命运遭际和演艺圈内冷酷"潜规则"笼罩下,人性美丑的对弈来透视美丽、温润、善良的光辉。

素有"旋律王子"美誉的作曲家孟庆云将《二泉映月》和江苏民歌《茉莉花》这两首中国民族音乐中最具代表性的中国符号作为音乐的主基调,让观众由心底自然萌生出一种熨帖感,很容易跟随着早已熟悉的旋律进入故事情节。

对于编剧和作词家张名河来说,最大的挑战就是角色的转变。一首歌曲的歌词只需抒发作者自己心声就可以,而音乐剧的歌词则需要表达剧中人物的内心世界,尤其要配合音乐创作,运用多种手段、演唱形式,在对剧中人物性格的咏唱及戏剧场景、戏剧冲突上下功夫。张名河在2011年12月的"第二届中国音乐剧发展国际论坛"上就《茉莉花》歌词做了主题发言，他谦虚地说："像我这样初涉音乐剧的作者，不仅在认识上要牢牢把握，而且在实际写作中更要投入笔力。剧中的歌词是不是做到了这一点，还有待观众去评判。"

音乐剧《茉莉花》获得巨大成功，叫好亦叫座。短短一年时间，在北京、安徽、江苏、浙江、湖北、吉林、山东等省市演出一百多场，票房收入过千万。多家媒体以《茉莉奇香，好评如潮》《为有奇香扑面来》为题作了评介。

之后，张名河应邀创作大型民族交响合唱《壮族诗情》《放歌新时代》《湘江之战》等；大型民族歌剧、音乐剧《咏蝶》《山歌好比春江水》《绝代西施》等。每一年都能看到他的新词、新作，不断从南国传来他的好消息。他的选题与创作始终不离民族民间元素，用中国元素讲述着中国故事，在中国故事里体现着文化自信。美国著名学者杰里评价他说："有幸结识张先生并拜读他的诗文，让我领略到了东方的深邃与美丽。未来，感动世界的是文化。"

四、生命之河

张名河，一条永远在路上奔忙的河。1996年1月，在《音乐生活》等多家部门联合举办的评选活动中，张名河被评为全国十大词作家之一。他的邀约更多了，他要么在创作，要么在为创作做着各种各样的准备，高强度的工作任务没有压垮他，反而让他一直保持着活力和年轻态。据他夫人讲，张老师至今仍然沿用铅笔写作的习惯，但从未在他的案头收拾过被撕掉或毁弃的纸张。这是一种让人放心的写作状态，你无法预知这条河到底能流多远。

1998年10月，因工作调动，张名河告别生活了30余载的第二故乡辽宁，来到南宁任广西壮族自治区文化厅副厅长。他说，这回离家更近了。无论身在何处，他的参照地永远是生他养他的沅陵，他丈量的永远是与故乡的距离。

八桂大地，自古文风词韵昌盛。世居的民族有壮、汉、瑶、苗、侗、仫佬、毛南、回等12个，其他44个民族也都有居住。每个民族的民歌民谣多得数不过来。民族间的融和，歌声里的和美，情感中的和善，都在湿润的空气中荡漾。张名河，这条诗性的河流自然而然地便融入歌的海洋。他后来创作的交响合唱、歌剧、音乐剧等大部头的作品都是在广西诞生的。

音乐剧《二泉吟》是他儿时的梦，是积蓄了一生的情感才喷涌而出的心泉。而到了广西壮族自治区，在色彩斑斓的民族之乡，在歌仙刘三姐的故乡，他怎能与这样经典的故事擦肩而过？2011年，他应邀完成了大型民族交响合唱《壮族诗情》，也完成了自己的心愿。他要让壮族民歌这一非物质文化遗产以精美的文学艺术形式保留下来。2016年6月，张名河编剧作词的音乐剧《山歌好比春江水》在南宁首演。这一次，他依然动用"山歌"和"刘三姐"这两个广西土生土长的元素作为创作原点，生发出与电影《刘三姐》相关的后续故事：刘三姐与阿牛哥这对年轻夫妇收养弃婴，并将其培养成才，围绕孩子身世之谜展开了一段曲折动人的故事。通过老电影《刘三姐》中流传最广的歌曲《山歌好比春江水》，将壮族山歌的题材与现代音乐的创作手段进行集中展现，歌颂了壮族人民勤劳、善良的优秀品德和"不做神仙做歌仙"的乐观精神。这部剧获得2015年国家艺术基金项目资助，由自治区党委宣传部文艺精品项目立项，自治区文联、自治区文化厅组织指导，广西音协、广西演艺集团歌舞剧院创作演出。在全国已巡演了几十场。

对作家、诗人来说，心中有爱有感就会用诗词来抒怀。在广西生活了20多年，那里的自然山水、歌舞、人文都嵌入了他的心田。最忌讳在歌词中使用地名的张名河却用了最口语化的歌名《广西尼的呀》。

"尼的呀"，壮语的意思就是"好的呀"。"广西尼的呀"当然就是"广西好，广西美"啦！

《广西尼的呀》是"壮族三月三"的主题曲，这首歌是2017年3月9日在"壮族三月三·八桂嘉年华"系列活动新闻发布会上，由自治区政府官方发布的"三月三"主题曲，被誉为广西新的文化名片。

迎宾那坡酒

待客西山茶

揽胜德天飞银瀑

访古花山有壁画

尼的呀尼的呀

最美是那漓江水

哗啦啦流出个甲天下

尼的呀尼的呀

多彩的广西谁能不爱她

传情抛绣球

漂流坐竹筏

探幽大化读奇石

寻仙长寿问巴马

尼的呀尼的呀

最美是那刘三姐

山歌传了个遍天下

　　尼的呀尼的呀

　　神奇的广西谁能不爱她

　　……

　　这首独具壮乡风情的歌曲把广西的"特产"——展现在世人面前，被列为优秀民族歌曲，向全世界宣传推广。现在，这首歌在当地无人不知，张名河说，这首歌对他的意义不在歌词，而在心意。2018年，他被评为广西八桂先进人物。他觉得，这是广西人民给他最好的褒奖。

　　不知不觉间，20年的光景如水般流逝，把他从中年带到老年。生活和以前似乎没有太大变化，依旧写作，做自己喜欢的事。他种的杨梅结果了，拍照片发给我说，觉得是特别好玩的事。哈哈，简直就是个老顽童啊！怪不得写了那么多儿童歌曲，单是和作曲家晓丹合作的就有100多首。除了被誉为世纪少儿经典的《我们美丽的祖国》，当下孩子们唱的热门曲目还有《阳光下的孩子》《小鸟的故事》等。我打电话采访他时，他说窗前还有小花鼠来回溜达，他时不时喂它们点好吃的。那些小家伙肯定是经常光顾他这个大朋友，有好吃的，还能看见它们世界里没有的新奇事物，好玩的东西谁不喜欢啊！

　　人老了接受老龄，却不颓废，一切都顺其自然。张名河在电视剧《人到老年》的主题歌中道出老年心境：

　　花开，并不都在晨曦，

　　夕阳，并不一样壮丽，

　　老年并不等于黄昏，

黄昏并不只有回忆。
　　谁耕耘微笑，
　　谁就听到祝福的歌曲；
　　谁播种欢乐，
　　谁就收获真诚的敬意。

　　这些年，张名河写的作品大都是命题作文，还有的是倚声填词，作曲家音乐已成，他把词完整地填进去。他说，这好比戴着镣铐跳舞，人一旦有了制约，往往要想办法突破，等你尝到甜头后，会喜欢上这种感觉，有时比原创还有意思。瞧，典型的儿童游戏心理，啥事都觉得好玩。要不是有趣之人，哪来有趣之作？

　　总结几十年创作心得，张名河有三句话。第一句是写作者要永远记住写作是为人民服务，抒大众情怀，唱人民心声；第二句话是创作要取一种平和的立场、平常的心态，这样写出的东西才具备朴素的良知和品格；第三句是每个人都应有责任为中国文化的建设、传承和发展做出不懈的努力。

　　2021年，中国共产党百年华诞，有着40多年党龄的张名河想到56个民族的中华儿女同心向心，忽生创意，何不写个《连心歌》？

　　连呀连，连呀连
　　金丝丝来银线线，
　　织幅壮锦挂天边，
　　壮家在那画里住呀，
　　好山好水好家园。
　　……
　　连呀连，连呀连

情深深来意绵绵；

连呀连，连呀连

石榴结籽梦共圆；

永远跟着共产党，

各族儿女心相连。

歌曲共4段，从壮乡的多彩写到中华锦绣，从美好家园写到中华梦圆。这首歌在中国音乐家协会庆祝建党百年《各族儿女心向党》大型演唱会中是压轴曲目。

前几天，和张老师通话，他说刚刚从老家回来，那种幸福和满足感不经意就流露出来。虽然父母早已离世，可根还在那里，摇篮在那里，河水的源头在那里。即使不能常常回去，但想想就足以慰藉游子漂泊的心。他的梦里时常出现儿时的画面：清清的沅水边矗立着很多码头，他和小伙伴们在河边玩耍，偶尔，邻家的小妹妹跟在他身后，甜甜地叫着他的名字——香泉哥，香泉哥，远处船工高声喊着"开船喽"，竹篙一撑，小船便离开堤岸，向着河水更远处划去……

（本文题目，系借用薛卫民的诗句。）

品濯清涟，妙笔生花
——张名河先生艺术人生剪影

向晓钟

一位当今诗人、著名歌词和音乐剧作家踏遍潇湘、关外、岭南乃至海外。大路朝天，一路行吟。无论是朝霞初露，丽日中天，还是璀璨夕阳，他始终面带微笑，从容淡定，留下一路路潇洒欢歌，撒下一串串玎玱滚玉。颇似神仙中人，却不超尘拔俗；实乃大器达人，但有柔心弱骨。他品濯清涟，妙笔生花，蜚声诗界歌坛地，飞歌寻常百姓家。山水毓秀，地灵人杰，开篇之始试仿敦煌曲子词点数其家乡胜迹和他的部分歌词、音乐剧佳作。

南歌子

江山留伟客，兰芷思美人，五溪明月子规声。济慈、从文妙笔，今被张郎相赓。

曲唱木鱼石，直钓文王鲸。二泉悠悠冀光明。昭君、文成千古，蝶舞茉莉馨。

张郎桑梓地，圣贤常留声：近代伟人林则徐三过其地而流连忘返，留下一副"一县好山留客住，五溪秋水为君清"的名联；三闾大夫屈原溯沅至此吟成"沅有芷兮澧有兰，思公子兮未敢言"；"我寄愁心与明月，随君直到夜郎西"是"诗仙"李白情托月魄追送"诗天子"王昌龄"过五溪"的传世之作；被称为"中国济慈"的朱湘和文星沈从文，或生兹恋兹，或驻斯颂斯。曲中"张郎"，禀承此地山水和人文之胜，雅歌惊世，乐剧翻新：歌词《一个美丽的传说》讴歌创业的勤奋和勇敢；《二泉吟》吟诵人间的凄苦情爱，苦寻着幸福与光明；姜子牙直钩悠悠钓王侯；汉唐两位女使唱响了中华大团结的先声；音乐剧《茉莉花》咏歌和高扬了人品和艺德；《蝶殇》写尽了人间良性情操的扭结、释放与光大。百花纷呈，良知尽显。无一不曲尽其妙，摄人心魂。佳地何处？"张郎"何人？不言自明，他就是出生于湘西沅陵的诗人和实力派歌词作家张名河先生。

先生歌满神州，被当今歌词泰斗乔羽先生赞许为"精美的石头会唱歌"，被文艺界同仁尊称为"张家溜溜的大哥"。亦庄亦谐，实为精当。先生除了笔耕诗词之外，还应时身膺官员和多种社会职务。他系中国音乐家协会第四、五、六届理事，中国音乐著作权协会理事，中国音乐文化促进会副主席，北美中华艺术家协会顾问，广西音乐家协会名誉主席。国家一级编剧，终身享受国务院政府特殊津贴。历任中共辽宁省委文艺处处长、辽宁省文联副主席、广西壮族自治区文化厅副厅长等职。还有许多他隐而不宣的中外职称，只能略而不录。

"岁月如歌他如歌""大家风范""东方的深邃和美丽"，这是三位中外名家对他的识珠之评。而我只是他乡党亲族群中的一介书生。面对这位盛名的"小舅"，真乃拙笔难摹真容，但自幼尔汝厮熟，相长相照，景仰之余，深感不吐不快。于此，谨忆其要端逸闻，吐我晬语乡心，谨呈于读者之前。

一、春风沅水

先生在《结伴词林·后记》中这样深情地回忆他的故乡:"我要感谢生我养我的家乡,那个湘西沅水畔一个偏远而秀丽的乡村。那里山歌相对,渔歌互答,歌儿结满了四季不枯的青枝。自然,小时候我便同许多孩子一样,从摇篮里一边吸着奶,一边承受着歌的滋养。"以歌恋乡,恋乡如歌,拳拳之心溢于言表,心中永志不忘那个山光水色橙黄橘绿皆如歌的所在——张家湾。其实沅水中下游有两处张家湾:一为陶渊明笔下桃花溪(俗称水溪)汇入沅水处白马渡对岸的一个渔村,一为沈从文《沅陵的人》中那个漂亮妹子——周家"幺妹"的故乡。沈文这样写道:"(沅水)河北岸村名黄草尾,人家多在橘柚村里,橘子树白华朱实,宜有小腰白齿出于其间……群峰罗列,如屏如障,烟云变幻,颜色积翠堆蓝。早晚相对,令人想象其中必有帝子天神,驾螭乘霓,驰骋其间。绕城长河,每年三四月春水发后,洪江油船颜色鲜明,在摇橹歌呼中联翩下驶。长方形木筏,数十精壮汉子,各据筏上一角,举桡激水,乘流而下……"沈先生笔下的黄草尾乃张家湾的别称,那群峰烟云之下的"春江船筏歌呼图",正是县城至张家湾一段旖旎的山水画卷。凑巧的是张文和沈文都以橙黄橘绿为色,以山歌水唱为声。情景如画,灵犀相通。豁达乐观、奋发有为的张名河先生自然是出生于桃花源百里之西——沅陵城东郊的张家湾,因为不仅濡染了不远处桃花洞的秦人仙韵,更重要的是浸渍着沅陵人勇敢拼搏的精神。张家湾山环水绕,村北那"如屏如障,烟云变幻"之处,正是武陵山中的"大腕"——锅锅垴山系。它既是湖南沅澧两大水系的分水岭,又形成了两水之间第一道南北走向的山峡沟壑，这正是连接这两大水系中上游的终南捷径——永顺、张家界至沅陵的阳关大道。张家湾正处于这条山间大道和常（德）桃（源）水路的交汇之地。北枕武陵，山道直通借母溪和张家界，南对河涨洲之七级浮屠；上有"黄头桥"下之清流涓涓，下有鹿溪口之古韵悠悠。当地一位名师曾即景生情，留下一副传世乡联："黄头桥，桥上荞，风吹荞动桥不动；河涨洲，洲外舟，春汛舟涨洲也涨"。下联隐有"金鸭背洲"的神话。我的外公张贤榆在《张家湾颂》中这样写道："家湾正对一高洲，南瞰沅江镇日流。三塔拱卫龙、鹿、凤，八景遴排黄白绿。阳春圃稼千重浪，金秋橘柚万灯游。人杰地灵乡党好，农工商士百行优。"诗中所说的"金秋橘柚"正是他晚侄文中说的"四季不枯的青枝"。此地橘柚成林，不仅为沈从文先生所乐道，而且据权威人士考证：乘舲船而容与不进的屈原正是身临此境而吟成了《橘颂》之章。一位大家闺秀曾流连于此村花月之下写出了别出境界的《花月吟》："花满枝头月满林，花光月影两相亲。怜花暗合簪花格，爱月轻吹拜月笙……"诗中这"花光"中之花，不仅是橘柚之花，菜圃之花，还有北麓的大片荷花，它们在"月影"下或远播清香，或迎风起舞，展示着令人骨醉魂销的田园景色。且说先生祖传的"张家封火大院"正处在龙吟塔与鹿呦塔之间，三面一片"花光"相照，后有"香远益清亭亭净植"的大丘荷田。眼可观"风迟远浦征帆缓"，耳可听"日午花村小鸟啾"（系龙吟塔中六楼中壁所书诗中一联）。如此山明水秀，如诗如画之处，上世纪四十年代初诞生了这位诗词才俊，也演绎了他一段鲜为人知的人间悲喜剧。有俚曲两段佐证：

张家湾，沅水边。湾下鹅卵滩，湾上果菜园。鹿塔耸山北，龙塔宛江南。沃野千畴翠，橙黄橘绿连。罾扬桃花渡，渔梆白页滩。竹篙轻轻点，小船入城县。一曲辰河腔，唱醉五溪山。由来鱼米乡，淳风尚墨翰。菜娘劲嘟嘟，日子蜜蜜甜。

炊烟袅双塔，张家封火院。一九四一年，降生"小香泉"。喜鹊噪枝头，画眉啭花间。一时水缸馨，播香透瓦檐。其祖张厚卿，当地一乡贤，练达负众望，人称"厚神仙"。此时会意笑，呼孙为"香泉"。

其父张贤坦，忠义倜傥汉。但凭岐黄术，扬名沅水岸。欣逢弄璋喜，大笑江水前。屈子歌兰芷，则徐颂江倩。取名"张名河"，东流赓大贤。此子会双意，啼振屋瓦间。不期祸福倚，母丧期月间，鹃啼代鹊噪，顿时歌哭连。帝欲长吟哦，襁褓哺乳断。丐娘代母乳，往来百家餐……

上述文字交代了先生家乡的富裕文明，父祖两代的素养以及予以命名所寄的厚望。接着介绍其期月失母、权且乞乳于女丐的不幸遭遇。那位好心的丐娘因已有乳子，一妇难供双童，故又一个期月，就不辞而别了。其父贤坦公因行医在外，小香泉只能由年迈的祖父母相替怀抱，远近依门求乳，或凭米浆、面糊聊慰饥渴。眼见孩子日见消瘦，一时又难以请到乳娘，一家人心急如焚。也许天上石麟自有冥冥中的照应。一日，适被村后十里的茅坪村堂姑父路遇发现。这位古道热肠的姑父获许后及时将孩子抱往后山茅坪村。堂姑妈心地善良，因小表哥也将断奶，就无条件地担负起哺育这个内侄的重任。穷鸟入怀，青云有路，也是先生福大命大，从富裕的沅水之滨来到这贫瘠而别有风光的大山梁上，从此天保地佑，却日渐健美起来。但见风采动人，双瞳剪水，聪明灵泛，人见人爱。先生一九四一年三月初五出生，一岁半左右，竟然在晒谷场地上演了一幕头入斗桶、四肢朝天的惊人闹剧。有歌谣为记：

> 芭茅白，粟谷黄，茅坪界上晒谷忙。香泉伢儿，没有娘，跟着姑妈晒太阳。一岁半，屁股光，爬来爬去喜洋洋。一方谷斗置场上，伢儿惊诧疾攀上。冷不防，没商量，一头卡进斗中央。锥形斗，深又壮，伢儿卡紧好凄惶，头抢斗底四肢晃。姑爷姑妈慌了张，一人持扯一进房，擒来山斧劈斗筐。情急细心如剥笋，生怕误伤好儿郎。箍断木析破涕笑，姑妈抱紧哭一场。泣言三代系单传，张家视他如宝藏。喜鹊叫，菊花黄，逢凶化吉好心爽。自小品身用斗量，长大定写八斗章。

闹剧之后，姑母一家对他的看护分外精细，不过他仍是活泼好动，并乐于牙牙学语。夜晚月下乘凉，他总爱对着星河跟随姑妈咿呀学唱："河路（指星河）接屋角，家家有谷撮；河路接屋边，人人有衣穿。"清晨穿衣起床，他会信口唱起跟表哥学来的童谣："黄牯哞哞，公鸡喔喔，羊儿咩咩，鹿儿呦呦……"乡风习习，童音爽爽，他眉开眼笑，如饮乳酪。隔不了多久，祖父、祖母、父亲总会带着瑞珠、玉珠两位姐姐前来探望，次次都是额手称庆，满意而归。为了祈福，一次祖父拉着香泉的小手去到附近的常安山烧香。常安山"仙人云雾寺"耸立在茅坪村东向的高山之上，隐现在一片参天古木之中。此为县城北郊著名寺庙，白云杳渺，朝佛敬香者络绎不绝。山门一副楹联几乎把县城诸多名胜囊括殆尽。联曰：

> 云垂佛地，高二酉三梧，听鹤鸣，观凤舞，且看蓝水

金鱼跃；

　　雾锁仙峰，远四山五岳，引龙泉，跨虎溪，又见白田黄草霞。

　　能鸟瞰县城九处名胜，可远望神州五岳，"仙峰""佛地"，确也不同凡响。且说祖孙二人入寺，但见香烟缭绕，信男信女摩肩接踵，顶礼膜拜。三重佛殿里层，中间供奉着阿弥陀如来，由观世音与大势至共侍。旁有十八罗汉和其他众佛围拱，外门有威风凛凛的"警察局长"——黄灵官站岗，氛围无比庄严肃穆。但祖父发现：孙子表情自然，无所畏惧，反而主动牵着自己的手，绕场之后，好像对众佛都无动于衷，只对"观音坐莲"和"魁星踢斗"极感兴趣。"看取莲花净，方知不染心"，莫非他也知道"千万诸佛同出于淤泥"，只有"三生正觉"才能"坐于莲台之上"？祖父的揣度也许过于神奇，但观音大士大慈大悲，笑坐莲台，以杨枝洒水的形象真是惹人喜爱。四十七年后，先生在《封神榜》片尾曲中写道"愿生命化作那朵莲花，功名利禄全抛下"，并以此作为赠我歌词集《美丽的传说》中扉页上的题词。莫非他前后自有因果相通？实难知晓。魁星原为北斗中奎星，因"奎"不便取象，故以"魁"代"奎"。它取形于鬼脸踢斗，且右脚前踢，左足向后勾起，后人又借以为骑马的姿势，全形有如夜叉探海。别看此佛脸相丑陋，但全身姿势勇武，舞动而高举"斗"字，神情动态别具一格，确非诸神可比。且魁星为主宰文运之神，科举时代以"魁星踢斗"为文运之兆。当然小香泉此时不可能知晓其象征意义，也许是极其欣赏它的高扬和灵动的取势，且其滑稽可笑，符合孩童的心理罢了。但他的祖父却坚信这其中的前缘后果，当香泉初中毕业后受挫而奇迹般考取大学，且后劲十足时，他的祖父——这位曾给我考前卜运的"曾外公"神采奕奕地对我说出了以上的"典故"。也许是冥冥中有缘，五年之后，当我来到距"仙人云雾寺"咫尺之遥的白岩界教书时，曾亲自参观过此寺（此时已大破败），并访问过一位健在的老和尚，才能使今天有缘详知其祖孙二人双拜仙人云雾寺的"天机"具象。先生平生以慈善为怀，以诗文为志，"人之初，性本善"，此事也绝非偶然。

且说乌飞兔走，日月如梭。香泉来到茅坪姑父母家不觉已有两年有半。一日，忽报祖母去世，姑父只能用竹背篓将其送回张家湾。在行经幽美的鹿溪时，孩子的眼前忽然呈现一幅乡村姑娘手旋着精巧的油纸伞在溪道上载歌载舞的场景。他格外灵动，竟然随景而雀跃咿呀。一首歌谣记录了当时之胜：

　　鹿声呦，鹿溪长，姑爷送伢儿回家乡。两岁半，奶奶亡，绕弯涉水去悼丧。绿水青山赋灵气，竹背篓中蹦晃荡。手把肩，望羊肠，忽逢乡姑迎面往，手旋纸伞山歌扬，歌如银铃沁心房，逗得伢儿咿呀唱。花香鸟语雾氤氲，女声童音响松篁。人言五岁方记忆，此景萦心竟难忘，吟鹅咏絮前朝事，此子双岁串歌场。

话说香泉回到故乡，禀山水之灵气，有家人和亲邻相顾。书香之家，"爱其子，教之以义方"，使小小君子修养，能"内正其心，外正其容"。五岁时逢抗战胜利，九岁又遇县城解放，渐次长成。由小学而中学，并长成一表人才，有如玉树临风。

提起"玉树临风"，不由得想起了初识名河小舅的一幕。一九五六年夏初的一天中午，艳阳高照。我正在外婆家在河边的吊脚楼里复习功课，准备再考高中，外婆也正在轻轻拍着表妹入眠。外婆冯云招老人出身书香门第，自小受家风濡染，粗知诗书，暮年常为孙辈吟唱歌谣。这次她先给我们讲了王羲之儿媳谢道韫"咏絮"的故事，使我特别崇拜晋朝"东山高卧"的谢安石对他两位侄辈的诗评，"未若柳絮因风起"强于"空中撒盐差可拟"，曾使我终身受益。见表妹似醒非醒，外婆又习惯地"咏鹅"催眠了——"鹅，鹅，鹅，曲项向天歌……"这时吊脚楼下传来一串爽朗的哈哈大笑声。临窗俯视，只见三位翩翩少年在楼下江边道上迤逦前行。他们都穿戴不俗，走在前面那位，白草帽，白衬衣，蓝布裤，挥动一把画扇，韵味十足地谈笑着；另两位紧随左右，这一幅"三少年周末赴城看戏路趣图"真是太美了，至今回忆，它连同外婆的吊脚楼，竟复合成了一道张家湾亮丽的风景线。当时外婆指着前面那位告诉我："这就是给你算学运的'老外公'（曾外祖父）的宝贝独孙小香泉，灵泛乖巧极了。"接着，外婆不由得脱口吟出了两句诗："宗之潇洒美少年，皎如玉树临风前。"我已知这是杜甫《饮中八仙》中的诗句，就问外婆为什么省去中间那一句"举觞白眼望青天"。外婆笑着说："你看，这伢儿不喝酒抽烟，又无其他坏脾气。他是张家未来的龙凤，不能小看他。"那位少年也许没有听清这位"新屋二伯娘"谈话的具体内容，但从婆孙俩临窗的垂青和笑容里却读出了友善，只听他尊称了一声老人之后，又向我投来了摄人心魂的关切的眼神，也许他已经从家人那里得知：村里新来了一位怙恃双失的外甥。就是这初次的"投桃报李"的示意，开启了我们终身相互关切友好的乐章。而后得知，这位小舅正就读于沅陵一中初十一乙班，著名的语文女教师吴子静特别器重这位不可多得的弟子。因为他不仅能写一笔秀丽的硬笔行书，而且各科成绩优良，尤其擅长诗文，常在县、地级报纸《沅陵报》《群众报》上见稿。那天同行看戏的二位好友，一姓邓，一姓罗，同在县城或异班或异校而读。不久，我没有辜负曾外祖父给我的预兆和鼓励，以"社会青年"的身份碰巧地考入异地高中，一年后转来沅陵一中。想不到的是：在我的下一届四个高一班级里，竟然没有这位才子小舅张名河。后从他的表哥、县林业局干部陈德强叔那里获知：他虽然对升学考试自我感觉良好，但总搞不清楚自己为什么没被录取。他在校没有任何不当的表现，只是为了挽救一位贫苦的同班文友失学，向老师反映无助之后，便贸然地向上级写了一封不应景但适时的求救信。莫非是因为这封信惹了祸——不过这是表哥的分析，但他不能向小表弟挑明，因为他生怕刺伤这颗赤诚而幼稚的心。而张名河自己却对这样的结果处之泰然，这位毫无芥蒂之心的少年，后来被招进湖南建筑工程学校学习。家人祈望蓝田生玉，而他自己更是坚信青云有路。在县建筑公司工作后仍初心不改，艰难地啃读着高中课程，准备来日高考应试，有词为证：

少小英俊倜傥，长成信义绸缪。只缘尺牍援窗友，落得瓦刀在手。鲲鹏不忘云路，诗文每上报头。焚膏继晷拔闱箦，身登高校毓秀。

先生少时就纯真而感恩，从不会以恶意度人，也日渐学会了精细地观察和思索。他既体会到中国人民昔日的疾苦和"从此站立起来"的自豪，也会目击到当时社会在艰难行进中出现的阵痛，简言之，他学会以黎民的角度来观察和思考诸多的社会问题。清晨，他会伴着《社会主义好》的晨曲而闻鸡起舞；夜晚九时，他暂停了自休，一如既往地听着县广播站一首二胡独奏的结束曲而踏歌行进在古幽狭长的县城河街，或从中南门下至文昌门，或上至西关虎溪口。浓浓的夜色里，一首哀婉悲凉如泣如诉的二胡曲，每次都会在他幼小的心灵里，产生强烈的共鸣，似乎那悲天悯人诉求光明的天籁之音已和他的慈悲而又乐观的心曲交融契合，同鸣同振在一起。当然，日后他才知道那首天籁就是阿炳的《二泉映月》，这才会有一九九四年那首荣获中央电视台金奖的经典之作《二泉吟》，这是后话。这位少年似乎自此更增添了责任感，他不仅出勤时不畏劳苦，自学时勇于克难，还勤耕墨田，经常向地、县报刊投送诗文。如小歌剧《母女辩》被《群众报》发表后经人排演，荣获专区文艺调演创作奖。诗歌《红岩碑》（本为一省级文物保护单位之名）讴歌了宋朝嘉佑二年时"楚王"与"五溪蛮"订盟友好相处的一段湘西地方史。小小少年，竟有这般的良知良能，难怪日后写成了《昭君出塞》《文成公主》这样歌颂中华民族大团结的经典之作，又是后话。小小少年，有如此襟怀，又百般勤奋，终究皇天不负有心人，一九六〇年，他考进湖南电力学院。从此，浑全璞玉经淘琢，价值连城世所稀。跻身高等院校，他不仅学业精进，且专业突出。加之诗人本色，欲罢不能。四年之中共发表诗歌五十余首，登载于《湖南文学》等省内外报刊，并蕴育成日后出版的诗集《爱的沙器》。

二、夏汛辽河

　　春风沅水，雨露潇湘，先天的禀赋加上后天的努力，先生已变成一只振翅云天的雄鹰。一九六四年夏，由于表现不俗，他的生命之旅，自沅水而潇湘，而跨江过河，而至东北的"金三角"辽宁。辽宁位于东北南部，东有鸭绿江，西有大凌河，南临海岸线极长的黄海渤海，中部为辽河平原，千里平川，一望无际。辽河分东西两源，东辽河的重要支流浑河源自滚马岭，流经煤城抚顺和省会沈阳而南入辽东湾。辽宁战国时属燕赵之地，自古燕赵多豪杰，辽金时属东京，清初为盛京。东北人豪爽直率，"或为辽东帽，清操厉冰雪"，早有《正气歌》为见证。也许是冥冥中有缘，这只年轻的鹰一入南东北平原首站抚顺便盘旋历练长达十年。其中共发表诗歌三百余首（含长诗、组诗），见载于《诗刊》《上海文学》《新港》《人民日报》《辽宁文艺》等十几家报刊。"煤海浪花"三百首，十年盛誉入盛京。一九七四年仲夏，先生奉调入省城沈阳，担任辽宁省文艺创作办公室编辑，继做编辑部主任。置身于沈阳大南门"大帅府"这座具有历史意义的欧式的大青楼里，他和文化艺术界的精英们一起笔耕不止。创作进入了旺盛期，由此而一发不可收，有《西江月》两首为证：

浑河滚马濯缨，煤海激浪操觚。诗成三百辽东讴，小试书生身手。帅府笔走龙蛇，《木石鱼》吐隋珠。《封神》直钩钓悠悠，情牵《白菜乃武》。

膺省文联主牒，献猷荧屏音协。新词影唱响南北，联袂曲贤歌杰。最是二泉幽吟，爱恨情怨韵绝。央视当年金奖获，晶透太湖水月。

滚马操觚，文思如泉，有如浑河入辽，雪浪滔天。尤其是一九七八年《音乐生活》复刊后，先生主编《词园》。除了为日常编辑工作尽力之外，他写作上"双翼并举，歌入云霄"，同操普通诗歌和歌词两类文体，并游走于成人和少儿创作之间。不过先生此时最为倾心的是为现代中国人所极其喜闻乐见的现代歌词创作。七十年代初期在《抚顺日报》工作时写的那首《地下银河》，似乎可算先生歌词的发轫之作，一经见报，就得到歌词大家普烈的极力推崇。不过先生寄望更高，一九八二年春，正是乍暖还寒之际，时做《音乐生活》杂志社编辑的他，收到乔羽先生应邀寄的《思念》等五首歌词，他手捧着这位"乔老爷"复出后的力作，边走边诵，大为其清新的词风所陶醉，后于春寒料峭之时，将其在《音乐生活》上大胆隆重推出。之后谷建芬为《思念》谱曲，又经毛阿敏演唱，乔羽的"蝴蝶"展翅高飞，这又大大激励了先生的歌词创作热情。在一九八三年至一九九〇年之间，他为六十多部电影、电视剧主题歌或插曲作词，当然值得一提的还有一九七九年年末的作词歌曲《飞翔吧，年轻的雄鹰》被评为建国三十周年优秀声乐作品一等奖；歌曲《我们美丽的祖国》获文化部等单位举办的全国第二届儿童歌曲评比一等奖，并连同《阳光下的孩子》《祖国前进我成长》共三首作品，被收录进全国音乐课本和联合国教科文组织编辑的教材。这里要特别谈谈一九八三年，说来凑巧，这一年正是农历的癸亥年。它的次年又将是一个新的"甲子"的开始。也许天道有常，一元复始，万事亨通。仅就湖南而言，据新闻报道，韶山毛泽东纪念馆陈列内容调整后已正式开放；省政府决定开发"养在深闺人未识"的张家界。沅陵县也发生了几件破天荒的大事：全国性杂志《健康报》报道，沅陵县中医院"开设了我国第一家男性专科"；六月二十三日，我国第一座中蜂选育场又在此县建立，"沅陵式"中蜂箱获国家农牧渔业部技术改进成果奖，该场选育的"中华蜜蜂"代表中国蜂种空运去巴基斯坦参加科技交流。作为一介书生，我个人也承蒙喜气调入了沅陵一中任教，随之又伴随同县修九华、修敬仪诸君三人加入了在省会刚成立的岳麓诗社。不过，作为县人而言，和另一件全国文艺界的要事相比起来就自惭形秽了。那就是张名河为上文所述的多部电影、电视剧作词的开篇之作——《一个美丽的传说》一经播出就石破天惊,不胫而走,唱响长城内外,大江南北;传至海角天涯,也传回辰山酉水。"山高路远也能获得",使多少沅陵乡党听后为之激动落泪。不过据先生自己说这首词是受了出生在辽阳县兰家乡风水沟村历史名人王尔烈才情感染而写。这似乎不假,难怪两位著名作曲家吕远、程恺曲中所配旋律充满了辽南民歌的抑扬称颂和唐山皮影腔的活泼诙谐——的确像是对一位辽东英雄才子的称颂。但"它能给勇敢者以智慧""给善良者以欢乐""给懦弱者以坚强""给勤奋者以收获",却早已跳出了仅为英雄立传的范畴,它写出了时代的主旋律,也道出了现代人的心语。我个人似乎还从"山高路远也能获得""天长地久不会失落"中领悟到了作者从家乡走向全国。从稚嫩到成熟的心路历程和人生感悟。是否纯属臆断,只有先生寸心得知。《一个美丽的传说》分别四次获得全国各类评比一等奖,它的出场率之高和历久弥新堪称少见。记得胡耀邦同志有一句名言:"什么是好歌?流行面最大,流行时间最长的是好歌。"从此,先生好歌不断。随着译词歌曲集《山口百惠歌唱选》、作词歌曲集《爱的花地》的分别出版,随着《老师的爱》《她就在我们身旁》及组歌《红花少年》分别获少儿歌曲一等奖、全国优秀歌曲一等奖和政府优秀文艺成果奖,随着《一个美丽的传说》《我们美丽的祖国》同获全国新时期十年金曲奖,随着被聘为全国《词刊》编委,先生实已饮誉全国。

先生九十年代的开篇之作是为电视连续剧《封神榜》主题歌及插曲作词,多达十二首;五个月后又为大型电视连续剧《杨乃武与小白菜》主题歌及插曲作词,又是十二首。

且说一九九〇年,《封神榜》剧组以重金在全国词坛征集歌词,而先生素来不爱主动参加各种征歌活动,故先等闲视之,后来收到了剧组的重点作者征歌函件,盛情难却,就找来同题长篇小说，重新认真地看了一遍，然后写了两首歌词寄去。之后，突然接到导演要他去上海进行专题创作的邀请电。赴任后，他日思夜想，然后一口气创作了十首歌词，圆满地完成了任务。《封神榜》原是一部七十万言的百回大书。鲁迅说它"似志在演史，而侈谈神怪，十九虚造，实不过假商周之争，自写幻想"。情节复杂奇幻，人物庞杂奇特。记得我在初中读它时，感到吸引人之处甚多，诸如哪吒莲花化身、三头六臂、脚踏风火轮、手使金枪的威武有趣；土行孙土遁，雷震子一副肉膀满天乱飞；高明、高觉分别能"眼观千里""耳听八方"的超人本领；哪吒出世和云霄娘娘由拒绝下山到终摆黄河阵的动人情节；当然至今还能背第十五回的昆仑山子牙下山之诗"子牙此时落凡尘，白首牢骚类野人，几度策身成老拙，三番涉世反相嗔。磻溪未入飞熊梦，渭水安知有瑞麟……"。推心置腹一想，面对如此林林总总、五光十色的原作，要编成电视剧已属不易，为其创作主题歌及插曲歌词难度就更大了。这不仅要吃透原作和剧本的主题意蕴，还要善于用现代意识加以观照，从而以歌凝言，诱发受众对主题作哲理性的思索，激发千万颗心灵滔滔的感情洪流，以升华和点睛全剧的艺术感染力量，这谈何容易。如今一本《张名河歌词选》在手，当我认真地研读了这几首词作之后，突然想起清人吴齐在《围炉诗话》中的话"意喻之米，饭与酒所同出；文喻之炊而为饭，诗喻之酿而为酒"。好的歌词有如醇酒，读后令人陶醉而享用无穷。事实证明，张名河先生不仅深谙中华传统的酿酒技艺，而且是位擅长于选类巧配的现代调酒大师。为了突显"正邪相争和吊民代罪"的主题，他选中了姜子牙和妲己作为斗争双方的代表，一正一邪，一男一女。姜子牙卖面遇旋风，妲己设计害比干，家喻户晓。这既符合民意，又适应了创作上阴阳相调的规律。几首中只有《直钩钓鱼悠悠哉》和《妲己吟》是人物的专题特写，似乎隐现了"米"熟后之饭迹，但这却是两碗最适合千万中国人口味的传统的糯米甜酒。它之"有迹"是香甜尽有，为人所乐享；它之"无迹"，是因能使人体酥魂醺，杳然陶然。米已成酒，有体无形，随缘而流，缘情为诗。明代汤显祖有言："世总为情，情生诗歌。"《直钩钓鱼悠悠哉》只是在随缘而流悠悠地"说稀奇，道古怪"，接着是引人入胜的"任你猜"。以情帅事，见微知著，顺情说出，不留斧凿之痕。看过那本神话历史小说的人当然知道谜语的答案，就在"答樵夫武吉"的一段话中："吾宁在直中取，不向曲中求。不为锦鳞设，只为钓王侯。"但姜子牙用的是直接陈述，而先生的表达方式是曲径通幽，以谜语慧人。他表达的是包括帝王之学在内的普世哲学和人生智慧，直取"以正压邪"的主题。《妲己吟》是漫画式地勾勒其妖冶面貌和蛇蝎之心，点击其戕义害民的罪行和自身恶报，并没有过多地胶着于所写对象，故神采飞扬而不板滞，集中笔墨而又展示了反面人物的多个侧面。其余几首都是作者"入乎其内"而"出乎其外"，在从容地谈论着对古今兴亡、人事代谢的感慨与超脱，以入世的态度启示人们去品历"山水一程，风雨一更"，去体会"一程苦涩，一程甜蜜"，去寻找"爱的足迹"和"失落的心"，去"万劫不畏"，去"昭示儿孙"，去倾听"万民百世轻唱"，去"奔流着梦的希冀"；当然也应该以出世的心态去理解"匆匆聚散"和"四海为家"，去"独占潇洒""让生命化作那朵莲花"。先生以醇酒为歌，睿智通达，玲珑剔透之心似可掬捧于字里行间。

为《封神榜》主题曲和插曲配词的成功，竟然引起了连锁反应。电视连续剧《杨乃武与小白菜》的导演一见歌词后，就拍案叫绝，立即把原已录制好的插曲全部作废而恭请张先生重新创作。先生从小就从祖父那里听到过这个悲惨的故事，并得知故乡张家湾与此案也有关联：此地的两位张姓清末朝廷命官因受此案反复牵连而命丧黄泉。何况自己童年失母有着和"小白菜，泪汪汪，苦水比那溪水长"的相似遭遇。情动于衷，主客交融，十二首歌词竟喷薄而出。《乌纱怨》中的"爱乌纱，反遭乌纱骗。费尽心思，藏起一个冤……"因旧闻兴感而自然流出；片尾曲以"小白菜，泪汪汪，从小没有爹和娘"开头，八行十二句一气呵成而余音绕梁。其他各首曲词，诸如"柳叶青青溪水蓝，穿过柳林到溪边""又是窗前风卷柳，又是烟波送轻舟""云蒙蒙，雾蒙蒙，轻舟载我来寻梦""人至江南不思归，情无穷，爱无穷"，写得主客难分，既推进了剧情演绎，又似乎在无意中历数了作者自己离乡寻梦、归而忘返的心路历程。《封神榜》主题歌和《一个美丽的传说》被同行们称赞为"传说"的"双璧"；《杨乃武与小白菜》则风行海外，事后，美国国际诗歌节组委会决定邀请张名河作为国际评委之一，代表中国前往美国芝加哥参加盛会，并受聘为北美中华艺术家协会顾问。不过这件事凑巧发生在喜事连连的一九九四年。前一年的十一月八日至二十日，张名河、龙彼德等几位在全国有知名度的沅陵人被隆重邀请返回故里参加《沅陵县志》首发式，会后并安排沅水行和登览张家界。前文曾提及发生在新的"甲子"开端年——一九八六年的几件县内外大喜事。当年张家界"养在深闺人未识"，十年后的今天，她已是"回头一笑百媚生，六宫粉黛无颜色"了。在《沅陵县志》喜获全国方志大奖的氛围中，我也因忝列县政协教育组组长和沅陵一中语文组组长，被县志办特邀撰文以贺。由于终日乾乾于教学，我的业务水准此时似乎也已从初生牛犊而日趋得心应手，刚刚领首微笑地送走了高四十七届学子，接着又痴心不改地忙碌于五十一届之中。教务和会务的烦杂，只能应景撰联致庆。记得写的是："悠悠古城，经秦人藏书、屈子溯江、则徐吟诗、少帅钓浪，湾湾山水，吸中华正气，铸就三楚底蕴；煌煌县志，载贺龙操刀、鉴雪化碧、立波办报、大军清匪，字字珠玑，皆守真求是，赢得举国旌旗。"此联虽随后被选入怀化地区《方志吟咏录》，但自觉俚俗，难入大雅之堂。今觍颜录入，只为记一时之胜。很多沅陵人都很喜欢本文开头《南歌子》中的"张郎"为凤凰山和少帅写的《落风墙》那首诗："'帅府'有座高墙，传说落过凤凰，飞自边城沅陵，报道少帅无恙……沅陵有个老张，借居'帅府'楼堂，梦里思乡夜游，亲见'凤凰'落墙。"诗中写"老张"思乡夜游，的确不假。这位词林中的"张郎"饮誉全国，同样是这位不脱乡土气的"老张"却每每思念家乡。他每年都会回到沅陵故土，或祭祖，或省亲；或携侣重游，或投荒访旧，这也使我每每能见到他这位"活人"。不过一九九四年十一月的一天晚上，发生了一件比见到"活人"更高兴的事。因为这几天电视都在播放时髦的全国MTV音乐电视节目，入夜七点，老伴和媳儿都兴味盎然地齐集在电视机前恭候开演，只有我尚在房间书案上忙着一件未完成的闲事。一会儿耳听得中央电视台颁奖典礼开始了，不多时又传来一阵介于刘天华《良宵》和华彦钧《二泉映月》之间动听的旋律，顿时有点坐不住了。这时外厅突然传来老伴张明珍的惊呼——"红英的舅舅张名河又得奖了！"老伴和张名河是同族，红英是老伴同村的弟妹。不仅如此，老伴还总以听张名河歌词为乐事。书房中的我简直是乘着老伴的喊声飞到了电视机前。这时一切都明白了，原来正是中央电视台一九九四年MTV音乐电视片颁奖大会，出席的全是文艺界"大腕"。由张名河作词、孟庆云作曲、曾静演唱的《二泉吟》获音乐电视片金奖，歌词则获得全国唯一的最佳作词单项奖。只见穿戴整洁、风韵如父祖两代而略见微笑的"张郎"正在无言地领取奖项。想的平时见到"活人"小舅"老张"只有尔汝厮熟的亲切感；如今突然见到在荧屏中的"张郎",竟激动得流出泪来,我的脑海中顿时仿佛出现了一串串时空的穿越:鹿溪内稚嫩的童唱又响了;用第一次领到《母女辩》的稿费在橘树下犒劳小伙伴的笑声又起了;一位少年踏着阿炳之曲在一座山城河街的夜色中独行思索的情景又蓦然重现了;还有三十七年前"老外公"对我讲的那"诞日馨屋"和"童仰魁星"的故事。但穿越只是主观思索中的蒙太奇,天道酬勤则是客观世界颠扑不破的真理。当时我真想飞去与之一表同喜,但相握限于虚实之隔,相祝却存时空之距。生活中的小舅"老张",亲和洒脱,玉树临风,洋溢着乡土美自然美;而今荧屏中的"张郎"儒雅沉潜,争流于百舸,更像一首充满着人文正气的《大风歌》。事实证明,《二泉吟》是先生诗词的扛鼎之作;像这样将笔墨倾注于人物命运,充满人间关怀和历史哲学思考,又近似婉约,令人一咏三叹的作品,在当代词坛,实在是为数太少了。难怪在《音乐生活》等多家部门联合举办的评选活动中,先生一举被评为全国十大词作家之一。先生宁静致远,从容登攀,从不止息。接着两年中,先生作词被中央电视台拍摄的音乐电视片《共和国之星》、《如果世界是一个家》(随台赴日创作)、《千古情》获大赛金奖,创作的音乐电视片《巴图鲁满尼》《八女情未了》《潇洒男孩》也获得大赛银奖。另外作词的歌曲《不朽的黄河》和音乐电视片《千古情》则广泛流传于海内外,并应邀为大型神话剧《神猴》作词,紧接着,一九九七年至一九九八年两年,又先后为二十多部大型电视连续剧作词,如《黑土地,黄棉袄》《东部大都会》《单亲之家》《汉宫飞燕》《法门寺猜想》《贺兰雪》等,并先后出版CD专辑五部。先生在辽宁的三十四年中(二十三岁至五十七岁),不仅歌诗盈橱,而且由于天生情商,广结词曲歌坛及各界精英。仅就为其谱曲、演唱的明星人物,"就能撑起一个灿烂的星空"。有诗为证:

  一生仗义友朋多,"天上彩云地下河"。晓丹夸词为情做,"老乔"笑石会唱歌。东方悠悠深邃美,张家溜溜称大哥。最是小乔赞夫语,词妍意蕴又洒脱。

  诗中第二句说的是著名才子作曲家孟庆云醉时对张名河的谑语:"我是那天上的云,你是那地上的河。"乾坤巧配,云水成对,孟庆云为张名河歌词所配之曲,质雅而量多,《二泉吟》和《昭君出塞》就是掷地有声的惊世之作,而在《张名河歌词选》中竟有三十首之多。为了庆云,先生专门写了一篇《闪亮的星》。行文之初,他先写这位庆云君自谱美曲而事后忘却进而自己骂自己的怪事,以赞其创作忘我之境。接着说他结识庆云的三大遗憾:一是无缘结识他于双方未成名之时;二是对方酒量出众,憾己与酒无缘,不能与之共享其乐;三是相见日稀而双方红不起脸。但终于相识八载,朋友加上了兄弟。最后写"作为军人,他刚直豪爽;作为艺术家,他纯正善良;为人子,他以孝为先;为人夫,为人父,他以爱为本;对待朋友,他重情重义……这都是他人生魅力所在。但他于我最感兴趣,最富吸力的倒是他的那份傲骨,那份傲骨中让人觉察到真实,体味到胆识,领略到才华"。这才是真正的惺惺相惜,我认为以上内容既是称赞对方,又实为"夫子自道"。至于八十年代末就与先生合作《我们美丽的祖国》而一举获少儿歌曲一等奖的作曲家晓丹,和先生竟合作了一百多首好歌,离别多年之后,他居然又不声不响地写了篇《我心目中的张名河》,发表在《人民音乐》上,文后归结为:"张名河的歌词是由情做成的,他是词坛一道美丽的风景。"诗中第四、五、六句前文已作介绍,恕不琐絮。尾联是指名河先生的夫人、画家王媛女士在《小序〈结伴词林〉》中的评语："坦白地说，我喜欢名河的词，多彩、饱满；也喜欢名河的文，神逸、洒脱。"知夫莫过于妻，至评中可见挚爱。先生的交游文友之中，不仅有词坛泰斗，也有文学巨匠，更有文艺新人，所到之处皆友朋，盛名之下无虚士。

记得《诗经·邶风》有言："北风其凉，雨雪其雱。惠而好我，携手同行。"韩昌黎亦有诗："苍苍森八桂，兹地在湘南。"张名河先生的三十四年北国之旅，赢得诗词千首，歌飞万家。盛名之下又迎来了各地尤其是岭南八桂的请柬。有诗为证：

三十四载"辽东帽"，赢得星空群歌裹。

湘南更有八桂地，恭请先生留雅照。

三、秋馨八桂

新旧世纪之交，鲲鹏海运图南。一九九八年七月，先生奉调任广西壮族自治区文化厅副厅长。时过"知天命"而近"耳顺"之年，善士、才人的秉性加以早知"上天的意志和命运"，并能"耳闻其言，而知其微旨"（郑玄注"六十而耳顺"之语），先生赴桂，与其说是履任，倒不如说是去继续完成发展文艺的神圣使命。曾创"四声""八病"之说、对古诗向律诗转变极有贡献的南朝文人沈约早有"临姑苏而想八桂"之宏愿，但终身憾而未遂；而先生却有缘轻裘缓带入"刘三姐"之乡，臻词境而工撰音乐之剧，馨八桂而增胜文坛，斯人有幸，八桂有幸。"八桂"乃广西之雅称也，此地处南海之滨，毗邻越南，背靠大西南而面向东南亚。古为"百越（粤）纹身之地"，既是我国著名侨乡，又是壮、汉、苗、瑶等多民族聚居区域，少数民族占百分之四十。此地不仅"江作青罗带，山如碧玉簪"，有"歌海""歌仙"，还有壮族"三月三"，瑶族"盘王节"，苗族"芦笙节"，侗族"花炮节"以及吹木叶、长鼓舞、铜鼓舞、琵琶歌等多姿多彩的民族传统项目，更何况拥有四十二处全国文物保护单位。桂林就拥有世界上最典型的岩溶奇观：地面奇峰林立，地下岩洞幽深，"无山不洞，无洞不奇"，风光独特。漓江清澈见底，从奇峰之下蜿蜒流过，水面小舟，江边竹林，山清水秀，风景如画。地利人和，相得益彰。先生入桂宛如漓江之匹"歌仙"，珠江之下南溟。四季如春的南国给先生平添灵感，而才高八斗的先生使得南国文艺之花开得更雅、更妍。除处理日常行政事务之外，先生极力把工作重点放在发展本区民族文化的工作上，诸如创办承接八桂词风和质朴、诚实的歌词艺术理想的《词海》刊物，去柳州观摩指导民族音乐剧《白莲》、桂剧《商海搭错船》、民族音画《八桂大歌》；去赶"三月三"，去审"阿细跳月"，去桂林"歌海"采风。还率领广西少数民族杰出歌舞团访问台东及阿里山，率广西艺术团赴法国进行艺术交流和演出，去美国芝加哥，去日本东京，去新加坡圣淘沙岛……更感人的是在赴中外等地的旅程中，还要为同仁或后学者撰写出版专著的序言。如《马上匆匆说燕怡》等篇急就于北京，《幸哉快哉》急就于加拿大旅途之中。不过万变不离其宗，先生始终不忘创作。在赴桂不到两个月，在被选为全国音乐文学学会主席团委员之后，立即创作并拍摄音乐电视片《昭君出塞》，由孟庆云作曲，彭丽媛演唱，所拍MTV又获大赛金奖。窃以为，就歌词创作大体而言，《一个美丽的传说》是八十年代初期先生的声名鹊起之作，《二泉吟》是九十年代中期先生的扛鼎之作，而《昭君出塞》《美丽的心情》则是二十世纪末先生歌词艺术的炉火纯青之作。《一个美丽的传说》是一首朴素、沉稳而朗朗上口的自强者之歌，它点燃了特殊年代之后人们重思奋进的热情，唱响了时代的主旋律，难怪山东大连千山景区因为开设了与它相关的景点后而游客如潮，也鼓舞了像我一样的无数块"石头"唱着它"千磨万难出深山"。阿炳的《二泉映月》曾伴随过先生少年时的山城踏歌之夜，而悠悠岁月又酿造了饱经历史沧桑的原始素材。先生的《二泉吟》已不是一般意义的悼亡之作，而是一首使人感奋的中华民族的历史悲歌。先生素有的人间关怀加上对历史的审视，使这首作品悲愤里显悲壮，寻求中见希望。先生的"缩龙成寸"之功，"画龙点睛"之笔和双声叠韵的声声相扣、回环往复等艺术手法，早为众名家所称道。难怪《二泉吟》使阿炳的家乡——运河抱城而过的无锡彻夜"失眠"，《无锡时报》曾就湘西大山之子能客座吟出《二泉吟》展开了激烈的讨论……而《昭君出塞》一经问世，就获大奖而赞美声不绝。在谈及当今文学界对现代歌词的评价及在文学史上定位的问题时，先生曾在一篇序言中写道："据说，当代歌词在当代文学研究范畴中是没有地位的。"接着他又以谦逊的口吻写道："能不能说，没有地位和当代歌词的实际成就是不相称的，是一种缺乏对古代诗词历史和规律认知的表现。"诚哉斯言，切中文坛流弊。本人愿顺应先生之见，谈谈对现代歌词的看法。一介之微，姑妄言之，还请诸君见谅。

近代学者王国维有言："凡一代有一代文学，楚之辞，汉之赋，六朝之骈语，宋之词，元之曲，皆所谓一代之文学，而后世莫能继焉者也。"王老先生以上见解是就《宋元戏曲考》而说的，故未提唐诗。本文引用之意，毋庸讳言，是重在说明：现代歌词顺应时代的发展和当代人的审美心理需求，顺应我国有韵文学样式的沿革和发展，早已展开现代声光电的荧屏之翅，飞向文学殿堂和千万百姓家，早已成为一种普及于社会、雅俗共赏而不可替代的主要文学样式。如果说，它在百年前的近代之始，只是一泓仅可流觞的清泉，那么时至今日，实已如江出三峡，一泻千里，溅玉喷珠，挟五湖百渎之水而赴海朝宗。这一巨大的文化现象已是摆在文学史工作者面前的崭新的课题，山雨欲来风满楼，其前程实未可限量。它的产生和壮大绝不是偶然的，如上所言，除了有无比丰富的社会内容和现代人崭新的审美价值观所支撑之外，就内部规律而言，和它的历代之祖脉《诗经》、《楚辞》、汉魏六朝乐府、唐诗、宋词、元曲等一样，其所以兴旺发达，是因为和音乐结下了千丝万缕的不解之缘，它一旦乘上改革开放之春风，融合了中外现代音乐的规律，安上了荧屏之翅，道现代人之共同心语，就立即装饰了现代多维的时空环境，成为时行的无法替代的"爱的沙器"。而张名河先生诗词俱佳，又兼有音乐、美术、影视之所长，秉沅西潇湘之灵气，乘三辽八桂之长风，品濯清涟，妙笔生花，已写出了许多的优秀歌词作品。名家们评价他的电视剧主题歌曲和插曲，在形式上富有《诗经》《楚辞》和唐代近体诗楹联式的对仗匀称美，富有唐、五代、宋长短句词牌参差错落、抑扬顿挫的对比美和音韵美；又有跨越时空视觉的现代的抽象之美，是传统的美和现代美撞射出的电光火花。先生和他众多的优秀同行们，正在树立一座现代歌词文学的丰碑，这已是不争的事实。先生撰写的现代歌词，如今已涌如江河，浩如沧海。现就掬捧出我最爱的《昭君出塞》（蒙先生撰成墨宝已成为我陋室中堂），与诸君共析之。

昭君出塞

雨正飘飘／风正潇潇／天荒地老人年少／千里断肠／

关山古道／一曲琵琶惊飞鸟／女儿出塞去／马蹄踏芳草／

天姿熄灭了烽火／国色软化了钢刀／云遥遥／路迢迢／此

去日月知多少／汉宫缘未尽／故园情未了／不问几时还，几时还／只求一统山河明月照／衣正飘飘／马正啸啸／大漠从容雁飞高／梦也渺渺／魂也渺渺／一曲琵琶千古谣

中国民间广泛流传着古代四大美人的故事，而先生偏偏首选这位汉代爱国女杰王昭君而尽情讴歌。其实，历史上写王昭君的诗文还真不少。且不说江淹《恨赋》中写她的"仰天太息"，杜甫写她的"环佩空归月夜魂"，就连北宋的政治家王安石也写下著名的《明妃曲》二首（为避讳，汉妃改称明妃）。其一写"明妃初出汉宫时，泪湿春风鬓脚垂……一去心知更不归，可怜着尽汉宫衣（不改汉服）"。其二写"明妃初嫁与胡儿……含情欲语独无处，传与琵琶心自知"。这位北宋名臣"求出前人所未道"，极力刻画了明妃爱国思乡与个人恩怨无关的纯洁深厚的情感。嗣后梅尧臣、欧阳修、司马光、刘敞和苏轼等名家皆有经典唱和之作，欧阳修并夸此题"李白不能，唯子美（杜甫）能之"。

近代著名的学者胡适也在一九〇八年写了一篇《中国爱国女杰王昭君传》。想我"成长之时，已知鲁迅骂胡适，白头之时，方知胡适是首诗"，胡适先生确是我最为仰慕的重要学者之一。他在文中说："列位都被古时做书的人欺骗了几千年，……那王昭君不是汉朝一个失宠的宫女，……这个人的确算得一位爱国的女豪杰。"原来这位王嫱是"得为昭仪或婕妤"，是尽"一片孝心，想做那光耀门楣的女儿"而同意父亲把自己"献入宫去"的。而后向汉朝皇帝朝贡求婚的呼韩邪是受汉朝帮助打败了他的分裂对手郅支单于之后，而入汉朝朝觐的友邦之主，绝不是"城下之盟"逼亲。在众"客人面面相觑"的情境下，昭君决心"与其做一个碌碌无为的上阳客人，何如轰轰烈烈做一个和亲的女子……一来增进大汉的国

威，二来呢，使两国永休兵罢战，也免了那边境上年年生民涂炭之苦……不多时昭君到了匈奴，匈奴便年年进贡，永远做汉朝的外臣，于是汉朝的国威远及西北诸国。"以上引言都是张名河先生与我平时所闲扯过的相关内容，单就选材的角度而言，先生是参阅古典后而精心设计的。下面再想剖析一番《昭君出塞》的具体内容，语言形式及音韵等方面的写作特色。

整首歌词共三节二十二行，三节大意可分别概括为：一、风雨古道；二、出塞心声；三、琵琶千古。此词结构匀称，第一节有六行三十字，采用四言、七言交互并列成节，句式为（4+4+7）×2，第二节是写昭君出塞前的心声，有十行、十一个单句共六十四字，句式为（5×2+7×2）+（3×2+7）+（5×2+8）+9。又可分为三层意思：出塞和番、时空将远、只求一统。第三节的分行和句式和第一节完全相同，意思却是第一节的结果和升华。整个章节井然有序、虚实相生、回环复沓。以四言、五言、七言为主，杂以两句使用叠音的三言一句五言、一句三言和一句画龙点睛的九言。作者的选材角度是实写出塞前，虚写出塞后。既参考了前人，又有创意，重写人物心理和精神，以突出其爱国情思。"熄灭了烽火""软化了钢刀""女儿出塞去"。仍念"汉宫缘未尽，故园情未了""只求一统山河明月照"，主题极其鲜明。还有一点值得提及是她去时虽骑"胡马"，却身着"汉"衣。第三节一开始，就立刻写"衣正飘飘，马正啸啸"，这是作者一处千钧之笔，读者千万不可一掠而过。近代学者陈寅恪指出："我国古代所谓胡汉之分，实质不在血统，而在文化。孔子修《春秋》就是'夷而进于中国则中国之'的。历史和文学上用为文化上的标志常常是所谓'衣冠文物'，《左传》中之'南冠'，《论语》讲'左衽'，一直用为文学典故。"张名河先生和王安石一样，都想通过"不改汉服"来极力表现昭君爱国爱乡的真挚感情，这种感情不因"失意"而减弱，已经"心知更不归"和"不知何时还"，更不是出于对皇帝的希冀和"争宠取怜"，因此感情更为纯洁，形象更高大。以上絮语，可见先生之意的精深。这里还要提及梅尧臣《明妃曲》，诗中写了一个一面手弹琵琶"劝胡"饮酒，一面眼"看飞鸿"，心向"塞南"的细节，巧妙地刻画了昭君内心的矛盾和痛苦，接着写琵琶音调感动得"汉宫侍女暗垂泪，沙漠行人却回首"。"哀弦"之哀，听者感动至如此，则弹者之苦，自不待言，这些都是词中"一曲琵琶惊飞鸟"和"一曲琵琶千古谣"的最好的注脚。接着想谈谈本词的音韵之美。所谓音韵美即语言的音乐美。一是它的整齐美，如前所述，本词三段中的音节，句子意群都是有规律地排列，这便形成了整齐之美。二是抑扬之美。本词选用声音响亮而易于抒激动情绪的"箫豪"之韵，且吸收元曲中可押仄声的通例，如"飘飘""潇潇"为平声，"少""鸟"押仄声，词最后一韵字押平声。平仄的抑扬、音调的升降体现了音乐之美。三是回环美。回环美是音质的利用。如词中的双声——"琵琶"，叠韵——"从容"和"飘飘""潇潇"等八对叠音词以及反复辞格的运用，都大大地增强了语言的美学信息，又服从于歌词题旨和情境的需要。上文重在说明先生写《昭君出塞》，在选择角度、筛选内容重点和章节安排方面的高明之处，以及对古代相同题材作品的借鉴和创新。下面再简述一下我国有韵文学的起源、沿革和发展以及与音乐的关系，从而正本清源，并借以再现现代歌词对古典诗词、曲继承借鉴的脉络和痕迹。

　　探流溯源，当然应首谈《诗经》。《诗经》是我国第一部诗歌总集，各篇都可以合乐演唱，所以《墨子·公孟篇上》说"弦歌三百，歌诗三百"。风雅颂之分也是由于音乐的不同，十五国风都是十五个地方的土风歌谣。"国风"的特点之一是形式多为四言一句，隔句用韵，但不拘泥，许多诗杂用二至八言的句式。章节的复叠是其第二个特点，如《芣苢》《汉广》《采葛》都是在反复叠唱中传达了感情的韵味。第三是广泛地运用了双声（如"参差""踟蹰"）、叠音（如"崔嵬""窈窕"）、叠字（如"夭夭""忡忡"）。刘勰在《文心雕龙·物色》中说道："……故'灼灼'状桃花之鲜，'依依'尽杨柳之貌……'皎日''嘒星'，一言穷理，'参差''沃若'，两字穷形，并以少总多，情貌无遗矣"。四是比兴手法的运用，能在极短的篇章里，造成极其丰富动人的形象和境界。

后人把《离骚》代表楚辞称之为"骚"，是因为汉代称楚辞为赋（实为散文）而加以甄别。楚辞中的《九歌》其前身就是楚国各地包括沅湘一带的民间祭神歌曲。许多诗篇中都有"乱"辞，有的还有"倡"和"少歌"，《湘君》《湘夫子》都是主人公的独唱，说明与音乐非常接近。以《离骚》为代表，成为我国浪漫主义的直接源头，主人公形象丰满，糅合神话传说、历史人物和自然现象编织成幻想奇妙的境界，并用夸张手法突出事物的特征，刻画人物的品格。楚辞的另一特点是"依诗取兴，引类比喻"，而不再是单纯和独立存在的客观的比兴，而是整体内容合二为一，具有象征的性质。抒情诗不只鸿篇巨制，而且有广阔背景和一系列幻境，使之具有故事情节的成分。《离骚》基本上是四句一章，字数不等，亦多偶句，形成了错落中见整齐、整齐中有变化的特点。

唐诗是我国古典诗歌的巅峰之作。《全唐诗》收录了很多和尚、道士、尼姑、客人、歌妓及无名氏的作品，可见唐诗的确不是文人的专利品。高适、王昌龄、王之涣在旗亭听歌妓唱诗以及白居易诗传诵于"王公、妾妇、牛童、马卒之口"，可见文人诗歌的普及程度。一、全诗内容广泛，仅《全唐诗》所录就有二千三百多人，近五万首诗。二、在艺术上，达到高度成熟的境地。诗人大都具有独特的风格,形成了百花争艳的局面,使现实主义和浪漫主义传统得到了丰富和发展。三、完成了我国古典诗歌各种形式的创造。古体诗的五古、七古、乐府歌行,近体诗的五律、七律、五绝、七绝,排律无不齐备。这些形式,上承风骚,下启词典,并成为我国文学史上流传最普遍、影响最深远的诗体。

宋词和《诗经》、楚辞、汉魏六朝乐府相似,它的诞生与音乐也有不解之缘。它是以汉族民间音乐为主,融合了少数民族及外来音乐而形成的新声。词的全名为"曲子词","曲子"是它的"燕乐"(燕同宴,因常于宴会演出,故名),"词"则是与这些曲调相谐和的唱词。由于"曲子"的唱法今已不传,就只剩文词了。北宋前期,词坛呈现一种贵族词与市民词、雅词和俚词、小令与长调双峰双峙、二水分流的局面。宋词至柳永完成了第一次转变,但只是翻新其音乐外壳,却未根本突破"艳科"的藩篱。第二次是豪放派的异军突起。它拓宽了词的意境,扩大了词的表现功能,在新的历史条件下部分地恢复和发扬了早已式微的敦煌民间的现实主义传统。此派的发轫之作是范仲淹的以"塞外秋来"为首句的《渔家傲》乐歌数阕。北宋后期王安石步武其后。他要解放词体,打破"诗言志"(泛指情志)和"词言情"(特指情爱)的题材分工,冲决"诗庄词媚"的风格划分,松开束缚词的音乐枷锁(当然也有其片面性)。苏轼比王安石走得更远,真正做到"无意不可入,无事不可言",真正做到了"如行云流水,初无定质,但常行于所当行,常止于所不可不止",成为豪放派当之无愧的奠基者。当然也有人批判苏词"虽极天下之工,要非本色"(陈师道《后山诗话》)。苏轼的另一位嫡派秦观,不就苏轼的有乖音律而加以指摘,而且径自走"婉约"之路。他是北宋婉约派词人造诣最高的一位,特色是以中音轻唱,只以浅墨淡抹,而词的旋律自有一种沉重的咏叹，画面自有一种层深的晕染。他的佳作虽得到"虽不识字人，亦知先生好言语（晁补之语）"的"俗爱"，也赢得文化修养较高的士大夫们的交口称誉。北宋另一位"婉约派"重要词人周邦彦则进一步发展了柳永婉约词的艺术形式。改变有三：一、其词、字、句比较整饬，呈现格律化的定型；二、一曲之中多次转换宫调（移宫换羽，为三犯、四犯之曲），处处留意字声，平上去入，阴阳轻重，各用其宜，不容相混；三、刻意创新出奇，人为地制造曲折回环，或无垂不缩，或欲吐先吞，或虚实兑形，或时空错序，章法变化至极矣。周邦彦为北宋婉约派最晚出，却集婉约派之大成，开格律派之宗风。总之，宋词中婉约派如老柳吹绵，漫天飞絮；豪放派以新笋解箨，拔地而起。双峰对峙，气象万千。

中国古代诗歌因与音乐结合而发展，因与音乐相脱离而衰落。元代以前的宋金时代可作反例，元代少数民族的音乐以其刚健清新的格调，令人耳目一新，当它与民间小调融汇在一起时，使元曲应运而生。元曲是诗歌本身的内在规律及文学传统继承、发展的必然结果。曲和唐宋词都是合乐的歌辞，都要受声韵格律的约束，在形式上都是长短句。不过在形式、音韵和风格上都有明显的不同：

一、曲在长短上更能尽长短变化之能事，可短到一二字，可以长到十几个字，并能不受限制地加上许多衬字，显得活泼生动，通俗明快，少数曲牌还可以增句。总之，曲突破了词的字数限制，形式自由，音律鲜见板滞、长短，多少随意所向。

二、在声韵上，词韵总体上属于《广韵》的平上去入回声系统；曲韵则以当时北方语音为基础，平声分上平、下平二类，没有入声，入派三声。在用韵上，词的韵位疏，曲的韵位密。词基本上为隔句，韵曲则多为连韵。曲不能换韵，不论长短，都需要一韵到底。词却按词牌要求可以换韵。曲韵有其通便之处：一是平上去三声通叶，二是不避重字重韵，这样使音调更能适应自然音响的旋律。曲与词在风格上有明显区别：词宜于悲不宜于喜，曲则悲喜皆可，情致极放；词可雅而不可俗，曲则雅俗共赏，命意极阔；词宜庄而不宜谐，而曲则庄谐杂出，态度极活。散曲讲究豪放率真，清雅自然，俚俗本色，对仗也自由，形式丰富，除偶句作对外，三句、四句、隔句均可相对，特别是鼎足对尤具特色。

综上所述，我国古典诗歌各个阶段的相递继承和创新都为现代歌词的兴起和发展作了历史纵线上的准备，而现代社会的进步、时代的需求以及对同时代的姊妹文学样式的借鉴则是现代歌词应运而生、乘运而胜的横向内部因素。故为现代歌词正名正位是历史的必然和社会的必需。它不仅要靠歌词作家的继续努力，而且是文史工作者和社会学家以及全民共同的责任。

除《昭君出塞》而外，先生入桂之作，除了将要在第四部分谈及的音乐剧之外，还有先后创作并拍摄的音乐电视片《跳月》《文成公主》。作词的歌曲有《绿城花雨》《蝶恋花》《家乡》《相聚金秋》《边关情》《蝴蝶船》《爱在这方》《美丽的心情》《等我》《爱的翅膀》《长江源》《广西尼的呀》《鲜花映彩虹》等，其中有的被拍成电影片，并获得各类奖项，或由中央电视台播出，或在央视青歌赛中演唱。《广西尼的呀》定为广西法定节日三月三节歌。还出版了CD专辑《张名河作词歌曲选1—3部》，应邀为北京人民大会堂创作《人民大会堂之歌》；参加由文化部组织的赴福建采风及创作活动，作词的《土楼神话》获世界申遗征歌评比第一名。并应邀赴省外西南地区，北京、安徽、大连等处创作歌曲或作专题讲座。出国之旅，前文已述，恕不再提。真可谓：行止不分畛域，春风满座；创作硕果累累，不一而足。一首《西江月》，大致摄取了先生在广西的主要创作成就。

世交海运图南，八桂花开诗笺。《昭君》《文成》国色妍，《土楼》《跳月》乡恋。《茉莉》香远情深，《蝶殇》裂石摧肝。平生声誉满词坛，仍是从容雅淡。

四、冬煦遐龄

先生雏声于沅湘二十四年，壮翅于北国三十四载，上世纪末乘海运图南，栖梧于八桂大地，至二○一○年七月，又是一个小甲子，先生立届七旬，仍为霞满天。他始写新诗，中期之后重点撰写歌词，基于对中国古典诗词的精深造诣和对现代歌词的全息把握，他的歌词已显示出独特的个性，尤其是具有强烈独到的音乐性、节律性和韵味性，读后别有一番风味。与生俱来的对真善美的追慕和对苦难者的同情始终是他解读人生观照社会的主轴。对君子情怀和中华正雅之声的情有独钟，使得他的歌词充满了坦荡而又柔细、整饬而又乘化的景观。即将由上海三联书店出版发行的《当代词品十七家》，先生也列在其中。仅以先生词中常用的四言以蠡测海，或可触其词风之点滴。

赓古通今，自成一体。四、七为主，择言缘意。跳如神猴，饬如楹对。音律通灵，流泉滚玉。叙叹自如，庄谐有计。如痴如醉，欲辨忘机。

其中真情和音乐性是其作品的灵魂和风韵。他撰写作品似乎是出于其人生的本能和天职。他居官退休时给我的一封信中这样写道:"我已从工作岗位退了下来……但写作仍未弃,命中注定了承受这份艰辛。"接着,他又写道:"美学家朱光潜有言:'朝抵抗力最强的方向走,抓住此身,此时此地。'愿你我舅甥都以此为勉。你是一位最具才情又具毅力的人,应该把你内心的东西用笔墨留下来……"读信之后,汗颜不已,却已是如痴如醉,沉吟良久矣。猛然想起少时读冰心的一句话:"年轻时候做做诗人很容易的,看你是不是诗人,要到年老的时候。"先生关乎我的话,诚然是出于鼓励,而他自己却已年近七旬,仍是童心如昨。"庾信文章老更成,凌云健笔意纵横",不仅歌词已臻炉火纯青,"平生声誉满词坛",而且又在"朝抵抗力最强的地方走去"——竟然开始撰写"大型原创中国音乐剧"了,他的东煦遐龄又开启了一个文艺的新天地。

先生的大型中国音乐剧之一是创作于二〇一一年五月的《茉莉花》。此剧由空政歌舞团排练演出。由老搭档孟庆云作曲,王延松执导,谭晶、王莉、喻越越、汤子星等主演。同年六月二十八日在国家大剧院演出后,历经一年先后在北京、安徽、江苏、浙江、山东、吉林、湖北、四川、贵州、广东等地巡演一百五十余场。"好一朵美丽的茉莉花""诗情画中意,雅俗共赏""茉莉奇香,好评如潮"(皆为舆论界的评论和报道文章的标题)。

音乐剧起源并繁盛于欧美,百余年来,一直是一种持续风靡全球的摩登艺术。但在我国,则仅仅只有从八十年代伊始的三十余年的时间。以融戏剧、音乐、舞蹈、说唱等表演形式为一体,以新奇、大胆、夸张、幽默等表现手法为特征的西方剧模式,具有极大的题材包容性和艺术风格的多元性。然而对于一个有着两千余年的戏曲史、百余年话剧史和近七十年歌剧史的中国而言,这种舶来品如何"拿来"为我所用,即如何尽量适合中华民族特有的欣赏习惯又具有现代时空的意识而为当今的更多的观众所赏识和喜爱,这的确是个年轻而全新的课题。

湘西有句方言:"三岁看小,七岁看老。"说的是人的一生大概自小可见雏形。此言虽有夸张的成分,但张名河先生弱冠之年就酷爱文艺,不仅诗文见报,而且小歌剧《母女辩》曾得奖于县市级,却是不争的事实。而且他是一个具有多方面才能和沉潜性思维模式的人才,所以他从事的文艺不仅有单元的平面模式,必然也会有立体的纵深模式。这不是我个人的臆想,而是为先生的文艺轨迹所验证了的。先生的中期尤其是后期,不仅有一首首的光彩熠熠的歌词闪耀星空,而且有不少的复合型的初具情节的"大型组歌""轻歌剧""大型民族交响合唱"等样式的出现,诸如《壮族诗情》《泪海情山》《莽莽青纱帐》《月圆之后》《守望》《星星五千万》等等。时空的推演和先生才艺的日臻纯青,必然会导致他艺术生涯又一个高潮的到来。何况先生自小心中藏有一个秘密,已为他在赠我《茉莉花》一书扉页上的文字所披露:"记得小时候,在沅陵县城河街听《二泉映月》,感慨良多,许多年以后才知道这是盲人阿炳的作品。因此心中便多了一个人,那就是阿炳;因为阿炳,心里多装了一个地方,那就是无锡。正是这段情缘,才有了后来写给阿炳那首歌曲《二泉吟》,又才有了这部以阿炳身世为背景的音乐剧《茉莉花》。"音乐剧的题材,多是根据名作改编,对这个来自中国底层民众生活、最具音乐元素和大众情怀的题材选取,绝不是一时的情不自禁,而是经过反复的艺术考量。难怪先生和作曲家孟庆云都对这个最具东方代表性音乐性元素、最富音乐魅力的民间艺术家阿炳和原型民歌《茉莉花》产生了共鸣。题材确定之后,如何孕育、构思一个生动的故事就成为当务之急。音乐剧和传统剧一样,要有一个较为完整的故事,它的音乐、舞蹈和歌曲才能在剧情发展的基础上依次展现出来,而且只有这样才能从一开始就抓住观众的眼球。而音乐剧与传统剧又有着严格的区别，简而言之，后者是将简单的故事复杂化，甚至，使主题异化；而后者是尽可能使复杂的故事简约化，基此观众会发现，作者在构思和孕育此剧故事情节时，力求腾出更多的时空留给音乐，留给舞蹈、舞美、灯光等其他艺术表演形式，使之成为一个真正意义上的既生动而又简约的光华四射的音乐剧。当然作者在搭建剧本完美的框架、设置扣人心弦的戏剧线索、编织完整的故事情节、制造激烈的戏剧冲突等方面是不惜呕心沥血而批郤导窾的。有心人会发现，作者是以"阿炳"和"茉莉花"两种既成元素为出发原点而加以巧妙勾连的。脱出了真人真事窠臼，演绎出养父阿泉和茉莉花父女间坎坷相遇、相依为命、互怜互爱的人间最真情的故事——这是情节的纵向主线。同时为着展开剧情和组织戏剧冲突的需要，又增设阿泉年轻时的恋人金月儿，以及有着帮会背景的恶棍，霸占华美艺班的老板，惯于利用权势棒打鸳鸯、横刀夺爱的上官沛霖，因妒生恨、两次设计陷害金月儿母女的当家女歌星苏怡，以及良知未泯在剧中扮演见证人这一关键角色的原艺班老板而后的艺班的班头。由以上这些人物纵横交织，围绕茉莉花身世之谜，创作出一系列带有扑朔迷离意味的故事情节和曲折生动的戏剧冲突。此剧的主题之意明晰显露，重点在于描绘人性的美好，正如主题歌《茉莉花》所唱"……不与百花争繁华……"，和他以前所写《封神榜》片尾曲中"愿生命化作那朵莲花，功名利禄全抛下"的含义似乎异曲同工，不过音乐剧《茉莉花》是对清纯、善良情操和美好人性立体行进式的歌颂。音乐剧中的歌词（亦称剧诗）也不同平时的单曲歌词。它务必根据人物出场时的所处环境、心理情绪、感情纠纷以及剧情发展的需要，从人物此时此刻的内心情境与具体场景出发去自我"宣叙"和"咏叹"，因而剧词在艺术表现上，往往是具象和个性化的。这与更多地追求"我"（作者）

向"你们"（听众）传递某种心理感应的共鸣性的一般歌词是极不相同的。具有丰赡典雅文化含量与秀丽绮美文字功力的才子型的歌词作家张名河，却浑然不觉地完成了一次成功的转身，使剧词显现出了炫人双目的文学光辉与超凡的魅力。沅湘的人文底蕴，塞北江南直至八桂的山水风情酿就了先生深厚广博的文字功底，又使其剧词（连同其以前的歌词）显示出互不相同的艺术个性。那悠悠飘荡在环城运河边苍凉凄美的女声独唱《二泉吟》，那凸现了江浙都市艺术、洋溢着青春浪漫和时尚氛围的男女对唱《相识相知》，那富有西方爵士音乐特征的《茉莉花之夜》，尤其是那首氤氲着江南民歌韵味（或说沅湘楚风）娓娓动人的《江南水乡》更使人如梦如幻，如痴如醉。

花桥碧水弯／江堤柳丝长／微风轻吻荷塘／醉我江南水乡／竹篙轻轻点／小船入画廊／一曲丝竹小唱／醉我江南水乡／江南水乡／人间天堂／香喷喷的日子／粉嘟嘟的船娘／仿佛幽梦弥漫唐宋清香／染你一身芬芳

剧词仅有三节十四句，把《江南乡水》之美扩展得香甜雅致。那是摇荡有影、"欸乃一声山水绿"的幽境，那是青篙点水、桨划清波的轻响，还有那唐诗宋画的芬芳。读着诵着，不由使人联想起湘西文星沈从文优美散文中的同韵描述：酉水上"三桨不如一篙，三橹不一桡（读'招'）""在自然景致中见出宋院画的神采奕奕之处，是太平铺（公路由桃源入沅陵境处）过河时入目的光景"，由沅水江畔"桃源洞"而"记起宋玉所赋高唐神女"，名河先生则用古今相通的神韵，将近代的一位"高唐神女"，——茉莉花，咏唱得多重丽质，婀娜多姿。剧词既符合人物当时的心境，又为剧情的急转直下作好了铺垫。真是神来之笔，难怪我在初读这首剧词之后，就情不自禁地在前面三首俚曲中借仿了四句："竹篙轻轻点，小船入城县。菜娘劲嘟嘟，日子蜜蜜甜。"素来自重的我竟也会东施效颦，可见魅力之大。空军政治部在《音乐剧〈茉莉花〉综评》结章处写道："这是熔铸于民族性格中的仁爱、善良的团聚，是茉莉花的歌声在江南水乡永远萦绕的写真，也是历经磨难的真善美在人间生根的暗喻，还是一份对一部精雕细琢的音乐剧将深入人心叫好叫座的祝福。"空政的综评，全面深入，字字珠玑。事实证明，《茉莉花》是一台不可多得的"大型原创中国音乐剧"，也是空政文工团继歌剧《江姐》后的又一重大收获，在我国年轻的音乐剧发展史上留下了光辉的一页。茉莉奇香，好评如潮，在全国各大中城市公演，引起一波接一波的轰动。两年之后，先生又应空政文工团之邀，创作了大型原创音乐剧《蝶殇》，二〇一二年五月在京公演，七月末又赴香港隆重进行首演。再一次令观众心旌摇曳。

就构思而论，如果说《茉莉花》的出发原点是巧妙地融合了人物阿炳和原型民歌《茉莉花》两种既成元素，那么《蝶殇》就是匠心独具地将现代"梁祝"和传统"梁祝"虚实相生的传奇产物。后者讲述和演绎的是发生在清末民初江南砚城一代的越剧著名生旦衣伯和衣蝶的生死之恋。八场之中，巧妙地穿插传统"梁祝"中的"草桥结拜""十八相送""楼台会""化蝶"等传奇情节，全新地阐释了"梁祝精神"，礼赞了自由幸福爱情这个人类永恒而又更新的主题。故事跌宕起伏，人物情感如痴如醉，高潮之处，令人摧肝裂胆，荡气回肠。这是一场现代人生命与爱情崭新的"化蝶"。

《蝶殇》的新，新在何处？新就新在它是一份戏中演戏、戏中出戏、戏情交叉、戏意相促全新的艺术；新就新在现实对传统赓续和发扬出的一份美好的德行；新就新在现实与传统在情节中的翩翩起舞；新就新在两美交叉互促，意趣纷呈；新还新在剧词对剧中人物的触及灵魂的个性刻画以及对音舞美的引领和浓化。诸如对反派人物疤爷的自我张扬剖析，臭嘴脏心的翻剥及酷性的自我洒泼；对哗变人物李梓元的内心秘密和伪善的揭示；尤其是设置了衣蝶、衣伯失散后一段相互的唱和，使这一对情侣的芳情和意境羽化而登仙。一句话，《蝶殇》的剧词实为意趣横生的唱诗，它把各样人物诗化而成花、叶、藤、刺，因而也自成了音乐剧的精魄玉液。

  再说其他的话已纯属多余了。此时，我的思绪又呈现了时空的穿越，故乡沅陵山城河街入夜时《二泉映月》的胡琴颤音又响了，临近子夜时，沅陵老县城辰河高腔的锣鼓声似乎已进入高潮。那艺似祢衡的鼓手正是赴京汇演得到司鼓大奖的石玉松鼓师，那依鼓乐而唱的正是扮演《李慧娘》而赴京演出的著名女演员陈衣伯，日后名河先生那《母女辩》中的女儿，也正是陈的爱女校花小罗（螺）所扮。还有那《蝶殇》中的上官沛霖和女尼汝香，都和沅陵某些有关人员同姓或同名。这些是否纯属巧合，是剧作家的乡情显露，抑或是楚韵乡风给他留下的刻骨铭心的印痕？但凭读者自行思索。六十年过去了，又是一个整整的甲子。昔日怀仁堂里领袖们对辰河高腔演员们的接见，演变成了张名河先生所撰首创中国音乐剧在国家剧院的两届轰动演出。惜哉！颇具特色的辰河高腔剧种未能得到国家非物质文化遗产的超前保护而早衰。乐哉！先生的秀丽的歌词和音乐剧成为莽莽神州一道道亮丽的风景线。盛衰兴亡，似有定数，或在人谋？大幸的是聪明有为的沅陵人，虽惜别了旧城中入夜的喇叭声和高腔的锣鼓声，却迎来一座崭新的山城和一代代优秀的后来人。

  "沅有芷兮澧有兰（屈原）""杨花落尽子规啼（李

白句）"

"一县好山留客住（林则徐句）""捎来家书报丰收（张名河句）"

感谢古圣今贤对湘西沅陵如此地礼赞和期许。那里不仅有古道热肠和江山胜绩长留，而且有新修成的三座大桥鼎立横跨在沅酉二水之上，装点着这座历久弥新的山城，还有那一代又一代的优秀沅陵老乡为它而赢来的一串串的美誉，在内在外的湘西儿女正和全国人民一道圆梦中华。幸甚至哉！让我篇末束题重赞那位"家书报丰收"的优秀沅陵人张名河，他品濯清涟，妙笔生花。故卒章显旨、缘情作歌曰：

双璧茉蝶发天葩①，边塞高雁喜琵琶。
临川四梦增朋腴，少游一笑弃铅华②。
妙笔何惊鸣鹍鸪③，莲台偏爱绝尘沙。
夜踏山城君莫笑，胜地欣开诗剧花。

二〇一七年七月八日 脱稿于广州

---

① 天葩：天然美丽的花，比喻秀逸的诗文。
② 铅华：古代女性抹脸的粉。曹植曾用"芳泽无加，铅粉不御（用）"来写洛神的纯美。宋代"苏门四学士"之冠秦少游，人评其"词风俊逸精妙，情韵兼胜，不露铅华"。此用以点赞张名河大有少游之词风。
③ 《离骚》中有言："恐鹍鸪之先鸣，使夫百花之不芳。"屈原唯恐时到春分，杜鹃早鸣，而使春暮百花失香。四、五句皆在说明先生不仅爱春惜时，并无分季节和年龄，皆勤于创作，而且心慕莲台，不鹜虚名，入世出世兼有，实为难能可贵。

一条流淌在空中的河流
——张名河歌词作品品读

容本镇

张名河是中国音乐界一条奔腾不息的河流,一条流淌在辽阔天空中的河流,也是一条流淌在人们心里的河流。这条河流,记录着我们这个伟大时代的沧桑巨变,回响着中华民族奋力前行的铿锵足音,映画着人民大众多姿多彩的生活图景与美好的理想追求。

张名河的音乐作品创作,涉及众多艺术领域,包括大型组歌、大型交响合唱、大型民族歌剧、大型民族音乐剧、音乐电视片、少儿歌曲、单篇词作等;他最突出的成就之一,是为数十部电影电视剧创作主题歌歌词和插曲歌词。他和国内许多著名的作曲家、歌唱家等都有过合作;中央电视台、国家大剧院、春晚等都播放、演出或演唱过他的作品。他在长达几十年的艺术创作过程中获奖无数,他的许多作品曾经广为传唱,至今魅力不减、传唱不衰,其中有的已成为艺术经典。张名河的音乐作品,已成为一代人和一个时代的美好记忆。在这里,我只从文学的角度谈一谈对张名河歌词作品的印象和感受。

首先,张名河的歌词作品简洁凝练,诗意浓郁,韵味隽永。歌词作家本质上是一位诗人,歌词创作本质上是诗歌创作,但歌词创作又有自己的特殊要求和应该遵循的基本规则，可以说是"戴着镣铐跳舞"。张名河深谙歌词创作的奥妙，对歌词创作的特殊规律和特点了然于胸，在"镣铐"的约束下挥洒自如，拿捏有度，臻于化境。他的歌词作品，无论是豪放还是婉约，无论是激烈还是舒缓，无论是欢快还是凄苦，都体现出了真挚的情感和优美的意境。奇特而丰富的想象力，浓郁醇厚的诗意，深挚悠远的韵味，总能够引发人们丰富的联想和想象，激起人们强烈的情感共鸣，并给人带来丰沛而深切的审美感受。譬如广受赞誉的《二泉吟》：

风悠悠，云悠悠，
凄苦的岁月在琴弦上流；
恨悠悠，怨悠悠，
满怀的不平在小路上走。
无锡的雨，
是你肩头一缕难解的愁；
惠山的泉，
是你手中一曲愤和忧。

梦悠悠，魂悠悠，
失明的双眼把暗夜看透；
情悠悠，爱悠悠，
无语的泪花把光明寻求。
太湖的水，
是你人生一杯壮行的酒；
二泉的月，
是你命中一曲不沉的舟。

歌词中把民间艺术家阿炳的悲惨身世、不屈意志、对光明的执着追求和二胡名曲《二泉映月》的深邃意境巧妙地融合在一起，形成了沉郁悠远的艺术魅力和令人回味无穷的艺术效果。电视连续剧《木鱼石的传说》主题歌《一个美丽的传说》，电视连续剧《皇太极》主题歌《一代巨星》，电视连续剧《贺兰雪》片尾曲《未了的故事》，以及《不朽的黄河》《美丽的心情》《千古情》等，都是想象力奇特丰富并给人以广阔联想空间的优秀作品。

其次，张名河的歌词创作折射出了对社会对人生的敏锐洞察、真切感悟和深刻思考。歌词作家要有一颗敏感的心灵和一双善于发现美的眼睛，同时，还要具备洞察社会、透视生活和感悟人生的强大能力。张名河的许多歌词作品，常常寄寓着丰富的思想内涵、人生感悟和生活哲理，这在他为影视剧创作的主题歌和插曲中尤为明显，如电视连续剧《杨乃武与小白菜》《汉宫飞燕》《都市民谣》《单亲之家》《人到老年》和电影《远山》《烛泪》《桃花水》的主题歌和插曲等。又比如电视连续剧《封神榜》主题歌《神的传说》、片尾曲《独占潇洒》和诸多插曲，讲述的虽然是神怪世界，实质上神怪世界就是人间世界，作品是借神怪而写人，写人世间的悲欢离合、喜怒哀乐。张名河对参与的每一部电影电视剧的主题思想、故事情节、人物形象、表现手法、艺术追求等，都有着精准到位的理解把握和细致入微的体察领悟，因此，他创作的电影电视剧主题歌和插曲，与影视剧浑然一体、珠联璧合，真正起到了画龙点睛、深化主题或者锦上添花的作用。

张名河还有着深厚的古典文学修养和丰富扎实的历史知识，他的许多作品散发出浓郁的古典韵味，文辞典雅，古韵盎然，富于哲理，如《昭君出塞》《文成公主》《奇缘》，电视连续剧《汉宫飞燕》《法门寺猜想》的主题歌和插曲，电影《龙窑》主题歌《天下一绝》等。

再次，他善于捕捉和选取有特色有代表性的地域文化元素和诗歌意象融入歌词创作中。广西是多民族聚居区，民族文化斑斓多彩；广西又是歌的海洋，民歌的音符飘荡在八桂大地。张名河于1998年从辽宁调到广西工作后，又开启了一个重要的人生阶段和黄金创作时期。二十多年来，他既以一个他者的眼光凝望不一样的广西，又完全融入了广西的生活环境和壮乡文化。有一个细节很能够说明张名河对广西地域文化和风土人情的深入了解。他应邀为贺州"客家文化节"创作歌曲《国韵流芳》，歌词中有一句话："忽闻一曲《月光光》，在远山轻轻地唱。"《月光光》是一首在乡村民间流传的客家童谣，如果不深入调查采访或细心查阅有关资料，是不可能了解和体会得到客家人对这首童谣的特殊情感和美好记忆的，更不可能巧妙地把这首童谣写进歌词中。

来到广西后，张名河迸发出了旺盛的创作激情，创作了大量歌词作品，并与广西作曲家傅磬、黄朝瑞、唐力、傅滔、李嘉、赵琳等都有过良好的合作。他创作的大型民族交响合唱《壮族诗情》、歌曲《祖国万岁》《鲜花映彩虹》《山里山外》《我们的中国梦》《湘江渡》《连心歌》《绿城花雨》等，曾成为舞台和网络平台上的热门歌曲，并获得各级各类重要奖项。他创作的"壮族三月三·八桂嘉年华"主题歌《广西尼的呀》，已经或必将成为广西的又一个音乐经典和艺术品牌。"尼的呀"是广西那坡黑衣壮的壮语音译，意思是"好的呀"。张名河将"尼的呀"融入到歌词中，就是让世界更清晰地听到壮民族的声音，感受到八桂儿女幸福美满的生活。歌中唱道：

尼的呀 尼的呀／美丽的广西谁能不爱她／尼的呀 尼

的呀／美丽的广西尼的呀／尼的呀尼的呀／美丽的广西谁能不爱她／尼的呀尼的呀／哎哎哎哎尼的呀／迎宾那坡酒 那坡酒／待客西山茶 西山茶／揽胜德天飞银瀑／访古花山有壁画 有壁画／哎尼的呀 哎尼的呀／最美是那刘三姐／哗啦啦流出个甲天下／哎尼的呀 哎尼的呀／多彩的广西谁能不爱她／尼的呀尼的呀／尼的呀尼的呀／多彩的广西尼的呀／传情抛绣球 抛绣球／漂流坐竹筏 坐竹筏／探幽大化读奇石／寻仙长寿问巴马 问巴马／尼的呀尼的呀／最美是那刘三姐／山歌传了个遍天下／哎尼的呀 尼的呀／神奇的广西谁能不爱她／尼的呀尼的呀／神奇的广西尼的呀／尼的呀尼的呀／神奇的广西谁能不爱她／尼的呀尼的呀／壮锦织日月 织日月／铜鼓传佳话 传佳话／风生水起北部湾／观潮扬帆揽朝霞 揽朝霞／哎尼的呀 哎尼的呀／最美是那绿城的花／香飘飘迎来了满天下／哎尼的呀 哎尼的呀／最美是那绿城的花／香飘飘迎来了满天下／尼的呀尼的呀／尼的呀尼的呀／尼的呀

这首歌一经推出，就成为热门歌曲而受到热烈追捧，一时响彻八桂大地。只要这首歌歌声响起，就会把人们带到欢乐祥和的海洋之中，就会让人们激情澎湃地感受到"美丽的广西尼的呀"。张名河应邀为中国歌剧舞剧院创作的大型民族交响合唱《壮族诗情》，选取了铜鼓、壮锦、天琴、绣球等具有典型代表性的壮族文化符号作为载体和意象，勾画和表现了壮乡人民斑斓多彩的民族文化和幸福美好的生活，抒写和歌颂了"各民族兄弟姐妹永远相亲相爱"共创辉煌时代的和谐景象与豪迈之情。整部交响合唱昂扬雄壮，气势恢宏，充分展示了八桂大地的神奇与美丽。

长长的河

黄朝瑞

> 有一条长长的河／流淌出一个美丽的传说／一滴水是一个神奇故事／一朵浪花是一首欢乐的歌／只要你品出他的精彩呀／美丽的心情会伴你幸福快乐！
> ——谨以此歌献给邻家大哥张名河

定海神针把舵引航

常言道,"家有一老,如有一宝"。拥有张老,如获至宝。二十多年前一次研讨会上,他写了一篇文章《自己的刀削自己的把》。"削把论"入骨三分,振聋发聩,在广西音乐界引起了很大震动,唤起了人们深深的思考,其境界高远深邃,一直对广西音乐界起到了指导、启迪和引领的作用。

文中说:"我们的词曲作家应该创造更多的互相交流切磋的机会,追求一种大目标,大感觉,大力度。更加积极地从精神、文化、感情上,投身于火热的现实生活,与时代同呼吸共命运,使我们的创作更加贴近实际,贴近生活,贴近群众。不为一些蝇头小利而奔忙,不为一时的浮华而障眼,多一些思考,多一些感受,拿出真正无愧于人民、无愧于时代的优秀作品。"其眼界之高、格局之大、胸怀之广不言而喻。他像个老中医,望、闻、问、切把脉诊断,指出:"当前一是缺乏批评或批评的持续,二是缺乏包装或包装的锐势,三是缺乏大师或大师的风范。"他切切实实地"用自己的刀削了一回自己的把"。

他说:"经常地盘点一下自己的家当,对照别人找出自己的差距,理清思路,共谋发展,这是广西音乐事业和歌曲创作将取得更大繁荣和发展的希望所在。特别在取得一定成绩需要把这种成绩当作一个新的起点重新起步的时候,尤其是在见到这种真知灼见的批评之后,更缺乏一种批评的呼应与持续。"

他针对当前创作空气和社会宽容度得到极大的好转的情况,指出"一是词曲作者互相对视的目光变得越来越温柔,不再听到相互抱怨,或词拖累了曲,或曲跟不上词。词曲天然相亲的晶体,在词曲作者笔下,暗自努力,有了亲密的结合,带来了可喜的局面。互为称道、互为鼓励的声音多了起来。二是逐渐地有了一种团体的组合和团队拼搏的精神,这种精神和作为,且日趋自觉和走向成熟。三是田园四周的篱笆变得越来越矮,篱笆上盘桓的花藤,有的探出头去,看见了外面的世界和墙外的春光。尤其是一些墙外的开拓者被欣喜地迎了进来,并邀请他们破土耕耘。在这块田园里,果真长出了一些属于这块土地上的花果。四是词曲作家队伍逐步扩大,创作十分活跃……"。

他警言:"看不到这些转机和突破,那是一种盲视;看不到转机和突破所带来的新的困惑,那是一种近视。……因此,可以说新的困惑需要新的突破,新的突破需要持续的批评作动力,需要有挑剔的目光和富有建设性的理性净言。广西乐坛,应该随时听到来自不同方面的批评的声音，在批评声中求真，在批评声中求实，开创我们更加辉煌的未来。"

他的真知灼见，给音乐界以极大的鞭策，犹注入一剂强心针，带来了无尽动力与活力。多年的艺术实践，张老在广西乐坛一直起到了"定海神针"的作用，广西音乐正是在这样自省与自信的鞭策下前行。

饱学无忧文如其人

1999年8月，全国第二届戏剧节在南宁举办。中国戏剧家协会主席、著名表演艺术家李默然出席。作为当时文化厅领导的张名河设宴接待了李主席。按常规，作为文化厅公务接待，这是一个很正常的公务行为。然而，他竟然因为与李主席是辽宁文艺界前同事及好友的缘故，放弃了公务接待安排，自己掏了腰包请客。数十年来，他就是这样始终保持着真诚待人、真心待友的君子之道。

翩翩真君子，高贵品格可见一斑。《道德经》曰：见素抱朴，少私寡欲，绝学无忧。张名河就是这样一位"见素抱朴、绝学无忧、少私寡欲"的大艺术家。守其纯朴、现其本真，滚滚红尘中，超然于灯红酒绿和功名利禄。为此，我们终于明白他为何如此受人尊敬，其作品为何如此受众人喜爱。原来作品的真善美，是与人格的魅力、人性的光辉、心灵的纯洁无瑕相关，是作品优质的根本源泉。正所谓"言为心声""文如其人"也。

扶老携幼殚精竭虑

"张老又解囊付印刷费了！这是什么情况？"编辑部的同志说，"《词海》财务吃紧，又断炊了，张老自掏腰包把这期印刷费一万多元付了。"《词海》是广西音乐文学学会创办的内部词刊，旨在为词坛新人提供作品交流和展示的园地，没有资金来源，完全靠四处化缘自筹解决，创办以来举步维艰。为培养词坛新人，他率编委一干人可谓是殚精竭虑，苦心运筹，每次遇到困难，总是和大家一起集思广益，寻求解决方案。实在没辙，他就慷慨解囊……在行内，张老大方仗义出了名，每次朋友相聚，他总是抢先结账。有一次他为了抢单，竟错把隔壁包厢客人的账给结了！

广西词坛的创作生态是张名河最牵挂、最关心的。"扶老携幼"成了他的口头禅。他是这样说，也是这样做的：办刊他亲自撰写按语，选定头条；培训讲座他毫无保留；研讨笔会他认真点评……每看到有新人的进步，他都特别高兴，给予特别爱护、关照和鼓励，尽显一位长者风范。

妙笔生花柳暗花明

定海神针之名不是虚传。《广西尼的呀》作为"三月三嘉年华"主题曲，现如今红遍广西，各地都在传唱。可谁知道它的诞生却是十分意外和偶然。2014年，自治区党委宣传部精品创作项目立项，贵港文联和协会共同申报了一个合作项目。项目批下来后，贵港方还需要配套一部分资金,搞一个反映"金田起义"的大型组歌,已经派人下去体验生活并写好台本了。但由于种种原因,对方配套资金不到位,合作搁浅,结题无果。"老哥,咋办?"我去找张名河求助。关键时刻总是他挺身而出:"另起炉灶,马上转向搞一个专辑。"他还亲自出马向词作者约稿。在他的策动和热情参与下,意想不到的是这张专辑格外成功。《广西尼的呀》《喜鹊登枝》《神秘河》等一批有影响力的歌曲正是出自这张专辑。

有一年征歌,他写了一首歌词《蝶恋花》,我和李嘉分别谱了曲。但在笔会遴选中只能选一首,大家认为两首曲都不错,难以取舍。于是把球踢给张老,由他定夺。而他也不忍割爱,于是生了两全之策:给另一首重新填词。《蝶恋花》是写桂林的,有浓郁的山水风格特色,后来把它放到其音乐剧《山歌好比春江水》中作为插曲,成了一道亮色。而没想到新填的词却更加出彩。

绿城四季飞花雨,天天都有春消息……牵手绿荫下,落花香了满身衣……漫步青草地,错把冬季当春季……

就是这首《绿城花雨》,把一个充满现代气息和活力的绿城南宁写得美不胜收,如诗如画。写《绿城花雨》时,他刚从沈阳到广西不久,对南宁已有自己的发现和感悟,并且积累了很多思考,所以才有"绿城四季飞花雨,天天都有春消息"的表达。这个"春消息"既是自然的消息,又是政治、经济和各方面的春消息,任你去想象。"牵手绿荫下,落花香了满身衣",在绿荫下牵手走过的时候,花落在衣服上,衣服都香了。"漫步青草地,错把冬季当春季",这是在东北沈阳完全看不到也感受不到的景象,所以他非常轻松地就把这首词填完了。真是妙笔生花,这就是他超人的艺术才华。这首曲作为城市的形象歌曲入选全国征集,在东南亚很多地区也有传唱。

妙思巧构佳作传扬

精品佳作,总是让人难忘,回味无穷。如词坛泰斗乔羽的"朋友来了有好酒,豺狼来了有猎枪",妙不可言,耐人寻味。在张名河的词作里,精彩的锦句也随处可寻。如《二泉吟》"失明的双眼把暗夜看透……无语的泪花把光明寻求……太湖的水,是你人生一杯壮行的酒;二泉的月,是你命中一曲不沉的舟";《昭君出塞》"天姿熄灭了烽火,国色软化了钢刀";《一个美丽的传说》"只要你把它爱在心中,天长地久不会失落……";《一代巨星》"刀剑有情无情?砍倒一个大明,砍出一个大清……";《神的传说》"聚散中有你,聚散中有我,你我匆匆皆过客。……一滴苦酒,就是史书一册;一滴热血,就是丰碑一座。";《千秋月》"只因有这千秋月,心儿才有那阴晴圆缺;只因有这千秋月,世间才有那生死离别";《相识相知》"从此你是我的相思,日月如梭为你织;从此你是我的牵挂,最怕风雨入梦时";《美丽的心情》"一双眼睛,一道风景,一张笑脸,一个黎明";《不朽的黄河》"一部奔腾的历史,一个浩荡的追求"等等,耐人寻味的妙语佳句,不胜枚举。把它们抽出来可独立欣赏,细细品味,置于结构逻辑的轨迹中,则又更彰显出炫目光彩和内涵力度,不禁令人拍案叫绝。这些作品都已成为一个时代的经典。

妙思巧构,是名河老哥的看家功夫。"十年不食湘江鱼,三年不饮湘江水",这是一首流传于桂北地区的描写红军长征湘江战役惨状的民谣。经他妙笔处理，巧妙地将素材解构于其精心设计的作品结构中，沿着结构逻辑线的发展，呈现出崭新的样貌，赋予了全新的思想内涵。请看《湘江渡》：

最爱莫如湘江渡／爱得让人痛欲哭／不忍说，十年莫食湘江鱼／江底尽埋英烈骨／不忍唱，三年不饮湘江水／英雄血染红军路／啊，红军路，湘江渡／一山一石丰碑树

经作曲家（傅滔）谱曲，效果十分震撼，听众反响强烈，入选了中宣部"中国梦歌曲"。

水转那山外山／云转那天外天／人盼日子好上好／一年胜一年

再望那山外山／再望那天外天／山里的故事山外传／惊喜万万千

是谁那话儿暖／是谁那眼界宽／领头把山外搬进山／连同那天外天

芝麻节节高，甘蔗节节甜／致富一个都不少／小康梦儿圆

这首《山里山外》是应"扶贫攻坚"主题而作，歌词描绘了中国人民决胜小康，展现新农村新面貌，"山里的故事山外传，惊喜万万千"和"致富一个都不少，小康梦儿圆"的新气象。语言精练，结构精巧，极富律动感，音乐性极强。非常适合谱曲，我以广西瑶族"蝴蝶歌"元素为基本音调发展谱曲，欢快、舒展的旋律，民族风格特色极其浓郁，一经发布，迅速在区内外各地不胫而走，

成为各种比赛活动的选唱曲目。

　　一个亲切的声音把人心牵动／几代人的梦想在今天相逢／把你的手我的手牵在一起／让无穷的力量更加无穷／啊，中国梦／我们的中国梦／滔滔奔流的大黄河卷起龙的风／啊，中国梦／美丽的中国梦／伟大复兴的故事里／你我在其中

　　一张深情的笑脸把岁月感动／大中华的血脉在这里相通／把你的梦我的梦串在一起／让繁荣的天地更加繁荣／啊，中国梦／我们的中国梦／追星赶月的好儿女都是龙的种／啊，中国梦／美丽的中国梦／世界惊喜的目光里／鲜花映彩虹

　　这是我俩合作的另外一首至今仍在全国各地传唱的歌曲《鲜花映彩虹》。创作于2014年，歌词极富时代感，切中时代脉搏，且语调语气平和、亲切、温馨，不空喊口号，不唱高调。是你，是我，是每一个中国普通老百姓心中有感而发的声音。表达了中国人民在中国共产党的领导下追求中华民族伟大复兴的愿望，故而深受大众喜爱。歌曲在网络上有各种团队、各种演唱版本视频传播，从东到西，从南到北，从小学到高校，从年轻人到老年人，从社区、机关到企事业单位等各行各业在各场合及各种活动中都有演唱，甚至有团队带到维也纳金色大厅演唱。

　　名河老哥不仅在歌词方面成就卓著，戏剧创作上也极有建树。他曾二度受解放军空政文工团邀请，连续写了《茉莉花》（又名《二泉吟》）《蝶殇》两部大型音乐剧，轰动全国。我心想，广西有这么优势的资源，何不为我所用？思量着协会也组织创作一部音乐

剧。我把想法和他商量并有意请他担纲编剧，他欣然接受并很快就拿出了剧本。在区党委宣传部和文联的重视支持下，张名河与协作单位共同努力，音乐剧《山歌好比春江水》终于2015年成功问世，并得到国家艺术基金资助。一经公演，就获得社会广泛好评。

异境犹吾境他乡亦故乡

"因为有了翅膀／也就有了飞翔／因为有了飞翔／也就有了天堂／天堂鸟飞过的地方／有我幸福的歌唱／天堂鸟落脚的地方／是我心爱的家乡……"这是他到广西后创作的一首向往家乡的歌。歌中充满眷爱之情和诗画般的意境，深深打动人的内心。从作品中，感受到他心中怀有一种深深眷恋的家乡情结。"独在异乡为异客，每逢佳节倍思亲。遥知兄弟登高处，遍插茱萸少一人。"现如今张老写的《家乡》与王维写"山东兄弟"时的心境是否相似？他们的心灵似乎相通，虽然两个作品艺术表现手法不同，却有异曲同工之妙。

其实，他之所以从遥远的辽宁沈阳调到广西南宁工作，其很大动因也是为了圆思乡之梦和怀亲之情。因为南宁是离老家最近的省会城市了。家乡沅陵，那里还有他日思夜想的亲人，还有令他魂牵梦绕的山水草木。如他作赋曰："沅水泱泱，酉水洋洋，诗书煌煌。前人备述，圣手纷至来，深峭著华章。问众贤，何来又何往？"故乡老屋对岸那留下历代多少名人先贤诗句的古塔；王阳明当年说道心学的"龙兴讲寺"；后院那屈原笔下千古《橘颂》中的橘园；还有那沈从文散步的芸庐荷塘；因兴修水电站淹埋于水下的家居老宅……都是他一个个挥之不去的梦。男儿有泪不轻弹，可每次谈及这些,他眼中总是闪烁着泪花。

……陆之隘,滩之险,山之莽。人文通辰州,满城纸墨香。叹,桥头堡无桥;企,望儿山有望。男待新骑,女待新妆。

恰逢时,当盛世,百业俱兴,比翼城乡,岂分畛域,奋筑桥梁。春寒料峭,无挫其工;冬雪秋霜,无改其向。上下同心,擘画腾骧。如是六易寒暑,大功告竣。四虹飞架南北,两水碧流晨阳。观雄奇壮丽,仪态万方;望气势轩昂,伟岸辉煌。踞诸峰之上,跨众帆之樯,凝《涉江》风韵,踏清波碧浪,傍龙兴讲寺,依芸庐荷塘,横古今驿道,载万里春光。四桥两路,全线贯通;两水三镇,相得益彰。立体交通大格局,逐渐生成;六纵五横牵四港,日趋成翔。振雄姿,沅陵再添异彩;揽胜迹,彪炳千秋流芳。

县之大,业之兴,地之广。上扼川黔,下蔽湖湘,三部两带,乘势而上。太安大写民生福祉,天下辰龙声威名扬。对接陆海新通道,大书追梦新篇章。昂首驰怀,欢笑俱化身姿远,纵目放歌乡情长,屈子至此留《橘颂》,五月龙腾闹大江。噫!白鹭翔云,红鲤戏浪,腾龙凤起,曲水流觞。嗟乎,距离不再是距离,远方不再是远方。道与道之连,大道无垠;心与心之通,大爱无疆。先贤之步当堪踵,赤子之功永镌镶。

这是他时逢八十大寿之年,应约为家乡所作的《沅陵大桥赋》。这是家乡过去和现在的真实写照。古今远近的历史观照,精辟深厚的思想内涵,简洁精练的遣词造句,可见他文学功底之深厚,笔力之老辣，尽显艺术大家磅礴大气之风范，从中也可读出他内心深处的百感情思！

如赋所云，"距离不再是距离，远方不再是远方。道与道之连，大道无垠；心与心之通，大爱无疆"。这是大艺术家无比博大的境界与胸怀。正所谓"身处异境犹吾境，日久他乡亦故乡"。我记得，张名河曾在为我写的一篇文章中说过："我们都先后步入退休的行列，进入了既无大喜也无大忧的化境。我们有约，山水情在，不负艳阳。我们要常邀三两好友，出去走走，畅饮人生。乐哉！春天，我们同去踏青；夏天，我们同去戏浪；秋天，我们同去采果；冬天，我们同去寻梅……"

观庭前花开花落，看天上云卷云舒。老哥，我们一定要记住这"四季之约"啊！

2021年10月于南宁

张家溜溜的大哥
——学习音乐剧《茉莉花》体会

张仁胜

学习名河先生音乐剧创作，用《张家溜溜的大哥》作为发言题目，是受名河先生赠我的音乐剧剧作集的赠语"张家溜溜的仁胜一笑"的启发。无论张家溜溜的仁胜，还是张家溜溜的大哥，都是套用歌曲《康定情歌》的歌词，这句词恰恰是音乐和歌词浑然一体的典型范例。没有"张家溜溜"的几个字，不仅整句词儿顿时失色，音乐也会从葡萄美酒寡淡为隔夜茶水。名河先生的音乐剧选集赠语，有心或无心地用了这个充满音乐感的句式，正好暗示了他的音乐剧之所以特别像音乐剧并能成功的至关重要的原因。

翻开张家溜溜的大哥艺术简历，我注意到，他在念初中的15岁便创作了戏剧处女作《母女辩》。稿纸第一页，张家溜溜的大哥写下三个字：小歌剧。这个剧本对名河先生的艺术成就来讲或许不算重要，但是，他写在第一页的"歌剧"二字对他的命运走向却很重要——这个湘西少年用"歌"与"剧"二字，给自己的艺术人生树了一块路牌。我猜测，少年名河写小歌剧《母女辩》的时候，便在心里埋下了一颗受孕于音乐基因的戏剧种子。从1958年到2011年，53年过去了，不知何种机缘触发，戏剧种子从他的心田拔地而起，破土便为大树——名河先生创作的音乐剧《茉莉花》，在2011年6月28日登上国家大剧院的舞台。他没有在创作年表里注明是国家大剧院的哪个厅上演，不过，按照他在少年时代为自己树立的写着"歌"与"剧"二字的路牌指向，这个演出地点当为国家大剧院歌剧厅——中国戏剧殿堂级舞台。

想来很有意思，名河先生少年时写了一个小戏后，便将戏剧收藏于梦，一口气写了53年的诗歌与歌词。某日大梦骤醒，他再次动笔写戏之时，多年诗与歌词的写作及现实生活对他的历练，已然让他完成了音乐剧创作的思想与艺术的全部准备。

有一个我们做编剧的都不大愿意承认的现实：一百个会写戏的编剧，有九十九个写不明白音乐剧，主因是音乐素养的欠缺。我们的歌唱类戏剧，只要不是用戏曲音乐谱曲，我们便理直气壮地把这个剧归于音乐剧范畴。名河先生则是从文本开始，进行的便是如假包换的音乐剧创作。

看过名河先生音乐剧的行内人，可能会有一个感受：他剧作中的结构、人物、情节、细节，当然也是通常意义上的戏。但与很多音乐剧编剧的不同之处，是他在剧作中给作曲留下的空间比我们这些编剧大得多。名河先生剧作有个特点，他会用一个序幕埋下前因，再用一部剧的长度表现后果。以音乐剧《茉莉花》为例，序幕主要戏剧动作是盲人收留弃婴，作者还用"班头"为情节的衔接留下伏笔。从故事角度看，可视为正剧前史。但是，如果从音乐剧的角度看，序幕给全剧埋下的却是《二泉吟》这个极具人物命运意味的音乐动机。

阅读剧本时，因为名河先生特别说明《茉莉花》又名《二泉吟》，我很期待看他如何表现盲人阿炳（剧中叫阿泉）给人间留下的二胡名曲——用世界级名曲《二泉映月》构建一部音乐剧，无疑是每个编剧在选择这个题材时受到的最大诱惑。

很意外,我那张家溜溜的大哥,在序幕结束进入正剧后,便开始搭建与世界级名曲《二泉映月》关联性并不那么直接的故事架构,开始了弃婴茉莉花跌宕起伏的命运叙述。张家溜溜的大哥尽管为官多年,骨子里却是情种一枚。写人的命运,尤其是女子的悲欢离合与爱恨情仇,天生一把好手。剧中茉莉花多舛而传奇的命运,强烈地调动着我阅读文本时的情感起伏。

情感被弃婴命运调动起来的我,尽管明白名河先生在用享誉世界的江南名曲《茉莉花》为载体开始他的音乐剧之旅,我依然坚信《二泉映月》与名河先生的创作动机之间,应该还有一座用情感搭建的音乐之桥。这个猜测来源于序幕,名河先生在序幕的全剧第一个唱段《是谁把你带到人间》中,精心为这座桥梁埋下第一块基石。名河先生写道:"孩子,孩子,心爱的孩子,用什么将你喂养?我的琴声我的贫寒。"我隐约感到,序幕的"琴声"二字,如同经典歌剧序曲中展现的音乐动机,必将在戏剧的行进中发展壮大,并最终掀起全剧高潮。

我这个判断是有理由的。名河先生与我等音乐修养先天不足的编剧最不一样的地方,就是剧作中的人物行为、戏剧冲突、起承转合等戏剧要素,他比我们更擅长用音乐线条予以勾连与描画,以便给音乐的二度创作预留广阔空间。在《茉莉花》的创作中,只有具备让作曲家孟庆云先生在谱纸上"下笔如有神"的人物行为、情绪表达、场面营造、情感抒发、情节推进、冲突爆发等戏剧元素,名河先生才会用唱词的方式将其收纳剧作中。典型范例是剧中人物血缘关系爆雷后,苏珏、苏怡、上官沛霖的三人轮唱及紧接的茉莉花与上官沛霖的父女对唱,估计演出时应该有些李贺在《李凭箜篌引》中描绘的艺术效果:"女娲炼石补天处,石破天惊逗秋雨"。

137

从第一幕起，我就发现名河先生的阿泉不是剧中一号人物，一号人物是弃婴茉莉花。编剧的着力点用在了通过养女茉莉花的身世、爱情、命运上，悲愤而强烈地去表现及控诉旧时代对人、人性的摧残与毁灭。然而在阅读过程中，我依然等待序幕中阿泉对弃婴承诺过的"我的琴声"，也就是阿炳那把老胡琴奏响的一刻。终于，我在尾声等到了结果——阿泉捧着为茉莉花做的那把胡琴出来时，我终于听到序幕中伏下的音乐动机，发展成我一直期待的《二泉吟》所带来的震撼。此时再回味阿泉拉着胡琴领着茉莉花卖艺、给茉莉花做胡琴、给茉莉花送胡琴及阿泉与茉莉花的二重唱《胡琴说》等细节与场景，便可看出名河先生草蛇灰线、伏脉千里的音乐布局与结构功力。序幕展示的音乐动机在尾声发展成高潮，如若音乐剧《茉莉花》把《二泉吟》这段词儿拿掉，全剧无疑会逊色不少。

因此，我没有依据，却无端感觉名河先生是先写出尾声的《二泉吟》一词，才去构建《茉莉花》的全剧结构。（注：研讨会上听大家发言，才知道《二泉吟》是名河先生早于音乐剧写的单曲。）我们只有通过主题歌《二泉吟》去观照全剧，才能感受到名河先生的二泉不同于我们认知的无锡那眼二泉，才能领悟二泉与茉莉花的关系，才能领悟到名河先生对《二泉映月》独特的艺术提炼与意境提升。名河先生以他的方式，给琴弦、惠山的泉、失明的双眼、二泉的月，赋予饱含思想感情及文学意味的诠释，让我们形象地感受到了一个比盲人眼中更黑暗的时代，这可能便是这部音乐剧的思想价值所在。《二泉吟》一词可击节而歌：

风悠悠，云悠悠，凄苦的岁月在琴弦上流；恨悠悠，怨悠悠，满怀的不平在小路上走。无锡的雨，是你肩头一缕难解的愁；惠山的泉，是你手中一曲愤和忧。梦悠悠，魂悠悠，失明的双眼把暗夜看透；情悠悠，爱悠悠，无语的泪花把光明寻求。太湖的水，是你人生一杯壮行的酒；二泉的月，是你命中一曲不沉的舟。

这些化于《二泉映月》背景与形象的词儿是真好，其中的思想与文学意蕴令音乐剧《茉莉花》的品位得到很大提升，也让我理解了名河先生为何执着地注明这部音乐剧又名《二泉吟》。

同时，音乐剧《茉莉花》是个灵气逼人的文学创意，艺术手法让人联想起元曲《我侬词》。江南用一首名扬世界的民歌，确立茉莉花是中国最美好的意象，这是"把一块泥，捻一个你"；江南又用一曲名扬天下的《二泉映月》，由一个看透暗夜的盲人，用胡琴拉出了中国最走心的音乐，这是"塑一个我"。名河先生的创意便是"将咱两个，一齐打碎，用水调和，再捻一个你，再塑一个我"。到了全剧尾声，当最美好的江南意象凋零毁灭后，因为这朵茉莉花和阿泉特殊的人物关系，我们再听中国最走心的音乐动机发展出来的歌声，你会感觉，这部音乐剧确实令两首名曲达到"我泥中有你，你泥中有我"之境——既是原来的《茉莉花》与《二泉映月》，又不是原来的《茉莉花》与《二泉映月》，而是渗透了名河先生个人印记的《茉莉花》和《二泉映月》。可能这就叫创作吧？可能这才对得起"创作"这两个字吧？

回味名河先生的音乐剧《茉莉花》，人们可以从一个旋律的反复、一个音乐动机的发展，想起名河先生的一句精彩的词、一首有意境的词，一个音乐构成的戏剧结构，一个情感爆发的戏剧高潮，一个用情很深的故事，一个深刻而隽永的主题；而你吟咏剧中某一句词、某一段唱词甚至某一段台词，你的脑海，同样会不自觉地想象或浮现剧中的动人旋律、音乐掀起的情绪、人物的音乐形象，你会在线条清晰的旋律中去咀嚼那些词句带给我们的感受。为此，我很钦佩音乐剧《茉莉花》的剧作家和作曲家的彼此关系。"张家溜溜的大哥"把两首世界名曲创造性地融为一部音乐剧作，令这个题材得天独厚，加之作曲家孟庆云大师亲手打扮，盖头一掀，倾国倾城。名河先生与庆云先生合作多年，硕果累累。两个人的生活空间距离是2337.9公里，但我感觉，两个人的心理距离很近。近到什么程度？四个字：心心相印。也是，音乐剧词曲作者心心相印，才能令一部音乐剧不能脱离歌词去说曲子，也不能脱离曲子去说唱词，而是相互抬举，相互成就。中国有句古话，可能是古人专门为名河先生和庆云先生联袂创作的音乐剧准备的，此话也是四字：浑然天成。

继续给喜欢您的人民写音乐剧吧，名河先生。衷心祝愿：张家溜溜的大哥身体溜溜的好哟，世间溜溜的好戏爱上溜溜的他哟……

2021年11月26日

此物最相思

——重读张名河音乐剧有感

常剑钧

近日，为能参加张名河先生的作品研讨会，抽暇重新拜读了他的三部音乐剧《茉莉花》《蝶殇》和《山歌好比春江水》。掩卷之余，心中情不自禁涌出的是唐代大诗人王维的四句诗："红豆生南国／春来发几枝／愿君多采撷／此物最相思。"名河先生出生于文脉厚重、名家迭出的湖南湘西，在遥远的北方工作数十年后，重返美丽的南方。作为当代著名的婉约派诗人和蜚声大江南北的词坛大家，几十年来，他由南向北、由北向南，南北交汇、一路行吟，为我们的时代和人民奉献了许多众口相传、耳熟能详的经典作品，不折不扣地堪称大师风范。

今天，之所以从赏析他的几部音乐剧入手，一是因其独特的审美价值和艺术风格，二是可为广西的舞台艺术创作提取宝贵的经验和深刻的启示。因为，当下的广西戏剧创作，尤其是音乐剧创作，太缺这样的浓郁诗情，太少这样的清新画意，太乏这样的款款真诚，太稀这样的生命吟唱，太无这样的绝妙文采。

名河先生曾不止一次谦虚地说过，他不是一个剧作家，也不想成为一个剧作家，写戏只是偶尔为之。记得，当他的第一部音乐剧

《茉莉花》轰动京华，第二部音乐剧《蝶殇》即将唱响之时，我曾当面向他讨教，并准备组织创作人员前往观摩学习，却被他婉言阻止了。后来，他笑着告诉我，剧作家是一个太沉重的职业，一生中，要承载起太多的人生苦难和世间的酸甜苦辣。这句话让我一直思忖到如今，并终身受益匪浅。

让我们先赏《茉莉花》，看那颗"戏剧的种子"是如何在作者的心中生根发芽，绽放圣洁的花朵，散发出醉人的芬芳的。作者在读小学时，每晚都在收听家乡广播站播出的一首二胡曲子《二泉映月》，动人的乐曲渐渐刻在了他的心间，多年以后他才知道这是盲人阿炳的作品。因为《二泉映月》，他心里便多装了一个人，那就是阿炳；因为阿炳，他心里便多装了一个地方，那就是无锡；因为这段情缘，才有了那首先于音乐剧而广为流传的歌曲《二泉吟》；正因为有了这诸多奇妙情缘的奇特汇聚，才有了这部以阿炳身世为背景、为素材的音乐剧《茉莉花》的横空出世。从中，我们惊奇地发现，这颗"戏剧种子"从生根发芽、抽枝繁茂到香飘人间竟然历时半个多世纪之久！什么叫生活？这就是一个真正的艺术家可遇不可求的生活。什么叫扎根生活？这正是无法复制、不可替代的鲜活例证。反观当下的许多作品，尤其是现实题材的应时之作，大多是抢题材、赶时髦、忙说教，还未深思熟虑就赶忙出手，以至于扶贫攻坚事事相似，第一书记千人一面。他们根本不屑于寻找、滋养"戏剧种子"，以至于塑造出来的人物犹如激素催生的"美国莱猪"，让人避之不及，怎敢亲近？此时此刻，还是让我们来重温《二泉吟》的生命吟唱和真诚启迪：

风悠悠，云悠悠／凄苦的岁月在琴弦上流／恨悠悠，怨悠悠／满怀的不平在小路上走／无锡的雨／是你肩头一缕难解的愁／惠山的泉／是你手中一曲愤和忧／梦悠悠，魂悠悠／失明的双眼把暗夜看透／情悠悠，爱悠悠／无语的泪花把光明寻求／太湖的水／是你人生一杯壮行的酒／二泉的月／是你生命中一曲不沉的舟

"失明的双眼把暗夜看透"，这是何等深邃的生命感悟，和诗人顾城的"黑夜给了我黑色的眼睛／我却用它寻找光明"异曲同工，堪称绝唱。

选材精妙、结构严谨、时空并重、转换灵动是张名河音乐剧的一大艺术特色。音乐剧作为西方舶来品，如何在中国生存发展，这种中西合璧的艺术样式如何为看惯了传统戏曲表演程式、听惯了锣鼓喧闹的中国观众所接受并喜爱，一直是业内讨论的热门话题。这三部标明"中国音乐剧"的作品在故事情节、人物设置、音乐元素、文化底蕴上无一不有鲜明的中国印记。《茉莉花》中茉莉花、阿泉父女的传奇际遇、人生苦悲，让人在情中听曲、曲中动情、唏嘘不已、感叹万分；《蝶殇》借《梁祝》之醇酒、浇心中之块垒，戏中有戏，环环相扣，戏里戏外皆走心，让你不得不倍加珍惜来之不易的生命与爱情；《山歌好比春江水》将两代刘三姐的悲欢故事娓娓道来，八桂歌海的七字四句头山歌与西方宣叙、咏叹无缝连接，浓郁的地域特色与现代舞台呈现，让不同阶层的观众，各取所需、各得其乐。这种典型而极富民族质感的精妙选材和结构，让我们领略了什么才是真正的中国音乐剧。

作为词坛大家，名河先生三部音乐剧中的唱词，或者叫做唱诗，精彩纷呈，比比皆是，这是别的音乐剧中极少见到和难以企及的。优秀的戏剧、戏曲作品都应该是剧诗，音乐剧尤应如是。名河先生的唱诗，不仅推动着戏剧情节的发展，强化了戏剧冲突的力度，还营造了典型的戏剧情境，不仅揭示了人物丰富复杂的内心

情感，还刻画塑造了生动鲜活的人物形象。这样的例子在剧中不胜枚举。如《蝶殇》中衣蝶、衣伯的生死诀别对唱：

今夜，让我为你／唱最后一曲／不为相聚／只为别离／把我的歌声／留下陪你／谁说有憾而去／今生得你知己／今夜，让我陪你／喝最后一杯／不为解脱／只求同醉／愿你的伤悲／把我包围／甘愿彼此成灰／无须相思抛泪

这既是人生至情的无比眷恋，也是世间美好的最后顾盼；这既是全剧高潮的情感迸发，也是梁祝化蝶的诗意升华！又如《茉莉花》中茉莉花在十八岁生日时献给养父阿泉的一片深情：

牵着你的衣角／走遍每条小巷／听到琴声／就让我想起以往／逢雨天／你用身子为我遮挡／没淋湿我的衣裳／却淋湿了我的悲伤／遇烈日／你用大手为我遮阳／没晒干我的汗水／却晒干了我的泪光……

我不知道还有什么唱词能如此准确、生动、形象地表现出这种血浓于水的父女深情。再如《蝶殇》中的疤爷的内心独白：

我是寻欢的仙／我是作乐的佛／暗随你的狼就是我／明抢你的人就是我／游龙的椅等你坐／戏凤的榻等你卧／啊，想死你我的甜妹妹／亲死你我的小娇娥……我是没皮的鼓／我是破脸的锣／活不起的鬼就是我／死不了的魔就是我／厚皮尖笋等你剥／烂骨脊梁等你戳……

这个疤爷仅是剧中的一个配角，一个山寨土匪的二当家，作者着墨不多，寥寥几句唱词就生动鲜活地刻画了他的嘴脸模样，酣畅淋漓地揭示了他的内心世界，这没有非凡的功力是很难做到的。由此可见，名河先生不仅是杰出的诗人、词作家，也是有着独特艺术个性和风骨的不可多得的优秀剧作家。

　　岁月悠悠老去，诗人永远年轻。广西的文坛，广西的艺术，拥有张名河，实属荣幸。我们期待着这棵根深叶茂的艺术常青之树能绽放更为艳丽的花朵，奉献更多传世精品的硕果，无论是诗、是词，还是戏。

2021年11月24日

浅谈张名河歌词创作的强大力与时尚感

王建平

张名河的歌词创作有一个显著现象,那就是大多为命题之作。这既是歌词界对他创作水平的高度认可,也是对他的艺术佳作的真诚期待,而他所奉献的精品力作又证实了歌曲界的认可,满足了他们的期待,于是约稿方与张名河便有了一个良好互动,相辅相成,相得益彰,进而把约稿方作品以及张名河歌词的质量不断推高,谱写出成功的辉煌。这个过程成就了张名河歌词的优秀,也使张名河成为享誉全国的著名歌词家,以及广西歌词界的领军人物。

在我看来,应约创作的歌词属于主题创作。它是围绕特定的题目、主题、题材或者活动而创作的一种方式,仿佛高考作文那样,照题答卷。这种做命题作文的创作是有难度的。作者不能任性地自由发挥,而必须围绕命题的要求来写,于是便有了一种创作受制于人的约束,否则就会离题,达不到约稿要求。对此,张名河十分明白。他在谈音乐剧的歌词创作时说:"音乐剧中的歌词(也就是音乐剧中的剧诗),同平时单曲歌词有明显的区别和界限。音乐剧中的剧诗,同剧中的戏剧情节、人物情感、戏剧冲突有着密切关系,与剧情和剧中人物所处的环境紧密联系在一起,它要表达的是剧中人物的内心世界,必须要受到剧中人物情感和戏剧情节的制约,尤其要配合音乐剧的音乐创作，运用多种手段、多种演唱形式，在对剧中人物性格的抒咏及戏剧场景、戏剧冲突的刻画上下功夫。这个要求，即使对一位优秀的歌词作家而言，也需要一次成功的转身。"[①]就张名河而言，他不但认识到这一点，而且还完成了这样的"成功的转身"。因此，他的大多数歌词创作都是主题创作。他面对大量的影视作品，或者"春晚"等各种大型文艺演出，以及各地政府、学校与企业等的盛情约稿及其带来的多而杂的命题，都能够应对自如，扣题而作，飞扬情思，彰显才华，妙笔生花，把歌词写得行云流水，情意盎然，精彩纷呈，博大广泛，深入人心，获奖无数，进而凸显出驾驭古今题材、表现多样主题进行歌词创作的强大能力与深厚功底，彰显出歌词大师的风采。在新时代里，要"深刻反映我们这个时代的历史巨变，描绘我们这个时代的精神图谱，为时代画像、为时代立传、为时代明德"[②]，就必然有大量的主题创作。这样，张名河的创作就可以成为歌词主题创作的成功样板而供广大文学艺术家学习借鉴，具有了启示和参考之价值。

张名河创作了900多首歌词，其优秀之作大多汇集于《美丽的传说——张名河歌词选》。这本出版于2013年12月的著作收录了张名河多年创作的歌词200余首，可谓精品荟萃。它们虽然是2013年之前的作品，但是我们今天读起来或者唱起来却感到不但没有过时，而且非常时尚。这是因为张名河在创作时有着强烈的经典意识，自觉追求歌词的经典境界，努力使歌词能够经久流传。他说：

---

① 张名河：《黄鹤楼前听玉笛——品读潘家华音乐剧〈黄鹤楼〉》，《结伴词林——张名河说词文选》，广西人民出版社2013年12月第1版，第58页。

② 习近平：《习近平谈治国理政》（第三卷），外文出版社2020年6月第1版，第323页。

"固然影响一首好词或好曲是否经久流传的因素众多，但作为词作者的歌词经典意识非常重要。没有经典意识，作品就会沦为一种制造，失去穿越时空的力量，这类作品不得不无情地被艺术所远离。我愿与文科及更多的创作朋友们一道，在牢固树立创作的经典意识上，做出不懈的努力。"[1]张名河不懈努力的结果就是他的歌词具有两种时尚品质。

一是主流艺术。张名河的许多歌词是为影视而作的。在《美丽的传说——张名河歌词选》中，仅是《影视之音》和《荧屏歌韵》这两辑，就收录了他为电影故事片、电视剧、电视音乐片，以及"春晚"等电视大型文艺活动而创作的歌词80首。另外，其他辑中也有这样的歌词，如第四辑《岁月流芳》的《我们与世界》《无言的世界》，第五辑的《只有半个家》《小秘密》《十七岁的烛光》《星星五千万》等。所以，仅在这本书中，张名河为影视作品或通过影视来传播的活动而创作的歌词就占了将近一半。它们或现代，或古装；或关注人物，或聚焦地方；或主题歌，或插曲；或片头曲，或片尾曲。可谓种类众多，范围广阔，古今中外，内容丰富，风格多彩，通俗易懂，雅俗共赏，紧贴观众，深受欢迎。以电视剧为例，《木鱼石的传说》《中国船》《封神榜》《杨乃武与小白菜》《天梦》《海外遗恨》《汉宫飞燕》《法门寺猜想》《异乡人》《都市民谣》《大唐游侠传》《贺兰雪》等一系列作品，当年播出时就有较高的收视率，表现出主流艺术的强大吸引力。中国电视剧虽然诞生于1958年，但是真正兴起于20世纪80年代，至今仍然是受到人民大众欢迎的主流艺术，这必然使其主题曲或者插曲等也具有了主流特征，

---

[1] 张名河：《辽阳才子金文科——序〈苦乐人生〉》，《结伴词林——张名河说词文选》，广西人民出版社2013年12月第1版，第64页。

表现出时尚色彩。而"春晚"以及大型文艺晚会也是改革开放后繁荣起来的文艺形式。它在传播上当然有现场的实况表演，但更多的是借助电视媒介进行播映而产生广泛影响。所以，这些晚会当然也是主流艺术的一种。张名河创作的歌词能够登上"春晚"以及各种大型晚会，或者通过著名歌星演唱，就是借助主流的时尚艺术来成就自己歌词创作的艺术时尚。这样，张名河的歌词主要是为当代主流艺术而作的主题创作，又借助主流媒介传播，必然有着巨大的受众群而产生广泛的影响，必然具有时尚品质而属于主流艺术。

二是当代精神。张名河的歌词很少直接点明具体的时代现象，很少喊政治口号，但是又能够让人感受到鲜明的时代性。这是他有意为之的艺术追求。张名河说："要想歌词成活率高，起码有两点不能忽视，一是歌词艺术自身的特征，二是时代因素。"[1]就时代因素而言，"随着时代的发展，哀婉的色彩相当程度上在歌词中正逐渐淡化。'大我'之情的欢愉型歌曲占了一定上风。就此而言，欢愉型的歌词，成活率大大高于哀婉型"[2]。他所说的时代因素其实就是指能够体现当代的时代本质的情绪基调和思想内涵，也就是当代精神。正是因为具有中国特色社会主义本质特征的当代精神，所以张名河歌词的情绪基调大多是欢愉型的，是积极向上的，而不是哀婉的。在张名河笔下，甚至在死亡的悲剧中也流露出乐观的情绪。比如《海葬》："海葬，海葬／今夜落下是一轮明月／明天将升起一轮太阳""海葬，海葬／今夜落下是一个悲壮／明天将升起一

---

[1] 张名河：《好一片绿竹词林——序程绿竹歌词集〈问月〉》，《结伴词林——张名河说词文选》，广西人民出版社2013年12月第1版，第48页。

[2] 张名河：《好一片绿竹词林——序程绿竹歌词集〈问月〉》，《结伴词林——张名河说词文选》，广西人民出版社2013年12月第1版，第48页。

个辉煌"。于是，电视连续剧《中国船》的悲伤情节，被张名河用歌词进行积极转化，升华为希望与光明。这种由中国特色社会主义本质所引发的当代精神以及乐观情绪一直充溢在张名河的歌词中，用他的一首歌名来概括就是"太阳与我们同行"，阳光永在，明媚长存。另外，张名河歌词中的思想内涵也是与中国特色社会主义所要弘扬的价值观相统一的。所以，他的歌词虽然创作于不同的时代，但是因为包含了当代精神而历久弥新，显示出时尚的色彩。例如，创作于1979年的《我们美丽的祖国》写道："什么地方到处充满幸福和欢乐／我们的祖国美丽的祖国／灿烂的五星红旗像朝霞一样高高飘扬／阳光下和我们永远同唱理想之歌"。这里所表现的爱国主义思想与新时代所倡导的社会主义核心价值观是统一的，这里所传递的幸福欢乐情绪也是生活在新时代中国特色社会主义制度里的孩子们所具有的。于是，这首创作于40多年前的歌词与当下的思想与情绪在爱国主义上一脉相通，而爱国主义正是当代精神的重要元素。所以，这首歌在1980年10月获得全国第二届儿童歌曲评比一等奖，被收录进全国小学音乐课本；1984年被列为向全国推荐歌曲；1988年被评为全国新时期十年金曲；2011年被指定为中国少年儿童歌曲电视大赛规定曲目。几十年过去了，孩子们还在传唱着它。而张名河表现爱国主义思想的歌词还有许多，如《祖国之恋》《我们是祖国的花朵》《祖国前进我成长》《为中华之崛起》《不朽的黄河》《长江源》等等。显然，当代精神使张名河的歌词超出了许多流行曲而一直流传下去。由此可见，他的歌词创作不但有强大力，而且还有时尚感。

2021年12月13日

成功，靠底蕴胜出
——从张名河先生的创作生涯和作品中得到的一点感悟

梁绍武

二十几年前，张名河先生从辽宁沈阳来到广西首府南宁工作，并担任文化厅的领导职务。张名河先生的到来，是广西音乐文学界的一大幸事。随着他的到来，广西的音乐文学创作，从此就有了一个领军人物，一个标杆人物。张名河先生来广西之前，他的音乐文学创作已经达到了一个高峰，他依靠自己的才华和实力，在音乐文学的金字塔上已成功登顶。因此，他来到我们广西这个音乐文学创作相对落后和薄弱的地方，就成了音乐文学界众望所归的主心骨。他用自己的作品、艺品和人品形成了对广西音乐文学创作队伍的良好影响。在广西音乐文学界，他是能够集令人敬佩和敬重于一身的词坛大家，没有之一。

二十几年来，因为我本人也在长期从事音乐文学创作活动，所以在与张名河先生的交流和沟通过程中，我的创作一直看着他的背影前进。我知道自己用尽毕生之力也无法与张名河先生比肩。但是，能看着他的背影，踩着他的足迹一路前行，对于我的创作是一种极大的动力和激励。我深深地由衷地感激张名河先生对我和广西音乐文学界许多同行的言传身教，我一直把张名河先生当作自己的良师益友。

　　我对张名河先生的创作生涯和他的优秀作品进行了较全面的学习和分析，并从中获得了很多的感悟，其中最重要的一点感悟是：无论任何人，只要你选择了艺术创作作为自己一生的追求，你就必须像张名河先生一样，在长期的创作历程中，要经历三个艺术平台的比拼和考验。这三个艺术平台分别是：

　　第一，创作技能和技巧的磨炼。张名河先生能在这个平台上得以胜出，全凭他从小生长在三湘四水这块富有传统文化积淀的土地上，从小就热爱文学，以至于他在考上了一所全国有名的大学后，这位学工科的大学生，在大学期间便创作了大量的诗歌作品，在省级和国家级的报纸杂志上发表，还出版了自己的诗集。尚未毕业就以优异的创作成果加入了湖南省作家协会。当张名河先生接触了歌词创作这个领域后，他就凭着诗歌创作的扎实的功力转而进行歌词创作。张名河先生从小就熟读古典诗词，上高中和大学的时候又迷恋上了自由体诗歌的创作。当时他所从事创作的自由体诗歌，继承了古典诗词的传统，是押韵的、是富有音韵特色的。所以张名河先生转为从事歌词创作的时候就很快入门，并且成功地创作出一批在技巧和技能上，都十分符合音乐文学创作规律的歌词作品。

　　他正是凭着自己的音乐文学创作的成果，来到辽宁省唯一的音乐刊物《音乐生活》做了编辑。他在这个岗位上接触了大量的歌词作品，与全国很多知名的歌词作家亲密接触，相互切磋，在此期间更得到音乐文学界的泰斗乔羽先生的指教并得其真传。张名河先生以他扎实而纯熟的歌词创作技能和技巧在第一个艺术平台的比拼和考验中，顺利地脱颖而出。进而使他在45岁之前就能够以坚实的步伐走向艺术创作的第二个平台。

这第二个平台就是：创作个性和风格的形成。张名河先生在这个平台上进行了卓有成效的创作实践，使他的作品逐步形成了其独有的个性和风格。我曾经把张名河先生的优秀作品和词界最负盛名的乔羽先生的优秀作品加以比较，我惊喜地发现，张名河先生虽然得到乔羽先生的指教，但是他的创作风格与乔羽先生的却不尽相同。乔羽先生的作品，质朴生动，深刻且富有哲理，在乔羽先生的歌词中，经常会出现很口语化的词句。如"朋友来了有好酒，豺狼来了有猎枪""左手一指太行山，右手一指是太行""迎面吹来凉爽的风"。这些口语化的词句使乔羽先生创作的作品自然生动。而张名河先生创作的作品，把中国古典诗词的手法和韵味，融入现代自由体诗歌的流畅表达并和充满画面感的描绘结合在一起，使其作品既有古典诗词的典雅韵味又有现代自由诗生动形象流畅的表达。这种古诗词和现代自由体诗歌神韵的结合，让张名河先生的歌词作品具有独特的艺术魅力。他那首著名的词作《二泉吟》就是一个鲜明的例证。这首歌词淋漓尽致地表现出了张名河先生把古典诗词和现代诗歌创作两者神韵完美地融合，达到了很高的艺术境界。从而也映射出张名河先生在长期创作中形成的个性和风格，正是一批风格独特的歌词作品在全国不断地获奖，在很多影视剧中出现，使人们得以品尝出张名河先生的歌词创作鲜明的风格和个性。他就是这样得以从第二个艺术平台的比拼和考验中又一次脱颖而出，从而迈开了他创作生涯中最坚实的两行足迹，一行叫做"角度和高度"，一行叫做"宽度和厚度"。张名河先生就是踏着这两行坚实的足迹，登上了第三个也是难度最大的一个艺术平台，与全国各地的歌词界精英们一起在这个平台上比拼和历练。

这第三个平台就叫做：深厚底蕴的支撑。在这个靠底蕴支撑、厚积薄发并保持着强劲的创作后劲的比拼中，张名河先生依靠自己丰富而传奇的人生阅历，扎实而丰厚的文化素养，高度的艺术境界以及宽广的人文情怀组成了他不可复制的深厚底蕴。这种底蕴的累积和沉淀，就像一片肥沃的土地长出了一棵棵参天大树，就像一片片辽阔的草原奔驰着一匹匹一往无前的骏马。张名河先生正是凭借其深厚的底蕴支撑，在艺术创作的第三个平台上，不断地创作出歌词精品和经典之作。例如在改革开放后，中央电视台第一次举办的连续十几期的音乐大赛第一期中，张名河先生创作的经典之作《二泉吟》，获得了歌词单项创作金奖。接下来的第二期音乐电视大赛的单项歌词创作金奖，是乔羽先生的《千古孔子》。这延续了十几期的音乐电视大赛，就评出了这两首歌词创作的单项金奖，张名河先生的《二泉吟》和乔羽先生的《千古孔子》，并肩而立，从而奠定了张名河先生在中国音乐文学界的地位，使其成为中国当代十位著名的词作家之一。综观张名河先生的创作生涯和作品，让我得到了极大的收获。张名河先生在第三个艺术平台的比拼和考验，是凭借着自己深厚的底蕴支撑而胜出的。这个雄辩的事实让我们清清楚楚明明白白地看到即便你能在艺术创作的第一个平台和第二个平台上胜出，你还不是最后的成功者。只有在最具挑战、最有难度、最能显示个人价值的第三个平台上，有了长期累积和沉淀的深厚底蕴的支撑，你方能笑到最后。张名河先生在音乐文学界的胜出告诉了我们每一个以音乐文学创作为毕生追求的笔耕者：当你在第一个艺术平台上胜出时，切莫沾沾自喜、故步自封；当你在第二个平台上胜出时，也不要志得意满、趾高气扬，此时你再自己给自己冠以"著名"二字，想起来就有点可笑了；你只有像张名河先生一样，靠着深厚底蕴的支撑，在第三个艺术平台的比拼和考验中成功胜出，方能显示出你一生追求的价值。这样，你不用自己冠以"著名"二字，在别人的眼中，你自然会成为这个领域的大师或大家，得到同行的认可。

　　张名河先生的创作生涯和作品使我在与他同行的二十几年中得到了实实在在的涵养和推动，之于我是一笔宝贵的人生财富。人生得一良师益友，足矣。

　　今年初冬在张名河先生作品的研讨会上，我看到了这位年届80的高龄歌词大家，依然才思敏捷，耳聪目明，步履轻盈。我由衷地感到敬佩，这是一个活生生的站立在我们眼前的活到老、学到老、写到老的领军人物。实乃中国音乐文学界和广西音乐文学界的一大福音。底蕴真是一种神奇的艺术能源，它使这位老前辈，在年逾古稀之后仍能创作出几部音乐剧作品，还有许多合唱、独唱等优秀的歌词作品，使自己的创作能力和后劲始终保持着旺盛的活力。这是一种怎样的素质？我想，大师就是这样练成的。

2021年12月9日初稿于南湖之滨

曲者眼中的歌词

唐 力

前不久接到广西音乐家协会通知,让我给广西艺术学院音乐爱好者作一场"著名歌词作家张名河经典作品赏析"讲座。

首先得说明,我既不是学中文的,也不是写歌词的,更不是搞文学评论的,以这样一种身份来谈歌词,而且研究的对象是著名词作家、在中国歌坛极具影响力的重量级人物——张名河老师,这对于一个搞歌曲创作的人来说,显然有点力不从心。但是出于对张名河老师本人以及他的作品的情有独钟,我以一个多年从事歌曲创作的曲者角度来谈对歌词的认识和理解,我想那也是很自然的事。更何况我一直觉得分析张老师的作品是一件很愉快的事,更是一种文化享受,因此我愿意与大家分享。始于这个基点,也就不会陷入到对分析水平的高与低、深与浅、错与对的诚惶诚恐中去了,一切随意,随谈,随笔。

张名河老师是属于那种作品多、产量高、质量好的词作家,他的作品特别受作曲家和歌手们的青睐。

流动的音乐性,强烈的画面感

何谓"歌曲"?歌,在这里是指歌词,属文学范畴;曲,是指曲调,属音乐范畴。当歌词以单一的文学形式存在时,它就是诗歌。当曲调以单一音乐形式存在时,它就是器乐曲。而当二者有机地结合,成为新的艺术形式,这就是歌曲了。所以歌词是音乐与诗歌"嫁接"的品种——音乐文学。

从某种意义上讲,谱曲要受到歌词的"制约",要根据歌词的"喜怒哀乐"情绪进行曲调创作,因此词作者在作品中的音乐感知能力直接影响到曲作者的创作水平。尽管张老师是搞文学的,但他的音乐感觉非常好,传递给作曲家的音乐形象非常鲜明,在这方面独树一帜。

下面我们一起来欣赏张老师近年写的一首新作《秦岭》,看看他是如何给作曲家传递音乐感觉的。

秦岭

(乐队伴唱):大秦岭,嗨!临风站,嗨/踏着地,嗨!擎着天,嗨!噢……

(独唱):吼一声秦腔结了伴/登上那秦岭望秦川/这山这水养育一辈辈/横空出世个个是好儿男。

(乐队伴唱):老陕们,嗨!太阳暖,嗨/老陕们,嗨!月亮圆,嗨!

(独唱):太阳月亮围着那秦岭转/不朽的文明代代往下传/山之脉,水之源,把历史浇灌/雅之颂,佛之音,

领万水千山

　　……

　　这首作品充满着音乐的灵动，第一次听张老师朗读这首作品时，我手臂都起了鸡皮疙瘩，完全被作品震撼人心的画面所感染。那长短句子交替出现给音乐以流动性，轻重缓急行云流水，抑扬顿挫掷地有声。以一个搞作曲的对音乐的敏感性，我似乎可以触摸到他内心涌动的音乐神经，仿佛看见一群腰圆体宽的陕北汉子站在秦岭的巅峰之处，强烈的太阳光柱把他们的身影直接照射在秦岭的千山万壑上，顶天立地！这就是词作者传递给曲作者的音乐形象，已经是一幅活生生的音乐"效果图"了。我相信，有能力的作曲家看见这词都会有一种跃跃欲试的冲动，因为从作曲的角度它已具备了构成音乐主题的要素：一、曲调应该是秦岭一带的民间音乐素材；二、旋律应该是粗犷的老陕"爷们"音乐形象；三、节奏应该是奔放的动感。有了这些"制约"，就让曲作者少了很多"麻烦"，词与曲就更加容易统一，这对"天然盟友"就更加默契了。

充满人生哲理，揭示事物本质

　　也许是从小接触二胡的缘故，张名河凡是对盲人阿炳的故事或与二泉有关的作品都爱去关注了解。所以我是通过《二泉吟》这首中国音乐电视作品知道了有一个叫张名河的大词家。

　　上世纪九十年代，中央电视台有一档很火爆的栏目"中国音乐电视大赛"，每年举行一次。这个赛事成了影响力最大、最具权威性的音乐奖项，推出了许多优秀作品和优秀歌手。按赛事章程，不设作品单项奖，但在1994年那一届的比赛中，张老师的作品《二泉吟》征服了所有评委，破天荒地为此设了个唯一的词作单项金奖，可见这首作品的地位了。下面我们一起来欣赏。

二泉吟

风悠悠，云悠悠／凄苦的岁月在琴弦上流／恨悠悠，怨悠悠／满怀的不平在小路上走／无锡的雨／是你肩头一缕难解的愁／惠山的泉／是你手中一曲愤和忧

梦悠悠，魂悠悠／失明的双眼把暗夜看透／情悠悠，爱悠悠／无语的泪花把光明寻求／太湖的水／是你人生一杯壮行的酒；二泉的月／是你命中一曲不沉的舟

天生的盲人彻头彻尾生活在黑暗里，不存在看不看得透暗夜的问题，也更加不会有光明的概念。但盲人阿炳不一样，他是患了眼疾以后才失明，失明后，才失去了一切，他饱尝了光明与黑暗落差带来的悲痛，同时又生活在社会最底层，世态炎凉，人间不平，让他把社会的黑暗看透。"无语的泪花把光明追求"，因为阿炳曾经见过光明，也尝过幸福，现在他要与命运抗争，他要把光明寻求。他每天走在"不平"的小路上，用琴声诉说他"满怀的不平"。一个盲人能够在黑暗的世界里看见"二泉映月"，这其实就是盲人阿炳把光明寻求的写照。作者透过现象，深层次地揭示了事物的本质，站在明眼人的角度吟诵了盲人的《二泉映月》，我认为这就是《二泉吟》的品质感和艺术感。

作品最后一句"二泉的月，是你命中一曲不沉的舟"，堪称精彩绝伦，无与伦比。

在分析作品的时候，我经常喜好把自己的想法与原作进行对比，从中去领悟作者的智慧，去感悟作者的思维方式和创作理念，以求自己得到进步。

思维定式是创作中极易产生的毛病，而习惯性写作是最大的要害。我在设想，当写到"二泉的月，是你命中一曲不沉的舟"时，很容易不假思索使用"生命"，而非用"命"，总感觉"生命"的分量似乎比"命"重一点。从某种层面上讲，生命是一个时间概念，但阿炳的遭遇不是生命的问题，是命运在捉弄他，正如贝多芬在创作《命运》交响曲时写到的"我要扼住命运的咽喉，它绝不能随意摆布我"。世界著名指挥家小泽征尔听了《二泉映月》，情不自禁掩面而泣，他说："这种音乐应当跪下去听。"一位英国音乐家在音乐会上听了《二泉映月》后激动地对身边一位贝多芬的故乡人说："中国的贝多芬！中国的《命运》！"所以阿炳的遭遇是"命运"的问题，中国人信命。

通过分析这个作品，我悟到了"生命"与"命"是有很大区别的。

再有，写到"舟"的时候，习惯性的思维很容易出现"一叶小舟"，那就是"二泉的月，是你命中一叶不沉的舟"，细看，认真看，这句子也十分了得。但谁能想到，在张老师笔下，二泉映出天空那轮弯月，不是一叶小舟，而是"一曲小舟"，并且是"一曲不沉的舟"，神来之笔矣！如果写成一叶小舟，整个作品就大打折扣，甚至与作品没有多大关系了。读懂了盲人阿炳，听懂了《二泉映月》，就知道阿炳就是一首人生乐曲，并且是二十世纪华人音乐的经典，也更知道张老师的《二泉吟》可谓是匠心独具，技高一筹，只有不朽的音乐才是永远留在人间的"一曲不沉的舟"。

在歌词创作领域里有一种现象，一首成功的作品产生后，马上就会有人来套用概念。比如郑南的《大地飞歌》"踏平了山路唱山歌"唱红了，那么马上就会有人复制"攀上了山顶唱樵歌"。你刚写出"荔枝红了唱甜歌"，马上就会有人拷贝"香蕉熟了唱香歌""月柿红了唱红歌"……但毋庸置疑，"二泉的月，是你命中一曲不沉的舟"是不可复制、不可再生的绝句！这显示了作者高超的"防伪"水平。

结构严谨而连贯，主题突出而灵动

作曲家最害怕拿到结构松散，东一榔头西一棒槌的歌词，通篇同一概念而不往前走的华丽辞藻，就像老虎抓到一只刺猬无从下手。

张老师的歌词除了整体结构严谨，在字与字、句与句、段与段之间也十分地缜密和考究，他能让作曲家的音乐主题集中而不零乱。

我们分析欣赏这首作品：《一代巨星》，电视连续剧《皇太极》主题歌。

　　刀剑有情无情／砍倒一个大明，砍出一个大清／铁骑有情无情／踏碎一个黄昏，踏醒一个黎明／……
　　烽火有情无情／烧掉一个腐朽，烧出一个昌盛／血泪有情无情／染红几番落日，染白几回月升／……

作者设置一系列的设问"刀剑（铁骑，烽火，血泪）有情无情？"，切入的口子并不大，但角度很刁钻，引人入胜，都知道往下会有"好戏"看。他把一个古战场上千军万马、刀光剑影的场面描绘得让人有点喘不过气来，其中几组关键词让人拍案叫绝。

古代战场，刀剑是主要兵器，作者抓住一件小小的兵器，做出了大文章，"砍倒一个大明，砍出一个大清"，你说刀剑是有情还是无情？清帝国是一个马背民族，作者抓住这一特征展现"踏碎一个黄昏，踏醒一个黎明"，你说铁骑是有情还是无情？一般描写新旧政权更迭时，往往会出现"推翻一个旧世界，建立一个新政权"之类的不假思索的定式语言。当然，这肯定没错，肯定没问题，但同时又肯定是没特点。给人一种以不入心、不入肺的思维定式方式写出的作品的感觉。当然，接踵而来是旋律肯定没错，肯定没问题，但同时又肯定是没特点的。

我又在比较，就一般而言，上句写出"砍倒一个大明"，下句就不会再用"砍"了，可能会出现"树起"一个大清。上句写出"踏碎一个黄昏"，下句就不会再用"踏"了，可能会出现"唤醒"一个黎明。像这样的句子也就蛮可以了，特别难以想象的是"烧出一个昌盛"，昌盛是"烧"出来的吗？但张老师手下妙笔生花，他不但"砍倒一个大明"，还要"砍出一个大清"，不但"踏碎一个黄昏"，还要"踏醒一个黎明"，不但"烧掉一个腐朽"，还要"烧出一个昌盛"，因为他要回答自己提出的一系列问题，只有用同样的手段，同样的动作，其性质与结果又完全不同才能对比得出是"有情"还是"无情"。正如哲人毛泽东说的"不破不立，破字当头，立也在其中了"，充满了哲理。

从音乐形象上来说，如果不重复这几个动词，作品马上就显得小了，其大气恢宏的场面就逊色了许多，捕捉"威猛阳刚"之气的旋律意境顿时骤减。

张老师这种独特的与众不同的逆向思维方式和对歌词的音乐形象把控能力以及让作品纹理清晰丝丝入扣的超凡技术确实令人折服。

我们再认真分析作品的几组对称对仗的词组：大明对大清，黄昏对黎明，腐朽对昌盛，落日对日升；刀剑带来砍，铁骑带来踏，烽火带来烧，血泪带来染。这几组关键词不仅仅是文学上的修辞手法，更重要的是它们之间的脉络关系，连带关系，紧密地交织在一起，其实就已经是跳跃的音符和流动的旋律了。其结构严谨程度，就像一座大厦的坚实地基支撑一根根的顶梁柱子，风吹不垮，雨浇不透，给谱曲者提供的音乐形象非常鲜明，且留下了大量的发展空间。

由此，想起了早些年，广西流传的一则词坛上的笑话。那时一窝蜂地写所谓"主旋律"歌曲，结束句惯用响当当硬邦邦的词句。有一首词最后一句是"我们奔向未来的辉煌"，研讨会上有人提出辉煌一词用得太多了，是否改一下。作者说，那就改为"我们奔向未来的希望"吧。这时又多了几个人提出，不要抱着太多的"希望"吧。那就改为"那是我们崇高的理想"，作者说道。结果全体一致认为怎么改都不"理想"。仔细想一下，一首歌词，如果可以让人任意宰割，像贴标签一样随随便便又撕又贴的，那还叫歌词吗？并不是说"辉煌"之类的词不能用，而是看你怎么用。没有全盘的布局构思，思维方式错位，光改一词一句是没有任何意义的，怎么改都还不如不改！就是我们常说的"改不动"。通过前面分析张老师的《一代巨星》，这首作品也是"改不动"，但两者性质完全不一样。"一发不可牵，牵之动全身"，这就是严谨。改一字，错！删一字，少！增一字，多！这样的作品才是经典之作。

我认为张老师这首作品堪称典范，是歌词写作的极好教材。

浅显中见深邃，质朴里见瑰丽

歌曲是写来给"人家"唱的，是唱给"人家"听的。想通过"人家"把作品流传开来，这大概是所有词曲作者的心声，所以我们要站在"人家"的角度去写歌，要写得易学、易唱、易懂、易流传，这是歌曲的本质。张老师特别注重这方面的写作智慧，正如中国音乐文学学会会长宋小明先生对他的评价，"使用群众熟悉的语言，书写百姓喜爱的语言，创造人民佩服的语言"。我们在创作的时候，经常会为了一个词、一个韵而冥思苦想，总觉得合适韵脚的词太少。为了押韵才去找韵脚，这样所产生的作品肯定是蹩脚的。熟读张老师的作品后，你会发现他从来不会使用生僻的字眼，更没有生造词汇或蹩脚的韵脚，也更不会刻意地去转文。每当读张老师的作品时，我都在寻思他的创作方法和琢磨他的思维路径，因为我悟到了他的创作理念对我们作曲有很大的启迪作用。我感觉到他在动笔之前，其实早已"稿在腹里，竹在胸中"，思路已捋清，布局已设定。有了这个过程，才不会为了组词押韵而去犯愁，一气呵成，所有合适的语言应运而生，水到渠成。一切来得是那么地纯粹，那么地自然。这在他描写古代外交"和亲"姊妹篇《昭君出塞》和《文成公主》时表现得尤为突出。

昭君出塞

雨正飘飘，风正潇潇／天荒地老人年少／千里断肠／关山古道／一曲琵琶惊飞鸟／女儿出塞去／马蹄踏芳草／天姿熄灭了烽火／国色软化了钢刀／云遥遥，路迢迢／此去

日月知多少／……不问几时还／……只求一统山河明月照

每一首歌词都得有一个词胆,即主题提示,这是给作曲家提供的最重要的创作思路。从作曲的角度,不管写什么样内容的歌词,只有把它当成人物来写,作品主题才鲜明,也才有生命力。"天姿熄灭了烽火,国色软化了钢刀""此去日月知多少""不问几时还""只求一统山河明月照",寥寥几字就把昭君为什么要出塞的事件本质揭示得清清楚楚,作曲家也会沿着这个"胆"去布局,去捕捉音乐形象。

文成公主

身边是锦绣繁华／满目是青山如画／却为何,纵别离／风雪走天涯／朔风吹劲草／马蹄踏流沙／车前才晓月／幡后又晚霞／珠穆朗玛喜相迎／起身为你献哈达／往日只觉乾坤重／今日方知情无价／阿姐甲莎／阿姐甲莎,从此高原是你家

与王昭君一样,文成公主也是生活在宫里,"身边是锦绣繁华,满目是青山如画",都是为了国家的利益去邻国和亲,"往日只觉乾坤重,今日方知情无价",带有使命的文成公主与藏族人民和睦相处,"从此高原是你家",也正因为如此才有了世界文化遗产布达拉宫。这种作品读来流畅自如,朗朗上口,都是"群众熟悉的语言,百姓喜爱的语言,人民佩服的语言"。既有古诗词的韵味,又有现代歌词的风格,注重语言通俗性又不失文学文雅的含金量。

昭君出塞和文成离家在中国的历史上都属于伟大的事件,对于这样的重大题材,张名河老师也只是用百来字的通俗语言营造了一个世界,其声势不亚于鸿篇巨著,因为它正如词坛泰斗乔羽大师说

的,"寓深刻于浅显,寓隐约于明朗,寓曲折于直白,寓文于野,寓雅于俗"。这种表达的方式与其他的文学体裁有所区别而独领风骚,也正是歌词艺术的魅力所在。作为文学作品时好读,作为音乐作品时好唱,这便是张老师歌词的品质。

作词不易,填词更难

先有词后有曲,叫谱曲,这是普遍现象。先有曲后有词,叫填词,现象不多。在业内有一种偏见,一首作品唱响以后,当得知是填词的,感觉填词者的水平低一截,有"沾光"之嫌。甚至有的填词者自己也"羞于"谈及,似乎"先有词后有曲"才显水平。从一个曲作者的角度看这事,我认为填词比作词还要难,更显词家水平,不然为什么填词的优秀作品少之又少。首先,填词者要有一定的音乐修养,具体到能熟悉音乐的律动与词的轻重格式的关系,才能严丝合缝,如出一辙。这种活不是谁都能干的,而张老师是业内公认的填词高手,经他填词的作品唱响的不少,如:《不朽的黄河》《我们美丽的祖国》《绿城花雨》《美丽的心情》等。下面欣赏大家耳熟能详的歌曲《美丽的心情》:

水蓝蓝,山青青/鲜花打扮我们青春的倩影/灯闪闪,鼓声声/舞姿拥抱我们不眠的欢腾/梦啊乘上那祝福的翅膀/让美丽的心情飞越星空/歌啊洒向那多彩的画屏/让美丽的心情赞美成功/一双眼睛,一道风景/一张笑脸,一个黎明/人人都有啊美丽的心情……

尽管从事歌曲创作多年，但如果没听张老师说这是填词的作品，我是看不出"破绽"的，因为"先有词后有曲"思维定式的普遍现象谁也不会去考究"先后"了，更何况词与曲结合得天衣无缝，珠联璧合。

同谱曲要受歌词"制约"一样，填词也要受到旋律的"限制"。尽管这首音乐作品已呈现欢乐喜悦的音乐气氛，但毕竟还是抽象的，只有当歌词赋予了它内容才形成了具象，才有了主题。

就一般而言，三拍子的旋律很容易往圆舞曲风格靠，"嘭嚓嚓"的节奏指向性太强烈，符号性太明确，所以许多作曲家不太愿意写三拍子的歌曲，处理不好很容易节奏雷同。孟庆云先生有过人之处，他在旋律处理以及配器上既回避了圆舞曲定式的节奏风格，又保持了三拍子愉悦欢快的律动。

再看张老师的词，"水蓝蓝，山青青，灯闪闪，鼓声声，天朗朗，地盈盈，星灿灿，雨纷纷"这一系列的排比叠句，本身就是一个三拍子结构的词，再加上旋律采用了同头换尾的变化重复技法，歌词亦随着不断重复，让人很快记住了旋律与歌词，这首作品最大的闪光点也在于此，这验证了乔羽大师说的，"歌词不是纸上之物，它必须与音乐结合，变成声音，才能完成自己的使命。从字面上看起来好看还不能算数，必须让人听起来好听，才能算得上成功"。如果没有对旋律的敏感性和对节奏的把握是填不出这样的词的。

在这首填词作品中，除了保持三拍子特性节奏"一二三，二二三"（水蓝蓝，水蓝蓝）以外，还发展了一个新的组词，"一双眼睛，一道风景，一张笑脸，一个黎明"。从三字体到四字体，对于三拍子的歌曲节奏来说是很容易错位的，特别是填词的作品。因为从音符的跳动和语音的轻重格式都发生了变化。但张老师对节奏把握得很准确，改变后的节奏律动与之前节奏对比，令人耳目一新。

"一二O，二二O。"（"一双"O，"眼睛"O……）而这节奏又是来自先声夺人的前奏"啦啦O啦啦O……"的前呼后应，这两个音乐动机是作品的骨架在发展中相互支撑，把《美丽的心情》渲染得淋漓尽致、透彻明亮。

有时我总是很"幼稚"地想，张老师怎么会想得出这么多恰如其分的排比重叠句"安"上去呢？而且那么地自然，还有他众多的作品。其实答案很简单，步入歌坛之前张老师就已经写过大量的诗歌，而歌词正是音乐与诗歌的产儿，再加上他深谙音乐之道，作词填词，驾轻就熟，熟能生巧，巧夺天工。所以他的作品既有诗人"张狂浪漫"的气派，又有词家"细腻委婉"的含蓄。

据我的不完全统计，张老师可能是中国词坛音乐剧作品最多的剧作家，但同时又是编剧界中歌词作品最多的词作家。在他的歌词集里主题曲、插曲近一百首，因此张老师或许还是为电影、电视写主题曲、插曲最多的作家。有人说他是一条河，一条名河。也有人说，他是一个传说，一个美丽的传说。我说他更像一座宝藏富矿，"它能给勇敢者以智慧，也能给善良者以欢乐，只要你懂得它的珍贵，山高路远也能获得。哎嗨哎嗨哟，哎嗨哎嗨哟……"。

2021年11月26日

（本文根据作者在广西艺术学院"张名河经典歌词作品赏析"会上的讲座整理成稿）

纯粹与经典
——张名河推崇的两个理念小议

宋安群

多年来,张名河笃定一尊,心无旁骛,悉心经营的文字,大多与音乐文学有关。实际上他已经在音乐文学这个领域打了一口深井,为我们提供了源源不断的甘甜的清泉。对于他的歌词,评论文字甚多。但是对他的歌词论,似乎少有人关注。而这些歌词论恰恰是他音乐文学的实践理念和经验总结。

他的歌词论,大多发表在自己的歌词作品集以及为他人的歌词作品集写的序言中。这些歌词论,涉及面很广泛,很有深度。本文,我着重考察他极力伸张的特别值得我们当下珍视的两个理念。

第一个理念是,歌词的纯粹性。

他在《胡红一作词歌曲选》序言中写道:"好歌词的标准是什么?当下确实让人有些困惑。尤其在权力与资本不断渗入词坛的今天,我们几乎陷入了集体失语的尴尬,歌词的尊严,被充斥于各类媒体和市场的伪劣词作挑战得体无完肤。那么,越是在这样的时候,习词之心越是要清醒,越是不能为时弊所惑,越是不能忽略歌词的审美特征、创作规律和终极价值。"

这种对于歌词纯粹性的追求,名河一以贯之。在《2007年中国歌词精选》序言中,他又再次强调:"无论世风如何影响和决定文风的命运,无论作者心态哪般,谁也逃脱不了歌词本身的审美特征、创作规律和终极价值。"

歌词,是以文字、词语作载体的声诗,固然有诠释某种概念和意义的功能。但是,恪守歌词的纯正本性和艺术尊严,赋予它应负载的恰当内容和能担负的功能,追求与其体裁名实相符的文艺审美,多提供滋养精神、感动心灵的艺术品,应该是歌词创作者的初衷。搞文艺创作与搞政宣、商宣、道德训导,它们之间并没有高下之分。但既以文艺创作为初衷,就应立定脚跟于文艺性,理清这几者的体裁特质差异,让"恺撒的归恺撒,上帝的归上帝",才是让自己的歌词创作走向正道的清醒。

在"权力与资本不断渗入"的当下,名河指出有些歌词作品所呈现的文学品质问题、艺术质量问题,发出文体提纯的警示,适时提出了对歌词纯粹性的要求,我觉得是一种可贵的勇气和坦荡。这是名河身为文艺行家兼广西文化界领导人,为党的文艺事业、为人民利益高度负责的担当,也是他引领歌词创作健康发展的专业素养体现,同时,也是他诚心诚意愿与文友们美美与共的善意。

名河另一个理念伸张是,经典意识。

他为辽宁歌词作家金文科的歌词选集《苦乐人生》写的序言中,提出了一个非常重要的创作理念,就是"经典意识"。他说:"时下词坛依然存在一个事实,那就是歌词作品不少,但真正被人青睐的却不多……固然影响一首好词或好曲是否经久流传的因素众多,但作为词作者的歌词经典意识非常重要。没有经典意识,作品就会沦为一种制造,失去穿越时空的力量,这类作品不得不无情地被艺术所远离。"

所谓经典著作,无非是具备重要性、权威性、典型性、广泛性特质的作品。从歌词来说，无非是深切声诗律动体式，被音乐插上翅膀后具有愉悦、动情功效，能穿越时空，经得起反复、长久传唱和品味，具有示范意义的作品。

名河以文学史的眼光，超越艺术技巧的层面，上升到追求经得起时空颠扑的高度，强调"经典意识"，主张以"经典意识"来统领、整合各种创作技巧，使"千淘万漉"聚焦于以打造经典为靶的，让创作所发之力达至峰值，从而让作品经得起岁月的淘洗。也就是引导作者们珍视每一次创作机会，不要轻易让它"沦为一种制造，失去穿越时空的力量"，避免轻易就遭到"无情地被艺术所远离"。

如果说强调"纯粹性"，是对歌词艺术品质纯度提纯的期待，那么，追求"经典性"，则是对歌词艺术生命力和长寿基因的冀望。

这两个理念，可以说是歌词创作的内核要义，是名河对当下乃至几十年来歌词创作成败的切实总结和反思。可谓感受深切，洞察敏锐，判断精准，具有深远的理论意义和近切的实践启示。

写纯粹的歌词，创经典的作品，当然是名河乐于与文友们美美与共的。

文学性与音乐性的交响曲
——张名河歌词抒情意象特征评析

张利群

张名河作词歌曲不仅文辞精粹、优美动听，在文艺界及音乐界享有盛誉，而且脍炙人口、广为传唱，为人民群众喜闻乐见。其歌词作品既深受作曲家及歌唱家青睐，而且也深受读者及听众喜爱，成为文学与音乐交相辉映的优秀作品。张名河歌词创作特点及所取成就固然有众多综合因素，但不得不说"意象"是其歌词作品的一个显著特征，也是其创作成功的一个重要因素。所谓"意象"即文艺创造的意与象有机统一的艺术形象，两者相辅相成、相互渗透，其意为构象之意，其象为创意之象，意与象偕，象与意生，合为一体，构成主体与客体、主观与客观、情意与形象、艺术与生活的辩证关系，形成借景抒情、托物言志、以形写神的文艺表现方式及创作效果。"意象"作为审美范畴的生成建构源远流长，《周易·易传》所言"立象以尽意"，王充《论衡·乱龙》提出"礼贵意象"，刘勰《文心雕龙·神思》提出"窥意象以运斤"，以及历代以"意象"评诗论词，形成中国古代天人合一、虚实相生、心物交感、神与物游、情景交融、形神兼备、意与象偕的文艺创作及文论批评传统。张名河歌词既传承与弘扬这一优秀传统，又与时俱进地增添时代风采、现实风貌、社会风情以及个性风格的审美蕴涵与丰富内容。

张名河歌词创作及评论以意象为重。他为《刘文玉歌词选》作序《在文玉黑土恋情中流连》认为："丰富深广的社会生活内容，质朴粗犷的个人思想情怀，璀璨迷离的意象组合景观，炉火纯青的语言驾驭功力，构成文玉歌词创作的极大魅力和深湛造诣。""文玉词作最为直观的魅力，莫过于其意象之营造和语言之精美。意象是生活的外在物象与作者内在情思的统一，是客观形象与主观感情的结合，意象与语言是歌词这种艺术品的重要组成零件。歌词的技巧，在一定程度上说，是词作家运用语言营造意象表达生活感受的技巧。"歌词创作必须遵循文艺创作规律及艺术形象创造原则，与诗词创作一样，都需要创造出形象、鲜明、生动、具体、可感的意象。因此，歌词必须创造意象，意象是作者创作观及文艺观重要的构成要素及组成部分，他不仅以意象评词论词，而且致力于在创作中构造意象；不仅以意象贯穿于创作题材、主题及对象中，而且也贯通于作品思想内容与艺术形式中；不仅创作出一个个鲜明生动的意象，而且充分体现意象的抒情性、艺术性、审美性特征，形成其创作的抒情意象的个性风格特点，从而使其歌词作品内容形式更为丰富完美，具有显著的审美特点及艺术魅力。当然，作为用于音乐歌唱艺术的歌词与文学之诗词既有共同性又有差异性，歌词从而有其自身表现的特点，如言简意赅、形象直观、鲜明生动、通俗易懂、雅俗共赏、精美别致、朗朗上口等特点。读张名河歌词，就其意象特点可用精美、精致、精巧作关键词以概而论之。

一、精美：张名河歌词意象的独创性特点

张名河歌词意象之精美可以"精美的石头会唱歌"为代表。木鱼石为一块看起来普通而又不同寻常的石头，因之在特定的环境背景及人与物关系中生成为具有生命力及故事性与传奇性的审美意象，它与人结缘而有了"木鱼石的传说"，因人因事的"美丽的传说"而给予石头以"精美"的美称。同时又以"会唱歌"赋予石头拟人化、人格化、对象化的情感色彩，更以"它能给勇敢者以智慧，也能给善良者以欢乐""它能给懦弱者以坚强，也能给勤奋者以收获"表现石头意象所承载的刚强、坚韧、百折不挠、持之以恒的生气活力、性格意志及精神力量，由此生发"只要你懂得它的珍贵，山高路远也能获得""只要你把它爱在心中，天长地久不会失落"的赞美之情。尤其是上下段均以"有一个美丽的传说，精美的石头会唱歌"开头，不仅形成反复回旋以强化情感激发起兴之势，而且前后两句构成相辅相成、互为因果的同构关系及内在逻辑，即在"美丽的传说"中"精美的石头会唱歌"；"精美的石头会唱歌"唱出了"一个美丽的传说"。作为电视连续剧《木鱼石的传说》的主题歌，歌词融抒情、写景、状物、叙事、构境、明理为一体，成为这一故事的基调及主旋律，可谓精美绝伦、意味深长。诸如此类意象，在张名河歌词中比比皆是，意象之精美的独创性及个性风格自不待言。

其一，以表现对象为意象，这可通过其歌词标题略见一斑。其题义将历史与现实中的人、情、景、物、事、境、理等意象化，构成其歌词意象的历史性与现实性、形象性与符号性、表征性与象征

性统一特点。诸如《文成公主》《神的传说》《小白菜》《江山美人》《二月吟》《昭君出塞》《不朽的黄河》《土楼神话》《华山之上》《蝶殇》《双飞蝶》《白娘子》《鹊桥情思》《阿姐甲沙》等，其标题所指表现对象作为创作意象，具有实与虚、真与幻、情与景、意与境、形与神统一的特征，不仅体现表现对象的意象化审美创造的良苦用心，而且体现其选题立意的意象选择、加工、营造的匠心独运，形成歌词意象在意与象、意之象、象之意、形与神等多重关系组合及相互转化中的独创性及个性风格，更能凸显意象之情、意、志与精、气、神，以之揭示作品题材内容与主题意义。

其二，紧紧围绕单个意象为骨架，以多维立体视角丰满血肉。如《一曲琵琶送君行》以"送君行"为意象，围绕其展开"琴弦泣""风声凄""愁绪起""铮铮泪""马蹄疾""多别离""望明月""无风雨""子规啼"等多角度多层次敷抹粉饰，层层铺垫地表现了缠绵悠长的"送君行"离愁别绪。《拐杖》以"你"作为拟人化隐喻的拐杖意象，将其喻为"太阳的手""奶奶的手"以"牵着爷爷走"，由此比拟"劳累艰辛都留在身后""人生是相依相伴无忧愁"的人生感悟与不舍情怀。《盈盈桃花水》以"桃花水"为意象而喻为"女儿泪"，"盈盈一弯桃花水，苦苦一行女儿泪""浓浓血染桃花水，绵绵雨洒女儿泪"，抒写"情痴爱也痴，心碎梦也碎"的一片痴心纯情。《无色的果》以"无色的果"为意象，表达"多少欢乐，已随春水流过""多少惆怅，将随叹息复活"的苦恋之情，赋予其果以"无色"的情感色彩，使之蕴含深刻内涵及无穷意味。

其三，以核心意象为基础，环绕中心构成众多系列意象及意象群。犹如树干上生长出一簇簇枝杈，形成枝叶繁茂的参天大树。大型民族交响合唱《壮族诗情》，以《铜鼓声声》《美丽的壮锦》《天琴恋曲》《相爱永远》形成组歌，选取铜鼓、壮锦、天琴、绣球、

175

扁担舞等系列意象，多角度表现壮族能歌善舞的民族风情及精神面貌。《胡琴说》围绕"胡琴对你（我）说"展开"听水水有声""听山山有色""风来松涛鸣""雨去竹泪落"的层层听觉意象的叠加与组合，构成你我对话、心物交感、情景交融的胡琴言说之情感交流意象。

其四，围绕题材主题及表现对象构成系列意象，形成意象散发、叠加、组合的意象群。如《美丽的心情》将景象之水蓝、山青、天朗、地盈、阳光、星灿、雨、风、月、风景、黎明与人之舞、歌、梦、灯、鼓等一个个跳跃性碎片加以拼接与组合，构成形散神聚的意象群，烘托并生成"天天都有美丽的心情"之情境意象。《等我》以"一轮月""一扇窗""一句话""一片云""一滴水""一首歌""一杯酒""一条路""一份相思""一个约定""一只燕"等独一无二之"一"的系列化意象，如同一粒粒散珠碎玉串连成一条精美的项链，表达"你要等我回"的一片深情厚意。

其五，善于选择典型性意象表现重大题材主题，将宏大叙事与具体描绘融合为意象，于现实中见理想，于具象中见意义，于细微处见精神。《不朽的黄河》不仅以黄河作为中华及民族精神的象征符号及拟人化意象，以"一脉中华的热血，一卷飘动的锦绣""一部奔腾的历史，一个浩荡的追求"揭示黄河之血脉魂魄；而且以"风里浪里走"的老艄公作为黄河精神代表，以"一条红腰带，缠绕春和秋；一把大长橹，摇动喜和忧；一壶烈性酒，壮魂又壮胆；一支水上箭，从来不回头"的一个个颇具个性特征的意象，烘托出老艄公人物形象及性格，由此将黄河与老艄公交融一体，同构为"永恒的黄河"的整体意象。《祖国之恋》以"我"对"祖国"之爱恋为抒情意象，将"我"喻为雪橇、竹筏、渔火、牧歌、红梅、青稞、炊烟、鸽群等一系列细微而又亲切的自然与生活意象，将一个个点连成线与面，从"我的每个脚印都是亲吻""我的每次呼吸都是情话"中表达"祖国，我就是这样深深地爱你"的赤子之心及忠贞之情。

张名河歌词意象的精美来自其创作个性、主体性与独创性。他在为嫣然诗集《念你如泉》作序《寂然凝虑，悄然动容》中谈到："读嫣然的诗，还让我体味到一种她对生活的反向进入，对世界的逆向思忖。世间万象，情态各具，有着万千意味。不同的人从不同角度切入，其貌各异。在当下高度同质化的时代，人们认识事物的方向显现出惊人的趋同性，对事物的结论相差无几。可贵的是，嫣然是一位有个性且主体性很强的诗人，她似乎总能从独特的路径上进入事物，从而能看到与众不同的景观。发出令人耳目一新的感触。"这不仅是他以独创性评词论词由此凸显歌词创作个性特征的重要意义，而且也是他歌词创作观的体现，由此亦可印证其歌词创作及意象创造的独特性所在。由此可见，张名河歌词意象不仅丰富多样、绚丽多彩，而且意象创造独运匠心、独出心裁，形成其歌词创作独创性及审美特征。

二、精致：张名河歌词意象的抒情性特点

歌词因歌而词，从这一角度看，其可谓文学与音乐为一体的特殊文体形式，独立成体可谓诗词之文学，谱曲成乐可谓歌曲之音乐。中国古典诗词原为可唱亦可读文体，即可读亦可吟诵、吟唱，具有诗词之押韵、声韵、韵律、节奏的音乐性。《礼记·乐记》曰："故歌之为言也，长言之也。说之故言之，言之不足故长言之，长言之不足故嗟叹之，嗟叹之不足，故手之舞之、足之蹈之也。"这既说明

先秦诗乐舞三位一体的结构形态，又说明从"言之"到"长言之"再到"嗟叹之"，最后到"手之舞之足之蹈之"的逐层递进之情感表现状态。更重要的是相对于《尚书·尧典》所提"诗言志"而言，则意味着更进一步揭示诗乐舞的抒情写意之"共情"本质特征。

歌词既因情而词又因歌而词，基于歌唱之用心故其抒情性更强，更能以情感人、以情动人、以情共鸣。张名河歌词不言而喻具有鲜明而又强烈的抒情性特征，更重要的是他擅长以意象抒情，不仅形成其意象的抒情性特点，而且也形成其抒情的意象性特点，互为同构地创造出抒情意象，构成其歌词创作的一个重要特征。在其歌词创作中不仅以直抒胸臆、顺应自然的方式创造抒情意象，而且也以借景抒情、托物言志方式创造抒情意象。

其一，发自内心、直抒胸臆的抒情意象，将抒情与意象融为一体。歌词的抒情性特征必须通过形象性亦即艺术形象表现出来，借助和依托一定的人、物、景、事、境以抒情，既赋予情感以意象性，又赋予意象以情感性，从而构成情感与意象有机统一的抒情意象。张名河歌词的抒情意象可从其歌词标题往往以"情"命题略见一斑。诸如《一曲琵琶送君行》《情系大海》《爱的足迹》《刀剑未必无情》《既曾相爱》《溪水情》《天涯之恋》《千古情》《也有女儿情》《林海情》《异乡情》《美丽的心情》《曲乡情》《泪海情山》《壮族诗情》《祖国之恋》《神的传说》《老师的爱》《把你爱在心上》《想你》等，既讴歌爱党、爱祖国、爱人民、爱事业、爱生活、爱自然之情，又抒发亲情、爱情、友情、乡情，凸显抒情意象的情之真、爱之切、感之深、善之致、美之极的本质特征及积极向上的精神追求。歌词创作以情命题决定以情成象、以情立体之势，即为刘勰《文心雕龙·定势》所言"因情立体，即体成势"，形成歌词创作之体势、情势、文势。因此，张名河歌词中的抒情意象既能够体现作者的思想情感，又能够体现其创作的主体性、个性及情感取向，更能够充分体现作品及歌词意象的情感性与抒情性特征，将作者之情、作品之情、意象之情、读者之情融为一体，形成抒情意象的共情结构。这既可从张名河歌词作品中探寻蛛丝马迹，亦可从其创作经验与歌词评论中窥见一斑。在其所作序中不仅表达他对其他歌词作者作品的评论，而且也能折射出他的创作观及评论观。他为胡红一歌词选作序《他用山歌牵出了月亮》指出："写词的人，要有快活的心，自己不快活怎么能写出让别人快活的歌词呢？古代文论上讲，艺术作品往往'忧伤易巧，愉悦难功'。表现忧伤情感或情绪的作品，容易写得巧妙、别致，而表现愉悦情感或情绪的作品，偏偏就很难写好了。作为歌唱艺术的歌词，恰恰更多的是要表现欢乐的情感与情绪。这给我们习词者从根本上出了一道难题，有的人忙了大半生也未必悟出其中的道理。"他为慕容子敬歌词集《中国老家》作序《好一个"情"字了得》认为："情感，是艺术大树之根。情感，情感，以情感人。情感在天放的歌词中是诚挚的、热情的，而表现在他作品中的感情，又是熔铸之后的撼动人心的血与火。在谈到对歌词的写作时，天放说，词人首先应该是最多情的，因为歌词呼唤真情、呼唤激情、呼唤深情。要想打动人，感染人，首先得打动自己，否则，就不要动笔写，写出来也会是苍白无力的。"这一评论不妨也可视为张名河歌词创作的抒情性及抒情意象特征的真实写照，也不妨视为张名河歌词创作观的体现。

其二，善于以亲情作为抒情意象，自然而然流露、由内向外抒发亲情的温和、温柔、温馨、温暖的内心感受。亲情是手足骨肉、血脉相通之情，张名河歌词赋予这一永恒题材、主题及表现对象更为深刻而又独特的表现力。《千古情》将母爱誉为"千古情"，不仅凸显母爱超越时空、超越自我、超越任何情感的压倒一切的巨大能量，而且作为爱的象征性符号赋予它更为深广的意义。母爱以其"柔弱的身躯"为儿女"尝尽了艰辛""风和雨你把它全挡在门外"，以其"苦涩的泪花""含笑的期待""不倦的神采"表现母亲"绵绵的情怀"，由此歌颂"有你人间才有家园""有你家园才有温暖"的永恒母爱之"千古情"。《深山的木屋》是首唱给祖母的歌，以"深山里有一座古老的木屋，它使我想起慈爱的祖母"的前后反复，将古老的木屋与慈爱的祖母融为一体，既感慨她"一生劳累，一生辛苦，她从来不向别人倾诉；满山的风雪，满山的霜露，她总是自己默默肩负"的艰辛劳累与默默奉献，又为她"曲曲歌谣，滴滴汗珠，养育我童年，带给我幸福；闪闪的泪光，声声的嘱咐，又含笑送我启程上路"的无私关怀所感动，讴歌血浓于水的亲情，意味深长而又情韵绵绵。

其三，擅长以爱情作为情感意象，赋予这一永恒题材、主题及表现对象常写常新的艺术活力与审美魅力。《心爱的人》以向"你"言说的方式表达"我"对"心爱的人"的衷情柔肠。作者不仅在上下段均以连续两句"不用问"启头，既强化了毋庸置疑的肯定语气，又深情地表达爱之深、情之真、话之亲、梦之真的心心相印之情，"不用问爱有多深，不用问情有多真""不用问话有多亲，不用问梦有多真"，而且也在上下段均以连续两句"所有"展开抒情，"所有的艰辛都留给自己，所有的欢乐都给了别人""所有的牵挂都装在心里，所有的温柔都融入眼神"，并连续使用"你"的昵称凸显爱人的精神品质及内心世界，"你用微笑擦去泪痕""你用脚印诉说追寻""你用善良编织美丽""你用勤劳支撑家门"，由此成功塑造"你有一张月亮般的脸，你有一颗金子般的心"的爱情意象。《奇缘》，紧扣"奇"写"缘"，以近在身边却难相见、远隔万水却又情重如山、相见恨晚却能梦绕魂牵、相识很久却又两心无言的对立矛盾而又交融一体的方式描写爱情的复杂纠结心理及若即若离情态，更为深入地描绘出爱情之"奇"与"缘"的内在逻辑与回旋往复的韵律。《双飞蝶》以"千年飞舞，千年穿越。美丽的翅膀，感动红尘世界；飘逸的身影，摇曳青春季节"表现"比翼翩翩，两心同结"的"双飞蝶"爱情意象，不难从中窥见历代爱情故事"连理枝""蝶恋花""化蝶""鹊桥""藤缠树""凤求凰"的意象踪影。

三、精巧：张名河歌词意象的表现方式特征

张名河歌词及抒情意象的表现可用"精巧"概括。精巧作为张名河歌词的抒情意象表现特征，不仅旨在说明他以歌词这一细微体式及短小篇幅容纳更为丰富深广的社会生活内容之精巧，也不仅仅在于其选题选材、立意构思、谋篇布局、遣词造句的艺术形式之精巧，而且在于其抒情意象的表现方式之精巧，在一定程度上决定其歌词的艺术性、审美性及表现力。由此可见，从歌词创作角度看，为歌而词的歌词创作理应以抒情为本，关键在于情如何抒，即如何抒情、以何种方式抒情、抒情方式有何特征。

其一，将情与景、物、事、境、理融为一体的抒情意象表现方式特征。张名河歌词创造的抒情意象往往以情为核心，融合景、物、事、境、理等要素，即将抒情与写景、状物、叙事、造境、明理结合，使其歌词意象创作方式更为丰富多彩、更具多样性、更富表现力。他的歌词创作不仅擅长借景抒情、托物言志、寓情于象、寓情于事、寓情于理，而且使其意象创造具有更为深厚的历史文化内涵与更为丰富的现实生活内容。从抒情与叙事表现方式角度看，尽管不难理解两者具有相辅相成的辩证关系，但更重要的是张名河

歌词意象具有融叙事于抒情、融抒情于叙事的水乳交融的特点，即抒情性叙事与叙事性抒情特点。抒情意象表现方式往往将叙事抒情化、抒情叙事化，将事理逻辑融入情感逻辑中，抒情脉络体现出叙事线索，从而因叙事以及写景、状物、造境、明理使其抒情内涵及内容更为深厚与丰富。在其历史传统题材与现实生活题材以及影视剧主题曲、插曲、组歌等歌词创作中，张名河往往依据题材、人物、故事、情节从而使作品带有一定的叙事性，不仅体现人物性格、行为动作、心理活动及情感倾向，而且能够展开故事线索、情节脉络、运动走向，使其歌词的抒情性不仅具有叙事性抒情特征，而且具有抒情性叙事特征。从这一角度看，为叙事性作品插曲作词，犹如戴着镣铐跳舞，其难度自不待言，由此也更能体现张名河歌词抒情与叙事交织一体的特点。其歌词在音乐剧及叙事性作品中可谓叙事的抒情化，歌词意象在音乐剧及叙事性歌词中可谓抒情的叙事化。张名河创作的音乐剧《茉莉花》《蝶殇》，不仅赢得观众的一片赞誉，成为经久不衰的精品力作，更重要的是剧作中的诸多插曲，如《是谁把你带到人间》《胡琴对我说》《二月吟》《双飞蝶》等，作为独立成体的单曲已成为家喻户晓、众口传唱的优秀歌曲。正是因为音乐剧歌词意象既抒情又叙事，并且还带有剧情发展与角色表演的戏剧色彩，因此张名河音乐剧创作充分体现其对文学、音乐、戏剧的不同特点认识及相互关系的把控，从而凸显其歌词创作特点及其对艺术间性之异同关系的深刻理解。他在第二届中国音乐剧发展国际论坛会上发言谈道："音乐剧中的歌词（也就是被称为音乐剧中的剧诗），同平时单曲歌曲中歌词有明显的区别和界限。音乐剧中的歌词，同剧中的戏剧情节、人物情感、剧场冲突有着密切关系，与剧情和剧中人物所处的环境紧密联系在一起，它要表达的是剧中人物情感和戏剧情节的制约，尤其要配合音乐剧的音乐创作，运用多种手段、多种演唱形式，在对剧中人物性格的抒咏及戏剧场景、戏剧冲突的刻画上下功夫。而普通歌词只需要抒发歌词作者的心声就可以了。"此论可谓经验之谈而又言之成理，音乐剧歌词不仅需要抒情也需要叙事，歌词的抒情意象也是如此，既要在抒情中叙事又要在叙事中抒情，这充分表现出作者在意象创造上运用抒情、叙事、写景、状物、构境、明理等表现方式的功力及特点。

其二，为歌而词的文学性与音乐性结合的表现方式特征。中国古典诗词因其押韵、声韵、格律、节奏不仅具有抒情言志的文学性，而且也具有吟诵歌唱的音乐性。歌词创作为歌而词，更应该具有音乐性。尽管音乐创作在作词基础上还需要谱曲才能歌唱，但毕竟说明歌词为谱曲及音乐创作奠定基础和提供条件。张名河作为词作家，既精通诗词之道，又深谙音乐之道，在其歌词创作中就伴随音乐性声音和旋律。读张名河歌词，对于读者而言，在吟诵之时总会产生一种想歌唱的感觉；对于作曲家而言，难免也会激发起为之谱曲的创作冲动；对于歌唱家而言，更难免会有激发高歌一曲的萌动。这正是张名河歌词作品的一大长处，也是他歌词创作的一大特点。其歌词不仅具有语言艺术之诗意化与文学性特点，而且也具有契合声韵、韵律、节奏的音乐性及歌唱性特点；不仅在篇章结构及用词造句中体现文辞的声律、音韵、节奏之美，而且在意象创构、抒情表现、意境营造中更为深入地契合"有意味的形式"之艺术内在韵律、律动、节拍以及规整而又错落之美。《美丽的心情》以"水蓝蓝""山青青""灯闪闪""鼓声声""天朗朗""地盈盈""星灿灿""雨纷纷"的叠字反复，以一个个鲜明生动意象不断强化感情色彩，烘托出美丽心情之热烈、欢快、奔放的情态与情境，一个个欢快的意象犹如一个个跳跃的音符，似乎能聆听到文辞中传来的歌声。《二泉吟》以二胡曲《二泉映月》为意象，紧扣琴弦之"悠"

与人生之"悠"为基调及两者的契合点,以"风悠悠""云悠悠""恨悠悠""怨悠悠""梦悠悠""魂悠悠""情悠悠""爱悠悠"的叠字反复,将爱恨情仇的人生艰辛与酸甜苦辣的复杂情感表达得淋漓尽致,上段以琴弦之凄、苦、恨、怨、愁、愤、忧书写人生之艰辛,下段则以"失明"而能"看透"、"无语"而仍"寻求"、"太湖的水"是"壮行的酒"、"二泉的月"是"不沉的舟"书写艺术永恒与生命不朽。歌词还善于围绕"琴弦"之悠悠意象赋予"无锡的雨""惠山的泉""太湖的水""二泉的月"等个性化与情境化感情色彩,通过借景抒情、托物言志、以形写神的方式,使人仿佛能在这些抒情意象中听见如泣如诉的二胡声,产生如闻其声、如见其人、如临其境之共鸣效果。

其三,善用修辞及修饰的表现手法特点。张名河善用想象、联想、象征、比兴等创作方法的综合运用,体现现实主义与浪漫主义结合的个性风格特征。从语言修辞手段及用词造句的修辞性角度而言,不仅善用比喻、比拟、对比、反衬、借代、夸张、互文、连珠、排比、反复等表现手法,创造出一个个鲜明生动的意象,而且巧用蒙太奇式运动、构图、剪接、交错、拼贴、转换、映衬、照应等表现手法,构成一个个镜头画面;不仅善用诗词的对仗、对偶、骈俪、工整、押韵、平仄等表现手法,而且巧用对称、平衡、均匀、整齐、运动变化而又错落有致的形式美表现手法,使语言表达及形式构成更为精致、精准、精粹、精练、精巧,成为脍炙人口而又耳熟能详的优美句式、词语及文学语言,从而增强歌词意象的生动性、丰富性、表现力及弹性与张力。如《曾经走过的路》以"曾经走过的路"不断反复强化这一意象层层铺开的丰富情感及深厚内容,"是长满荆棘的路,多少辛酸多少寂寞孕育季节的成熟""是洒满星光的路,多少痴情多少承诺挑起肩头的重负""是布满伤痕的路，多少惆怅多少期待化作难言的倾诉""是写满记忆的路，多少聚会多少离别追寻难忘的祝福"。《土楼神话》中以"黄土捏成一个神话，神话里住着我们的家"的土楼意象表达"主人像土楼一样纯美厚重，土楼像主人一样朴实无华"的相互映衬的美好品质。《华山之上》中以"我的爱，是五峰顶上的灵光，我的恋，是云海深处的天堂……谁为我打开美丽的天窗，摘几串星斗在心中珍藏""我的梦，是玉女身边的守望，我的情，是渭水流淌的热浪……谁为我送来了无际的花香，神奇的石莲花永世开放"，既以情感赋予一个个自然景观以生命活力，又以景观意象更好地抒发诗情画意。

此外，张名河歌词创作还善用叠字以强化抒情意象的深远厚重内涵与蕴藉，如《美丽的心情》的"水蓝蓝""山青青""灯闪闪""天朗朗""地盈盈""星灿灿""雨纷纷"；《二泉吟》的"风悠悠""云悠悠""恨悠悠""怨悠悠""梦悠悠""魂悠悠""情悠悠""爱悠悠"；《美丽的壮锦》的"金丝丝""银线线""梦甜甜""花艳艳""茶浓浓""酒暖暖""日朗朗""月灿灿"；《江南梦》的"云蒙蒙""雾蒙蒙""烟蒙蒙""雨蒙蒙"等，赋予意象热烈而又悠长、激昂而又委婉的情感色彩，从而增强抒情意象的表现力与感染力。

综上所述，张名河歌词以抒情意象为核心的创作宗旨及审美取向，不仅体现其歌词创作特点及作品特征，而且也体现其艺术观及创作观。这一方面切合文艺创作规律及中国文艺传统，如白居易《与元九书》所言"感人心者，莫先乎情，莫始乎言，莫切乎声，莫深乎义。诗者：根情、苗言、华声、实义"，张名河歌词以意象为中心构建起情为根、言为苗、声为花、义为实的文艺之树，只有使文根粗干壮、枝繁叶茂，才能开满绚丽花朵，结满丰硕成果；另一方面切合时代风尚、社会语境、人民群众需要，具有鲜明的以人民为中心的创作导向，坚定中国特色、民族气派、民族风格的人民文艺发展方向。张名河曾针对《2007年中国歌词精选》一书谈道："阅读这部歌词精选，让我思考有三：一是，当代歌词佳品，非媚俗哗众、迎合某类消费需求之作，令人尊敬和叹服者，依然是以词作品格赢得人心。二是，从数百首精选词作中，可观其词坛目前之现状。无论世风如何影响和决定文风的命运，无论作者创作心态哪般，谁也摆脱不了歌词本身的审美特征、创作规律和终极价值。三是，歌词似乎更以一种反宏大叙事的形式，成为记录历史的有效方式，它本身也就成了历史的一部分。我感佩包括我自己在内的我们这些微不足道的歌词作者们，但愿一座城市的高度，主要不是它的建筑的高度，一座乡村的广度，主要不是它的田原的广度，而是它文化艺术及精神的高度和广度。"这也可谓张名河歌词创作观及思想、态度、精神、价值取向的体现，也是他歌词创作的艺术境界及审美理想追求目标。

基于此，张名河正是以"精美的石头会唱歌"的精神追求创造出一个个鲜活生动的抒情意象，创作出一首首享有盛誉、脍炙人口的优秀作品，这也正是他歌词创作特点及成就的真实写照，印证了这块"精美的石头"唱出了最好最美的歌。

张名河的歌词艺术

麦展穗

张名河是我国著名词作家,一位佳作迭出的大词家,在我国词坛上,独树一帜,炉火纯青。他作词的歌曲传唱大江南北,脍炙人口。他写的《一个美丽的传说》《二泉吟》《美丽的心情》《我们美丽的祖国》等等,更是影响深远。

关于歌词,张名河曾说过,歌词是作家个性的真实流露。他在序《刘文玉歌词选》中说道:"面对世界,面对人生,面对社会,文玉所取的基本态度和全部内容,就是用一颗爱心点燃艺术生命之火。这爱心是诗的爱心,只要一触及审美客体就能燃起独特的体验、独特的领悟、独特的创造之火。"的确,张名河用他的作品诠释了这一理念,特别是插上音乐的翅膀后,更具有亲和力,让读者和听众受到启迪,同时得到一种愉悦、美的享受。

一

一位智者曾说,一个好的作家,其实也是一个思想家。没有丰富的人生阅历,没有深邃的思想火花,没有敏锐的洞察力,没有宽阔的情怀，是写不出有思想深度、有温度、有激情，深受大众欢迎的优秀作品的。读张名河的词，常有一种茅塞顿开的感觉，直抒胸臆，酣畅淋漓。

张名河为电视连续剧《杨乃武与小白菜》写的插曲歌词《乌纱怨》，就是这么一首掩卷仍让人慨叹不已的作品。

杨乃武与小白菜案，是清末年间的一桩冤案，说的是小白菜丈夫患病而死，她却被诬陷与杨乃武通奸谋杀丈夫，屈打成招最后得以昭雪的故事。这桩冤案的背后，反映了封建社会官场的腐败，官官相护，每天不知有多少的冤魂在哭泣。可是，张名河在这首词里，写的并不是杨乃武和小白菜的哭诉，他的角度，他的落笔，写的却是制造这些冤案的官吏，揭露他们丑陋、可恶的灵魂，就像一面镜子，照出了他们虚伪的面容，还有内心的恐惧：

爱乌纱／反遭乌纱骗／费尽心思／藏起一个冤／忘了是非能辨／忘了欠债要还／一阵风／吹落头上的冠／啊／像落叶一片片／遍地都是乌纱怨

一首好的词，同样具有穿透时空的力量。今天党对各种腐败的零容忍，使那些腐败分子看到这首词后，也会禁不住心里一阵打颤。

张名河有一首词，叫《弈》。正如作者所说，世界之大，乃一局棋也。只是难在局外，成不在我，但必有我。这首词，有很深的人生哲理：

唱一曲南北西东／观一局弈手争雄／方寸间，静如水／黑白中，行如风／一子乾坤动／千古智慧中

纵横天下险重重／对坐案前乐无穷／无言谋大略／眼底藏神功／一着破玄机／一举定殊荣／问君胜负有谁懂／清茶一盅话友朋

　　莫道今日别／来日再相逢／新时代，大世界／棋局内外时匆匆

张名河在这首词里，以棋局言世界，有独到之思、彻骨之悟，令人感叹。一个"弈"字，读出了歌词的方寸与乾坤。

张名河的另一首词《二泉吟》，曾获得全国最佳作词单项奖，2010年被收录进他的音乐剧《茉莉花》。

　　风悠悠／云悠悠／凄苦的岁月在琴弦上流／恨悠悠／怨悠悠／满怀的不平在小路上走／无锡的雨／是你肩头一缕难解的愁／惠山的泉／是你手中一曲愤和忧

　　梦悠悠／魂悠悠／失明的双眼把暗夜看透／情悠悠／爱悠悠／无语的泪花把光明寻求／太湖的水／是你人生一杯壮行的酒／二泉的月／是你命中一曲不沉的舟

这首词以盲人音乐家阿炳作为原型。阿炳，无锡人，原名华彦钧，是一位饱尝人间沧桑的民间音乐家。阿炳创作、演奏的二胡曲《二泉映月》流传至今，已是一首名曲。张名河为此创作的这首词《二泉吟》，让读者感受到了很重的分量，很浓、很深沉的情感，勾勒出旧时代一个盲人音乐家人生的悲愤和对光明的寻求，仿佛一把剑，刺透了暗夜。

二

歌词是语言艺术，注重炼字、炼句，一字千金，画龙点睛。好的歌词，经典歌词，没有一个字是多余的，都有它的内涵和分量。张名河的歌词，语言非常凝练、准确，形象生动，画面感很强。

张名河为电视连续剧《皇太极》创作的主题歌词《一代巨星》：

刀剑有情无情／砍倒一个大明，砍出一个大清／铁骑有情无情／踏碎一个黄昏，踏醒一个黎明

皇太极是努尔哈赤的儿子。努尔哈赤去世后，皇太极继承汗位，建国号大清。皇太极的铁骑如风雷闪电，一日千里，很快就入主中原取代明朝统治。张名河的"刀剑有情无情／砍倒一个大明，砍出一个大清"，一个"砍"字，是何等的形象，何等的气势，朝代更替就在刀光剑影中。接下来的这句"踏碎一个黄昏，踏醒一个黎明"，一个"踏"字，震撼三山五岳，天崩地裂中，黎明就在眼前。

我国的土楼，也叫客家土楼，以福建龙岩、漳州的土楼最为有名。

客家人，是一个迁徙民系，历史上因为战乱、饥荒等原因，由中原一路南迁。在迁徙的过程中，受尽欺凌和苦难。为了抵御外族侵犯，客家人非常团结，吃苦耐劳，只为寻求和平的环境，安居乐业。正因为这样，客家人修建了属于自己的客家土楼，作为他们世代生活的独特民居。土楼围起的不仅是安全，更是一个温暖的家，相互依托的大家族。张名河的《土楼神话》这首词，写的就是这个

题材：

>　　黄土捏成一个神话／神话里住着我们的家／主人像土楼一样纯美厚重／土楼像主人一样朴实无华／经多少风吹雨打／历无数春秋冬夏／世代默默守望青山／却偏偏誉满全球，名扬天下……

第一句"黄土捏成一个神话"，这个"捏"字，用得非常巧妙，客家人因为历史等各种原因，迁徙走到了一起，他们抱团生存，同住土楼，只求安宁，共建家园。纵观整首词，风格、节奏都掌握得很好。

张名河的这首词《土楼神话》，是应征为"世界申遗"而作。2008年，在加拿大魁北克城举行的第32届世界遗产大会上，客家土楼被正式列入《世界遗产名录》。

三

张名河的主旋律歌词，充满了正能量，没有假话、空话、大话和概念化，内容平实，贴近百姓，贴近生活，有鲜明的个性。他的《鲜花映彩虹》，就是这样一首表现中国梦题材的经典之作：

>　　一个亲切的声音把人心牵动／几代人的梦想在今天相逢／把你的手我的手牵在一起／让无穷的力量更加无穷／啊，中国梦／我们的中国梦／滔滔奔流的大黄河卷起龙的风／啊，中国梦／美丽的中国梦／伟大复兴的故事里／你

我在其中

　　一张深情的笑脸把岁月感动／大中华的血脉在这里相通／把你的梦我的梦串在一起／让繁荣的天地更加繁荣／啊，中国梦／我们的中国梦／追星赶月的好儿女都是龙的种／啊，中国梦／美丽的中国梦／世界惊喜的目光里／鲜花映彩虹

在这首词里，没有任何说教的句子，看了感觉很亲切，很温暖，把老百姓心中想要说的话，很自然地表露了出来。关于中国梦的歌词，全国可以说有成千上万首，也许是我看得还不够全面，但至少在我所看到的中国梦歌词里，这是写得最好的一首。这首歌词由黄朝瑞谱曲以后，很快就在全国传唱开了，成为很多合唱队的保留演唱曲目。

1934年11月，湘江战役，中央红军突破国民党军第四道封锁线。中央红军渡过湘江后，由长征开始时的8.6万余人锐减为3万余人，江水已被鲜血染红，惨烈程度可想而知。当地老百姓曾留下两句悲痛誓言："三年不饮湘江水，十年莫食湘江鱼！"张名河站在当年红军渡过湘江的地方，思绪万千，一挥而就，写下《湘江渡》这首词：

　　最爱莫如湘江渡／爱得让人痛欲哭／不忍说，十年莫食湘江鱼／江底尽埋英烈骨／不忍唱，三年不饮湘江水／英雄血染红军路／啊，红军路，湘江渡／一山一石丰碑竖

　　最亲莫如红军路／亲得热泪吻尘土／看不尽，两岸苍翠参天树／铺展长天写史书／听不够，一曲高歌英雄

谱／江山如画映日出／啊，红军路，湘江渡／一草一木香如故

　　张名河没有用慷慨激昂的句子，而是借用一种歌谣体的风格，平实的语言，娓娓道来，讲述这一段历史，这一个悲壮的故事。可是，就是在这样一种平实语言中，却蕴含着浓烈的感情，在心底掀起狂澜，正如其中一句歌词所写道："亲得热泪吻尘土！"这就是艺术上的反差，歌词的一种独特的审美价值。

　　张名河原本是一位诗人，后来才写歌词，写音乐剧。他的作品，既有诗的意境，诗的浪漫，也有词的韵律、词的严谨。所以，他的歌词总是别具一格，很清新，即便不谱曲，读起来也是意趣盎然，富有音乐性。我们再来看看张名河写的这首《绿城花雨》：

绿城四季飞花雨／天天都有春消息／
聚来天南地北的我／感动隔山隔海的你／
走在诗画里／走在诗画里

相约绿城看花雨／人会变得更美丽／
牵手绿荫下／落花香了满身衣／
漫步青草地／错把冬季当春季

　　这就是诗的意境，歌词的音乐性，写得多美呀！绿色春意中，透出了让人心醉的情丝和意境。

　　张名河原在辽宁省委宣传部、省文联工作，1998年调到广西，担任广西壮族自治文化厅副厅长。到了广西以后，他为了广西文艺

事业的振兴和发展，倾注了大量的心血，与艺术家们广交朋友，海纳百川，扶携后生。他的人品就像他的作品一样，是个性的真实流露。他待人率真、热情，很有亲和力，赢得大家的尊重。正如他的那本集子标题：结伴词林。我想，这就是他的思想境界，他的艺术人生。

名河传说

包晓泉

传说一

对我而言,"张名河"三字就是个传说。

我进入名河老师所在的自治区文化系统时,他刚好从文化系统领导岗位退休,所以在很长一段时间里,由张名河这个名字带来的种种故事,我都只能是听说。你说我说大家说,听得多,却从没见过本尊,因此,他在我的感受中就始终是个"风中传说"。名河老师的事,我从常剑钧老哥那里听到的最多,老哥是名河密接者,老哥谈到前辈时从不打诳语,因而,我深信从他那里听到的任何关于名河老师的事情,就是事实本身该有的样子。

爱才、惜才、识才,催马扬蹄,伯乐无私,这是名河老师在我心里打下的第一个印记。常剑钧老哥和我同在一个艺术创作部门,他有一句话我总是无法忘记——没有张名河,就没有我们这个艺术创作中心。这句话后面的事实是,在名河老师尚未退休时,常剑钧等一拨年轻并满脑子想法的广西艺术创作中坚因为种种原因无法以专长集中发力,作为分管领导的名河老师看在眼急在心,不断上下奔忙，硬是在极短时间内让艺术创作中心以活力十足的新姿态出现在广西的舞台艺术视野里。于是，艺术创作中心与广西各艺术院团人才形成合力，咬牙冲刺，才使得广西戏剧在全国戏剧创作领域以远超广西经济发展水平的速度进行的艺术突进，保持了更久的高光时刻。

这样的传说太多太多，他无保留帮助和呵护过的人，太多太多。

他的作品曾影响到中国许许多多的人，他的人品和艺品，让所有认识他的人都无法不心生敬佩和敬重。

直到2018年，我真正见到名河老师并向他约稿，多年的"风中传说"才终于成为一种可以触摸的真实。一次次近距离接触中，他从容、谦和而又对艺术创作一丝一缕绝不敷衍的独有气场，让我实实在在感受到了一个关于专业精神、师长胸怀和不离不弃艺术初心的清晰努力方向。

这时的名河老师已经是耄耋之年，他就那样绽开极其朴素而诚恳的笑容，在路边一个旧窗台上和我这个第一次见面的晚辈签好约稿合同，然后挥挥手，亲和如邻家大叔般地说句"放心"，才离去，给我留下了一个斜阳映照下的温暖背影。

那一刻，我想，当我老去的时候，也能接近这种如泉水清澈、如大河流淌的状态，那多好。

传说二

前面说过，名河老师不少作品影响过中国许许多多人，无论歌还是戏，无论数量还是境界，他在很多国人心里，同样是个传说。其中，那首曾红透大江南北的电视剧《木鱼石的传说》主题歌，就是这样一种非常典型的存在。那首最先在辽宁萌芽并从北京跨过大江大河飘向全中国的歌，名叫《一个美丽的传说》。

> 有一个美丽的传说，精美的石头会唱歌，它能给勇敢者以智慧，也能给善良者以欢乐……

八十年代过来的人，很少有人不知道这首歌。太悠扬，太上口，对很多人来说，想忘也忘不了。

在迈过千禧年门槛后第六个年头的秋天，我有几个东北朋友来南宁公干，自然少不了推杯换盏敞开心扉使劲喝酒，他们说广西酒不错，菜还是太淡了，就有人提议边喝边唱，一起以歌佐酒。于是就唱起来，不，是吼起来。一个人起调大家跟，唱的就是《一个美丽的传说》，那份默契度和熟练度，仿佛排练了好久……后来我问为什么一开口就唱《一个美丽的传说》，而且每个人都没把歌词唱乱？他们说，没啥为什么，熟，老唱，就是喜欢，特别有味道，你不是也没唱乱吗？我说我有理由，我和写这首歌的人有缘分，我上班的地方，就是他原来上班的地方。啊？他不是辽宁的吗，怎么在广西？我说原来是，反正，现在就在广西，千真万确。

然后这几个"美丽的传说"的粉丝开始各种打听，甚至提到有没有见一见名河老师的可能。当我说我也没见过的时候，他们脸上露出小孩子般纯真的失望。那一瞬，我的内疚是难免的，我的兴奋也是难免的，好像那首歌是我写的一样。我知道，在他们心里，那个"美丽的传说"又添加了新的传说内容。

后来每当我去北方出差，有人聊天聊到广西文化名人的时候我都会提醒他们，张名河，那个"传说"，在广西呢。

其实，何止《一个美丽的传说》是传说？音乐剧《茉莉花》，歌曲《二泉吟》《连心歌》，电视剧《封神榜》《杨乃武与小白菜》《新岸》《汉宫秋月》主题歌等等，百曲声声，千回百转……那些数量、品质和境界，都是美丽传说。

传说三

作为一个地地道道的湖南人，名河老师在辽宁工作多年，最后纵跨大半个中国来到广西落脚，所以不难理解，他的作品为什么既有天高地阔宏大行吟之风，又有细腻柔软婉转低唱之韵，一切融合得毫不违和。

在2018年以前没有和名河老师有过任何直接交流的我，看他的剧本和歌词一直就有这样的感觉，鲜活一如亲至，万象皆在其中，词意多彩饱满，文风洒脱随心，读着唱着，都让人非常舒服。

名河老师作品的体量和境界，于我，确实只能是"传说"，一个无法追赶的"传说"。

他一生的作品已经有巨大评论量，无须我说得更多。而最近一部交响合唱，我却想置喙一下，那是我离得最近的一部，因为，这部2021年才刚刚推出的作品，其出品平台是我们创作中心，各种前期研讨和修改调整，我真心感受，与有荣焉。这部大型交响合唱，叫《湘江之战》，由《江鸥》《胜利在前》《鏖战》《谁能挡我红军》《金银花开一条藤》《半条红军被》《谁又唱重逢》《湘江渡》《庄严的典礼》等部分构成，融合了男独、女独、对唱、合唱及器乐渲染等艺术呈现方式。

湘江之战，主题不可谓不宏大，情绪不可谓不昂扬，但《江鸥》歌词中，那种具有强烈反差的平静、浪漫和细腻依然清晰可见："江鸥飞翔／飞翔在波涛之上／波涛轻吻翅膀／翅膀闪着银光／我心爱的红军战士／当年没有倒在湘江／化作洁白的群鸥／把美丽的山河眺望……"江天一色，江鸥翩翩，过去和现在时空交融，悲壮与欣慰飞翔在江面之上，情绪与节奏，都是"刚刚好"。

再听《鏖战》："苦鏖战，两昼夜／尸横遍野／破敌阵，冲杀在／江河岸界／痛身边多少战友倒下／哭眼前几番生死壮烈／我也是巾帼红军战士／何足惜这一腔青春热血……"以看似平静的视角回望，一切又如此惨烈和悲壮，残阳如血，生死度外，听众情绪紧随歌声跌宕。我把歌词刷了又刷，一瞬间，似乎还品出了一种辛弃疾的味道。

一段《湘江渡》，更把所有的倾听、咀嚼、疼痛、惨烈、悲壮、缅怀、欣慰一股脑释放出来："最爱莫如湘江渡／爱得让人痛欲哭／不忍说，十年莫食湘江鱼／江底尽埋英烈骨／不忍唱，三年不饮湘江水／英雄血染红军路／啊，红军路，湘江渡／一山一石丰碑树……"正如评论家韦玺说的那样，将中国共产党战争史上的惨烈一幕与听者心中最柔软的一面进行触碰，将整个作品的内心体验推向顶峰，令听众在国家恢宏图景和个人抒情宣泄、革命历史再现与现代价值回归间，取得形神、情理的统一兼备，哲理性与戏剧性达到某种巧妙的平衡。

一部《湘江之战》，让我对名河老师的敬重更加深一层。他在八十高龄依然有如此难得的艺术激情和创作状态，是他之幸，是我们之幸，也是广西艺术创作之幸。

从心底里希望这个"美丽的传说"，续写得越久越好。

不老的传说

胡红一

壮乡引名河

二十三年前一个深秋傍晚,我正趴在广西发行量最大的《都市报》编辑部办公桌上,给第二天的文化娱乐版面"憋"稿子,突然接到一位编剧老兄的电话,要我立马下楼随他去飞机场接贵客,然后再到旁边著名的吴圩牛杂店喝大酒。当时刚从河南来到南宁工作,虽然听到"酒"字便啥也不想干了,我仍以手上稿子尚未完成为由,咬紧后槽牙婉言谢绝。

在撂下电话之前,老兄随口那句"见不到大人物你亏大啦",将我那原本就不坚定的立场,给彻底连根拔起。大编剧口中的大人物,肯定不是一般人,如果在蹭顿大酒的同时,还能搂草打兔子捡回一个文娱头条,岂不两全其美?于是连电脑都来不及关,便飞奔下楼跳上他的汽车。半路上我一再追问,那位大人物究竟有多大?一听说是刚从东北调来的文化厅副厅长,我顿时有些后悔。文化厅再大,它也管不了报社对吧,要是明早交不出稿子开天窗,我这个刚进省报的新兵蛋子,肯定饭碗不保。

看到我满脸大写的"亏本不划算",老兄云淡风轻地补充道,这位副厅长还是《一个美丽的传说》《二泉吟》《神的传说》等一系列好听歌曲的词作者。听完我先是打了个激灵,继而晕晕乎乎有点像做梦,那些个天下闻名的歌曲,可都是平时想采访都找不到人影的明星大腕演唱,既然词作者如此才华横溢,怎么可能是一个厅级官员?

尤其是电视剧《木鱼石的传说》,1985年播出时我刚考上河南驻马店师范学校,期末汇演时为了引起好看女同学的注意,一连三个中午躲进气味熏天的厕所里,去刻意飙高音模仿"精美的石头会唱歌"。事隔十一年之后,我还在广西国际民歌节开幕式晚会上,为这首歌的原唱柳石明老师做过专访呢。当时打死我也不相信,创作出《二泉吟》《神的传说》《小白菜》等爆款牛歌的词作家张名河,居然要来南宁工作?!

直到面对单薄清瘦、面带笑容的张名河老师的那一刻,那声"你好我是张名河"的热情寒暄握手之后,我才确信那些风格各异却又同样感人的好歌词,除了他别人谁也写不出,因为大家都感受到"真佛只说平常话"的力量和气场。

作为一个称职的文化娱乐记者,我最了解在张名河老师到来之前的"广西音乐版图",真可谓土地贫瘠颇为荒芜,虽然一直号称"歌海",可能够称得上"全国粮票"的音乐作品,除了一部改编自地方彩调剧的电影《刘三姐》,基本就剩下那首彝族风格的《赶圩归来啊哩哩》。

久旱逢甘霖,自带成堆佳作的张名河老师的"送上门来",无疑恰似一条浩荡长河,为广西音乐版图冲刷堆积出一座创作高峰。自那天开始,整个八桂大地都不约而同支棱起耳朵,渴望聆听这位湖南湘西著名词人,带有广西标签的新歌佳作。

亲切老大哥

担任广西壮族自治区文化厅副厅长之后，关于张名河老师的称谓，无论公开或者私下都无法统一。壮乡人太实在，不仅不像其他地方惯用"语言贿赂"，皆把副职高配叫成正职，而且变本加厉强调"副"字。在挺长一段时间内，大家见了张名河老师，都叫他"张副"。

直到有一次文友聚会，所有人一句一个"张副"，喊得那叫清脆响亮，著名编剧常剑钧听得实在不耐烦，借酒遮脸地大声纠正："什么张副，好卵难听！从今天起，建议大家一律都叫'名河老大哥'。"经他这么一提议，大家顿觉再合适不过，继而用不确定的眼神咨询张名河老师时，他早已满意地笑成亲切老大哥。

词坛大咖张名河老师，神兵天降般加盟广西音乐界，使广大文艺工作者集体预感，从辽阔北方来到温润南方的他，很快会掀起一阵创作上的暴风骤雨，推出大批令人耳目一新的音乐作品。这个预测，不仅来自作者本身的大实力，更源于当时的创作小环境。

不知道从什么时候开始，很多领导都开始写歌词，由于大家都懂的原因，他们的作品自然很快被名家谱曲演唱，甚至斥资拍成音乐电视广泛传播。这让诸如我等刚入门的小词匠，心里头颇有些不是滋味：您端着香喷喷的肉饺子，还来抢俺清汤寡水的素汤圆。

张名河当时分管的正是艺术创作，当时正值歌舞晚会的最鼎盛时期，他可以理直气壮地为大家做示范树标杆，然而他却并没有拿出自己的任何词作。最开始人们揣测，他这是初到广西水土不服，先熟悉一下场地环境，也是一个谦虚态度。接下来参加厅里的策划会和创作会时，作为主管领导的他仍然是只动口不出手，很多各怀心思的领导或主创们，开始启发、动员或请求张厅长写歌词，他每次都微笑婉拒。

时间长了，大家才逐渐明白，张名河不是观测也不是谦虚，而是真心实意地避嫌守规矩，因为他有他的艺术原则，更加讲究"创作吃相"。等到再举行各种晚会创意活动，就再也没有人打他的作词主意，仿佛他从来都不会写歌一样。在广西艺术疆域之内，仿佛开启无线电静默的张名河，却指导带领大型舞台作品《漓江诗情》参加全国少数民族文艺汇演，斩获迄今为止都是最好成绩的"三项金奖"。

湘西老家亲朋，常给张名河寄送土特产，他便请那些有突出贡献的文艺家，去他家里聚餐。腊肉可真香，咬一口顺两个嘴角冒油，再配上土产酒鬼酒，就像一大家子过大年似的。

这时候众人口中的名河老大哥，也不会喝白酒，只是乐呵呵地看着我等尽兴，从尊敬到放肆，从白脸到红脸，说大实话谈好创意之余，开始劝他喝上几口，为了活跃气氛，他会要一瓶啤酒，就算心情再好气氛再浓，也不会超过啤酒两瓶。

一次在柳州召开文艺创作会，名河老大哥邀请我这个采访记者同车返回。路上真是有说不完的话，说笑之间司机不仅不打瞌睡，还越听越精神，不知不觉就回到了南宁。那时还没有"凡尔赛体"这个说法，刚开始有"脱口秀"的时髦表演形式。临下车，名河老大哥颇有些余兴未消，"很凡尔赛"地大声说："把咱俩这几个小时的谈话录下来，放到电视台去播出，它不就是'脱口秀'嘛？"

文艺界很多后学晚辈，也都跟我一样，虽然嘴里不叫他厅长，心里都敬着这位"词林常青树"——名河老大哥。从来不在自己所辖领域各种演出写作品"带私货"的他，到了开创作笔会给大家提意见时，却变得异常踊跃苦口婆心，不管在座作品有多稚嫩，他都提出真知灼见，既让作品得以提升，还时时处处维护着年轻作者的自尊心和创造力。

有一次我提交的歌词是《母亲》，一位音乐前辈看完之后，善意地提出不足和厚望："词儿写得倒是蛮有基础，你能不能在结束副歌升华一下，点题提及'母亲'和'儿子'。"话音刚落，对后辈和颜悦色的张名河，却不带拐弯地对同辈专家说："人家作者费了多大功夫，才避开'母亲'和'儿子'，又字字句句体现母子之情呀，我不同意。"

最近参加的一次笔会，是在南宁药用植物园召开，我提交了一首《外婆的嫁娘装》，个别专家先是怀疑我是北方人，不了解南方少数民族出嫁时的风情民俗，继而又提出歌名似乎有些不妥，应该将"嫁娘装"改为"嫁娘妆"。我当然不认可这种说法，大家正围绕"装"和"妆"争执不下，这时坐在首席的名河老大哥，力排众议一锤定音："一首歌词塑造了三代女人，从内容到形式都挺好，我看没有任何问题。"

后来，歌曲《外婆的嫁娘装》果然入选国家艺术基金2018年度舞台艺术资助项目和广西精神文明建设"五个一工程"奖。

倾力帮后学

十几二十年前的自己，酒后语不惊人誓不休似乎已成无法卸载的标配，似我如此口无遮拦"没事找抽型"辩手，在河南老家有个说法：噘嘴骡子卖个驴价钱，贱就贱在嘴上。

因为不合时宜的言差语错，有那么不算短的一段时间里，我经常在被"封杀"和被"雪藏"之间，来回频繁切换频道。我不仅不开展自我批评检讨，还经常阿Q那般心存幻想：这一届先熬过去，等下一任领导吧，一切都会好起来！著名导演张仁胜对此有个精辟总结："总把自己的命运，寄托在一个未来不认识的人身上。"

在最为灰头土脸的岁月里，女儿的出生自然成为我人生最大的亮色，于是乎打肿脸充胖子，买名烟国酒大摆宴席，用以检阅一个走背运的家伙，还是否拥有昔日的朋友。还真没有想到，名河老大哥夫妇不仅亲自来吃我女儿的百日宴，还送来了全场最特别的礼物。

已经退休成为全职作家的名河老大哥，时不时会关心过问我的跨界创作和人生处境，这些关怀和安慰如同严冬里吹来和煦的春风，让潜伏的嫩芽在冰碴之下蠢蠢欲动。他在下午接近傍晚的时分，喜欢围绕着文化大院散步，走起路来步履轻盈全无负累，形同梨园名角儿闲暇遛弯儿。只要迎面遇见他，我的"祥林嫂倾述症"便会瞬间发作，停下车辆或步履，打断老大哥的例行锻炼和健身规律，围绕自己"不幸的阿毛"开始絮叨。这时候的名河老大哥，总会耐心地停下脚步，用同情、勉励、微笑、沉思或一声轻叹，配合着我的各种吐槽。就像一条困在岸上的鱼，我只要没有"吐干净胃里的淤泥"，他脸上绝对没有不耐烦或者准备逃离的意思。

那些日子除了埋怨和吐槽，剩下的就是邀三五酒友一醉方休，难免会荒废创作延误交稿，每当遇到甲方催促剧本，我还态度蛮横地无理犟三分："再催，就把定金退给你。"一次宿醉醒来，在手机里发现一个未接电话，匆忙打过去，电话那头传来名河老大哥的声音，大概意思是说，几天前有人约他创作一部音乐剧，鉴于过去我有写民族歌剧的"前科"，想叫上我商量一下，看看有没有一起合作的可能，由于一时间联系不上，他便独自一口气写完啦。

他说的这部音乐剧，就是后来登陆国家大剧院引起广泛反响的《二泉吟》（又名《茉莉花》）。懊悔之余反复琢磨，以张名河老师的深厚文学功底和歌词驾驭能力，根本不需要跟任何人商量或者合作，想必是在关键时刻机会来了，老大哥想帮我一把而已。机会总是留给有准备的人，而我却因为颓废贪杯，无缘接着这份沉甸甸的厚爱。

后来我一路追踪张名河先生的首部音乐剧作品，通过对比学习明白其创作缘起，就是把《茉莉花》和《二泉映月》两首中国名曲，极有创意地融为音乐剧《茉莉花》。用一级编剧张仁胜的话说，那就是："这部音乐剧，出手便是美人胚子。加之作曲家孟庆云大师亲手打扮，盖头一掀，倾国倾城。"

张名河老师又接连推出音乐剧《蝶殇》和《山歌好比春江水》，他的作品不仅拥有独特的审美价值和艺术风格，善于捕捉和选取有特色和代表性的地域文化元素融入歌词创作，更以优美传神的唱词刻画人物，推进剧情升华主题，在中国当下音乐剧文本创作中，自然独具特质自成一家。

再后来只要有任何机会，名河老大哥总会想方设法拉我一把。比如著名词作家王健来广西了，他就拉着我去参与座谈和餐叙，使我从前辈老大姐身上学到悟到很多好东西。又比如著名作曲家孟庆云来南宁，名河老大哥依旧拉上我旁听创作谈，陪着喝酒聊天互留电话。承蒙他的牵线搭桥，后来我跟孟庆云先生接连合作了两首歌曲：自治区党委组织部的组工干部歌曲《忠诚》和地方政府的形象宣传MV《你好！来宾》。

不老的传说

好像是2010年8月左右，我脑子一热，便挑选当时还比较满意的几十首歌词，每首再配上创作过程中发生的精短故事，联系好一家出版社，想印制一本精美的《胡红一作词歌曲选》，便于签名送人显摆自己。

那位美女编辑强烈建议，要请一位业内足够级别的名家写序。我说早有最佳人选，随即一个电话打给张名河老师。从电话那头的背景声音中，可以听出他正在观看一场意大利对加纳的足球赛。估计老大哥正看在兴头上，为了赶紧打发走我好看球，便二话没说满口答应。

再好看的足球赛，也不耽误张名河老师的写作。很快收到一篇《他用山歌牵出了月亮——序〈胡红一作词歌曲选〉》，我一口气读完有些喜不自禁。张名河老师果然没有因为忙于看球，而敷衍这篇序文。他以洋洋洒洒三千字篇幅，分析了《山歌牵出月亮来》《人民公仆》和《大地之约》这三首风格迥异的作品，用以证明作者的才华和实力。在通篇为数不少的表扬字句当中，其实我更喜欢他那段貌似粗鄙，却无比亲切的形象比喻：

> 每次见到胡红一，都会被他那张天生的快活的笑脸所感染。这不由得让我想起老家湘西流传的一句话，那里把这样一类人统称为"吃快活饭的"，如演戏、唱歌、编曲及卖淫的人……写词的人，要有快活的心，自己不快活怎么能写出让别人快活的歌词呢？

不知不觉间，认识名河老大哥已有二十多年。回望跟随他创作歌词的时光，拥有快乐充实和收获的同时，不禁生出更多感慨和惭愧。1998年他初到广西时，因为有身边这位名家大师作为"仗势"，我等初生牛犊误打误撞地信笔涂鸦，倒也"蒙"出一两首所谓佳作。可等到关键时刻，因为才华不济、实力不逮往往会掉链子，着实接不住他传来的"接力棒"，做不成他真正的"接班人"。

印象极深的是2008年12月10日，那台为庆祝广西壮族自治区成立五十周年而倾力打造的大型主题晚会《山歌好比春江水》。那首由壮族著名歌手韦唯演唱的《祖国万岁》，最初并没有去找张名河老师约稿，而是为了培养人才面向全区的青年才俊征集歌词。本人作为这台晚会的撰稿，参与了所有策划环节和创作过程，比任何人都了解晚会主题歌的重要性和艺术诉求，然而包括我在内的所有主题歌词征稿，都被匿名评选枪毙了几轮，由于时间紧任务重中央首长莅临观看，实在耽误不起的总导演，只好向张名河老师登门求助。后来词作家张名河跟曲作家傅磬匆忙"救场"，创作出歌曲《祖国万岁》，果然大气蓬勃荡气回肠，如愿掀起整台晚会的艺术高潮。

这件事情改变了我过去对"领导抢饭碗写歌词"的看法。掰开揉碎仔细分析，究竟是谁拆掉了歌词创作原有的文学高度和美学门槛，让无论任何人都可以自由进出介入的？领导们怎么不去干作曲编曲或者宇航员的差事呢？如果都把歌词写成张名河老师的水准，那这个金饭碗谁又抢得走？

多年以后蓦然回望，1985年人生第一次听到张名河老师那首《一个美丽的传说》时，我那正在成长的视听世界，已经历经一场冰山消融、大河奔涌、春雷浩荡、万物葱茏。后来凝望着《二泉吟》《昭君出塞》《不朽的黄河》《阳光下的孩子》等歌词，也经常生发不切实际的羡慕和臆想：这要是我写的该多好！继而开始怀疑自己的才情和智商，是不是不再适合搞艺术创作。这也许就是十几年来，我很少去写歌词的原因。

很多时候听完张名河作词的歌曲，往往会让人陷入深深的绝望，自己什么时候能够成为像他那样的词作者，写出那么有温度、有刻度、有高度、有深度的句子？那些个在普通人眼中司空见惯的素材和题材，为什么在他笔下就变得如此深邃传神？

对于那些在歌词创作上，苦苦追寻却又始终不得要领的人来说，张名河不仅是一个远在天边的浪漫诗人，还是一个近在眼前的乐观智者，因为他的每一首佳作，都洋溢着让人深陷其中的痴爱与大美。不管是历史正剧、俗世红尘还是人间烟火，无论明主昏君、绝代佳人还是红色题材，他的歌词都能成为一面醒目的旗帜，引领着同样生有光辉羽翼的音乐精灵，去抚慰每一颗充满迷茫与渴望的心灵。

从初次见面那天起，张名河老师在我看来，都是一个水平尺和分水岭，区分好歌词和一般歌词的水平尺，甄别好歌曲和一般歌曲的分水岭。我还曾不止一次地在课堂上对几十位研究生讲过，每一个崇尚智慧、向往美好的人，都要听一听张名河老师的歌。

他作词的歌曲，拥有水一样的质感，具备火一样的思想，这种感情与理智交织的艺术感染力，在日常生活中扎根，在追梦途中生长，在苍白的面颊上映出憧憬的彩霞，在荒芜的墙角绽放生命的花朵。

梧桐移南国，繁茂结硕果
——张名河老师广西题材作品掠影与思考

李 君

最先听到张名河老师"落户"广西，简直是一个"传说"。我是听着《木鱼石的传说》主题歌长大的，我的恩师唱着《一个美丽的传说》影响我走上艺术之路。后来，看到张老师在广西文化厅、文联、音协等工作，以广西词作家的身份发表的作品，特别是广西题材的作品，"传说"成为现实。张名河老师没有丝毫的"水土不服"，经过查阅，张名河老师原来是湖南人，可谓"湘桂连根"，因为张老师在辽宁工作过，于是来自北国的"梧桐"，有着湘楚大地的前期滋养，在祖国的南疆枝繁叶茂，结出累累硕果。广西本是金凤凰的故乡，有了张名河老师这棵"大梧桐"，更多的"金凤凰"——词作家、曲作家、歌唱家们纷纷飞来广西。

一、几首代表性的广西题材作品掠影

（一）《广西尼的呀》真是"好的呀"

张名河老师广西题材的作品善于抓住广西的标志、符号、特有元素，如《广西尼的呀》，"尼的呀"是壮语"好的呀"的意思，如果写成《广西好》或《广西好的呀》或《我们广西好地方》等，就没有"桂味"了；张名河老师用他那神奇的"金线线、银线线"串成一幅幅美丽的画卷，把广西的"宝贝"——那坡酒、西山茶、德天瀑布、花山壁画、漓江、绣球、竹筏、大化奇石、长寿巴马、刘三姐山歌、壮锦、铜鼓、北部湾、绿城的花——串起来，"最美是那漓江水，哗啦啦流出个甲天下""壮锦织日月，铜鼓传佳话，风生水起北部湾，观潮扬帆揽朝霞"，高度凝练的语言艺术，把星罗棋布在八桂大地的珍宝穿成一条美丽而有魅力的项链，神来之笔，叫人拍案叫绝。

(二)《连心歌》连起五十六个民族的心

"金线线、银线线"在《连心歌》作为首句"动机"发展，"金丝丝来银线线，织幅壮锦挂天边，壮家在那画里住呀，好山好水好家园……壮家日子唱着过，不做神仙做歌仙……祖国是个大家庭，各族儿女心相连……连呀连，连呀连，情深深来意绵绵；连呀连，连呀连，石榴结籽梦共圆；永远跟着共产党，各族儿女心相连"成为众多歌唱家的"心声"，这是一首歌颂广西各族人民团结奋斗过上幸福美好生活的歌曲，展现了新时代广西各族儿女手牵手、心连心，在党的领导关怀下，为全面建成小康社会而开拓进取、努力奋斗、共同进步的时代精神风貌。著名女高音歌唱家张也2021年5月27日在北京保利剧院唱响《连心歌》，作为入选2021年中国文联、中国音协主办的"庆祝中国共产党成立100周年'各族儿女心向党'原创歌曲大型演唱会"的压轴节目获得广泛欢迎。张名河老师的这首作品具有鲜明的广西民族特色，但又不只限于八桂十二个世居民族，而是站在五十六个民族亲如一家的高度，蕴含着更丰富的艺术特征，放眼祖国各族人民的美好景象，亲切、朴实的语言，表达了各族儿女与党心连心、永远跟党走的真挚感情，展现了党与人民的血肉联系，在新时代抒发人民对党的热爱之情。

《连心歌》是张名河老师2011年12月创作的《壮族诗情——大型民族交响合唱》之《美丽的壮锦》的延续篇，在建党百年之际，张名河老师把一幅"新时代的美丽的壮锦"献给中国共产党百年华诞。10年来，壮美广西在党的领导下，美丽壮乡变得梦更甜、花更艳、茶更浓、酒更暖、日更朗、月更灿。广西演艺集团当家花旦，从北国冰城来到绿城南宁的于添琪，其专辑主打歌曲即为《连心歌》，获得广西壮族自治区精神文明建设"五个一工程"奖、庆祝"广西壮族自治区成立60周年优秀音乐作品"一等奖。在湖南土生土长来到广西才学唱壮语的广西艺术学院青年教师吴清，在第二届广西壮语春晚等多个晚会上，用壮汉"双语"演唱《连心歌》，获得听众的好评，现场观众跟着唱起"连呀连，连呀连，情深深来意绵绵……"

(三)《星星伴月亮》——各族人民心向党

张名河老师以在广西20余年的经历，走遍了广西的山山水水，尤其对壮族民歌有着深入的了解，从壮族山歌的口头文学到带上旋律的原生态民歌，从山野原滋原味的歌唱，到城市舞台的改编演绎，都在他的视域之内有了新的思考，于是根据壮族那坡民歌《天上星星伴月亮》重新填词，经黄朝瑞、曾令荣两位作曲家重新编曲，作为女声二重唱的《星星伴月亮》由罗静、韦晴晴在庆祝中国共产党成立100周年"各族人民心向党"演唱会上演唱。在整台晚会的18首歌曲中，广西词曲唱占据2首，而且《连心歌》还作为压轴大歌，这是广西"歌海"的骄傲，也是张名河老师的骄傲。接着，《星星伴月亮》又于2021年7月5日晚在北京民族剧院由中国文联、中国音协、中国舞协共同主办的"各族儿女心向党"歌舞晚会上，作为13部优秀音乐舞蹈作品之一由韦晴晴和黄金表演。我们看到，在"各族儿女心向党"演唱会、歌舞晚会两次演出中，广西的作品分别占了九分之一及十三分之一，这也是广西音乐的骄傲。

二重唱版的《星星伴月亮》，歌曲尤其在1=F转1=bE处，即由"天上星星伴月亮，壮族人民永远跟着党"低大二度转调到"情洒蓝天情无涯，爱洒蓝天爱无疆，歌洒大地歌也醉，花开大地花也香"，真是美妙极了！合唱版的《天上星星伴月亮》由广西艺术学院合唱团和邕城女子合唱团演唱，"天上星星伴月亮，月亮夜夜梦壮乡，壮乡有双金翅膀，伴着月亮齐飞翔"结尾处的"齐呀飞翔"和声处理一波波推向天空，展现出壮美广西辽阔绚丽的南疆天空魅力。还有可喜的是，《连心歌》《星星伴月亮》双双入选中国音协庆祝中国共产党成立100周年"百年百首"全国优秀新创歌曲，《湘江渡》《连心歌》分别入选中国音协2019、2021"听见中国听见你"优秀推选歌曲。

笔者最近在广西中小学的国培、区培讲课中，在腾讯会议远程给区外的学生讲课中，在给大学生的"庆祝建党百年广西优秀新创编歌曲赏析"等讲座中，把两个版本的《星星伴月亮》介绍给基层的中小学音乐教师和同学们，动听的歌声让人"爱不释耳"。我建议把这样的好歌、新歌先作为校本教材，而后争取在下一次的教材改版之时，放到广西的乃至全国的大中小学音乐教材，让学生进行欣赏、演唱、歌舞活动等。可以说，《天上星星伴月亮》的改编与创新填词，二重唱版、合唱版的不同歌词，为广西民歌"一曲多词"树立了一个新时代的范本。

20年前，业内人士曾忧患，"歌海飞歌歌不精，歌海有歌不成群,歌海产歌传不广,歌海有名歌无名"[1];20年后,在张名河老师为代表的广西词作家的努力下,作曲家、歌唱家也随之成长起来,一大批广西八桂民族音乐风情的歌曲,丰富了歌海,为歌海正名,精品成群、"名歌"远扬,展现在全国和世界舞台。

二、对广西整体音乐的推进

（一）对广西及区外作曲家的促进

张名河老师的词作一方面为广西本土的作曲家黄朝瑞、曾令荣、傅滔、赵琳等提供了创作的文本和灵感,另一方面,他在全国的影响也引来了诸多"凤凰",为广西题材的作品谱曲,使广西的歌曲不仅响彻八桂大地,也响彻中华大地乃至整个地球村。旅居海外的华人尤其是广西的华侨,听到具有八桂民族风情的旋律,不由得心潮澎湃。

正因为张名河老师与广西音乐文学学会老一辈词作家们的引领,广西近些年来在全国的重大音乐舞蹈活动中从不缺席。在本世纪初的2006年,广西就提出要培育和扶持"八桂民族音乐"为优秀文化品牌;2008年,广西音乐家协会从"八桂民族音乐"品牌的概念、定位、特征、宗旨、方法等方面提出了战略构想,认为可以充分利用"八桂民族音乐"这个"影响较好的音乐品牌"。正因为如此,十几年来,广西的民族音乐风格的作品取得了很大的发展,从音乐家群、作品群体现八桂风格。笔者也一直憧憬"八桂乐派"的形成,这需要一批广西本土的作曲家也需要区外乃至国外作

---

[1] 梁绍武:《透视"歌海"——广西民族音乐创作现状及思考》,《南方文坛》2001年第6期,第60—61页。

曲家的加入，而作为便于传唱的歌曲之词作家，不能缺席——一首好的歌词，是对作曲家创作的促进。

（二）对广西中青年词作家的提携

张名河老师作为名誉主编创办的内刊《词海》，在词作家麦展穗、韦业烈、汤松波、何述强、邱有源、黄劼、韦中原及作曲家黄朝瑞、唐力等老师的经营下，不但使"歌海有歌"，还使"歌海有词"，使广西这片"山歌的海洋"，向着"歌词的海洋"进发，在全国词坛占有一席之地乃至更高的位置。在广西音乐文学学会及《词海》的带领下，广西的一批中青年词作家及爱好者正逐步成长与成熟起来。在《词海》发刊词中，张名河老师写道："她将承接、延续八桂词风和歌词艺术质朴、诚实的理想，努力成为崭新时代歌词艺术建构的有力推手。"[1]

（三）对广西中青年歌手的助推

曾几何时，广西因为"歌海有歌歌不精"，也没有多少戏演，外面的"凤凰"不愿飞来，本土的"凤凰"也东南飞或往北飞。自从有了张名河老师的"梧桐效应"，广西培养的歌手主动留在南宁，留在广西，北上广、海内外培养的歌手也纷纷飞来广西，来到这个金凤凰的故乡。

《连心歌》的演唱者，从东北来到广西的于添琪说："广西是一块催生优秀音乐作品和人才的好土壤，我要潜下心来研究这里的音乐文化，也希望演唱更多的广西音乐作品，在音乐这条路上，沿着各位前辈和专家的脚步，继续前行。"她还说："这里的艺术家很包

---

[1] 张名河：《结伴词林——张名河说词文选》，广西人民出版社，2013年版，第89页。

容,不排外,对晚辈很提携,恨不得把心里所有的知识精华都教给你。"当然其中就有曾是"东北老乡"的张名河老师。"冰城百灵"在八桂展翅翱翔,她血液里原有的音乐文化因子,与广西这片沃土的音乐文化因子已经发出强烈的碰撞,并正绽放出绚烂的花朵。几年来,她一路踏歌行,足迹遍布八桂大地。①

如今,还有《山歌好比春江水》的广西组演员男主角王良,《广西尼的呀》的演唱者李思宇、王良、吴清等,《星星伴月亮》的韦晴晴、罗静、黄金等,他们都在张名河老师的作品助推下,如同金凤凰飞得更高、更远。

三、对广西音乐未来发展的深远影响

(一)从《壮族诗情》到《湘江之战》

从大型交响合唱《壮族诗情》到《湘江之战》,张名河老师从民族题材到红色资源,响应习近平总书记对广西红色资源开发的指示,在单曲《湘江渡》(傅滔作曲、王丽达演唱)的基础上,酝酿出一部反映湘江战役的交响合唱。以1934年冬红军长征第一大战役——湘江之战为背景,通过对战役过后流传在桂北的民谣"三年不饮湘江水,十年莫食湘江鱼"的再度创作,展示了那段血与火的"英雄史诗",展现了红军长征气壮山河的精神气质。词曲慷慨激昂,深情饱满,打动人心。在表现上,特别注意向民歌学习,语言亲切,易懂易记,易于传唱。作品注重历史感与现实感的交融,思想性与艺术性的统一,使这一革命历史题材在新的历史时期焕发出

---

① 李宗文:《"冰城百灵"八桂展翅翱翔》,广西文旅厅《演出》杂志,2019年7月刊。

新的鼓舞人心的力量。大型交响合唱《湘江之战》，2021年11月30日、12月1日在广西音乐厅首演获得成功，为87年前湘江战役最关键的时刻，献上了有分量的、有意义的纪念作品。

（二）音乐剧《山歌好比春江水》之流长

张名河老师撰写的音乐剧《山歌好比春江水》由杜鸣、傅滔作曲，区内外作曲家合作获得2015年国家艺术基金项目资助、自治区党委宣传部文艺精品项目立项，其展现广西的山美、水美、人美、歌美、风情之美，给观众留下美好的印象。《山歌好比春江水》吸取"歌海"的民族性与当下的时代性相结合，形成既有时代风尚又接地气的本土原创音乐剧。张名河老师凭着自己的人脉和影响，采取"外来组"带动"本土组"的方法，使广西"本土组"成熟并挑起大梁，这也是广西音乐剧、歌剧发展的一条探索路径。广西演艺集团演员王良（王良曾经是B角，但他凭借出色的演技和独特的嗓音，成功征服总导演，最终饰演男一号"石磊"）等一批青年歌唱家迅速成长起来。后来，王良在《血色湘江》中从"北京组"的程林演到"广西组"的陈湘（男一号）。

（三）近年来广西音乐剧、歌剧的发展

音乐剧在广西壮乡方兴未艾，走向成熟，从《阳朔西街》（张仁胜编剧，许舒亚作曲）、《桂花雨》（张仁胜编剧，傅磬作曲）到《山歌好比春江水》（张名河编剧，杜鸣、傅滔作曲）、《木棉红了》（张珂编剧，何镇国作曲）等，区内外音乐人打造的"广西特色"数量、质量在迅速提升。广西艺术学院歌剧《大秦灵渠》（钟峻程、林贵雄编剧，钟峻程作曲）、《大汉海路》（钟峻程编剧、作曲），广西艺术学院民族歌剧《拔哥》（曾诚、何述强、莫蔚、林起明编

剧，莫军生、曾令荣作曲）参演第四届中国歌剧节。近年来的作品，使一批演员能在音乐剧、歌剧的不同舞台转换唱腔及表演。

四、张名河老师歌词艺术风格

张名河老师的好友、著名歌词史论家晨枫先生在《中国当代歌词史》中评价张名河"是一位风格近乎婉约的作家""细致入微、极度敏感的艺术触角""具有历史文化内涵见长、气质典雅却不古奥、大笔秀丽却不奢华"[1]。著名词作家若舟在《当代词品十七家》中总结张名河老师的艺术风格为"悠远丰厚，精美典雅""他的悠远来自南来北往的人生经历，他的丰厚来自诗的淬火、词的冶炼，他的精美来自追求完美的性格，他的典雅来自楚风湘韵的润泽"。说张名河老师经常提及"忧伤易巧，愉悦难工"的理论，"明知愉悦难状偏要为之""创造无极限"[2]。何以教授在谈到张名河的歌词艺术时，总结为——"自自在在的情怀，潇潇洒洒的人生，威威武武的气质，挺挺拔拔的风姿"[3]，全面而形象。

广西音协常务副主席何述强在张名河作品研讨会之前，让音协的陈树良带来张名河老师的《美丽的传说》《结伴词林》《茉莉花》三本书，我如获至宝，细细品读，受益匪浅。笔者粗浅的感受是，张名河老师的词有勇敢者的智慧、善良者的欢乐，有石头一样的坚强、泉水一样的柔情，有大地一样的辽阔、日月一样的光辉，在中

---

[1] 晨枫：《中国当代歌词史》，漓江出版社，2002年版，第108页。
[2] 若舟：《当代词品十七家》，线装书局出版社，2018年版，第183页。
[3] 何以：《日月情怀中的纵横气度——张名河的歌词艺术》，转引张名河《结伴词林——张名河说词文选》，广西人民出版社，2013年版，第102—111页。

国词坛,树立起一座高峰。张名河老师说:"我要感谢素有歌海之称,自古文风词韵昌盛,民歌民谣更是烟波浩淼的八桂大地。对一个从事文化艺术工作的人来说,能在这里工作和生活,应该是一件最大的幸事。""我被深深的友谊所包围,使我来不及顾盼,就像一滴水,很快被这片歌海所吸纳,并化作一朵浪花。"[1]其实对于广西来说,张老师的到来是八桂大地音乐文化的大幸!他著作等身,很重感情,对八桂大地的赞美来自心中的真情,工作与地缘的完美结合,才能结出硕果。

总之,张名河老师的音乐文学作品,尤其是20余年来广西题材的歌曲及音乐剧唱词,对"八桂民族音乐"的发展起到了巨大的推动作用,其代表作在全国乐坛树立了广西音乐的地位,提升了广西音乐的整体水平,促进了广西及区外作曲家的创作,推动了广西一批中青年词作家的进步,带动了落户广西的一批歌唱家的成长,其给"歌海"及八桂大地的人们留下的脍炙人口的作品,将产生深远的影响,也将为未来"八桂乐坛"从"高原"走向"高峰"做出杰出的贡献。张名河老师在世纪之交由北国到南疆,将激励一辈辈有志于八桂民族音乐发展的人们,肩负起新时代的责任。真如广西音协黄朝瑞主席说,张名河是"一条长长的河",我感觉张老师也是"一条传说的河流""一条流歌的河",流淌在壮美的广西,流淌在歌舞的海洋,流淌在中国的大地上。

---

[1] 张名河:《美丽的传说——张名河歌词选》,广西人民出版社,2013年版,第215页。

时空交错与情感交织
——谈张名河的歌词创作

黎学锐

认识张名河老师是很晚的事情,但是听他的歌却是很早的时候。这里说的歌就是当年风靡全国的电视剧《封神榜》的主题歌,歌名一直不清楚,但歌词却记得明明白白:"花开花落,花开花落/悠悠岁,月长长的河/一个神话,就是浪花一朵/一个神话,就是泪珠一颗/聚散中有你/聚散中有我/你我匆匆皆过客……"那时只是十岁不到的小孩,对这歌词似懂非懂,但听着却有着莫名的感动与感慨:花开花落难留悠悠岁月,你我聚散犹如匆匆过客,这些都是长大之后要面对的事情吗?长大后我会在哪里呢?

长大后,我去了思贤路文化大院里的一个事业单位上班,有一次在大院里看到一个步履轻快看起来年纪并不怎么大的人迎面走来,一旁的同事告诉我这是厅里的退休老领导,叫张名河,是写歌词的,电视剧《封神榜》的主题歌就是他写的。同事的话让我惊讶得合不拢嘴:什么,《封神榜》主题歌竟然是他写的?赶紧上网查相关资料,这才把多年来哼唱的歌词与张名河这个名字以及《神的传说》这个歌名联系起来,而且惊奇地发现整部《封神榜》里的十多首经典歌曲全都是张名河作词,真是神人写神话,全是神来之笔啊。

钱锺书先生曾有过一段鸡与蛋的精彩论述，大意就是"假如你吃了个鸡蛋，觉得好吃就行了，何必要看生蛋的鸡是什么模样？"。关键是我吃了鸡蛋之后，在毫无防备之下遇到了生蛋的母鸡，那种惊喜的心情是无法言说的，很想对老母鸡说句感激的话，可惜却也无从表达。当然，此后在文化大院里再看到举步生风的名河老师，我都是怀着崇敬的心情行注目礼的，实在不好意思冒昧打扰。直到后来我编《歌海》杂志，开设了一个"艺苑名家"专栏，旨在每期推介一名具有全国影响力的广西艺术家，在音乐领域第一个想到的就是名河老师。我怀着忐忑不安的心情给从未有过正式交往的他打电话约稿，没想到他并不因我资浅望轻而有所犹豫或疑虑，而是非常爽快地答应帮忙写稿组稿，并很快将栏目所需的几篇稿子交到我手上，让我感佩不已。自那之后，我对名河老师的歌词创作愈发关注，这些年听他的歌、读他的歌词，很受教益。名河老师的歌词创作精品迭出，这些精品题材广泛、内容丰富、意境深远，可以从多个角度去解读剖析，对我而言，名河老师歌词里的绵长岁月、绵延山河以及绵密情感让我印象深刻。

一、张名河歌词创作的时间意识

歌词要写得美是所有词家们的共同创作追求，那么歌词的美怎么呈现出来呢？这需要从语言、意境、节奏等方面去进行匠心营造。名河老师的歌词创作非常重视语言美、意境美，比如前述电视连续剧《封神榜》主题歌《神的传说》里面的"一个神话，就是浪花一朵／一个神话，就是泪珠一颗"，以及片尾曲《独占潇洒》里面的"愿生命化作那朵莲花"等，这样诗化的语言如天空般澄澈、像海水般轻盈，一听就可以让人入耳入脑入心，怎么都忘不掉。当然，名河老师的歌词美已多有人论述，在此不再赘述，这里我主要想谈一下名河老师歌词创作中的时间意识。

不知是有意还是无意，名河老师的歌词创作特别喜欢使用一些与时间元素相关的词，单单从许多歌的名字中就可以看出，比如《神的传说》《一个美丽的传说》《不朽的黄河》《千古情》《千秋月》《来去一瞬中》等，"传说""不朽""千古""千秋""一瞬"等都是用于表达时间概念的词。当然，如果具体到每一首歌的内容中，这些与时间元素相关的词就更多了。那么，歌词里流淌着的绵长岁月蕴含着名河老师怎样的创作理念呢？

在追求语言干净美的基础上，名河老师歌词里蕴藏的时间元素指向的是一种历史沧桑感及厚重感。就我自己的阅读感受，我觉得名河老师在创作那些感叹王朝兴亡、咏叹人物命运的歌词时，带有一种自觉的历史意识。比如《神的传说》里面的"日出日落，日出日落／长长岁月，悠悠的歌／一滴苦酒，就是史书一册／一滴热血，就是丰碑一座／呼唤中有你／呼唤中有我／喜怒哀乐都是歌"，这一段歌词里面体现的是词家开阔的历史视野及深邃的历史眼光，王朝兴亡、历史兴衰所带来的酸甜苦辣、喜怒哀乐，最终都不过是史书一册、丰碑一座，融入那长长的岁月，化为一首悠悠的歌，任凭那百世万民传唱。今人通过这首歌传唱旧事，自然会发出兴衰之感，这首歌与明代杨慎的《临江仙》可以说有异曲同工之妙。

从商周到秦汉到唐宋到明清，历史上重要的朝代，名河老师基本都写到过。电视连续剧《汉宫飞燕》的片头曲、片尾曲及插曲的歌词创作同样是由名河老师一人包办，片头曲《美人江山》，片尾曲《泪轻洒》《女儿春秋》《千秋月》等,都是通过写赵飞燕个人遭际来叹历史的无情与个人面对命运摆弄时的无力,片尾曲《泪轻洒》精短简练:"寂寞繁花泪轻洒／雨疏风骤谁牵挂／百媚千红匆匆过／一世情缘付流沙／求什么富贵／争什么荣华／醉梦醒后不是家",一提笔就直切主题,没有任何的拖泥带水,直接把赵飞燕历经荣华富贵之后的凄凉结局呈现出来。在宛如宋词般婉约、伤感的词句背后,暗藏着词家对历史的思索与感悟。

在为电视剧《皇太极》写的主题曲中,名河老师跳脱出了既定的历史思维惯性,出人意外地把皇太极写成"一代巨星",认为皇太极以清代明是历史的进步,是一个昌盛的王朝取代一个腐朽的王朝。当然,这是为电视剧所作的歌词,肯定要服务于电视剧的情节设置及人物塑造,词家在对历史规律进行理性分析之后,得出自己的历史观点,这也是很正常的。

总之,对时间的深邃透视以及对岁月的独到感悟,让名河老师的歌词创作呈现出了一种自觉的历史意识。

二、张名河歌词创作的空间意识

除了在歌词中进行历时性的时间叙事之外,名河老师的歌词创作同样重视共时性的空间叙事。《广西尼的呀》是名河老师近几年最有影响力的作品之一,"尼的呀"在壮语中是"好的呀"的意思。在这首歌中,词家不光营造了地理空间,还建构了文化空间,让美丽广西的形象变得丰满立体起来。比如歌中点到了那坡、西山、德天、花山、漓江、大化、巴马、北部湾以及绿城南宁等地方,将广西东西南北中各个地域具有代表性的空间都囊括了进来,一个都没有少。最重要的是这些空间的文化被巧妙地写进了歌里，比如那坡的壮族迎客歌和迎客酒、西山的茶叶、德天的瀑布、花山的壁画、漓江的碧水、大化的奇石、巴马的长寿基因、北部湾的风帆以及绿城的绿叶和鲜花，这些地域文化元素通过广西最著名的文化符号刘三姐、绣球、壮锦、铜鼓串联起来，就犹如散落在八桂大地上的颗颗珍珠被穿成了一条闪闪发光的项链。所以说，《广西尼的呀》利用空间画面进行叙事，巧妙地将地理空间与文化空间融为一体，让听众听了对美丽广西形象有了更为直观的体悟。这首歌推出之后，很快就被认定为广西"壮族三月三"节庆的主题曲，每年农历三月三的时候，都会在八桂大地上传唱。

《绿城花雨》是名河老师自北方调到南宁，经过长期沉淀之后最早写的歌，歌中他感慨于绿城一年四季飞花雨，而自己则是从天南地北来和这一场花雨相聚。时空在歌里交错，之前让词家感到心理上有隔阂的东西，比如南方与北方的空间距离以及冬季与春季的时间界限等，在歌中全都消失隐遁了，外来的"我"最终与四季如春的绿城融为一体。这也意味着张名河这一朵来自北方的"河水浪花"真正融入了广西这片"歌海"之中。

三、张名河歌词创作的情感意识

名河老师的歌词创作讲究用情，在情感的层层推进之中，呈现出的是词家悲天悯人的情怀。这方面在他刚刚获得第十届广西壮族自治区文艺创作铜鼓奖的作品《湘江渡》中表现得最为透彻。"最爱莫如湘江渡／爱得让人痛欲哭"，一开始，整个悲伤的情绪就调动了起来，为什么要"痛欲哭"，是因为"江底尽埋英烈骨""英雄血染红军路",而当地民谣中的那句"三年不饮湘江水,十年莫食湘江鱼",让人听了就更是"痛欲哭"。接下来的一段是"最亲莫如红军路／亲得热泪吻尘土",踏着红军当年走过的路,今昔对比让现实与历史逐渐交融到了一起,沉湎其中的词家想起这渡口的一山一石、路上的一草一木都曾沾染英雄血,怎不叫人哭断肠。到最后,回到现实中的词家要高歌一曲英雄谱,歌声中"江山如画映日出",而今天的红军路及湘江渡旁的一草一木依然香如故。这首歌里的情感是真切实在的,是有泪有血有肉的,在时空交错与情感交织中,体现出的是词家的悲天悯人之心。

与青春结伴，与理想相依
——张名河作品赏读

唐春烨

五十七年前，张名河先生以一颗年轻的心创作了一首诗：《我的爱情》。在这首诗里，他充满激情地吟唱道："始终与青春结伴而行，永远与理想相依为命。"于是，我以此为题，并以此为切入点，探寻一个词人最初的精神胚芽是如何吐蕊、抽枝、散叶，并成长为一棵郁郁葱葱的大树的，而在这棵大树的周围，聚集着姿态各异的大树小树，成为一片风景独特的森林。这片森林，就是张名河先生所定义的词林。

"文艺是时代前进的号角，最能代表一个时代的风气。"（习近平总书记语）在当代中国歌词作家队伍中，张名河从湘西沅水的"橘林"中走来，从"美丽的传说"中走来，从欢畅的"湘江"走来，从"不朽的辽河"旁走来，从"绿城花语"中走来——他的词作深刻地反映出了时代精神的本质特点，以非常优美的诗意描绘了人类情感和社会变革，他以一种敏锐的洞察和把握，传递出温暖而向上的力量而直抵听众心扉！作品独特的风格、韵律及架构，感染了一代又一代中外听众，从而让他的作品家喻户晓，广为传唱。

张名河先生的著作《美丽的传说》《茉莉花》《结伴词林》为我

们提供了研究这位始终"与青春结伴,与理想相依"的歌词作家艺术成就的蓝本。

一、作品始终传递出的青春飞扬与忧国忧民情怀

张名河,出生在湘西沅水畔一个秀丽的乡村。沅水,注定与历史上一个伟大的诗人相连,他就是屈原。有时我在想,屈原当年吟着《涉江》溯沅水而上时,也许曾在这个"山歌相对,渔歌互答,歌儿像果子结满了四季不枯的青枝"(张名河语)的小山村稍作停留!村旁的那一园橘树,会是引发屈原的灵感,令其创作出了中国诗歌史上有着重要地位的《九章·橘颂》的原发地吗?此后,"后皇嘉树,橘徕服兮。受命不迁,生南国兮"的南国之橘就成为一个人文符号,其中蕴含的"独立不迁"的文化内涵永远为人们所歌咏。

正如张名河先生在自述中所说,"从摇篮里一边吸着奶,一边承受了歌的滋养",张名河从中学到大学的学生时代,就发表了50余首诗歌。《我的爱情》就是他激情飞扬的一首诗作。他在这首诗里呈现的青春与激情、想象与创造、人文与忧国忧民情怀让人感受到了一颗年轻的心的青春、爱情和至死不渝:

> 鲜花打扮我们青春的倩影
> 舞姿拥抱我们不眠的欢腾
> 阳光浸透我们甜蜜的笑声

为了这一切,"打扮""拥抱""浸透"是他永远愿为之默默修为的行动:

渐渐为忠贞建筑殿堂，
　　静静为赤诚营建宫廷，
　　悄悄为善良编织花环，
　　默默为美丽缝制罗裙。

　　事实上，纵观张名河的词作，"忠贞""赤诚""善良""美丽"是他一直都在坚守的信念，他始终在为这一份"爱情"的美好歌唱，这份"爱情"，是恋人、家乡、祖国和人民之爱。这种信念，坚如磐石：

　　金钱，无法使你溃烂
　　权势，无法使你就擒
　　即使商品经济时代
　　也无法将你收买和经营

　　是的，张名河数十年来一路行吟，他接受了故乡的山歌、渔歌的熏陶，也感受了橘园果实的蜜汁，他永远行走在华夏山水间，植根于中华大地上，感受着祖国的心跳，抵达的是中国人精神世界的家国情怀。在《不朽的黄河》里，我们可以感受到他的深情：

　　一条红腰带，缠绕春和秋；
　　一把大长橹，摇动喜和忧；
　　一壶烈性酒，壮魂又壮胆；
　　一支水上箭，从来不回头。
　　啊黄河，不朽的黄河，
　　一脉中华的热血，

一卷飘动的锦绣。

啊黄河，不朽的黄河，

一部奔腾的历史，

一个浩荡的追求。

  他以气壮山河的胸怀，且泣且吟且歌，奏成了一曲永远奔腾向前的生生不息的大合唱，唱出了黄河的不朽，人民的不屈，民族的气节。

  张名河先生笔下的激情，是对大地的深情感念，同时，他的歌词又是充满着天真和绚烂的，而这一份看似天真而又直抵心扉的绚烂，是词作者诗人气息的潇洒，哲学思维的缜密。这里，有沅水畔秀丽的乡村的滋养，有辽宁黑土地的厚重与积淀，更有"歌海"之称的八桂大地的文化浸蕴。

  在《一个美丽的传说》里，词人起句："有一个美丽的传说，精美的石头会唱歌。"瞬间以非常自然、幽默的词句，为我们打开了一道想象之门，山石的歌唱，"它能给勇敢者以智慧，也能给善良者以欢乐，只要你懂得它的珍贵，山高路远也能获得"。朴实而又天真的词句，瞬间让我们进入了一个童话世界，这个世界纯净而又充满力量，赋予了启迪世人的阳光般的温暖。这首歌迅速在全国传唱，给予了多少人前行的勇气，从而成为中国音乐史上具有地标意义的符号。2015年，张名河为广西歌舞剧院创作的音乐剧《山歌好比春江水》，将"美丽南方"山美、水美、人美、歌美和风情之美组成一部极具人间气息和人文情怀的音乐剧。

  爱因斯坦曾说过："没有早期音乐教育，干什么事都会一事无成。"事实上，张名河为青少年儿童创作了数十首词作，组歌《为中华之崛起》《红花少年》，歌曲《我们美丽的祖国》《阳光下的孩子》《祖国前进我成长》《老师的爱》《小鸟的故事》等，这些作品，美而具象，一景一物一个小动物，都在激励并伴随着孩子们的成长，以"真""新""美""善"富有个性和辨识度，使人如聆仙乐，如品佳茗，令人久久回味。

二、作品始终传递出的意境融彻与诗意空灵

明朱承爵《存余堂诗话》说"作诗之妙，全在意境融彻，出音声之外，乃得真味"。文学创作强调意境，诗词创作尤甚。歌词中的意境，则更可提升一首歌的整体质量。如在《二泉吟》歌词中：

风悠悠，云悠悠，
凄苦的岁月在琴弦上流；
恨悠悠，怨悠悠，
满怀的不平在小路上走。
无锡的雨，
是你肩头一缕难解的愁；
惠山的泉，
是你手中一曲愤和忧。

梦悠悠，魂悠悠，
失明的双眼把暗夜看透；
情悠悠，爱悠悠，
无语的泪花把光明寻求。
太湖的水，是你人生一杯壮行的酒，

二泉的月，是你命中一曲不沉的舟。

这首歌词画面感极强，同时也以优美的意境营造让人难忘。"无锡的雨""惠山的泉""太湖的水""二泉的月"恰似水墨画的远山近水，讲述着"失明的双眼把暗夜看透""无语的泪花把光明寻求"的动人故事。歌词意境空灵、幽远，将"琴弦"中生长出的那"不沉的舟"的倔强与勇气尽情表露了出来，在典雅中见出了拙朴。在这里，光明与黑暗、伟大与渺小碰撞构成的生命力场，成为使人感奋的追寻之歌，同时，"琴弦""小路""雨""泉""水""月"等，与作者的情感倾向和对历史的善恶评价形成了虚、实间互补，共同营造了一个感人的意境，并通过这个意境把作家的艺术思想、艺术审美表达了出来。我们以《蝶殇》为例：

你轻轻地张开那双翅膀

让所有的人为你仰望

为什么我却红了眼眶

低头拭泪掩饰自己的慌张

你的红颜为他而绽放

他的真情为你而癫狂

一抔黄土把两颗心埋葬

难道这是最好的收场

你的绝望何时变成我的忧伤

我的期盼何时变成你的奢望

没有谁的心应该为谁死亡

你的结局不是我要去的方向

作品中在创造了"你轻轻地张开那双翅膀让所有的人为你仰望，为什么我却红了眼眶低头拭泪掩饰自己的慌张"意境后，"你的绝望何时变成我的忧伤，我的期盼何时变成你的奢望，没有谁的心应该为谁死亡，你的结局不是我要去的方向"，作者悲天悯人的忧伤传达出了人文关怀。作者是抗争者的代言人。读张名河的作品，我们总能读出一个富有社会责任感的艺术家的责任与担当。这对被誉为"灵魂工程师"的艺术家而言是何其重要。

张名河先生原本就是深谙"诗意"的诗人，具有诗意的歌词，作品的感染力和吸引力会永远留在欣赏者心头，并有"柳暗花明"的惊喜和感动。这在张名河的歌词里比比皆是：《昭君出塞》里的"衣正飘飘，马正啸啸，大漠从容雁飞高；梦也渺渺，魂也渺渺，一曲琵琶千古谣"；《拐杖》里的"你是太阳的手，牵着爷爷走"；《都市风流》里的"每一次流泪都是青春的挥霍，酸甜苦辣写满春秋"；《二泉吟》里的"无锡的雨，是你肩头一缕难解的愁；惠山的泉，是你手中一曲愤和忧。太湖的水，是你人生一杯壮行的酒；二泉的月，是你命中一曲不沉的舟"；《文成公主》里的"珠穆朗玛喜相迎，起身为你献哈达……喜马拉雅心疼你，千年冰霜染白发"；《神的传说》里的"花开花落，花开花落，悠悠岁月，长长的河。一个神话，就是浪花一朵，一个神话，就是泪珠一颗"。这些富有诗意的作品，让受众感受的是艺术的升华与隽永。

三、作品始终传递出的创新追求与经典崇尚

凡事变则新，不变则废。创作上要实现突破自我，铸就自己的优势，在"变"字上做文章，在"新"字上出特色。张名河在漫长

的歌词创作生涯中，创新，是他永远的追求。在《美丽的传说》这本集子里可以感受到"创新"带给受众者的震撼。在这本集子里，第一辑《影视之音》，汇集了作者为电影、电视剧创作的主题歌、插曲的歌词；第二辑《荧屏歌韵》，汇集了作者为"春晚"及各类大型活动创作的歌词；第三辑《山水溢彩》汇集了作者应各地邀请创作的歌词；第四辑《岁月流芳》，汇集了作者反映时代与火热生活的歌词；第五辑《童心飞花》，汇集了作者为少年儿童创作的歌词。这些作品，大部分广为流传并成为中国音乐史上现象级的作品。原因是什么？

《文心雕龙·时序》中说"歌谣文理，与世推移，风动于上，而波震于下者也"。第一个原因是，张民河的歌词在政治性、人民性、艺术性上有着自己严格的自律和选择，在主题选择上，他总能紧跟时代，贴近人民，弘扬主旋律，传递正能量，唱出大众心声，成为时代强音。五十年代的诗歌《我的爱情》《红岩碑》；六十年代的诗歌《真理的女神》《矿山素描》《打开金色的账簿》《勿忘我》；七十年代的歌词《飞翔吧，年轻的雄鹰》；到了八十年代是他的创作"井喷期"，我们耳熟能详的歌词作品《我们美丽的祖国》《一个美丽的传说》《她就在我们身旁》就是在这时创作的；到了九十年代，他的词作品更是流行大江南北，《小白菜》《挽起山，挽起海》《二泉吟》《不朽的黄河》《共和国之星》《梁祝》等；到了九十年代末，1998年，他调到广西，不仅很快融入广西创作出一批好作品，如获中国音乐"金钟奖"的《家乡》和广西"五个一工程"奖的《绿城花雨》等，还有《台北那个小妹妹》《共建家园》等，尤其让人感动和惊喜的，他还创作了具有强烈探索意味的音乐剧《茉莉花》和《蝶殇》，受到各方面好评。

第二，缘于他对歌词的精雕细凿。张名河的歌词作品，读起来是一首优美的诗,但它又不仅仅是一首诗,它是一曲能悠扬吟唱的长调、短笛或者摇篮曲,或高亢,或深沉,或轻快,或赞颂,或悲悯,总之,就是倾注了全部心血和情感的作品,在深深吸引作曲家们的同时,也能让歌唱家们吟唱时倾注自己的情感,从而感动受众,穿透人心,并成为大众的合唱。如"砍倒一个大明,砍出一个大清……踏碎一个黄昏,踏醒一个黎明……烧掉一个腐朽,烧出一个昌盛……染红几番落日,染白几回月升"(电视连续剧《皇太极》主题歌《一代巨星》),激荡霸气地穿透人心。"小白菜,泪汪汪,从小没了爹和娘。童养媳,苦难讲,就怕逼着去拜堂"(电视连续剧《杨乃武与小白菜》片尾曲《小白菜》),如泣如诉地穿透人心。《神的传说》"花开花落,花开花落,悠悠岁月,长长的河。一个神话,就是浪花一朵;一个神话,就是泪珠一颗。"《是谁把你带到人间》中的"是谁把你带到人间,人间有太多的苦难,是谁把你送到这里,让你我相遇从此结缘,虽然我不愿听到哭声,你的哭喊却给了我温暖,虽然我早已习惯这寂寞,有了你我不再孤单,孩子,孩子,心爱的孩子,用什么将你喂养,我的琴声我的贫寒。是谁把你带到人间,人间有太多的苦难,是谁把你送到这里,让你我相遇从此结缘,虽然我睁不开失明的双眼,却也能感到你瘦小的脸,虽然我没有甜蜜的乳汁,也要滋润你饥饿心田,孩子,孩子,心爱的孩子,用什么将你喂养,我的琴声我的贫寒"。这些词句,情感穿透人心。

在这里,我还想谈一谈创作于2011年和2012年的《茉莉花》和《蝶殇》这两部音乐剧。

音乐剧在中国是名副其实年轻的剧种。创作者一方面要在创作上下功夫,一方面又要在题材选择上、人物塑造上、剧情表达上贴近和培养欣赏音乐剧的观众。如何选择题材,就显得十分重要。

民歌是在民间世代广泛流传的歌曲,是最大众的音乐形式,是大众口头创作的并在流传中创新丰富着的集体智慧的结晶，它直接反映一个民族的社会劳动、风土人情、爱情婚姻、日常生活，是人民社会生活和思想感情最直接、最真实的反映，具有鲜明的民族特色和地方色彩。《茉莉花》和《梁祝》就是在我国各地乃至全世界广泛流传的民族音乐瑰宝。

还在张名河不谙世事的童年时代，盲人阿炳的《二泉映月》就成为他审美渴望的最初滋润。在古朴而又封闭的湘西县城街头，每晚九点钟，像约好似的，从街东头走到西头，他都准时收听到有线广播站播出的《二泉映月》，而这个无意间走入心间的意境，已经永远留在了年少的张名河心中，这种挥之不去的"阿炳情结"成就了张名河多年以后的扛鼎之作，也作为他的词集的集名，由此可见，超越时空的审美创作是如何打动创作者和受众的。于是，立足于深厚民族文化底蕴而又有着广泛的受众面的《茉莉花》文本，就这样来到了国家大剧院的舞台，同时赋予了它新的文化品格和艺术生命力。而《蝶殇》，"以'梁祝'之情去喂养'伯蝶'之义，以'伯蝶'之义去引导当今艺人艺班和观众之德，构成了音乐剧《蝶殇》内容的良性情操的扭结、传导、赞叹与光大；那戏中有戏，艺中含艺，良中导良，优中生优的技法则是它的别具一格的艺术。"（何以《良性情操的扭结传导与光大》）。

从这两部音乐剧演出后受到观众的热烈欢迎可以窥见植根于民族音乐土壤巨大的爆发力。音乐剧《茉莉花》自2011年6月28日登上国家大剧院的舞台后，至2012年6月末，已先后在北京、安徽、江苏、浙江、山东、吉林、湖北、四川、贵州、广东等地巡演150余场。平均两天多一点就要演一场，演出频率之高令人惊叹。同时，观众、媒体、评论家们对音乐剧《茉莉花》的褒奖和赞美也是滚滚如潮，空前热烈。音乐剧《蝶殇》自2012年5月在北京、山东等地演出后,同样反响热烈。

四、作品始终传递出的相互激励与结伴远行

事实上,作为阅读个体,我很喜欢"结伴"这个词。张名河说《结伴词林》"这是一本与歌词写作有关的很特别的文选"。这是多么枝繁叶茂的词林,这片词林,是中国词坛的缩影,里面有鸟语,有花香,有相互激励的结伴远行。尤其在艺术创作这样一个个体化劳动的队伍里面,结伴与远行就尤其让人感动。

张名河是全国著名的词作家,他的作品流行于社会的各个层级,传唱的《一个美丽的传说》《美丽的心情》《小白菜》《二泉吟》及少儿歌曲《我们美丽的祖国》《阳光下的孩子》等童叟皆喜,上可登国家大剧院,下可上村级"春晚",一些作品还分别被收录进了中小学音乐课本和高等音乐院校专业教材。古来有"文人相轻"之说,然而,张名河以其师长胸怀,扶携后辈,无私奉献,为音乐人树立了"文人相亲""结伴同行"的大家风范。

在《结伴词林》这部集子里,作为一个阅读者,我会被这片词林中的风景吸引而流连忘返。集子里收录了张名河先生为词坛友人作序23篇,评论家与词坛友人的评论及交流文章11篇。在这片词林里,有坦诚的交流,有激情的抒发,有窃窃的低语,也有一针见血的探讨,不拘一格,引人入胜,似啄木鸟的坚持,也似喜鹊的报春,就这样,大家坚守在这片高低不一的词林中,相守相望,相伴相依,春天播种,秋天收获,共同感受春暖花开,感受果实累累。正如张名河先生在一首歌词中写的那样:"脚下的路,有多长?山山水水难丈量。一程绿,一程黄,一程花,一程霜……"他们一直

在路上。同时，张名河先生以多年的创作经验，轻轻地叮嘱词坛后辈："一是当代歌词佳品，非媚俗哗众，迎合某种消费需求制作，令人尊敬和叹服者，依然是以词作品格赢得人心；二是无论世风如何影响和决定文风的命运，无论作者创作心态哪般，谁也摆脱不了歌词本身的审美特征、创作规律和终极价值；三是歌词似乎更以一种历史反宏大叙事的形式，成为记录历史的有效方式，它本身也就成了历史的一部分。"是的，他们且歌且行，记录着历史，同时自己也成为历史。

愿这片词林在蓝天白云下，更清新，更繁茂，更挺拔！

文学主潮中的歌词创作
——兼论张名河的歌词创作

冯艳冰

一

2016年，来自诺贝尔文学奖评奖组织公布的信息震惊了世界：2016年诺贝尔文学奖授予美国民谣歌手鲍勃·迪伦。

在此结果公布的那一刹那，对于世界诗坛来说，包括中国诗坛，真不知道是期待已久还是当头一棒。

颁奖词写得非常坚定，最后一段几乎是一种宣誓：

"迪伦的毕生作品已经改变了我们对诗的认知——诗是什么，该如何创作。鲍勃·迪伦作为一名歌手，值得与希腊声乐家、古罗马的奥维德、浪漫主义空想家、蓝调歌王歌后，以及诸多以高标准来衡量而被遗忘的大师共享盛名。如果文学界的人对此不满，那他应该记得：神并不写作，他们只歌唱舞蹈。瑞典学院的美好祝愿将一路跟随迪伦先生的音乐之路前行。"

在此，我不想就诺奖其他种种再加议论，而是强烈地感觉到这一信息与我长期以来思考的一种内在回应：我们对诗歌的理解，特别是对当代诗歌存在的种种问题的认识应该有另一种可能。

如今，2021年行将过去之时，张名河带着他的三部厚重的著作《美丽的传说——张名河歌词选》《茉莉花——张名河音乐剧作选》《结伴词林——张名河说词文选》站在了我们面前。说实在的，我的第一感觉是：在张名河的身上，我看到了鲍勃·迪伦的影子。除了没有那把吉他，张名河就是一位歌手。

从上世纪80年代开始，他的歌一直唱到如今。

不算他的音乐剧中的歌词，203首，应该还会有更多。国内各个时期的许多一线当红歌星都唱过他的歌，不少一线当红的作曲家也都为他的歌词谱过曲，经过如此种种的艺术叠加与重构，给他的歌和他的人插上了一双又一双的翅膀。歌星流行，作曲家流行，他的歌就流行；他的歌流行，歌星就流行，作曲家也流行。在这流行文化盛行的世纪末和世纪初，张名河真正地过足了流行之瘾，遍尝了个中的酸甜苦辣，终成了一个过来人和明眼人。又由于他在省区一级文化界特殊的领导者身份，艺术创作与社会历练同时挤在一个时空里，对党的忠诚负责与其倔强的艺术个性同时要求他左右他，使作为歌词作家的他，在艺术视野与艺术风格上显现出别样的特殊灵光。

歌词作品成果斐然的张名河，是我国上世纪末到本世纪初最有成就和影响力的歌词作家之一，这一点毋庸置疑。

二

本来应当是毫无疑问的一个定义，不知道从什么时候开始，实际成了疑问——歌词是不是文学，应该不应该归属在文学的范畴？更具体地说，算不算诗歌？歌词创作者算不算诗人？

不知从什么时候起，歌词被独立门户，一度被文学边缘化甚至排除在外。

更多时候，它被划归音乐界。

一方面，它被时代的流行文化裹挟其中，在成千上万的追星一族和歌迷的拥簇中风光无限；同时在另一方面，它的词作者在文学界中常常默默无闻。

文学的小说和诗歌（其次才算散文）似乎才配在文学的主潮中占据主导地位。起着风向标作用的诺贝尔文学奖，从来就是诗人和小说家轮流坐庄。从来不敢奢望歌谣会与诺贝尔奖有什么瓜葛的鲍勃·迪伦在听到他被提名时，仍然不敢奢望他的歌谣最终会与诺贝尔奖扯上联系。

但历史并非如此。至少，数千年的中国文学史并非如此。

传统的中国古典文学史，诗歌占据了最长的发展时段。而绝大多数时段里和绝大多数的情形下的诗歌都是能唱的诗歌，诗歌本身就是歌词，其主要的功能也是歌词。歌词创作一直是文学发展的主脉。

《诗经》是从民间收集起来的我国最早的一部诗集，它从民歌而来，也是为传唱而编撰的。乐府、宋词、元曲也都是用来吟咏的唱词。它们都属于自己时代的文学主潮并立足于文学巅峰，同时成为后世文学的艺术楷模。

不知从什么时候开始，到了当代，歌词渐衰于文学领域。当代新诗诗人，越知名就越远离歌词，越优秀就越远离歌词。总之，歌词创作领域缺乏形式上的吸引力。中国当代新诗创作的一线诗人，鲜有与歌词创作通融的跨界者。诗人们普遍低估了歌词创作的文学价值。

在流行的元素里，饥饿的诗人们宁可抱残守缺也不愿与之为伍或"同流合污"。似乎都非常讨厌押韵平仄，视之为低人一等的雕虫小技。

在当代文学创作中，歌词确实属于被边缘化的文体；而在传播的途径中，相对歌词持续的走红，诗歌又成了被边缘化的文体。在千百万以至亿万的民众口碑中，人们往往会传颂歌者而非诗人。尽管如此，当代诗坛主流的一线诗人大多仍然抱着君子远庖厨的心态，很少有人涉足歌词创作的领域。在我看来，这种与史实不相符的当代诗歌创作情境，与其说是艺术分类之下的精细分工，不如说是造制遗憾的分裂或者可以说成是分道扬镳。当我们往回走700年，回到元曲时代，或者往回走1000年，回到宋词时代，再或者往回走2000年，回到乐府时代，甚至再往前走近3000年，回到诗经时代，我们才会感受到歌词是可以作为文学主潮来发展的，而且一次又一次地创造了难以企及的文学巅峰。历史并没给予我们任何的理由让诗人不能同时成为一个歌者甚至歌王。

三

在当代歌坛流行文化潮流里左右逢源的张名河，在文学界多少显得有几分陌生几近边缘。但人们并不了解的是，作词的张名河是从新诗创作开始他的文学艺术之旅的，而且，他以现实主义的艺术风格，深度横跨了戏剧、音乐评论领域，著作丰厚，成果灿然。看得出，人们对他定义得不准确，源于对文学的误解。

尽管，他的诗歌作品，质量远不如他的歌词，但他是可以以一个诗人的品牌身份立于世人面前的。而且，如果深入探寻他歌词创作的秘密，也不能不承认，他的新诗创作，极大地玉成了在歌词界的影响和地位，也是他实力的后盾所在。

关于这一点，张名河与鲍勃·迪伦是有同病相怜之处的。

获诺奖之后，人们知道了一个作为民谣歌者的鲍勃·迪伦，却不知道他早年是写诗歌的，是位地道的诗人。从创作的逻辑上看，如果不是这样，我们将看不到如此精彩甚至伟大的场景——"多么震撼，当大众在期待着流行民谣的时候，一个年轻人手持吉他站在那里，把街头俗语与圣经语言融在一起，让世界末日看起来就像是多余的再现。""他以一种人人想拥有的、令人信服的力量来歌颂爱。突然间，世间那些书面的诗词变得如此苍白无力。""在商业化的黑胶片这一最不可能的条件中，他重新赋予诗歌语言以高昂的姿态，这是自浪漫主义时代之后便已失掉的风格。不为歌颂永恒，只在叙述我们日常，好似德尔斐的神谕正向我们播报着新闻。""通过鲍勃·迪伦获诺奖来认可这一革命，初时似乎会觉得过于大胆，但现在已然觉得理所应当。但他获得文学奖是因为颠覆了文学系统吗？并不是。还有个更简单的解释，这个解释有看过迪伦演出的观众都懂，他们怀着一颗跳动的心站在迪伦那永不停歇的巡演舞台前，等待着那魔力般的声音响起。"（引自《诺贝尔文学奖颁奖词》）

鲍勃·迪伦的诗作也不如他后来的歌谣，但他的这种写作背景，却让人看到了一种实力的缘由。也可以说，褒奖了他的歌谣，也就同时褒奖了他在诗歌领域的成就。歌词与诗歌不存在形式和品格的等级差别，"当诸如拉方丹这类文学巨擘诞生时，文学类型的等级——对文学高低贵贱的价值估量——便再无约束力"。"当一部作品自身的美达到巅峰时，等级还有什么意义呢？""这也是对鲍勃·迪伦如何属于文学范畴这一问题最直接的解答：他的音乐之美已达到最崇高的地位。"（引自《诺贝尔文学奖颁奖词》）

四

至此，我们已得出这样的结论：歌词肯定属于诗歌范畴，其创作在历史螺旋式发展过程中，会不断以文学主潮的方式尽占风骚；歌词也是文学传统中的一道主要文脉，它至少可以作为诗歌的一个品种立世。

但在此，我最想说的是新诗的未来走向。从上世纪五四运动开始的新文化运动至今已踏入百年门坎。新诗运动，给中国诗歌发展带来了革命性的进步。它既成就了一大批优秀的诗人，也成就了一大批诗歌作品。再往下呢？100年，200年，500年，新诗在形式上还是目前的这个样子吗？

"鲍勃·迪伦在美式歌谣的传统下，创造了全新的诗意表达。他使诗歌与歌词历史性地重合，并以文学主潮的姿态出现在人们的视野。"

词河蕴四美，人间传好歌
——张名河歌词艺术赏评

钟纪新

在中国有一条河，叫做张名河，他发源于湘西沅陵，席卷过松辽大地，奔腾于八桂群山。他滔滔汩汩，奔流不息，时而惊涛直泻，时而涡漩漫卷，扬起轰鸣，带出回声；他日夜歌唱，不休吟哦，淘洗历史风云，陈说世事悲欢，掀波动浪，激浊扬清；他奇文妙句，浮光跃金，金声玉韵，玉落珠弹；浪花是音符，波涛是旋律，跌宕启悟，绽放风流。他就是一条词之河、歌之河、韵之河、美之河，中国著名词作家、广西音乐界领军人物张名河。

欣赏张名河的歌词，我们可以看到他旷达高迈的胸襟人格、嫉恶扬善的使命担当，也可以看到他炉火纯青的匠心独运、从心所欲不逾矩的自由神行。我们只能感叹：有张名河的词，幸哉！有张名河的歌，幸哉！

一、造境传情、真力弥满的张名河歌词

张名河的歌词善造境。无论是浪澜壮阔、排山倒海的壮境，还

是古道芳草、笛声拂柳的凄境，抑或是兰桨碧波、春苗苍葱的和境，都能裁万象于一幅、集百美为一境，真力弥满，动心撼魄。王国维的《人间词话》发旨即言："词以境界为最上，有境界则自成高格，自有名句。五代、北宋之词所以独绝者在此。"从这里我们可以看出，在五代、北宋那些能吟唱的词作中，词家是把造境作为一个极高的追求目标的。王国维说的五代、北宋词在当时就是要配乐歌唱的，叶梦的《避暑录话》就记有"凡有井水处，皆能歌柳词"，一个"歌"字即是明证。故歌词有无意境、意境之浅深实是衡量一首歌水平优劣的重要尺度。回忆一下乔羽的《我的祖国》、陈晓光的《在希望的田野上》等经久流传的好歌，设若没有"一条大河波浪宽／风吹稻花香两岸／我家就在岸上住／听惯了艄公的号子，看惯了船上的白帆"，没有"我们的家乡在希望的田野上／炊烟在新建的住房上飘荡／小河在美丽的村庄旁流淌……"，它们的感染力势必要大打折扣。这就像不插花的素颜村姑虽然也有素朴之美，但不能因此而菲薄金钗翠翘、锦衣华裳。

看看张名河为电视连续剧《中国船》作的插曲《海葬》吧！我们即使没有看过这个电视剧、不清楚它的剧情，只就这首歌词所营造出的气势、意境，已足以让我们感受到忠诚的力量、牺牲的壮美：

撕一块白色的天幕／把他盖上／洒一路黑色的泪雨／送他远航／浪是海的手掌／庄严地托起一个灵魂／风是海的翅膀／心痛地轻抚一片忧伤／啊／海葬，海葬／今夜落下是一轮明月／明天将升起一轮太阳

听不断白色的水鸟／声声绝唱／驱不散黑色的鱼群／浩浩仪仗／船是他的脊梁／依然挺起那一脉山冈／云是他

的思绪／依然诉说那一个渴望／啊／海葬，海葬／今夜落下是一个悲壮／明天将升起一个辉煌

在这一幕境界的营构中，词人以苍茫无垠、辽阔雄浑的大海为背景，选取了"白色的天幕"、"黑色的泪雨"、吹拂的海风、涌动的海浪、"白色的水鸟"、"黑色的鱼群"、如山冈般挺起的轮船等意象，为"中国船"上的牺牲铺开了肃穆的祭奠仪式。在黑白分明的映照中，横铺的大海和纵起的巨船如浮雕般凸显而出，衬之以水鸟、鱼群、洒泪的风雨，所造出的情境，牵人情肠，撼人心魄，使人不能不为这悲壮中的庄严而净魂，而敬礼。

在《昭君出塞》中，词人则以大漠边关为背景，创造了另一种凄婉中有坚毅、悠远中有回声的意境：

雨正飘飘／风正潇潇／天荒地老人年少／千里断肠／关山古道／一曲琵琶惊飞鸟／……

衣正飘飘／马正啸啸／大漠从容雁飞高／……

虽然昭君出塞是家喻户晓的美谈，但这美谈毕竟还带有几分空虚渺远，仿佛一个模模糊糊的远景，现在，经词人拿起调色的画笔，着以潇潇之风、飘飘之雨、飘飘之衣、啸啸之马，再辅以一曲琵琶，顿使关山古道、千里大漠起色生情，将千古女儿心、中华情寄于一幕，真可谓"以少总多，情貌无遗"。

在另一首具有相近意义的人物、背景的歌词《文成公主》中，词人同样没有轻易放弃那些能营造意境的"珠玉"：

朔风吹劲草／马蹄踏流沙／车前才晓月／幡后又晚霞

/珠穆朗玛喜相迎/起身为你献哈达/……

杨柳植相思/驿站寄奶茶/经筒摇精深/管弦唱博大/喜马拉雅心疼你/千年冰霜染白发/……

在歌中，朔风劲草、马蹄流沙、行车晓月、经幡晚霞、千年的杨柳与驿站、百世的经筒与管弦等，配以圣洁的喜马拉雅、珠穆朗玛的冰峰，配以圣洁的哈达和白发，给人一种圣洁、肃穆、博大的意味，单个的人生顿时被赋予了历史的悠远、家国的情怀。

值得注意的是，歌词中的造境与散文、小说中的造境是有所不同的，散文、小说更多的是采用画全龙法，鳞爪历历，纤毫毕见，而歌词的造境由于受歌唱时长的限制，更多的是采用画神龙之法，选取典型意象，以"见首无尾"透出惊天霹雳，以"只鳞半爪"带出漫天风云；试读高尔基的《海燕》和前面所举的《海葬》我们可以看到这种艺术手法的明显区别。因此，歌词中的造境总是让人感到似乎有点"不纯"，词人总是在有限的画面中添上情感和哲思的温度，以保证在有限中获得丰满，在弹性中获得虚实的互补、叙评的浑圆。试看张名河的另一首歌词《不朽的黄河》：

一条黄河水/滔滔向东流/一曲黄河谣/年年唱不休/一位好姑娘/默默站滩头/一位老艄公/风里浪里走/……

一条红腰带/缠绕春和秋/一把大长橹/摇动喜和忧/一壶烈性酒/壮魂又壮胆/一支水上箭/从来不回头/……

在词里,"一条红腰带""一把大长橹"之实补上"缠绕春和秋""摇动喜和忧"之虚,"一壶烈性酒""一支水上箭"之叙配上"壮魂又壮胆""从来不回头"之评,境中加意,画上添情,恰似佳肴配美酒,奇兴横生,趣味无穷。

类似这样方寸造境、咫尺掀波之处,在张名河的词作中还有很多很多,如"柳叶青青溪水蓝/穿过柳林到溪边""柳叶青青溪水弯/哥哥离乡上了船"(电视连续剧《杨乃武与小白菜》插曲《溪水情》)、"云蒙蒙,雾蒙蒙/轻舟载我来寻梦/云里观山山色媚/雾里赏花花意浓""烟蒙蒙,雨蒙蒙/轻舟载我入梦中/渔歌惊起百鸟飞/桨声唤来夕阳红"(电视连续剧《杨乃武与小白菜》插曲《江南梦》)、"绿水低唱,白鸽高飞/人民与领袖在这里聚会/国徽灿烂,阳光明媚/我们与世界在这里碰杯""江山多娇,宏图壮美/日月与星光在这里争辉/红叶流彩,青枝滴翠/和平与希望在这里放飞"(《人民大会堂之歌》)、"满城桂树满城花/花雨轻轻洒/香了大街小巷的歌/湿了远远近近的画/醉了你我他/醉了你我他"(《蝶恋花》)、"水映七彩裙/山着百鸟衣/红棉绽笑容/银瀑飞烟雨""壮锦织日月/绣球抛爱意/铜鼓觅知音/古镇寻芳迹"(《最爱就是你》)、"白色小鸟水面欢舞/打破了寂静的峡谷/白云飞去,远远地飞去/只留下这个无名湖""一朵玫瑰水面漂浮/像一颗红色的珍珠/微风吹过,轻轻地吹过/唤醒了这个无名湖"(《湖的誓言》),等等。

二、阅尽红尘、觅得天机的张名河歌词

词人写歌，终为写一种思想、一种智慧，优秀的歌词无不是历史风云洞达后的箴言、岁月长河淘洗后的真金，张名河的歌词亦如是。

张名河为不少电视连续剧的主题歌、插曲写过词，这些歌词，表面上是对剧情中的某个节段进行宣情，但这一个"点"实际上是整个剧中的矛盾冲突、人物命运、社会因果的集结点，词人必须透过这一个聚集着八面来光的"三棱镜"洞彻大千世界、纷纭红尘，写出以一驭万、言有尽而意无穷的"诗家语"。

张名河为电视连续剧《封神榜》写的插曲《直钩钓鱼悠悠哉》就是这样一首绝妙好词：

说稀奇，道古怪／直钩钓鱼悠悠哉／谁见过鱼钩不打弯／谁见过鱼钩露在外／愿者你上钩／不愿你莫来／任凭风浪起／稳坐钓鱼台／此中的奥妙任你猜／说稀奇，不稀奇／道古怪，不古怪

直钩钓鱼本就稀奇古怪，作者却说"不稀奇""不古怪"，为何？这就是看透稀奇古怪后的会心一笑，这需要洞达历史风云后的火眼金睛，需要历尽人生沧桑的从容淡定。在这里，词人既是哲人又超越哲人，既道哲语又超越哲语，既需要有哲人的慧眼，又需要有艺人的匠心，把一切哲思感悟都化成"诗家语"。直钩钓鱼里的世情，被作者以妙趣横生的怪语说出，仿佛彩调等民间戏曲中的插

科打诨，却又超越尘俗，直指底蕴，其中的幽默机智令人捧腹，并在捧腹之后戛然深思。

被很多评论家击节赞赏的为电视连续剧《皇太极》作的主题歌《一代巨星》又何尝不是如此。

刀剑有情无情／砍倒一个大明，砍出一个大清／铁骑有情无情／踏碎一个黄昏，踏醒一个黎明／……

烽火有情无情／烧掉一个腐朽，烧出一个昌盛／血泪有情无情／染红几番落日，染白几回月升／……

多少兴与亡的交替，多少血与火的轮回，"天地不仁，以万物为刍狗"，"人世几回伤往事"……在词人笔下，用刀剑的"砍倒""砍出"，用铁骑的"踏碎""踏醒"，用烽火的"烧掉""烧出"，用血泪的"染红""染白"，一揽而收，不尽而尽，任你叹想，引你品弹。"观古今于须臾，抚四海于一瞬。……笼天地于形内，挫万物于笔端。"非词坛高手，焉能为之？

从艺术层面看，张名河歌词的思想深度主要是通过升华、悖谬、隐喻等手段获得的。

张名河歌词总是能透过事物的表象看到本质，直达真理的底蕴，他是通过这种飞跃来完成与听众的交流的。他的歌词通常分为两阕，惯常的方法是上阕铺垫，下阕升华；上阕写过去、现实，下阕写未来、展望；上阕写表，下阕写质；上阕写实，下阕写虚。比如在电视连续剧《木鱼石的传说》主题歌《一个美丽的传说》中，上阕的结尾是"只要你懂得它的珍贵／山高路远也能获得"，下阕则在"获得"的基础上"跳跃"一步，指陈得失因果，"只要你把它爱在心中／天长地久不会失落"。在《海葬》

中，上阕结尾是"啊／海葬，海葬／今夜升起是一轮明月／明天将升起一轮太阳"，下阕是"啊／海葬，海葬／今夜落下是一个悲壮／明天将升起一个辉煌"。上阕指实，下阕指虚。在电视连续剧《杨乃武与小白菜》插曲《来去飘然》中，上阕结尾是"啊／留得清白在／挑着夕阳还"，下阕结尾是"啊／他日若寻我／篱下问桑田"。上阕凝眸现实，上阕眺瞰未来。而悖谬则是对看似荒诞、反常而实则真理、正常的解读，是否定之否定，真理之回归，是以另一种视角审视人生所获得的大彻大悟。前面所举的《直钩钓鱼悠悠哉》即是。类似的词作还有电视剧《杨乃武与小白菜》插曲《反成仇》，上、下阕的前半部分写"曾经月下同倾心／杯碰杯来酒对酒""曾记月下共话别／盟誓山水两相守"，后半部分则写"恨悠悠，怨悠悠／而今无缘反成仇""梦悠悠，魂悠悠／而今无语反成仇"。而在应邀为"世界申遗"而作的《土楼神话》中，上阕结尾写"世代默默守望青山／却偏偏誉满全球，名扬天下"，下阕结尾则写"正当我们放眼世界／世界却走进深山，来到我家"，一"出"一"进"，造成思想的飞跃。而隐喻就是化抽象为形象，以他物象喻指本事，使象、事之间获得一个婉转的递解，使受众享滴水见日、只叶觅秋之趣，获得会心悟解、莞尔一笑的审美愉悦。在广为传唱的《二泉吟》中，张名河以"无锡的雨，是你肩头一缕难解的愁／惠山的泉，是你手中一曲愤和忧""太湖的水，是你人生一杯壮行的酒／二泉的月，是你命中一曲不沉的舟"为喻，将抽象的二胡曲和盲人艺人阿炳苦难而坚毅的人生联系起来，使音乐获得了生命的诠释、苦难有了希望的质解。在电视连续剧《杨乃武与小白菜》插曲《乌纱怨》中，词人对官场的欺骗、污浊没有直斥，而是用"一阵风／吹落头上的冠／啊／像落叶一片片／遍地都是乌纱怨"来隐喻，隐哲

251

理于落叶，言大道于物细，以少总多，令人品咂。在同剧的另一首插曲《舞台天地》中，词人将生活小舞台与天地大舞台串联贯通，看到了其中相同的形质："舞台小天地／天地大舞台／演了一幕又一幕／唱了一代又一代／喜怒哀乐伴随恩恩怨怨／明争暗斗伴随兴兴衰衰／听不断的吹吹打打／看不透的遮遮盖盖／诉不尽的奇冤／话不绝的古怪／更有那理不清的／情和爱"。这样的歌词，完全可以称为诗化的道经、可唱的寓言。尤为令人折服的是，作为歌词的隐喻，和作为诗歌的隐喻，张名河在它们之间的明白与晦涩间，分寸总是拿捏得恰到好处，做到白而不浅，平而不俗，正像一泓幽潭清澈见底，却似浅实深。里边的语言，雅儒可听，村翁可解，但里面包含的哲理，却有同等的震撼。

三、删繁就简、点睛飞龙的张名河歌词

绝大多数歌曲的歌唱时长通常在四分钟之内，这是由唱众心理及听众心理所决定的。这种时限的"镣铐"就决定了词作者必须是一个善于"戴着镣铐跳舞"的人。这需要词作者对词作有精深的体悟和过人的技艺，如庖丁解牛，奏刀騞然，如娴熟驭者，驷马并驱。这就需要敢于删繁就简，以画龙点睛之笔让壁龙破壁飞出。

数十年的词坛历练，张名河深谙此道，不断地用一首首好歌来证明着这个颠扑不破的真理。他将"镣铐"变为"从心所欲不逾矩"的道具，徜徉在歌词的王国里，点石成金，点睛飞龙，轻运庖刀，收获满满，不像那些初上舞台图快活的舞者，要么被"镣铐"拖趴，要么图快活而扔掉"镣铐"，最后无奈地被逐下舞台。

笔者第一次见到张名河的《半条红军被》，就深深地被他的这种艺术功力所折服。这首歌词来源于红军当年长征途中一个感人的故事：1934年10月，红军长征途中来到湖南汝城县沙洲村，三位女红军借宿徐解秀老人家中。老人虽然贫穷得家中床上无被，但凭着对共产党和红军的信任还是让她们住下了。在临走时，三位女红军面对茫茫遥遥的长征之途和老人清贫无有的家，还是毅然将行军时共用的那条被子剪下一半留给老人，带着另一半踏上风雪茫茫的征途。这是一个催人泪下的故事，这是红军与老百姓鱼水情深最浓的缩影。面对这样的题材，相信谁都会有千言万语。敌人的残酷、大自然的恶劣、征途的艰难、胜利的希冀、百姓的疾苦、红军的初心……真是又好写又不好写。但张名河的歌词出现在我们眼底时，那些繁枝芜叶都被删削了，只留下那么短短的几行：

仅有的一床被／留下半条给乡亲／仅有的一床被／带走半条去长征

这一半／是你牵挂我的冷暖／那一半／是我惦记你的阴晴／这一半连着那一半／扯不断的鱼水情／那一半连着这一半／万水千山候佳音

啊，村头的香樟树在问／啊，房前的杜鹃花在等／手捧半条红军被／亲人何时回家门

神品！绝对的神品！

全词前两阕以"半"述源，以"半"传情，后一阕以"手捧半条红军被"的等待为结，无限深情，尽在其中。这"一半"哪是数学上的"一半"，"一半"已拢结红军长征军民情深的全部，"一半"

已拢结共产党初心为民的全部,真可谓半条被上画万里,尺幅布中映长征。这一连出现了九次的"半"字,就是破壁飞龙之"神睛"。

正因深谙此道,张名河的歌词大多"词眼"历历,夺人眼目。有了"词眼"就有了主宰,就像郑板桥画竹,定下清瘦主干,自能删繁除冗,去芜削杂。这里的"词眼"就像航标灯,不断指示着词旨的方位,又像影视中的"闪回",不断在听众大脑中叠加美的意象,绝灭千山飞鸟、万径人踪,独留孤舟蓑翁,独钓江雪。于是,作为听觉艺术的短板被突破,反复吟唱回旋的"词眼"像种子落入土地,在听众心里萌芽生根。在《一个美丽的传说》中,张名河以"精美的石头会唱歌"为眼;在《海葬》中,以"海葬"为眼;在《一代巨星》中,以"一代风流,一代巨星"为眼;在《天梦》中,以"梦游天之路,心往天之涯"为眼;在《别问故乡水》中,以"别问故乡水,那是妈妈流下的泪"为眼;在《未了的故事》中,以"未了"为眼;在《千秋月》中,以"梦切切,魂切切"为眼;在《如果世界是一个家》中,以"有家就有爱,有爱就有家"为眼……总之,我们很难在张名河的歌词中找到枝蔓冗余之句、喧宾夺主之象,就像木鱼就有木鱼的清音,海螺就有海螺的鸣响,入山有山音,入海有海鸣,绝不相混相杂。

四、乘音驾韵、恣意翱翔的张名河歌词

对歌词语言音韵的重视并炉火纯青地驾驭之,是张名河歌曲为人传唱的另一个重要因素。音韵在歌词中的重要地位不用多说,中国歌(诗)从古到今走过的路就是一条不断用音韵打磨、改造、镀亮的历程。这种对声音的高度依赖,首先源于人类的生理本能,在

君王都难改掉的喜好"声色犬马"中,"声"就排在第一位。故端庄如圣人孔子,在听了子路、冉有、公西华说出他们的治国理想后,不过一哂或无语,唯有曾点说出"浴乎沂,风乎舞雩,咏而归"时,一个"咏"字竟使夫子喟然叹曰:"吾与点也!"

我始终坚信张名河是有天赋其人的音韵感的。不然,他何以在少小之时就每天晚上九点准时走上那条大街,只为听那一曲他连名字都不知道的《二泉映月》。没有图像,没有文字,是什么使这位少年为那无形的声音所陶醉,所震颤,从不爽约?

张名河善用带有音韵感的词,尤其喜欢用叠音、叠韵、双声词,还喜欢同字复用、同词复用。这些字、词被放到合适的位置,起到美化旋律、增强气势、加深情感的作用。如《寻求》中的"落日一轮轮／归鸟一声声""梆儿一阵阵,童谣一声声",《江南梦》中的"云蒙蒙,雾蒙蒙""烟蒙蒙,雨蒙蒙",《呼唤》中的"山路弯弯,水路弯弯,山路水路哟,遥远又遥远",《南疆的小雨》中的"小雨丝丝,丝丝小雨,淅沥沥,淅沥沥",《盈盈桃花水》中的"盈盈一弯桃花水,苦苦一行女儿泪""浓浓血染桃花水,绵绵雨洒女儿泪",《千秋月》中的"千秋江水千秋月,情也切切,爱也切切""千秋江水千秋月,梦也切切,魂也切切",《美丽的心情》中的"水蓝蓝,水蓝蓝""山青青,山青青""灯闪闪,灯闪闪""鼓声声,鼓声声""天朗朗,天朗朗""地盈盈,地盈盈""星灿灿,星灿灿""雨纷纷,雨纷纷"等。至于《二泉吟》中连用八个"悠悠"("风悠悠,云悠悠""恨悠悠,怨悠悠""梦悠悠,魂悠悠""情悠悠,爱悠悠"),以一种声音的直觉将弦音带入人心,仿佛阿炳二胡上震颤的弦丝拉出的那条修长的小路、悠长的雨丝,悠长的诉不尽的爱恨情仇;复沓而来的"悠悠",真正变成了一种"有意味的形式",成为一把锥破心灵磐石的锥、拉破情感决堤的锯。而

255

《昭君出塞》中的"雨正飘飘，风正潇潇""云遥遥，路迢迢""衣正飘飘，马正啸啸""梦也渺渺，魂也渺渺"，通过八次叠音词的运用，仿佛将那条大漠边关的出塞之道无限地拉长了，声音已成为背景、人物、故事中有血有肉的一部分。

张名河歌词中对数词的使用也能形成声趣。数字之声其实在很多时候是可以和情感、力量挂钩的，最常见的是军训中齐步走喊出的"一二一，一二一，一二三——四！"在歌曲《十送红军》中，就通过"一送""二送"等的递增层层加重情感力量。张名河在《海葬》《一代巨星》《妲己吟》《不朽的黄河》中，就大量地以排比的形式运用了"一"："一块""一路""一个""一片""一轮""一脉""一代""一双""一张""一身""一副""一曲""一派""一条""一位""一卷""一部""一把""一壶""一支"等；在《别问故乡水》和《真爱》中，则分别连用了八个"一样"和"千万"；在《听说亲人来》中，则将数字"十"作了拆分："听说亲人来／十分动情怀／三分惊／三分喜／三分爱／还有一分自难猜""听说亲人来／十分动情怀／三分盼／三分急／三分待／还有一分在天外"。真是数字里面出机趣。而《脚下的路》则在"一程"上作文章："一程绿，一程黄／一程花，一程霜""一程帆，一程桨／一程鞍，一程缰"。将山重水复之路节节分解，更见路之艰辛、漫长。

张名河对平仄声尤其是对句末平仄声的使用是非常讲究的。在他的歌词中，平仄的交替搭配使用不只是像行人左右脚的起落，更像舞者踢踏的舞步，是美到极致的舞蹈。让我们试对《来去飘然》作一个较为详细的解读：

来也飘然，去也飘然，
小路上，虽寂寞，不孤单。

（第1行两个短句，尾声皆平，造出飘然之态；第2行三个短句，前两个仄收，造成一个起伏，后一个平收，继续呼应第1行的"飘然"）

　　荣华富贵并非当初愿，
　　功名利禄似云烟。

（第3、4行一仄收一平收，避免呆板，过渡自然）

　　啊，
　　留得清白在，
　　挑着夕阳还。

（第6、7行在"啊"的拉音后以两个短句收煞，一仄收一平收，可为上阕结束制造余音袅袅的"飘然"之态）

　　来也飘然，去也飘然，
　　何需叹，山路长，水路远。

（第2行"叹""远"皆仄声，故中间夹一"长"平声，可破板）

　　崎岖坎坷如履阳关道，
　　笑对艰难无艰难。
　　啊，
　　他日若寻我，

257

篱下问桑田。

（下阕后部分的仄收平收与上阕同，这是歌词重章叠句所必需的）

总观《来去飘然》的韵律声用，就像两段前后奔腾的湍流。前面的两行短句，平仄相随相错，仿佛急流在山谷中寻找、奔突，然后继之以两行长句，仿佛湍流进入开阔地带，打了一个大的折冲。之后，继之以一个"啊"声，仿佛江流陡然而下，拉出一道万丈飞瀑。之后，继之以一个仄收，仿佛在瀑底掀起一股狂澜，然后平收而出，仿佛江流一泻而去，奔向汪洋。

排比句和骈偶句的使用也是张名河制造声感的拿手好戏，通过它们，使歌曲如浪卷波推，层叠相涌，或如鸟之双翼，对称张合，造成声音和旋律的气势美、整饬美。如《真爱》中的"千万里山川，愿随你浪迹天涯／千万丈风雨，愿伴你四海为家／千万个理由，愿把你终生牵挂／千万次流泪，愿等你一次回答"。"千万重艰辛，走过那春秋冬夏／千万回争斗，笑对那西风落霞／千万种表达，无须那海誓山盟／千万次追寻，忘却那妙龄如花"。以排比列数爱的万象与坚贞。在《都市风流》中，以"疯狂的叫卖／大胆的拥有／多变的节奏／多彩的门楼""旋转的灯光／含笑的美酒／廉价的承诺／昂贵的歌喉"来概括社会转型期变革中的万象。而《江南梦》中的"云里观山山更媚，雾里赏花花意浓""渔歌惊起百鸟飞，桨声唤来夕阳红"、《未了的故事》中的"喝一口烈酒，寻找你的羊群，打一声响鞭，追逐你的牵挂""采一束鲜花，寻找你的帐篷，唱一曲牧歌，传颂你的佳话"，则是以骈偶句的对称美、整饬美获得歌曲的另一种旋律。

张名河，一条从《二泉映月》中流出的河，一条从人民心中流出的河，它流过苦难，也扬过欢波；它诉说爱恨情仇，也诉说万家灯火；它流在祖国的大地，它流在歌者的心窝。但愿这条长河奔流不息，生机永在，带着真善，带来美，为了中华儿女，为了伟大的祖国。

情深好似河悠悠

黄 劼

我从小喜欢音乐，少年时代学吹竹笛，买了几本歌选，逐首逐首地练习吹奏，其中有《刘三姐》的山歌，也有歌曲《一个美丽的传说》。可是做梦也没有想到，后来19岁当兵来到广西，我不仅走进了刘三姐的故乡，还在这个歌的海洋，见到《一个美丽的传说》的词作者张名河老师。

我认识张名河老师是在武警广西总队文工团当团长的时候。那时文工团创作力量薄弱，业务经费紧张，而我到任的时候正逢共和国50周年大庆，此后几年里不断有大量的庆祝宣传演出任务。自治区党委宣传部文艺处处长罗东斌时为文工团创作室主任，他劝我说："你有文学功底，可以写些歌词。"在文工团当时那种钱少难请外援的艰难情况下，为了节省团里的业务经费，我就放下创作小说、散文的精力，尝试着写些歌词等舞台文学作品。第一首歌词《我是农民的子弟》和作曲家蓝启金老师合作，获得了自治区纪委、自治区党委宣传部征歌一等奖，从此我尝到了甜头。接着，我又不断地创作各类词作，参加大大小小的演出和比赛活动。其中，一首歌词《哨所旁的玫瑰花》被中国武警文工团选中，由阳光女孩组合演唱，准备参加中央电视台全国青年歌手大奖赛复赛。中国武警文工团团长凤一飞大校要求我再把歌词修改一下。为了确保作品质量，我想到了请全国著名的词作家张名河老师给我指导。当时名河老师任广西壮族自治区文化厅副厅长，职务高，工作忙，直接找他我感到有点贸然。但在几位词友的鼓动下，我还是斗着胆子给从没见过面的名河老师打了个电话。想不到名河老师人很和善客气，听了我的想法后，说："这样吧，我这几天没空跟你见面，你在电话里把歌词读给我听听，我们一起学习交流。"在电话里，名河老师认真耐心地听我读完了歌词，当场就作出肯定："写得很好。"我说："张老师，您别客气，尽管批评。"名河老师非常认真地说："我从来不说假话客套话，写得好就是好，不好就是不好。"接着名河老师在个别语句上给我提出了说是"谨供参考"的意见。在名河老师的鼓励下，我对作品进行了修改，终于达到参加比赛的要求，获得了中央电视台全国青年歌手大奖赛和全军文艺奖的两个奖项。

想不到从此以后，张老师就"特别关注"我，在每一次的歌词笔会上，他都会认真地审看我的歌词作品，对写得好的当场竖起拇指："黄劼这小子很聪明，经常会有些灵巧的东西。"不太满意的作品，他当场否定："这个不行。"但是他还是对我肯定比较多，他说："黄劼的东西有新意，语言简洁，朴实有感情。"他对歌词《北部湾战士这样对你说》评价说："这首词大气，有哲理，表达了新时代军人对党对祖国大好河山的真挚热爱，大主题但不虚假做作。"在参加纪念湘江战役征歌活动中，名河老师对我写的一首《你在哪里》非常认可，他说："这首词写出了新中国军人对革命先烈的崇仰之情，写出了湘江战斗精神在新时代军人血脉中的激情流淌。"虽然，这首歌因为其他原因后来没有唱出来，但是名河老师对其印象非常深刻，他在多个场合又多次提起过。从初见到后来成为师生，成为朋友，我感受到名河老师对后辈青年一种浓浓的关爱。这种深情是一种包容，一种爱抚。

广西的词作家不是很多，名河老师认为他有义务有责任和大家一起繁荣音乐文学的创作。只要有空，他都会参加广西各类培训班或讲座，为年轻词作者授课辅导；在平时休闲时，也会约上我们几个歌词发烧友，或喝茶或小酌，不议家长里短，不聊花草虫鱼，谈论的全是歌词创作和音乐信息，兴致勃勃，余兴未艾。每一次的小聚，我们认为不是休闲娱乐，而是接受了张老师的一次精彩授课，受益匪浅，深受启发。

在上一次张名河老师的作品研讨会上，我讲了两个观点。一是名河老师对青年作者有"感情"，无私关爱；二是他的作品很有"情感"，真情流露。有感情是德行好，有情感是才艺高，正合"德艺双馨"，习近平总书记提出的"繁荣文艺创作、推动文艺创新，必须有大批德艺双馨的文艺名家"。名河老师做到了，正是我们学习的榜样。

张老师出了4本书，送我一套，后来音协也给了一套，我分别放在家里和办公室，有空就翻看琢磨。我最喜欢的是《二泉吟》。写得从容顺畅，情感冲击力非常震撼：

风悠悠，云悠悠，
凄苦的岁月在琴弦上流；
恨悠悠，怨悠悠，
满怀的不平在小路上走。
无锡的雨，
是你肩头一缕难解的愁；
惠山的泉，
是你手中一曲愤和忧。

梦悠悠，魂悠悠，
　　失明的双眼把暗夜看透；
　　情悠悠，爱悠悠，
　　无语的泪花把光明寻求。
　　太湖的水，
　　是你人生一杯壮行的酒；
　　二泉的月，
　　是你命中一曲不沉的舟。

　　这首词，富于哲理，情溢心怀，阿炳虽有"凄苦的岁月""满怀的不平""难解的愁""一曲愤和忧"，但是他没有随波逐流、甘于沉沦，而是用"失明的双眼把暗夜看透"，用"无语的泪花把光明寻求"，把"太湖的水"当成"人生一杯壮行的酒"，"二泉的月"也就成了他"命中一曲不沉的舟"。凄苦的命运虽降临在阿炳身上，但是从他身上折射出一种强大力量，这就是百折不挠的民族精神，这种精神激励我们面对现象要敢于抗争，勇于奋进，要阳光地拥抱新的时代。

　　后来，张老师又把《二泉吟》放在他的大型音乐剧《茉莉花》中作为主题曲。我认真拜读了《茉莉花》的全剧剧本，不仅惊叹于张老师创作戏剧作品的深厚功力，更在全剧50多段唱词中，学习了张老师创作音乐剧唱词的方法，明白到了张老师对人物形象和性格情感是如何准确刻画，感悟了张老师对人物命运是怎样地深刻思考。让我在内心深处对生命有了更新的认知。

　　电视连续剧《封神榜》早些年看了，去年又重看了一次，不仅仅是为了看刀枪剑影、你争我斗的精彩剧情，我更为了认真地欣赏其中由名河老师作词的9首插曲。9首歌词，各有不同，写的是《神的传说》，却不乏最浓郁的凡人情感。《妲己吟》写的是狐妖，"喜众神相杀，盼众生相残"，但其原因是"恨的是情满人间、爱满人间"；虽"扬一副销魂的剑……拨一曲断肠的弦"，却也有"叹悲歌不断，泣春梦不还，恨的是身也无援、心也无援"，虽不食人间烟火，却有无奈的儿女情长。《刀剑未必无情》也写出了"痴情换得天动容"，直至"跟定你，身遭百劫不畏，跟定你，心遭千难不悔"。虽写刀剑战火，却并不是残酷无情，也写出了最美的真情善意。

在《直钩钓鱼悠悠哉》中，我更看到了一种悠闲，一种戏谈，一种暗寓，一种大爱。

说稀奇，道古怪，
直钩钓鱼悠悠哉，
谁见过鱼钩不打弯？
谁见过鱼钩露在外？
愿者你上钩，
不愿你莫来，
任凭风浪起，
稳坐钓鱼台，
此中的奥妙任你猜！
说稀奇，不稀奇，
道古怪，不古怪。

《直钩钓鱼悠悠哉》用的是一种逗趣调侃的笔调创作，看似随意，但见功力。直钩钓鱼显然是竹篮打水，空忙一场，不可能钓得上鱼来。但是忧国忧民、怀才不遇的姜子牙就凭着他的真诚、他的独特和策略，最后还是钓上了"大鱼"，实现他报效国家、大展身手的梦想。个中原因，名河老师在词中提出"此中的奥妙任你猜"，可联想远古神话，可结合当今百态。答案千百万种，你可对号入座、浮想联翩。

名河老师无词不情，情感动天。直入眼帘，撞击心海。我很喜欢读名河老师笔下历史上的人物和重大事件，厚重的历史文化，优美的古诗文韵味。如《一代巨星》《不会遥远》《谁与争锋》《文成公主》《江山美人》等等，就像一杯杯陈年老酒：甜美清香、醇厚够劲。特别是《昭君出塞》，写的是远古佳人，情感却是当今少女的真实写照，写的是弱小女子出塞远嫁，说的是大国一统、和谐安宁的大家情怀。

  雨正飘飘
  风正潇潇
  天荒地老人年少
  千里断肠
  关山古道
  一曲琵琶惊飞鸟

  女儿出塞去
  马蹄踏芳草
  天姿熄灭了烽火
  国色软化了钢刀
  云遥遥　路迢迢
  此去日月知多少

汉宫缘未尽

故园情未了

不问几时还

只求一统山河明月照

衣正飘飘

马正啸啸

大漠从容雁飞高

梦也渺渺

魂也渺渺

一曲琵琶千古谣

词中第一段写的是一种孤独，一种凄美，描写了"一曲琵琶惊飞鸟"的复杂愁绪。

第二段因为远行和亲，"天姿熄灭了烽火，国色软化了钢刀"，世界得到了和平安宁，但是"汉宫缘未尽，故园情未了"，一种乡愁一种亲情及至爱情仍然未尽未了。但是为了国家大事，"不问几时还，只求一统山河明月照"，昭君的牺牲取舍，是多么伟大的爱国情怀。

第三段"大漠从容雁飞高"，景也从容，人也从容，心也从容，只留下"一曲琵琶千古谣"，流传几千年，流传到了当今。感人泪下，流芳千古。

让我感觉冲击力极强的还有一首《不朽的黄河》，大题目，大情怀，但是名河老师从一人一曲一物开始写起，意味深长：

一条黄河水

滔滔向东流

一曲黄河谣

年年唱不休

一位好姑娘

默默站滩头

一位老艄公

风里浪里走

啊 黄河

不朽的黄河

一脉中华的热血

一卷飘动的锦绣

啊 黄河

不朽的黄河

一部奔腾的历史

一个浩荡的追求

一条红腰带

缠绕春和秋

一把大长橹

摇动喜和忧

一壶烈性酒

壮魂又壮胆

一支水上箭

从来不回头

啊，黄河

不朽的黄河

一脉中华的热血

一卷飘动的锦绣

啊，黄河

不朽的黄河

一部奔腾的历史

一个浩荡的追求

  名河老师很会讲故事，把一条大长河从小小的缩影开始叙述，一曲歌谣、一个姑娘、一个艄公、一条腰带、一把长橹、一壶酒、一支水上箭，就把最美丽、最纯朴、最善良、最勤劳、最勇敢的中华民族不朽的黄河精神彰显得淋漓尽致，充分展示了中华儿女对祖国对江山的大爱之情。

  词作者敢于碰及大主题的不多，因为大主题容易写虚，也难写出情感。但名河老师涉及的大主题不仅写出了新意，还富于真情，如《人民大会堂之歌》：

绿水低唱，白鸽高飞

人民与领袖在这里聚会，

国徽灿烂，阳光明媚，

我们与世界在这里碰杯。

曾经追寻的梦，

相随了一辈一辈，

曾经付出的爱，

燃烧了一回又一回；

难忘欢腾的海，

激动了多少幸福泪；

难忘胜利的旗,
万里山河迎朝晖。
啊,
人民大会堂,
民族的骄傲,
光荣与你牵手同行,
历史与你举杯同醉。

江山多娇,宏图壮美,
日月与星光在这里争辉;
红叶流彩,青枝滴翠,
和平与希望在这里放飞。

巍巍擎天柱,
高举起庄严与雄伟;
金星满天的灯,
辉映着力量与智慧;
宽敞明亮的舞台,
演绎着无私与无畏;
水天一色的展堂,
回荡着欢笑的春雷。
啊,人民大会堂,
团结的象征,
江河与你世代同唱,
人民万岁!祖国万岁。

"绿水低唱，白鸽高飞""国徽灿烂，阳光明媚"，美丽的天空大地上，洋溢着民族团结、世界和平的祥和气氛，不管是人民还是领袖，不管是我们还是世界，都在这里平等地聚会、干杯。人民大会堂为什么是民族的骄傲，因为"梦"，因为"爱"，因为"幸福的泪"，因为"胜利的旗"，因为取得全中国的解放，人民得到了幸福。所以人民大会堂标志着顽强不屈的民族精神，高耸着光荣与历史，人民大会堂才会如此伟大威武。

读名河老师的作品，仿佛你从容地走进了人民大会堂，身临其境，神圣庄严。"擎天柱""金星满天的灯""舞台""展堂"从色彩、从气势、从神态，无处不展示着中华民族的力量与智慧、无私与无畏。人民大会堂是团结的象征，因为团结，战无不胜，因为团结，坚不可摧。最后，名河老师以"人民万岁！祖国万岁"结尾，情不自禁，振奋精神。

名河老师的作品很多很多，形式各异，新颖独特，每首我都非常喜欢，"说奇妙，都奇妙，说千万，道不完"。我只能暂说这么几首。我将继续钻研名河老师的精品力作，悟其大要，壮实自我。

名河老师而今年事已高，但言行举止依然落落大方，精神焕发，一点都看不出是个八十岁的老人。他笔耕不辍，长期做着繁荣文化的公益事业。他每天都关注着我们年轻作者的创作、学习和生活，在我们有新作时会发个微信表示祝贺鼓励，让我们很受感动。我们也会经常和他见面，走近他，近距离地和他交流，从他身上学到他的创作方法、奉献精神和对人生的一种从容看法。

情深好似河悠悠，和名河老师在一起，我们感觉特别开心特别愉悦。

情深好似河悠悠，静静聆听名河老师的教诲，我们明白今后的路该往哪个方向。

爱与背叛
——从音乐剧《茉莉花》说起

丁　铃[①]

音乐剧《茉莉花》（又名《二泉吟》），创作于2011年5月，由空政歌舞团排练演出。张名河编剧，孟庆云作曲，王延松导演，谭晶、王莉等主演。2011年6月28日该剧登上国家大剧院的舞台，至2012年6月末已先后在北京、安徽、江苏、浙江、山东、吉林、湖北、四川、贵州、广东等地巡演150余场。

作为一部预设在20世纪二三十年代的江南水乡的故事，音乐剧《茉莉花》通过茉莉花、阿泉、金月儿、班头、苏珏、上官沛霖、苏怡七位主要人物之间展开的爱恨情仇的矛盾冲突，用博大的父爱与少女的纯真，反衬出心怀叵测的背叛与阴谋的卑劣和无耻，揭示了人性中的善恶美丑，发人深省。剧中的《是谁把你带到人间》《影子的歌》《爸爸》等20多个唱段，汇聚了江南民间音乐、美国百老汇音乐等不同音乐元素，形成了多元化的集声、光、电等为一体的综合现代音乐剧风格特点。

[①] 丁铃，壮族，教授，广西艺术学院学术委员会委员，作曲与作曲技术理论学科带头人，音乐学院作曲系主任。

音乐剧的歌词创作，与单曲歌词创作有天壤之别，因剧情展开所需要的人物唱词，具有不同的性格特点，也要符合剧情发展的不同阶段所需，兼顾音乐的宣叙与咏叹，因而音乐剧中的歌词创作也更具挑战性，难度系数更高。本文旨在研究《茉莉花》剧中人物的唱词特点，为音乐剧的歌词创作提供一些经验总结和借鉴。

一、正面人物的"爱"之主线

本部作品，在"爱"的主线上，伸展出两条不同的支系。一条是茉莉花与阿泉的父女之爱，一条是茉莉花与苏珏的爱情线索。核心人物茉莉花与这两个男性之间的感情，都非常纯真。在茉莉花与苏珏的爱情线索上，又派生出了阿泉与金月儿曾经的爱情悲剧的旁枝。编剧张名河先生，用细腻的笔法和赞美的言语，组织了这条"爱"之主线上的人物唱词，讴歌了人间美好的亲情和爱情，给这条主线上的正面人物披上纯真的色彩。

1. 父女情深，大爱无私，歌词对温暖亲情的完美刻画

茉莉花与父亲阿泉父女情深，这是主导整部音乐剧发展的主线。父亲是孩子的天，更是女儿的依赖。阿泉对茉莉花的爱，以一曲《是谁把你带到人间》（见谱例1），展露无疑。

是谁把你带到人间

——音乐剧《茉莉花》唱段

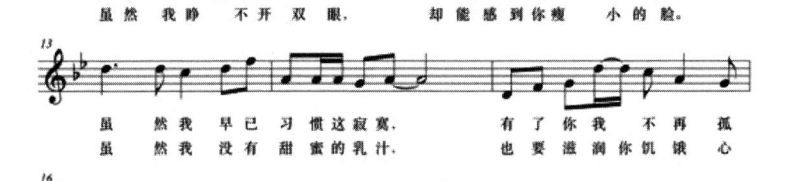

张名河 词
孟庆云 曲

♩=80

是谁把你带到人间，人间有太多的苦难。
是谁把你送到这里，让你我相遇从此结缘。
虽然我不愿听到哭声，你的哭喊却给了我温暖。
虽然我睁不开双眼，却能感到你瘦小的脸。
虽然我早已习惯这寂寞，有了你我不再孤单。
虽然我没有甜蜜的乳汁，也要滋润你饥饿心田。
孩子，孩子，心爱的孩子，孩子，孩子，心爱的孩子，用什么将你喂养，我的琴声我的贫寒。

[谱例1]

这是一首AB两段体的抒情性歌曲，阿泉在庙门前抱起茉莉花时演唱。

作曲家为A段第一句歌词"是谁把你带到人间"所配写的旋律，就来源于民歌《茉莉花》（见谱例2），这也是作曲家为整个剧作铺设的主导主题，在剧情不断展开的过程中，这个主题起到了贯穿旋律主线的作用，这也成为父爱主题的主导材料。然而，就是这一首歌词，也为全剧定下了基调："人间有太多的苦难，你给我温暖；我习惯寂寞，你使我不孤单；我虽贫寒，也要用琴声将你喂养……"同时也埋下了一个伏笔："是谁把你送到这里？让你

273

我相遇从此结缘。"这成为剧情发展的一个悬念。

[谱例2]

此曲的B段，歌词演唱出"孩子，孩子，心爱的孩子"这两句是这首作品的歌眼所在，其旋律同样派生自民歌《茉莉花》，为了突出父亲对孩子的爱，音乐对歌词进行了重复，高亢的旋律，突出了父爱如山的特质。两个并无血缘关系的人，因为命运的不公，从此相伴相依，阿泉对茉莉花无私的爱，成就了最美好的亲缘情结。"琴声"和"贫寒"，再次被强调，使未来茉莉花走上音乐的道路得以铺垫，而贫寒的家境，导致茉莉花与反面人物苏怡的地位悬殊，也是之后的戏剧冲突被引出的原因之一。

这一首看似简单的歌曲，在音乐剧的序曲部分，其歌词就以简单的笔法，埋下了戏剧矛盾冲突的种子，悬念已经抛出，剧情即将进入跌宕起伏的波澜之中。而歌曲的旋律，也将民歌《茉莉花》的主题材料融入其中，成为音乐发展的主线。

茉莉花对父亲的爱，则采用了一曲《爸爸》作为回应，委婉道来。父女俩相依为命的画面，从歌词的字里行间，跃入眼帘。"牵着你的衣角，走遍了每条小巷，听到琴声，就让我想起以往。逢雨天，你用身子为我遮挡，没淋湿我的衣裳，却淋湿了我的悲伤；遇烈日，你用大手为我遮阳，没晒干我的汗水，却晒干了我的泪光。啊，爸爸，亲爱的爸爸，你既当爹又当娘，艰辛的路怎么那样长，那样长。"这些朴实的言语，诉说了一个18岁少女对父亲最真诚的爱，恰恰是这一尘不染的纯情，勾勒出茉莉花天真质朴的性格特点，歌词对人物性格刻画，起到了重要的决定性作用。

父女之间相互的情感流露，存放到了二重唱《胡琴说》当中。"胡琴对你（我）说，爱是一条河，花开花落岁月长，从你（我）指间流过。听水水有声，听山山有色，风来松涛鸣，雨去竹泪落。只要心中有爱，酸甜苦辣算什么；只要心中有爱，喜怒哀乐都是歌。"一曲唱罢，仿佛美好的生活就将开启，对未来的无限憧憬勾起人们美好的遐想。"只要心中有爱，酸甜苦辣算什么；只要心中有爱，喜怒哀乐都是歌。"这是"爱"之主线的集中体现，简单的几句歌词，说出了"爱"的伟大和无畏。但最为残酷的事实是，等待父女二人的并不是幸福生活的到来，而是一场几乎要面临着生离死别的腥风血雨，暗藏的矛盾玄机重重。

2. 相识相知，爱情如炙，歌词对爱情悲剧的矛盾预设

灵魂人物茉莉花与苏珏的爱情悲剧，在一曲《相识相知》中展开。"今日得与君相识，何夕得与君相知，天若有情不负我心，君若有情不笑我痴。从此你是我的相思，日月如梭为你织；从此你是我的牵挂，最怕风雨入梦时。"朗朗上口的旋律，使这首爱的誓言脍炙人口，在剧中也数次出现，渲染出茉莉花与苏珏相爱相知的过程与心境。但仔细研读歌词，又不难发现其中蕴含的悲剧色彩，最后一句"最怕风雨入梦时"，还是为这段爱情悲剧撒下了种子。此

275

曲的出现方式，是苏珏教茉莉花演唱一首很久以前学会的歌，这也为引出阿泉与金月儿的爱情悲剧铺设了道路，那就是一场"风雨入梦"的尘封往事。在爱情这条线索的推进上，两代人的爱情悲剧，构成了错综复杂的剧情展开。

茉莉花为阿泉唱起这首歌，牵出了阿泉内心深处掩埋的记忆，也引出了他和金月儿的美好过往，还有那不堪回首的痛苦离散。"那一段往事已成沧桑，为何又想起她的模样；那一番痴情已结冰霜，为何又想起她的歌唱。是难忘？是牵挂？是牵挂？是难忘？牵挂那不了情，难忘那旧时光。"阿泉的唱段，道出了他对金月儿的思念，那割舍不下的牵挂，那已结冰霜的痴情，难以忘怀。在金月儿与阿泉的二重唱中，"只怕你悄悄隐去，让爱河孤独地流淌……只怕你默默离去，让我这心儿流浪"，预示了这段感情悲剧的基调。

在这段几乎被遗忘的心碎过往之上，茉莉花与苏珏两个年轻人纯洁的爱情，就要重蹈覆辙，并且是以一种更为惨烈的方式，去结束这段表面美好却注定梦碎的孽缘。眼前爱情的美好与尘封感情的支离破碎，也形成了极为强烈的反差，都附着在这样一首唯美的歌曲当中。

> 有个女孩，名叫茉莉，花样的容颜，花样的年纪。长发飘飘，散去她的稚气，眉儿弯弯，画出她的秀丽。脚下一路春风，脸上写满笑意，心中装的是快乐，眼里藏不住秘密。有时也流泪，有时也叹息，一半是珍爱别人，一半是责备自己。几分淡雅，几分谐趣，还有几分顽皮。有个女孩，名叫茉莉，花样的故事，花样的美丽。

这是一首茉莉花人物性格写照的歌曲，作为全剧女主角，茉莉花清丽可人的形象，得以塑造。音乐的风格，配合歌词和人物形象需要，也轻松愉快，朗朗上口。越是渲染茉莉花的清纯可爱，越是反衬出她的爱情悲剧如此令人心伤。美与丑本是相对，没有美，便也不会反衬出丑，反差越大，二者给人留下的印象越深。张先生在进行歌词创作时，必然充分考虑了这个与相对论相吻合的特性。

当茉莉花即将登台的茉莉花之夜，她与苏珏见面时唱出"今夜我感到有些异样，月光也似乎变得慌张，有两个影子总相随我，时隐时现在我身旁"。苏珏对她唱道："也许是上苍派来的护花使者，你应该得到这样的奖赏，茉莉是世上最美的花神，令多少人膜拜向往。"这里已经预告了即将发生的剧烈矛盾冲突，茉莉花的不安与苏珏为茉莉花解忧的话语，表现出两人爱情的纯洁，展现了茉莉花对苏珏的信任和依赖，也将苏珏这样一个涉世不深的年轻人简单率真的性格特点刻画出来。茉莉花有一些不祥的预感，而单纯的苏珏仍毫无觉察。茉莉花的纯真，苏珏的简单，让本该属于他们的恋情显得异常美好。

由以上两方面的论述，可见灵魂人物茉莉花与阿泉的父女之爱、她与苏珏的情窦初开、阿泉与金月儿的凄婉爱情，成就了本剧中"爱"的主线，虽然注定悲剧，但却异常纯洁而美好，与之后出场的反面人物上官沛霖和苏怡之间的相互背叛，形成强烈的反差。

二、反面人物的背叛悲剧

情感最大的敌人，莫过于背叛。在《茉莉花》剧中，一切悲剧，归根结底都来自两个心怀不轨的反面人物——上官沛霖和苏怡夫妇。

上官与苏怡夫妻二人，是爱上茉莉花的年轻小伙苏珏的父母。然而金月儿与阿泉那段被尘封的往事之所以被提起、上官与苏怡的奸计之所以被揭穿，都是因为蛇蝎心肠的他们欲故伎重演，上官想用当年迫害金月儿的手法，加害苏怡，而苏怡又企图将灾难转嫁给茉莉花。这两个反派也难逃悲剧的宿命，从他们的唱词中，就能看到他们的性格缺陷和悲剧结局。

1. 唱词中骄横跋扈、贪婪成性、咎由自取的上官沛霖

"是她？非她？是她？非她？三分惊，三分奇，三分怕，还有一分乱如麻。理不清的情爱，道不明的真假，罢、罢、罢，看尽落花无牵挂。"当上官初次见到茉莉花时，勾起了他对金月儿的回忆，歌词中惊、奇、怕各占三分，还有一分的乱麻，生动展现出此人内心的肮脏。阿泉回忆起当年与上官的正面冲突，上官的唱词"她已是我的人，你早该死这心……她已是我的人，你用什么来抗争？"，则充分体现了他强占金月儿、棒打鸳鸯的骄横跋扈的性格。

在茉莉花要登台演出的夜晚，上官唱起"茉莉花之夜，茉莉花之夜，情也奔放，人也狂野。茉莉花之夜，茉莉花之夜，花也浓艳，歌也炽烈。戴上你们的面具，藏起真实的世界，雾里采花，云中捞月，有种莫错过时节，有情莫放过今夜"。这些歌词采用了

爵士风格的狂野歌调演唱，尽显上官骄奢淫逸的花心特点。"我不问她的出身是尊贵还是卑微，只要能为我带来钞票和实惠；我不问她的来历是东西还是南北，只要能为我带来开怀与快慰。"这四句歌词，则把他贪财好色、厚颜无耻的本质彻底暴露出来。

"是谁毁了我，我已全身赤裸。丑陋垂爱我贪婪，为何又将我良知杀戮？我成了众矢之的，利箭穿心而过，我递上的是酒，却转眼成火。哭与笑难以收场，死与活饱受折磨，这杯酒，毁我一切，人世间再没我的欢乐。"上官在知道了茉莉花的身世之后，羞愧难当，一个垂涎自己女儿的人，怎能不被人耻笑。他也为当年丢弃这个孩子感到自己罪恶满盈，终于恳求女儿宽恕自己的罪孽。"我知道，再也无法让你原谅，是我折断了幼鸟的翅膀，是我丢弃了人间的天良。我是你罄竹难书的孽父，不知你会从天而降。"从这几句唱词看，上官似乎在自省，他也感觉无地自容。"不堪回首，身后是百孔千疮，眼前是深渊万丈，一阵风能把我吹落悬崖，唯有你能救我逃出罗网。你美丽，你善良，你理智，你大量……快伸出爱的双手，快发发慈悲心肠。"内心煎熬的上官，向女儿发出寻求宽恕的救赎信号。

然而，他没有得到女儿的宽恕，茉莉花拒绝将他视为父亲，"你不要转过脸，别弄脏我的双眼，我不愿看见，你那丑陋的容颜"。"你不要把'父'字玷污，父是人类所爱的太阳；你不要把'父'字提起，父有泰山一般的重量。这世界虽然险恶，大地依然充满阳光，天下的人，不是都和你一样，人鬼有别，行各一方。你折断的翅膀，有大爱扶伤；你丢弃的天良，有善良滋养。我为你难过，你独自站在悬崖之上。"茉莉花并不能宽恕上官令人发指的罪行，不能原谅他的无情抛弃。"人鬼有别，行各一方"从根本上划清了与上官的分界。这世上从来都是物以类聚，人以群分，茉莉花不愿意与这个抛弃自己的不仁不义的亲生父亲相认,将他远远地排除在自己和养父阿泉的世界之外。由此可见,茉莉花不是一个贪图享乐的人,贫苦的生活反而铸就了她外柔内刚的正义美德。

"你居然说爱,真让人感到荒唐!你敢不敢想,我美丽,更鄙视肮脏,我善良,更憎恶沦丧,我理智,更明辨美丑,我大量,更仇恨伪装。你不配说爱,真让人感到荒唐!你敢不敢讲,我妈妈,因何而含冤?我妈妈,因何而断肠?我妈妈,因何而离去?我妈妈,因何而身亡?我问你,我问你,敢不敢说出真相!我问你,我问你,敢不敢说出真相!"在女儿茉莉花的"我问你,我问你"的步步追问下,上官无地自容,最终他收获了亲生女儿对他最为彻底的决裂和叛离,父亲的人设轰然倒塌。他陷入无限的绝望中,最终喝下了自己炮制的毒酒。

2. 黑暗中心狠手辣、可悲可叹的苏怡

苏怡是一个悲剧色彩最为浓厚的反派角色,她为争夺上官的宠爱而设计陷害金月儿母女。曾经她用毒酒陷害了金月儿导致其失声不得不告别舞台,从星坛跌落,金月儿被上官强行霸占又因苏怡的诡计惨遭抛弃,最终含恨而死。茉莉花出现后,上官蠢蠢欲动的花心,让苏怡感到了不安。一曲《预感》唱出了苏怡的担忧:"失落的爱,从此不再;失落的心,找不回来。是因为她的红润?是因为我的苍白?当这个女人到来,我预感到自己的悲哀。如此的痛,难以忍耐;如此的恨,难以表白。是当初种下的苦果,换来了今日之灾;当这个女人到来,我预感到自己的悲哀。"苏怡用最无奈的唱词,悲叹了自己的人生。

苏怡尾随茉莉花,发现她与儿子苏珏的恋情之后,她又唱出了一段纠结的心事:"他们怎么会相恋,我接踵而来的灾难,一个是心头的肉，一个是腹中的患。决不能让他们相恋，我无法接受的摧残，我要借儿子的手，除掉这离巢的燕。"苏怡想到了借儿子苏珏之手，除掉茉莉花，这万恶的念头在她心里生根发芽。这个唱段的最后两句歌词："我要借儿子的手，除掉这离巢的燕。"把苏怡心狠手辣的反派色彩淋漓尽致地展现在观众面前。

当苏怡戴着面具唱起"茉莉花之夜，茉莉花之夜，今夜是我的灾难，今夜是我的浩劫。难道戴上面具，就看不清彼此的卑劣，你要我从今夜消失，我让你在今夜破灭"的唱段时，内心的邪恶又增添几分，对茉莉花的仇恨，在一种你死我活的决绝中，一步步推向悲剧最终的大爆发。她质问上官"你说的花神是谁，真为你的愚蠢伤悲。我已弄清她的来历，说起来让人惭愧。她不过是庙里的野种，一个盲人的杂烩。昨天还是沿街乞讨的乞丐，今夜却捧上花神的尊位。呸！不配！不配！呸！见鬼！见鬼！"从这个唱段中，能够窥见苏怡的内心妒火中烧，在歌词里，我们能够看到她对茉莉花的不屑、痛恨和谩骂，茉莉花对她地位的威胁，深深刺痛了她的内心，也激发了她除掉茉莉花的邪恶念想。

戏剧到这里急转直下，上官递给苏怡一杯毒酒，佯装庆祝，试图诱导她喝下，当年的故伎重演，狡猾的苏怡却没有上当。"早识破那个无赖，在酒里做下安排，我正好转嫁给她，让她替我顶灾。就等她瞬间失声，且看花顷刻凋败。"将计就计，苏怡欲借亲生儿子苏珏之手，让茉莉花将毒酒喝下，自认为是一个完美的两全之计。恶念在她心底疯狂生长，她把酒杯递给了心爱的儿子，唱出了这样的歌调："别再徘徊，别在女人面前徘徊，她正需要甘露解渴，快送去你的爱。别再徘徊，别在女人面前徘徊，是花就要用清泉浇灌，快送去我的期待。"亲手将儿子送上了罪人的审判台。

苏怡的诡计被识破之后，苏珏对她唱起了绝望的歌："是你毁

281

了我，我已无法解脱。你既然给了我生命，为何又将我命运宰割？我成了你的帮凶，这算什么角色，我捧出的是爱，却转眼成恶。爱与痛难以选择，愧与疚无须诉说，这杯酒，让我喝下，也许能洗清我的过错。"苏珏对亲生母亲的绝望，对自己的责难，痛苦煎熬的心境，能够从"是你毁了我""我捧出的是爱，却转眼成恶""这杯酒，让我喝下，也许能洗清我的过错"这几句歌词中，让人深刻体会。

面对儿子的质问，苏怡并没有正面回答，转而向上官唱道："是你毁了我，我已全身沉没。你既然给过我宠爱，为何又将我前程剥夺？我成了孑然一身，戴上丑恶枷锁，我期盼的是福，却转眼成祸。怨与恨难以平息，险与恶无须退缩，这杯酒，该你喝下，虽不能偿赎你的罪过。"矛盾发展至此，上官成了众矢之的，也揭示了所有悲剧上演的最终根源——上官的贪婪好色。

可恨之人必有可怜之处，苏怡为了争名夺利，陷害金月儿，最终却自食其果，她生命里两个最重要的男人——上官和儿子苏珏，都离她而去，落得个众叛亲离的下场。容颜不再，苏怡也难逃被上官抛弃的命运，她自以为高明的嫁祸，却最终将自己的人生葬送。苏怡虽为反派角色，她的人生却是另一个悲剧，她的妒忌、怨恨、罪恶，也是上官对她的背叛带来的结果，这是一种因果，她种下了邪恶的"因"，收获了悲剧的"果"。

从以上对两个反面角色的唱词分析中，这两个反面人物的性格缺陷可见一斑，同时也揭露了他们的卑劣行径。剧烈的矛盾冲突，从上官手中递出的毒酒引发，当年罪行的败露和当下重施的故伎，他们的花言巧语、毒舌谎言，都在剧情与歌词的设定中一一现形。"背叛"，是他们必然要收获的因果。

三、中性人物班头见证的矛盾冲突

在《茉莉花》剧中，有一个旁证式的人物，那就是班头。他从一开始就以影子的形态出现，所有的剧情展开，都在班头的见证下层层推进。开场不久班头就有一个唱段："虽然你不是我的骨肉，那份痛却重重压在心头，一场争斗让你无辜受害，今日泪别我愁绪难休。但愿你相遇到一个好人，你的幸福平安是我所求。"

这个唱段无疑埋下了最初的伏笔，渲染出了悲剧的基调。

当班头看到十八年后长大成人的茉莉花，他陷入了两难的境地。"又见红花绽枝头，半是喜来半是忧，喜的是，当年名媛今有后，忧的是，艺班怎能将她留。那场戏不能重演，那条路不能重走，无辜者不能再受害，生死斗不能又开头。啊，刚说过的话，怎改口，刚泼出的水，如何收，难，难，难，难煞我这个小班头。"从内心里，他为金月儿的女儿已经成人感到高兴，然而，他不愿意茉莉花重蹈覆辙，内心充满了矛盾。

为了证实自己的猜测，班头去拜见阿泉，他的提问"十八年前一凌晨，可闻婴儿啼哭声？如今孩子已长大，出落得就像一朵花"立刻引起了阿泉的警惕："先生你是什么人？何事来登我家门？船到码头莫拐弯，话到嘴边莫藏针。"班头："师傅千万莫多想，我有话儿对你讲，你家小女才艺高，雏莺展翅要飞翔。"阿泉："才艺本是天注定，上路还需引路人，先生既然已知晓，何不助我女儿成。"班头："既然雏莺要离巢，需知戏班风浪高，愿助茉莉去华美，又怕好梦断蓝桥。"阿泉："华美艺精众口传，更知班主为人善，小女一心攀高枝，求艺何惧风浪险。"这一段二人的对唱，表明了阿泉希望女儿成名的态度,也看到了班头对茉莉花进行护佑的决心。班头:"盼女成才父情长,话到嘴边不忍讲,他怎知道,我当年戏班早被强人占,他怎知道,我当年华美早被奸人抢。"班头也知道要守护茉莉花有难度,但他还是决心要暗中保护这朵刚刚绽放的鲜花。

在《茉莉花》中,班头被赋予了一个具有正义感的旁人角色,他的许多唱词,都体现出一个善良正义的人性特点:"虽然你不是我的骨肉,那份爱却深深藏在心头,当年那场罪恶没能阻止,今生今世都让我蒙羞。如今你来到了我的身边,你的快乐平安是我所求。""刚直的年轻人,要当心遇狼群。""线防断针防折,绕过冬有来春。""茉莉花之夜,茉莉花之夜,情也美丽,人也圣洁。茉莉花之夜,茉莉花之夜,花也纯香,歌也真切。摘下你们的面具,收起你们的罪孽,莫坏了今夜气氛,今夜与花神相约。""料定你们会故伎重演。不敢忘了十八年前,金月儿为何突然失声,她的歌声从此不现。也是一杯酒包藏恶念,也是一个人算尽机关,也是一种痛难以抚平,也是一腔恨怒发冲冠。"正是在这个正义化身的班头的护佑下,茉莉花逃出了上官的魔掌,躲过了苏怡的诡计,然而不可改变的是她爱上同父异母亲兄弟的爱情悲剧,一段不可继续的孽缘。

最终,茉莉花与前来寻找她的养父阿泉,相拥而泣。阿泉唱起"风悠悠,云悠悠,凄苦的岁月在琴弦上流;恨悠悠,怨悠悠,满怀的不平在小路上走。无锡的雨,是你肩头一缕难解的愁;惠山的泉,是你手中一曲愤和忧。梦悠悠,魂悠悠,失明的双眼把暗夜看透;情悠悠,爱悠悠,无语的泪花把光明寻求。太湖的水,是你人生一杯壮行的酒;二泉的月,是你命中一曲不沉的舟。"在父女二人重逢的感动中,茉莉花将最终的升华之笔委婉唱出:"问重逢,是真还是梦,重逢的情有谁懂?那泪眼,那笑容,都飘在灯火阑珊中。叹重逢，重逢时匆匆，重逢的人心在痛；那牵挂，那期盼，都散在滚滚红尘中。说重逢，重逢苦匆匆，前世的缘为谁终；那惊心，那感动，都融进细雨清风中。喜重逢，是真不是梦，重逢的爱天地动，那美丽，那真情，都化作人间七彩虹。"

在苏珏的陪伴下，登上小舟，如剧目开始时茉莉花便是乘着小舟被送到阿泉身边，父女二人远走他乡，远离华美艺班这个是非之地，生命绽放，奔向光明。

结语

综上，张名河先生用精准的唱词语言，刻画出不同人物的性格特点，"爱"与"背叛"间形成的剧烈矛盾冲突，层层展开。茉莉花、阿泉、苏珏、班头、金月儿，都是善良和正义之"爱"的正面化身，上官沛霖和苏怡的反派角色，最终难逃"背叛"的厄运。作品给人启迪，发人深省，为人之道当善良。如张名河先生所说："音乐剧是将复杂的故事尽可能地简约化。"他将那么多错综复杂的矛盾冲突，都融入"爱和背叛"的逻辑展开中，确确实实创作出了一部化繁为简的优秀作品，值得世人学习和借鉴。

张名河竟然在南宁

陈 纸

前奏

  一切美的东西都令人心醉。比如一幅意境深远的画、一首清丽淡雅的诗、一部隽永悠长的小说、一曲韵味无穷的歌，再加上一条绿松石色的河。歌载上河，河载上歌，谁听懂了这条河的秘密，谁就会体会更深，懂得更多。

  音符伴着河流向我冲来，又有什么伴着音符消逝。那是时光的履迹，当春天的花朵伴着夏末的叶子飘落，我听到了秋天的叹息；当窗外觅食的麻雀携带着雪花在枝间飞来飞去，我看到了冬天正慵懒地偎依在炉边，静待春天的那支长笛……

  岁月周而复始，旋律幽渺响起，而其中的词，仿佛被一双温暖的手托举。词作者涉水而来，灵魂随着音乐上升。灵魂是一条巨流河，河里反射美丽的祖国、洁净的远空、诗意的森林、母亲的低语、阳光下的孩子、婴儿的微笑、美丽的心情。当然，还有苦命人的悲诉、软弱者的抗争、乌纱的怨言、情的大海、石头的启示、神的传说……

恍惚间，他的歌词似一只飞鸟，借着灵魂，赋予精神，在河流中做优美自然的滑翔；还像一片婉转翠绿的叶子，在空中做幸福的战栗；又仿如一尾轻快游弋的鱼儿，在倒映着茉莉花香的涟漪中静息。

起初，河流离我很远，远到不知他在什么地方。而音符离我很近，近到时常在我耳边萦绕。音符包裹着歌词，像一本《圣经》，在我人生的每一个阶段，翻开来对我诵吟。我不想遁世，我只想融入。融入是最好的挣脱，我仿佛也成了一名曲作者，以我自己的旋律，为他的词谱上我的"基调"——那是我在读过了他的那些歌词之后的独特感受与领悟。

连我自己都诧异：我竟然会与一位素不相识的词作者发生如此紧密的关系——

第一乐章　"小白菜，泪汪汪，苦水比那溪水长"
——《小白菜》（邹辉明作曲　陈海燕演唱）

为什么记得是一九九〇年呢？因为一九九〇年不但播放了一部电视连续剧《杨乃武与小白菜》，而且还发生了一件难忘的事，那就是我父亲被检查出患了绝症。那时候，我还不知道陶慧敏，只知道小白菜，只知道，我的命运与小白菜一样悲苦。

《杨乃武与小白菜》讲的是一桩冤情，但冤情不是我关注的主要原因，真正的原因是该剧的片尾曲。那时候，我没注意主题曲《既曾相爱》，也没记住插曲《反成仇》《乌纱怨》《舞台天地》《溪水情》《问月儿》《来去飘然》《人间冷暖谁知晓》《江南梦》等。我独记得片尾曲《小白菜》。我只感叹小白菜的惨，那个"惨"，歌词

287

全写出来了:"小白菜,泪汪汪,从小没了爹和娘。童养媳,苦难讲,就怕逼着去拜堂。半夜里,秋风凉,望着月亮哭断肠。小白菜,泪汪汪,苦水比那溪水长。"

我记得第一个晚上,夜开始滑入深处。许多旋律、许多对白摆在了记忆的浅层,突然,几句歌词,短短的句子;几个字,工整得毫不出新出奇,却被一种浓浓的氛围小心地漫卷着,仿佛有一双颤抖的手捧着,从荧屏里伸出来,轻轻敲打着我的耳膜,穿透着我疼痛的脊背,撕扯着我脆弱的神经。

大厅里,不停地有乡里乡亲和或近或远的亲戚朋友来,他们的目光游移不定,忽而放在我父亲身上,忽而盯着电视荧屏。昏暗中,父亲单薄如纸片样的躯体张贴在弯弯的折椅上。有的亲戚将征询的目光投到我脸上,可能是怕我们触景生情、触目感怀,但在那个时代,黑白电视里,可选择的频道非1即2,非2即1,看着绝大多数目不转睛的神情,我的选择并不难:来的都是客,得尊重客人们。

当一集播完,我知道,那几句几乎每位乡亲及亲戚都听得懂、说得上,甚至背得出的歌词又要流淌出来了。我看到有几个人在偷偷抹眼泪。我知道,他们有一半因为剧中的人物,还有一半,是因为我。"小白菜,泪汪汪,从小没了爹和娘……"是什么拉近了我与小白菜之间的距离?是什么让我在那年寒冷的冬夜里,觉得夜更冷更长?

简短的歌词,绵长的苦情。时隔三十多年,我还能哼唱出来。随着剧情的发展,随着对歌词内容的熟悉,开始有乡亲安慰我:与小白菜比,你还算不是特别悲惨。你不是童养媳,没人逼着你去拜堂,也没有什么冤情,你看人家小白菜,真是哭断了肠呢。有一天,病情越来越严重的父亲对我说:没有父母的孩子,看到每一位长辈都是亲切的;没有孩子的父母,看到每一个孩子总是那么慈祥。每个子孝母贤的家庭，都有或多或少的不足，没有哪个家庭是完美无缺的……

也不知道是谁说的：看到比自己更悲伤的悲剧，自己就不觉得那么悲伤了。电视连续剧《杨乃武与小白菜》因为父亲的病情，我时断时续地看了一些，家中的那台黑白电视机经常以沉默的姿态隐没于暗黑的大厅里，而旋律始终在房梁上萦绕，歌词如家常话一般直抵人心："小白菜，泪汪汪，苦水比那溪水长……"

一九九〇年四月四日，父亲走了。《杨乃武与小白菜》的故事也播完了。有人说：你必须在适度的悲哀后，还是要好好地活着。就像二十三年前，这些歌词的词作者张名河的夫人王媛对他说的："我欣赏他这种状态，轻松、干净、利索，免了我为他担心、着急。"是啊，且借词作者的肩膀哭哭、靠靠，再借他修来的境界，要坚强，与那段日子告别。日子还在继续，不要让走的人不放心。不是吗？

第二乐章　"日出日落，日出日落，长长岁月，悠悠的歌。一滴苦酒，就是史书一册；一滴热血，就是丰碑一座。"
——《神的传说》（刘念劬　马友道作曲　谭咏麟 演唱）

好像还是在一九九〇年，是父亲离世后我听到的歌词。当时，全然没有关联的想象，现在记起来，我却能对朋友脱口唱出这首歌来，而且脱口说出演唱者的姓名，那一定与我有某种关系。

感谢电视连续剧《封神榜》，感谢它在《杨乃武与小白菜》之后，让我在悲惨的现实世界里与神的想象世界"无缝对接"。我不知道这种安排对我的人生会产生怎样的影响，我不知道是否真的如

《封神榜》片尾的那首叫《独占潇洒》唱的一样，我的生命会化作一朵莲花，我会将心灵里的杂质全抛下，毅然决然作出另一种选择。

是的，那段父亲刚去世的日子很孤独、很凄苦。作为家中的独子，母亲却视我为土地的弃儿，她果断地将家里的耕牛卖掉了，等于断绝我在乡村里的后路。她听到了我在狭小的卧室里对前来造访的县委宣传部及县文联的领导说的话。若干年后，母亲才透露："还是你父亲最了解你，他说你是不甘心面朝黄土背朝天的人。"父亲临终一再劝诫母亲说，不要强留我在她身边，一定要让我外出去闯荡。

在我看来，当时确实还感觉到窒息，压抑。我想换一个环境，换一种呼吸。但我在黑洞中，洞长得看不到尽头，看不到微光。眼前的一切，都是给我身体带来劳累的东西：耕地、耘禾、铲土、挑谷……所幸还有一个神话的世界，更有这部剧的主题歌——由毛阿敏、谭咏麟演唱的《神的传说》："花开花落，花开花落，悠悠岁月，长长的河。一个神话，就是浪花一朵；一个神话，就是泪珠一颗……"前一句未见奇峰，后一句，将"大"写"小"，渐入佳境；第三句，将"神话"拟为"泪珠"，现实中的历史，神话中的历史，人与神沟通了，"两界"的动情点找到了，"两界"共情点抓住了。"聚散中有你，聚散中有我，你我匆匆皆过客。看千古烟波浩荡，奔流着梦的希冀，梦的嘱托！"——语气越来越高昂、越来越激荡，像一个拉船汉子，浑身筋骨，于河流浪涌中，吼着号子，为自己呐喊，为他人加油。

"日出日落，日出日落。长长岁月，悠悠的歌。一滴苦酒，就是史书一册；一滴热血，就是丰碑一座。"——调子拉高了，精气神提起来了，仿佛与当时的我有关了，仿佛讲的不是神话故事，而是在启示我，这是怎样的一种"化学反应"！这是怎样的一种人生激荡!

后来,《封神榜》播完了。奇怪的是,仿佛倏忽一夜,一些人与事在走远,一些对白已忘记,而一些歌词却一直在催促我前进。我觉得,好像是受到那些歌词的暗示,因了它们的牵引,我迈出了潇洒一步:一九九一年,来到了一座叫"南宁"的城市,我终于告别了从前,想挑战一下自我——这也会是一个传说吗?

第三乐章 "有一个美丽的传说,精美的石头会唱歌。它能给勇敢者以智慧,也能给善良者以欢乐。只要你懂得它的珍贵,山高路远也能获得。"
　　——《一个美丽的传说》(吕远　程恺作曲　蒋大为 演唱)

前一个,是神的传说;这一个,是美丽的传说。我承认,当初,我不知道这也是一首电视连续剧主题歌,就更别提该剧的名字《木鱼石的传说》了,我甚至不知道这首歌的准确名字,我一直以为它叫《精美的石头会唱歌》——我认为这首歌就应该是这个名字,只有这个名字才配得上这首歌。"精美的石头会唱歌"——这是一句偈语,甚至是一句座右铭。"只要你把它爱在心中,天长地久不会失落"。

我不记得,第一次听到这首歌是在什么时候。当时,我可能徘徊在南宁的某个街口。我的目光自卑得不敢抬起,我觉得,高楼上的霓虹灯不是在为我闪烁,这座城市属于核心地段自由消费的人群。我判定可能不久就将落荒而逃。我不相信自己,我只相信庄稼就该生长在地里,站在什么山上就该唱什么歌,什么样的人有什么样的命理。

现在，却有一个人，有一个相信"精美的石头会唱歌"的人。词作家吴善翎说："意象是生活的外在物象与作家内在情思的统一，是客观形象与主观感情的结合。"我不知道，那个相信"精美的石头会唱歌"的人，他的创作灵感是不是来源于"木鱼石"，但我肯定，那颗精美的石头所唱的歌，一定是从词作者心底流淌出来的人生感悟。如果精美的石头真的会唱歌，那颗石头该精美到何等的程度啊！我真想去问问那个相信石头会唱歌的人。

张名河——我开始注意词作者的姓名。我第一次记住了一个词作者的姓名，而不是演唱者的姓名——其实演唱者的姓名蒋大为无须记得，那时，他的名气像他的声音一样响亮。

张名河——一个相信精美的石头会唱歌的人。"精美的石头会唱歌"——那句词反复在我耳边响起。当时，这首歌太热了，热得足以让一颗顽石炸裂，炸裂成了两片嘴唇，唱出了优美动人的歌来。

张名河——一位相信精美的石头会唱歌的人，他的人生信念一定超过了生命的高度。而且，他认为能唱歌的，可能不仅仅是石头了。我开始将那位词作者拉近，拉到我的心里来，我想从他的身上汲取"点石成金"的精神动力。

我开始搜索"张名河"的信息，知道他写过很多歌词，在一些零星的专访中，我还知道，他出生于湖南沅陵，在遥远的辽宁工作。

从沈阳到南宁，因为一颗精美的石头，我们拴上了更为紧密的关系。我知道，那颗远在沈阳的"石头"，是在河流里经过无数次冲刷而成的，它一定嶙峋结实、骨骼倔强，又天真淳朴。我站在光秃秃的山上，石头反射着阳光，石头与石头对视着，诉说着鼓励的话。我仿佛听到对方说：一颗石头，要找准站立的方向，要有自信的力量。

那是一个以歌传情、以歌言志的年代，我不确定，当时有多少人相信这个"美丽的传说"，当时催开了多少颗"会唱歌的石头"。

我只相信:"只要你给懦弱注入坚强,如勤奋定有收获!"我的理想偷偷地发芽了,我这颗顽劣的"石头"开始蠢蠢欲动了……我奋不顾身地跳入火热的生活中,去努力锻造自己,向着"记者梦"和"作家梦"追去。

果真如此,"精诚所至,金石为开"。石头唱歌不是传说,也不是妄言。你想想,由石头变成的孙悟空尚能斩妖除魔,故"石头"不开口则已,一开口,谁都有可能"谱写"出一首动人的歌词。

一九九九年十一月的一天,广西人民会堂,"孔雀杯"第九届全国少数民族声乐大赛现场,金铁霖、郭颂、赵季平等乐坛名家作为大赛评委悉数亮相,我作为《南宁晚报》的一名记者,按照之前列好的提纲,按部就班地对他们进行了采访。这时,我看到了一张台卡,上面赫然三个字:"张名河"。张名河竟然来到了南宁!几乎同时,我见一位中等个子、约莫五十来岁、脸庞略长的男子,微笑着从三位评委身旁轻轻走过。我不敢确认眼前这位男子是不是张名河,当时一瞬间的犹豫,或者说,是一瞬间的"势利",使我与张名河失之交臂。一颗精美的石头,被我错过在流淌的河里,眼睁睁看着流出我的视线。

第四乐章 "一双眼睛,一道风景,一张笑脸,一个黎明,人人都有啊美丽的心情。"
——《美丽的心情》(孟庆云作曲 宋祖英演唱)

韩愈说:"欢愉之辞难工,而穷苦之言易好。"我真的难以想象,一个诉尽了《小白菜》与《二泉吟》之苦的词作者,竟能笔锋自然一转，风格骤然一转，天宽地阔，笑颜舒展。这也许是"苦尽甘来"后的某种纵情的释放吧。

不得不说，词与曲对于一首歌曲来说，是鸟之双翼。作曲者如不懂得词作者的创作意图，就会"南辕北辙"，两层皮互相拧巴。"水蓝蓝水蓝蓝，山青青山青青，鲜花打扮我们青春的倩影；灯闪闪灯闪闪，鼓声声鼓声声，舞姿拥抱我们不眠的欢腾"——不得不佩服曲作者孟庆云，与词作者一起，刚开始就将情绪推向了"至蓝的水""至高的山"，以兴奋的心情，"打扮"了"我们青春的倩影"，以"灯闪""鼓声""舞姿""拥抱"了"不眠的欢腾"。演唱者宋祖英则以无可争辩的嗓音，一个人，无须梳妆，素颜出行，踩着节奏，沿着一条铺满鲜花的大道，听风吟，织绮梦，先声夺人，连绵不绝，一路拾捡美丽的心情。回声嘹亮，裙袂飞扬，朗天灿星……裁剪成了一幅多彩画屏，齐齐飞入我的心里。

此时的词作者，一定是从冰封雪地的北国缓过了神来，被南国的百花争艳所深深感染；此时的词作者，一定是踌躇满志、春风得意，奔放自然；此时的词作者虽然官至副厅，但内心仍是一名词作家，一名放歌者；此时的词作者，心情美丽，连梦都插上了幸福的翅膀，连阳光都浸透了甜蜜的笑声，连风都放飞欢乐的鸽群……一连串的比喻，一连串的意象，由景生情，由情生爱，由外化内，层层递进，一气呵成，最后点题："心情只有与爱同行，才会天天美丽。"

用心细品张名河作词的《美丽的心情》，我发现，美好的生活是有形有色、有品有味的。生活中，到处是普普通通的事物，作为一名文艺创作者，要做一个有心人，要用一种欣喜之情留意身边的事物，要用一颗诗意之心去体会一些不经意的美好。

此时，年过半百的我，也已明白，世间烦恼太多，需要创造快乐。紧蹙眉头，无疑给心情锁上一把枷锁；一声叹息，是会凋零梦中的花朵。美丽的心情无须矫情的剧本，也因拥有一份美丽心情，用乐观态度对待生活，即使在泥泞中跋涉，也会微笑着前行。

二〇二一年初夏的一天，中午与老友相见，心情美丽至极，贪饮了几杯。散席后，何述强兄说：下午去拜访词作家张名河，可否愿意同往？当时醉得步伐不稳，怕冒昧前往，显得唐突，便承诺改天再邀。当时只想：张名河先生既然在南宁，如果有缘，总能相见……

尾　声

"广西素有'歌海'之称，自古文风词韵昌盛，民歌民谣更是烟波浩渺，能在这里工作和生活，对一位从事文艺工作的人来说，是一件幸事。"张名河曾这样对记者说。听说，一九九八年，他从辽宁调到了广西。来到南宁后，很快如一滴水汇入了歌海，并且激起了一朵朵美丽的浪花，他先后创作出了《绿城花雨》《壮族诗情》《鲜花映彩虹》《山歌好比春江水》《湘江渡》等歌词，在八桂大地广为传唱。

与张名河相同，我也是一名"外乡人"，一九九一年八月，从江西省井冈山脚下来到绿城。我欣喜地看到，与我一样，广西也大方地接纳了张名河，张名河也没有"水土不服"。

其实，张名河能扎根南宁丝毫不奇怪，因为广西人（特别是南宁人）素因"开放包容"而深感骄傲自豪。但是，或许正因为这份"没有底线"的"开放包容"，而使得南宁人有点满足现状，"小富即安"，甚至还有那么一点点"崇洋媚外"。作为一名记者，这几十年来，我先后采访了很多区内外的音乐人，也见证了广西乐坛的发展，南宁以国际民歌艺术节为"催化剂"及展示舞台，涌现出了一大批既有广西民歌元素，又有全国视野的优秀原创音乐作品，带动了一大批广西本土音乐人与全国，甚至国际知名音乐人的联手合作，打开了一扇广西音乐与外地音乐融合发展的窗口。

张名河无疑是"融合发展"中的佼佼者。的确，谁都不敢否认：广西"尼的呀"、广西音乐"尼的呀"，张名河将这种由衷的赞美，写进了最新的一首作品中，名字就叫《广西尼的呀》。我作为张名河的一名忠实"铁粉"，衷心希望他在这片"尼的呀"的土地上，继续发自然亲切之声，抒大众普世之情，唱人民真实之心，写出更多接地气、正能量、有情有爱、能影响歌迷人生的"尼的呀"作品！

张名河歌词艺术的三个关键词

王布衣

质朴

　　张名河先生的歌词,有一种独特的气质,那就是质朴。笔者在有限的阅读范围中发现,古今中外的诗词文章名家大家的诗文创作,文风大多是质朴的,如国外的海明威、茨威格、普希金、雪莱,泰戈尔,朗费罗、米沃什等,如中国古代的陶渊明、王安石、韩愈、苏东坡、杜甫、白居易等,中国现当代的诗人作家闻一多、朱自清、臧克家、郭小川、北岛、阿城等等。他们没有华丽富赡的辞藻,没有聱牙佶屈的语句,没有过多的修饰,多用白描,素淡质朴,自然平实。

　　质朴本身就是文采,而且是高级的文采。质朴是博而后约,浓而后淡,平中见奇。质朴是一种真诚、准确、传神的表达,简练的句式,口语化的语言,返璞归真的现实情境,让人们读了有很强的代入感。例如大型原创音乐剧《茉莉花》中的《胡琴说》——

　　　　胡琴对你(我)说
　　　　爱是一条河

花开花落岁月长

从你（我）指尖流过

听水水有声

听山山有色

风来松涛鸣

雨去竹泪落

只因心中有爱

心中有爱

酸甜苦辣算什么

算什么

只要心中有爱

心中有爱

喜怒哀乐都是歌

都是歌……

《胡琴说》的歌词其意境之优美，节奏之舒畅，迂回曲折，细腻而婉转，悠远而缠绵，如同行云流水，随物赋形，行于当行，止于不可不止，一路浅唱低吟，洗尽铅华，流淌着旋律，将人世间的喜怒哀乐娓娓诉说。词作家质朴的歌词，再加上作曲家孟庆云动人的旋律，词曲浑然天成，双峰并秀，恰到好处地体现了民族乐器胡琴柔美、抒情、质朴的音色特质。

质朴，正好也是民歌的主要特色。中国各民族浩如烟海的民歌，从《诗经》里的《国风》到汉乐府，再到仍流传至今的民间的传统歌谣和新民歌，民谣，儿歌，山歌，信天游、四季歌、五更调，少数民族的如藏族的鲁、壮族的欢、白族的白曲、回族的花儿、苗族的飞歌、侗族的大歌等，丰富多彩。这些民歌曲调暂且不论，仅说歌词，本身就是带着音乐的诗。它根植于民间，因为人们的情感需要倾诉，所以才产生了民歌。民歌真实反映了人民群众的思想感情，贴近生活，贴近时代，充满着民间智慧，闪耀着艺术光芒。

张名河先生在歌词集《美丽的传说》的后记中写道："我要感谢生我养我的家乡，那个湘西沅水畔一个偏远而秀丽的山村，那里，山歌互对，渔歌互答，歌儿像果子结满了四季不枯的青枝。自然，小时候我便同许多孩子一样，从摇篮里一边吸着奶，一边承受着歌的滋养。我要感谢培养和教育我成长的第二故乡——辽宁，那里有我许多崇敬的师长和挚友。我要感谢素有'歌海'之称自古词韵昌盛，民歌民谣更是浩如烟海的八桂大地。对于一个从事文化艺术工作的人来说，能在这里工作和生活，应该是一件最大的幸事。我结识了许多同道，他们中许多人成了我现在的良师益友。我被深深的情谊所包围，使我来不及顾盼，就像一滴水，很快被这片歌海所吸纳，并化作一朵浪花。"

从这段话中，我们看到张名河先生由于从小受到民歌的浸染和熏陶，练就了的童子功。他长期在基层从事文化艺术工作，在广西歌海中向民间学习，同时向同行和挚友吸取智慧，使他有着丰富的文化积累，尤其是民歌积累。从张名河老师的歌词中，我们可以明显看到民歌对他的滋养，看到民歌质朴的风格。他作词的那首脍炙人口的《一个美丽的传说》，不用说了，现以大型民族交响合唱中的《美丽的壮锦》为例——

　　　　金线线，银线线，
　　　　织一幅壮锦挂在天边；
　　　　尼的呀，尼的呀，
　　　　咱壮家就在画里住，

好山好水好家园。

梦甜甜，花艳艳，
好一幅壮锦藏在心尖尖；
尼的呀，尼的呀，
绣球啊抛个鹊桥会，
木叶吹个月儿圆。

茶浓浓，酒暖暖，
好一幅壮锦天下醉千年；
尼的呀，尼的呀，
咱壮家的日子唱着过，
不做那神仙做歌仙……

歌词朗朗上口，浓郁的生活气息，比兴手法、叠字衬词的运用，正是民歌风采。

而大型音乐剧《茉莉花》中的唱段《茉莉花》——

好一朵茉莉花，
好一朵茉莉花，
茉莉花开谁不爱她。
美丽清纯又圣洁，
不与百花争艳华……

歌词明快的节奏，流畅的旋律，质朴平易的语言，小调类型的民歌，单乐段、周期性反复的匀称结构，委婉流畅、柔美含蓄、深情吟咏的风格，明显脱胎于江苏民歌《茉莉花》。

质朴是什么？就是简单明了直达本质，就是描摹事物的本来状态，质朴最能拨动人们的心弦。词作家张名河先生的质朴是一种自我克制，是一种不动声色的讲究，是一种无技巧的技巧，是一种不见痕迹的打磨，是一种深邃与美丽。

有道是，"雨里孤村雪里山，看时容易画时难"。质朴的歌词，看似寻常最奇崛，大俗之中见大雅，平淡之中见浓郁。

抒情

张名河先生的歌词具有抒情性、主观化、诗意化的特征。他认为："歌词必须是抒情的，不抒情的歌词不是歌词，至少不是好的歌词。"

傅宗洪先生在《会唱歌的石头——论张名河的抒情艺术》文中谈道："仔细阅读张名河的作品，你会发现他极少直抒胸臆……"笔者有些不同看法，借此提出，与傅宗洪先生商榷。其实，他的歌词中大量的直抒胸臆，举不胜举，限于篇幅，仅举三例。

例如他为电视剧《天梦》写的主题曲《天涯之恋》——

> 不要问苦苦地恋着谁，
> 孤独无怨，寂寞无悔，
> 历尽艰辛旧梦难舍，
> 只为了一颗心儿在云海间飞。
> 啊，
> 天涯未觉远，痴情不远归，
> 人生难得爱一回。

> 不要说久久地等着谁,
> 来也伤悲,去也伤悲,
> 无语恰似静静心湖,
> 只因那相思太久流干了泪。
> 啊,
> 人同事已非,真情仍相随,
> 聚散难饮酒一杯。

影视插曲特别是主题曲在剧中的任务很多,要求与歌曲与剧情骨肉相连、不可分离,更要求歌曲符合剧情及人物设定,所以插曲中的歌词创作难度极大,属于"瓷器店里舞大刀",既要舞得好看,又不能碰破了瓷器。

主题曲《天涯之恋》中的"人生难得爱一回"这样的歌词,荡气回肠,令人遐想。张名河先生为诸多影视剧的插曲和主题曲写歌词,大多直抒胸臆,很好地烘托了剧情的气氛,表达了人物情感,丰富了影视语言,推动了剧情发展,彰显了影视风格,深化了主题,强化了影视的叙事节奏和抒情功能,展示歌曲的节奏美和韵律美,给观众提供了超出剧情之外广阔的联想空间。

再如电视系列晚会《共度好时光》主题曲《今夜不是梦》——

> 欢乐与共,
> 聚来了老友新朋;
> 天涯与共,
> 会来了南北西东。
> 歌正浓,笑也正浓,

心相通，情也相通，

啊，醉了荧屏，醉了星空，

今夜不是梦。

时光匆匆，

珍惜这短暂相逢；

年华匆匆，

留住这明媚笑容。

云无踪，风也无踪，

岁月无穷，爱也无穷，

啊，醉了荧屏，醉了星空，

今夜不是梦。

电视晚会的主题曲，属于"命题作文"，写什么，如何写，是由晚会的性质所决定的，歌词作为音乐构成晚会节目的主要元素，必须具备通俗易懂、情感真挚、易于传唱几个特点，张名河先生歌词中有大量此类的"命题作文"，他直接抒情的歌词正符合这种特定的氛围和要求。

当然还有很多歌词不是"命题作文"，也采取了直抒胸臆的抒情方式，如《心爱的人》——

不用问爱有多深，

不用问情有多真，

所有的艰辛都留给自己，

所有的欢乐都给了别人。

啊，爱人，心爱的人，

你用微笑擦去泪痕，
你用脚印诉说追寻。
你有一张月亮般的脸，
你有一颗金子般的心。

不用问话有多亲，
不用问梦有多真，
所有的牵挂都装在心里，
所有的温柔都融入眼神，
啊，爱人，心爱的人，
你用善良编织美丽，
你用勤劳支撑家门。
你有一张月亮般的脸，
你有一颗金子般的心。

  这类直接抒情的艺术手法，也与上文提到的关键词质朴有关，只有质朴才能在特定的氛围之下，敞开心扉，迸发情感，坦坦荡荡说出肺腑之言。这些歌词，酣畅淋漓，亲切自然，极具艺术感染力，引起人们强烈共鸣。这类歌词还有许多，诸如《爱的传说》《你最美丽》《咱们工人》等等。

  张名河先生认为，词作者的人格和情操，直接影响着歌词的抒情品格，"情"的好坏，是衡量一首歌词的首要标准。人世间有许多种情，如爱情、友情、亲情、实情、世情、人情、隐情等等。人间的情有多少，抒情的方式就有多少。他歌词中的抒情，抒发的是人间大爱真情，格调高雅，品位纯正。

  除了直接抒情，张名河先生的歌词艺术，还有诸多间接抒情，如借景抒情、借物抒情，因事缘情，民歌的比兴、象征等手法。如《深山的木屋》歌词——

深山里有一座古老的木屋，
它使我想起慈爱的祖母。

一生劳累，一生辛苦，
她从来不向别人倾诉；
满山的风雪，满山的霜露，
她总是自己默默肩负。

曲曲歌谣，滴滴汗珠，
养育我童年，带给我幸福；
闪闪的泪光，声声的嘱咐，
又含笑送我启程上路……

这首《深山的木屋》正是借景抒情、借物抒情，在我们眼前展现了一幅"雨里孤村雪里山"的质朴画面。歌词以古老的木屋暗喻慈爱的祖母，以风雪霜露暗喻祖母所承受的艰辛，词中的人世间的况味，令人感慨唏嘘，却又令人感奋，给人力量。国学大师王国维说："一切景语，皆为情语。"信然。

这首明白晓畅的歌词，抒情运用了象征的手法，使它具有某种抽象而深邃的哲理。托物咏志，言有尽而意无穷。

张名河笔下的歌词，可谓抒情皆有爱，俯仰皆是情。

《一个美丽的传说》有爱——

　　　　只要你把它爱在心中，
　　　　天长地久不会失落……

《二泉吟》有爱——

　　　　情悠悠，爱悠悠，
　　　　无语的泪花把光明寻求……

大型音乐电视故事片《泪海情山》主题曲《生命属于你》有爱——

　　　　隔山隔水身虽分离
　　　　我们心不离隔山隔水轻轻呼唤你
　　　　日出日落我在默默等待你
　　　　初相识爱在你怀中燃烧
　　　　久别后情在我歌中哭泣……

《爱的足迹》有爱——

　　　　相遇相识在风雨里
　　　　相聚相依在梦魂里
　　　　相伴相随在风雨里
　　　　相许相知在梦魂里
　　　　风雨中留下爱的记忆
　　　　梦魂中洒下爱的足迹……

《祖国之恋》有爱——

……

啊，我的每个脚印都是亲吻，

祖国，我就是这样深深地爱你……

啊，我的每次呼吸都是情话，

祖国，我就是这样深深地爱你……

这爱，是无私之爱，是人间大爱，爱祖国，爱人民，爱师长，爱亲人，爱朋友，爱故乡，爱深情的土地，爱一花一叶一草一木，爱鸽子，爱蝴蝶，爱小鸟，爱眼前和心中一切美好的事物，对任何事物都心存有爱意，乐意为其付出和奉献。大爱是一种处世哲学，也是一种生活智慧。大爱是中华民族的优良传统，是人不可或缺的优秀品质。大爱之心做事，感恩之心做人，正是张名河先生奉行的宗旨，也是他歌词中抒情艺术的精粹。

节奏

林语堂先生在《苏东坡传》中说："艺术上所有的问题都是节奏问题，不管是绘画，雕刻，音乐，只要是美的运动，每种艺术形式就有隐含的节奏。"

人们常说，节奏是音乐的骨骼，旋律是音乐的血肉，歌词是一首歌的灵魂。

其实，仅有节奏而没有旋律就可以成为音乐，比如打击乐中的架子鼓、军鼓、大鼓、腰鼓、渔鼓、排鼓、爵士鼓等等，可见音乐中的节奏比旋律更为重要。

《毛诗序》云:"诗者,志之所之也,在心为志,发言为诗。情动于中而形于言,言之不足故嗟叹之,嗟叹之不足故咏歌之,咏歌之不足,不知手之舞之,足之蹈之也。"意思是说,用语言还表达不尽就朗诵,朗诵还不够尽情表达,就放开喉咙来歌唱,歌唱仍感不满足,就手舞足蹈。换句话说,朗诵是诗歌语言的放大,歌唱是朗诵的放大。歌词,是能够谱曲传唱的诗,既然如此,那么节奏就显得尤为重要了。

一个词作家的作品是否成功,是否受欢迎,其中有一个标准,就是看他的作品谱曲率高不高,传唱范围广不广,而张名河先生的歌词,谱曲率之高和传唱范围之广是有目共睹、毋庸赘言的,曲作家看了他那些质朴真诚、起伏错落、抒情性和节奏感极强的歌词,脑海中会自然而然蹦出节奏和旋律来。

我们来看民族歌剧《绝代西施》的歌曲《这一眼》中的语言节奏。(战败的越国将美女西施献给吴王,一场新的战争开启。吴王见到西施的第一眼唱道。)——

这／一眼／忘却了／金戈铁马,
这／一眼／忘却了／岁月流沙,
这／一眼／忘却了／江山社稷,
这一眼／忘却了／所有牵挂。
你的／天姿,令我刀剑／瞬间融化,
你的／国色,让我威武／顷刻倒塌,
说什么／千般宠爱／万般荣华,
抵不过／你这／绝代冤家。
多少／征战／多少／讨伐,
才换取／今夜／挑灯观花,

任随它／身后／如何笑骂，
　　谁懂我／只要这／恩爱天下。

　　郭沫若先生指出，诗歌节奏的产生，根源于重复。《这一眼》的歌词中，我们看到"这一眼"不断地被重复，形成了歌词的鲜明节奏。这个词读起来朗朗上口，听起来悦耳动人，具有很强的音乐性，极便于作曲家谱曲。

　　我们再来看，张名河先生给电视连续剧《法门寺猜想》片尾曲写的《有缘来相会》歌词节奏——

　　天地／遥遥，佛境／为大，
　　云海／深深，佛门／为家，
　　春秋／冬夏，是慈悲的／情怀，
　　星光／月华，是万物的／牵挂，
　　啊，／佛在心中，情／无涯。

　　音乐中常见的手法就是对比，节奏对比、调式对比、调性对比、快慢对比、强弱对比、音色对比等等，种种对比中，首要的是节奏对比。音乐中永远都是节奏第一。从歌词《有缘来相会》的语言节奏来看，整首歌由情感推着走，时而舒缓，时而激越，时而紧凑，时而宽松，时而"大江东去"，时而"小桥流水"，非常便于作曲家塑造音乐形象。

　　总而言之，笔者认为，质朴——抒情——节奏，三者熔为一炉，构成了张名河先生歌词创作的主要特色，由于质朴而抒情，由于抒情而形成节奏，由于节奏而更显质朴，三者之间，你中有我，我中有你，成为不可分离的有机体，形成他音乐文学特有的奇光异彩。

词林秘境沿河走

黄　钰

有些人，总是会在不经意间出现在你的生命中，他像一股清流，曾悄悄淌过你身边，又像一片云彩，某一时飘在你的天空，轻轻地，就已不知不觉留下了痕迹。他并不知，甚至你也不自知。直到某一天你无意间回眸过去，幡然醒悟，他的出现，原来在自己成长的某一段路上有着非凡的意义。张名河先生，对我而言就是如此。

1994年，我刚好6岁，家里刚好换了彩电，这似乎是令人欣喜的。可是家里严格立有规矩，小孩子晚上必须8点上床睡觉，且非周末不可看电视。当时的电视节目相对稀缺，电视里又在播放1990年版的《封神榜》，每天晚上有两集，周一至周五播放。现在想想真是宿命的安排，因为这家规，我当时是一集《封神榜》都没能看过。每天晚8点刚过，熟悉的音乐响起来："花开花落，花开花落／悠悠岁月，长长的河／一个神话就是浪花一朵／一个神话就是泪珠一颗／聚散中有你／聚散中有我……"我躺在熄灯的房间里，只有房门缝忽明忽灭闪着蓝白的电视荧光，尽管父母调小了电视音量，可仍旧清晰地听到每一首曲子，每一个唱段。我不断地想象电视里的人物和情节，他们有什么样的关系，发生了什么样的故事和纠葛。我偷偷唱起歌，默念着对白，手舞足蹈地模拟着人物，幻想歌曲背后的每一幕。在我懵懂的童年里，这一墙之隔、一门之外的一首《神的传说》，充满奇妙和浪漫，那是我到不了的地方；它又像是一个上了锁的神秘的匣子，里面似乎有魔力、有珍宝，它闪着蓝白的荧光，让我好奇着迷却又是我得不到的东西；它可听可想，却不可见不可摸，让我心飘飘然而神往，让我每晚侧耳倾听，让我费尽想象、难以忘怀。

在我一年级的时候，有天放学早，我探头趴在二年级教室门后听音乐课。那天，刚好学生们学唱《我们美丽的祖国》。歌曲把我牢牢地吸引，不久，我也学会了这首歌。待我上到二年级老师教这首歌的时候，因为我早已学会并熟唱，心里有着莫名的优越感和得意。巧的是，那天老师为学校合唱队挑学生，要求同学们唱新学的《我们美丽的祖国》，我的急于表现和盲目自信让我扯着嗓子自豪大唱，以至于破嗓跑调惹得哄堂大笑。自然，我是不能进那合唱队了。建队日那天的舞台上，一群红领巾化着绛红的唇，点着朱红的额头痣，站在深红的幕布前，在鲜红的花簇中微笑。"什么地方四季常开鲜艳的花朵／我们的祖国美丽的祖国／亲爱的叔叔阿姨像蜜蜂一样辛勤劳动／花丛中为我们创造那甜蜜的生活……"歌声格外应景地从舞台飞出，飞在校园上空，飞到我的心头漾着。我踮起脚尖，再踮起脚尖，伸着脖子晃着脑袋使劲地往舞台方向瞅，眼睛穿过攒动的人头，看到熠熠闪光的舞台红艳艳的一片，心里满是向往和羡慕。内心觉得，能在台上唱这歌才是根正苗红的社会主义接班人，代表着荣誉和骄傲。这首《我们美丽的祖国》，陪伴了我整个童年校园时光，它出现在每个六一节、建队日文艺汇演和每个清晨的校园广播。我常常在没人的时候，一边唱着这首歌煞有介事地演练，一边幻想着我站在合唱队中的样子，那一定是台下的同学都踮着脚尖、伸着脖子看我，这会是多么好的光景啊。追忆起往昔，这事已然成为我童年的一个心结，这歌也总能打开我童年回忆的闸门，那里有小小的渴望，小小的心愿，小小的梦想。

我总觉得，自己与这两首歌有着隐隐的联系却又莫名地隔一扇门，像起雾的玻璃，让人百爪挠心，想拭去那层迷蒙看个清楚；更想拥有钥匙，打开它，踏入秘境探个究竟。这两首歌，激发了我对音乐世界的好奇心，给我对音乐的理解插上了想象的翅膀。尽管当时年纪很小，对歌的词曲没有任何概念，甚至也是在成年以后才知道两首歌曲的创作背后的高人。可是歌中朗朗的声律紧紧吸引着我，唤起我无限遐想。直到后来我无意间拿起笔写词，才渐渐地明白了这两首歌对我的冥冥指引，以及慢慢地了解到词背后的张名河先生。

一共也就见过张名河先生两次。大约2020年年末，我写了三首词交与了广西音协，于是他们通知我参加新年年初音协主办的词曲创作笔会，那是我第一次参加音协的活动，也是第一次见到张名河先生。头一天晚上，心怀惴惴打起了退堂鼓：如此一位居高声远、德高望重的词坛泰斗在，我这么个寂寂无名的业余人也去，太无地自容了，会不会被人笑话？感觉像要打开一扇未知的门，门后的人让我觉得紧张怯怯。爱人宽慰我说，正因如此，你才更需要去向他学习，才知道自己缺什么。

笔会上的初见，张名河先生与我想象中的高深莫测、不可向迩的形象大不一样。他穿着深色夹克，戴着棒球帽，看起来从容随和，像邻家长辈般可亲；一双眼睛里，灼灼的目光盛满了睿智和思考，又似有殷殷期盼；与大家论词说道，轻声委婉、娓娓无倦容，蔼然于涓涓细流；点评作品时字字珠玑、句句在理、循循善诱，偶尔引经据典，耐心且较真、严肃也严谨；遇新人新词，更是包容、肯定兼赞许、鼓励，亦没有我想象中的言辞犀利、吹毛求疵，反倒是诚恳又充满启迪，会让人有所感悟的同时又心头暖洋洋充满斗志。噢，原来是自己肚量小，对文人大师的刻板印象让我多虑了，之前的忐忑局促、防备担忧在先生的点评话语中慢慢地释然融化了。

过后，重新拜读张名河先生的作品。也许是因为见过一面，也可能是上过笔会一课得以聆听教诲，再走进先生的作品时心情和感受已然不同。以往读起会感叹一声：好！真妙！而今再读，总想在其作品中寻声律、窥意象、索心迹，甚至是偷学一招两式为己用。或者会想，这题材如果是我怎么写可好？又或者暗暗羡慕，这句子我可想不出来。更多的时候，读起来会沉浸在情境中，同时有种很亲切很熟悉的感觉，总能在脑海里浮现作品中所言、所绘、所歌的画面，接着像电影切换镜头似的浮现他思索的样子。正如许多音乐家和学者对张名河先生的评价一样，我在阅读中体会最深的是他的情思和文采，而这一切，都在一个"情"字上。

"诗缘情而绮靡"，好的诗词作品一定是因情而生的。张名河先生的作品，情融物，物寄情，情融景，景抒情。他柔情、豪情、深情、长情集一身且善于寄情、抒情，字里行间更是体现他的真性情。情并不易传递，情若描述不好，总会有虚情、矫情之嫌。可张名河先生词中处处见真情，让人动情亦共情。

说"柔情"。读《汝瓷赋》，"汝水一湾，锦绣两岸／谁家女儿河边站／倩影绰绰，眉宇灿灿／一缕淡香绕千年""恰似青衣拂袖过／雨过云破天""似玉非玉胜似玉／薄如蝉翼般"。词句精练隽永地呈现了汝瓷高雅素净、温润澄澈，清新绮丽中氤氲千年国韵的柔情，能让人小心翼翼地温柔地读，像手里捧着件汝瓷一般。读《妲己吟》的"星儿闪闪，好一双迷人的眼／月儿灿灿，好一张女儿的脸／金簪儿插在鬓边／银链儿挂在胸前／一身光华，一身曲线／专把那帝王的魂儿牵"。看似寥寥数语，却将这一远古传说中的人物叙述得形神兼备，每一句都是人物的灵魂融入和命运设定，妲己的万种风情和妖娆柔媚的形象跃然浮现。这两首词，颇似工笔画中所讲究的"尽其精微"，讲究通过"取神得形，以线立形，以形达意"取得神态和形体完美统一。词作精巧灵秀，用细节把神韵刻画到极致以立"形"，又以这栩栩的"形"把"意"也烘托了出来。读《江南梦》中的"云蒙蒙，雾蒙蒙／轻舟载我来寻梦／云里观山山色媚／雾里赏花花意浓／人到江南心已醉／不是梦，又是梦／烟蒙蒙，雨蒙蒙／轻舟载我入梦中／渔歌惊起百鸟飞／桨声唤来夕阳红／人到江南不忍归／情无穷，爱无穷"。从"寻梦"到"入梦"，如置身写意画中；游江南，"山色媚""花意浓""百鸟飞""夕阳红"，处处皆景；从"心已醉"到"不忍归"，这个柔美的"梦"从笔尖晕染出来，让人怦然心动、不愿醒来。文笔的灵动俊逸，炼字的精准巧妙，活色生香，越品越有味道。不管是像工笔还是写意，不管写物、写人还是写景，从"画意"到"诗情"，都可感受到他的目光所至，他的笔下流情。如果一个人不是内心深处百般地细腻和柔情，又怎能写出这些含情的词句让人共情？

说"豪情"。读《一代巨星》，"刀剑有情无情／砍倒一个大明，砍出一个大清／铁骑有情无情／踏碎一个黄昏，踏醒一个黎明／啊，刀剑里呼啸你的笑声／铁骑上闪现你的身影／一代风流，一代巨星／白山黑水与你携手并行／烽火有情无情／烧掉一个腐朽，烧出一个昌盛／血泪有情无情／染红几番落日，染白几回月升／啊，烽火里响彻你的号令／血泪中磨亮你的人生／一代风流，一代巨星／历史传说与你结伴同行"。短短几十行的大笔挥洒，雄视千古，目光如炬。古有云，"意翻空而易奇，言征实而难巧"。也就是说，提笔千言却不知从何处写起，多少人希望自己文思泉涌、下笔神助，可又多少人是"吟安一个字，捻断数茎须""两句三年得，一吟双泪流"。可见从"意"的思考到"言"的表达是咫尺千里，更何况是对一个历史人物的一生的评价，尤其还要以诗词的载体呈现，这是难上加难。然而，这个作品的行云流水、豪情万丈，让人视通万里，思接千载。他用"刀剑""铁骑""烽火""血泪"把战争准确概括，犹见金戈铁马、旌旗蔽日，字里行间雄浑激昂；又以"砍倒""砍出""踏碎""踏醒""烧掉""烧出""染红""染白"四组动词高度凝练出一个历史人物的功过是非，人物在笔下有了生命，骁勇善战、所向披靡的饱满形象树立了起来，撼人心魄。整首作品豪迈豁达，充满了阳刚之气。再谈《国韵流芳》，"廊桥弯弯，碧波荡漾／问红妆，何处纸墨香／蓬溪竹翠，窗外枇杷黄／醉人处，莲风国韵流芳"，好一首言辞雅赡的作品！读到此处，脑海尽是客家的婉丽柔美，至情至性，想着便是一直柔下去吧，也让人感觉光景流连、心情旖旎。可这时笔锋一转，"聚友岂止南来北往／古今通，情共长／一壶烈酒，醉了豪放／书也狂，画也狂，人也狂"！突然气象一变，由阖而大开，流露出一股恣意和豪情，让含蓄的情感奔放了起来，读者也跟着亢奋。突然想起毛泽东在论词的婉约与豪放时所言："词有婉约、豪放两派，各有兴会，应当兼读……婉约派中的一味儿女情长，豪放派中一味铜琶铁板，读久了，都令人厌倦的。"正因有此辩证的态度，毛泽东的词"偏于豪放，不废婉约"。再回到张名河先生的这首《国韵流芳》，这思路竟有些异曲同工之处，柔性的基调在，但一把豪情快意将感情升华，情理之中又意料之外，让人酣畅，让人回味，更让人动情。如此一来，柔情、豪情两相宜，各得其所，相得益彰。我想，大概这算是张名河先生"偏于柔情，不废豪情"的体现吧。

"刚柔虽殊，必随时而适用"，想来张名河先生定是深谙此道，读其作品，发现这样的情感表达比比皆是。在他的笔下，有"雨正飘飘，风正潇潇／天荒地老人年少／千里断肠，关山古道／一曲琵琶惊飞鸟"的大漠苍凉悲怆的境象，也有"花桥碧水弯／江堤柳丝长／微风轻吻荷塘／醉我江南水乡……香喷喷的日子／粉嘟嘟的船娘／仿佛幽梦弥漫唐宋清香／染你一身芬芳"的江南妩媚可人的情调；有"铁肩担社稷／百姓放心中／纵横天下／谁敢与我争锋"的钢铁意志，也有"你心倚窗口，我灯照西楼／碧海绵绵痛离愁／你泪湿长袖，我风卷垂柳／常问乡音何处有"的缱绻情愁；有"梦绕金色巨轮／魂牵银色港湾／海关钟鸣繁华／花绽四季画卷……多少星光在这里无眠／多少憧憬在这里梦圆／新时代的涛声汇成交响／浩瀚的大海更加浩瀚"的壮阔高远，也有"白云飞去，远远地飞去／只留下这个无名湖／向着平静的湖面／你投下一颗石子／我的心就像湖波轻轻荡漾"的细腻低回。

对"深情"与"长情"而言，张名河先生情之深、情之长，有情的浓度和情的高度，有浓郁的爱国的情怀，亦有"已识乾坤大，犹怜草木青"的胸怀。且看，他写一种生活，生活充满热情，民族充满希望："金丝丝来银线线／织幅壮锦接天边／壮家在那画里住／好山好水好家园／茶浓浓来酒暖暖／山歌声声醉千年／壮家日子唱着过／不做神仙做歌仙"。他写一方热土，热土便有了温度，有了憧憬："壮锦织日月／铜鼓传佳话／风生水起北部湾／观潮扬帆揽朝霞／尼的呀，尼的呀／最美是那绿城的花，香飘飘迎来了满天下"。他写一片家园，家园住满了温馨，充满了浪漫："绿城四季飞花雨／天天都有春消息……牵手绿荫下／落花香了满身衣／漫步青草地／错把冬季当春季"。他写一段历史，这历史让人沉思感慨，让人铭记感恩："一曲高歌英雄谱／江山如画映日出／红军路，湘江渡／一草一木香如故"。他写一个时代，时代气息浪潮奔涌："水转那山外山／云转那天外天／人盼日子好上好／一年胜一年"。他写一名楷模，温暖形象鲜活浮现："满山花，满山果／我看到了你／孩子笑，老人笑／我看到了你／每一次破难关／你都那么坚毅／每一次遇艰险／你都从不畏惧／东家的情，西家的理／你都印在心底／日恋青山，夜恋绿水／唯独忘了你的花季"。他写一位祖母，思念之情感同身受，心疼心酸油然而起："满山的风雪／满山的霜露／她总是自己默默肩负……闪闪的泪光／声声的嘱咐／又含笑送我启程上路"。他写小孩子，俏皮可爱，童心闪耀的同时还蕴含智慧："小浪花，一朵朵／浪花能结什么果／唱着歌儿进电站／又发电来又送热／小朋友，都来看／浪花结出电灯一颗颗"。是大是小，是远是近，是古是今，是悲是喜，他的心里仿佛装了整个世界，是日月纵横的气度，也是怜惜草木的风度。这样的仰观与俯察，在张名河先生的真性情里，有对家国民族的深情和爱，有对自然万物的痴迷欢喜，有反哺知恩的高度自觉，有保持童心的纯真好奇。古有云，"有第一等襟抱，第一等学识，斯有第一等真诗"，他为家国抒写，为民族抒情，为人民抒怀，作品中向上向善向美的巨大张力和藏不住的学识，鼓舞着、感染着人。难怪塑造经典似乎于他而言非难事，那是因为他的作品里词意宇量深广，情真意也切，经得起推敲、耐得住细品，常读常新，越读越好。

恰如刘勰在《文心雕龙》中所言，"铅黛所以饰容，而倩盼生于淑姿；文采所以饰言，而辩丽本于情性"，也就是即便褪去了文辞文采的外衣，依旧可以清楚看到他的一颗玲珑真实的初心、温润如玉的本质和性情。对生命敬畏，对生活热爱，于是乎，他真正地为情造文，而非为文造情。也正是作品中有这些柔情豪情、深情长情，才使得张名河先生更加地真实，更加地可亲可敬。

小时候，"听"先生的词，那是一个一心向往的、到不了的秘境；后来长大了读先生的词，那是一个要用我一生的修为追求和奋斗也未必能到达的文学领域和精神世界。但是我在努力，在追随，即便不到，也希望这差距可以变得短些、近些。

读过很多学者对张名河先生的评论，其中，"这条河，煊赫浪腾，激情奔涌。音符与旋律在指尖流动，笔墨在纸上飞扬"。我想，他的儒者之风，他的智慧博爱，他的诱掖后进，他作品的美学涵养、艺术价值，人品与作品汇聚成一条河。他不仅仅奔腾在中国音乐文学艺术的大地上，对我而言，更是流向了我的内心深处。这让我时常想起笔会上他的目光和言语，那些殷殷的期盼和毫无保留的肺腑之言像涓涓的河水，浇灌着词林的树，更是浇开了初涉词坛的小花。

也许，早在6岁的那一年，就注定了我会遇到这条河。他的身影越来越清晰，他身后的这片森林秘境，充满了魅力，也异常美丽。如果这真的是一片词林秘境，且如果有一天在词林里迷失了方向，我笃定，沿着河走，总能找到视野开阔的出路；即便是走了弯路，有河在，方向也定不会错。

2021年11月3日于南宁

词语蕴藏的空间信息
——试读名河师

金 彪

张名河老师一代词家,已是公论!按理不是我一个后生晚辈评点置喙的。我是一个曲作者,诗词的殿堂,心虽向往之,但终究未入其门,词界如此高端的研讨交流活动,这大刀我是无论如何也不敢耍的!张名河老师一直是我尊敬的师长,学习的榜样。值此契机,我就从一个曲作者的角度谈点感想,权作小文《词语蕴藏的空间信息》,以示敬意。

先说一个故事。在山清水秀的广西仫佬山乡,一个年轻人处在人生的十字路口,父亲希望年轻人能走仕途,混个一官半职,而少年的心思却是山外的世界、文学的殿堂。年轻人和父亲陷入冷战,谁也说服不了谁。这或许是这个年轻人人生路上第一次重要的抉择,"愁滋味"笼罩在那个普通家庭的普通的父子之间。恰逢彼时电视里正播放电视连续剧《封神榜》,当年轻人听到片尾曲里唱到"愿生命化作那朵莲花,功名利禄全抛下"时,非常震撼,仿佛有一束光直击年轻人的心灵。他毅然选择山外的世界、文学的殿堂,走向虽未知却更高远的天地。这是一个真实励志的故事,故事中的年轻人便是后来的广西知名作家,现在的广西音协常务副主席何述强先生，而这首改变了他命运的主题歌的歌词作者，大家都知道，正是我们熟知的名河师。

名河师是诗人出身，在他写出那首唱响大江南北的《一个美丽的传说》之前就已经出版了《爱的沙器》《琴弦上的岁月》两部诗集，以及包括长诗和组诗在内的诗歌近三百首了。即使没有名河师后来的词坛独步，仅仅作为一个诗人，也能算著作等身了吧。但我们知道，名河师天命终究是要成为一代词家的。

尽管名河师在从诗歌向词界出发的时候，他心里甚至还不安于歌词这一文体"在别的艺术门类面前感到惶恐和自卑"。我不知道名河师何以"惶恐和自卑"，我把它理解为名河师的一种谦逊抑或是对文字的敬畏！诗歌和歌词孰优孰劣，孰高孰贵，未必要分出个伯仲高低来。两种文学形式其在本质上是一致的，本质是美，核心是情。《诗经》、唐诗、宋词当初写出来时都是能吟能唱的，只是因为记谱的原因，旋律大多散佚。这样说来，《诗经》、唐诗、宋词是不是应该归类于现在的音乐文学的范畴？

窃以为，歌词从某种程度上讲比诗歌更难写。诗歌可以天马行空、汪洋恣肆，而歌词往往受篇幅和体量的约束，却要戴着镣铐跳舞。诗有诗眼，词有词眼，如何出眼也是诗歌和歌词作者最见功力的地方。就像小说家笔下塑造的鲜活的深入人心的人物形象，比如莎士比亚之于哈姆雷特，曹雪芹之于宝黛，鲁迅之于阿Q一样，诗歌和歌词赖以名世的莫过于那些锦句、警句了。上世纪八十年代前后所谓诗歌黄金时期的海子的"面朝大海，春暖花开"，顾城的"黑夜给了我黑色的眼睛，我却用它寻找光明"，北岛的"卑鄙是卑鄙者的通行证，高尚是高尚者的墓志铭"。而在名河师的歌词中，这样的词眼却并不鲜见，如"精美的石头会唱歌"（《一个美丽的传说》），"太湖的水，是你人生一杯壮行的酒；二泉的月，是你命中一曲不沉的舟"(《二泉吟》),更有前文提到的改变一个年轻人前途命运的"愿生命化作那朵莲花,功名利禄全抛下"(《独占潇洒》)。一首歌词能影响一个人人生的抉择,并赋予其前行的力量,是何等的难能可贵!这正是名河师歌词给予听者的力量信息,给人启迪,发人深省,达到"文以化人"的终极使命。

一首成功的歌曲,词、曲、编、唱、欣赏缺一不可。当然词曲是最重要的。有人把词曲的关系比成夫妻,词是爹,曲是妈,作品是孩子。虽不严肃,却也贴切,不失为一种生活化的表述。所以夫妻要举案齐眉、相敬如宾。名河师在夫妻关系上就处理得非常好!我们来看看这首词:

白娘子

因为有爱便有这痛/修行千年依旧未懂/是前世相约还是有缘相逢/今生注定了与众不同/是你给我真情千丈/我才有这柔情万种/是你给我真心感动/我才有这泪眼蒙眬/是你一句爱我永远/让我断肠盟誓与共/是你两行君子清泪/让我不顾生死相从/啊,日匆匆,月匆匆/哪怕生命散在风中/啊,苦重重,伤重重/只为给你开心笑容

这是名河师写神话故事人物的一首词,神话故事的歌词大都流于宣叙,以致情感滞涩,有乖灵动。但名河师的这首《白娘子》却一改本来,另辟蹊径,通篇没有简单故事的叙述,但又都是经故事提炼出来的充满哲思、感情真挚的词句,且具有很强烈的音乐性。我们曲作者写歌有个最基本的做法就是问歌词要旋律。所以曲作者拿到一首词通常会反复朗读,以寻找歌词的可歌唱性和节奏韵律。

名河师有着深厚的古诗词的底蕴，对韵脚平仄的把握已是驾轻就熟。《白娘子》押中东辙，一韵到底，一气呵成，歌词的内在歌唱性蕴含其中。《白娘子》三段体结构，第一段四句以设问见收，第二段是四句"是你……我才""是你……让我"的因果句式，第三段副歌部分，长短句的结合，整首词语言的节奏张弛有度，节奏韵律呼之欲出。这是名河师歌词给予曲作者的旋律信息。作为曲作者应该感谢名河师这样的词家，他的词可以说自带旋律，让曲作者身心愉悦，激起极大的创作欲。然要写出自带旋律的歌词谈何容易，何其难哉！没有名河师深厚的古诗词底蕴和炉火纯青的技能技巧是断无可能的。

　　留白是书画艺术创作中常见的一种手法，为使整个作品画面、章法更为协调精美而有意留下相应的空白，为欣赏者留下想象的空间。艺术是相通的，具体到歌词创作中，也就是歌词不要写得太满，要给作曲留下空间。一些行业歌曲或者宣传歌曲，词作者恨不得把家里有多少锅碗瓢盆都写进去，一首歌词好几百字，愣把一首歌词写成了一篇说明文。这样的词作者肯定不是好"爹"啊！我们还是来看名河师的这首词：

就像女儿十七八

　　青藤上四季都结瓜／绿枝上月月都开花／甩一把汗珠子都结果／插一根筷子都发芽／神话里缝了件百鸟衣／壮锦里织的是七彩霞／丢一支山歌在月下／接一个绣球就带走她／尼的呀 尼的呀／碧水蓝天当彩礼／青山翠岭作陪嫁／要问这地方有多美／就像那深闺女儿十七八／谁能不爱她

这是名河师写广西的一首词，两段体，通篇一百多字。意境优美，清秀隽永。疏能走马，密不透风，真可谓"增一分太多，减一分太少"。汗珠子如何能结果？筷子如何能发芽？名河师用其非凡的夸张的浪漫主义的艺术手法把他对广西这个美丽神奇的地方的喜爱之情淋漓尽致地展现了出来。主歌叙述段几乎没有形容词，而是大量使用"甩""插""丢""接"这样非常具有画面感的动词，把广西的自然、人文、风情写到了极致。如此，那个"养在深闺"的十七八岁的窈窕女儿是不是已经栩栩如生地站在你面前了，怎不让人心生怜爱？！名河师当然不会落入写这一类歌词的俗套，他拒绝堆砌意象，雨天背稻草——越背越重，只"尼的呀"三个字就把"广西""壮族"这些关键词的地域性民族性特征交代了清楚。名河师充分运用语言的内涵，而把外延以弦外之音的形式留给了曲作者，给了曲作者足够的发挥空间。这正是名河师歌词给予曲作者的空间信息。

古人把艺术作品分为逸、神、妙、能四品。名河师的众多歌词作品，神逸卓然。更为重要的是名河师把自己活成了一件卓尔不凡的"逸品"。

名河师与我既未曾同事，也未曾上下所属，但我们却是音乐人生中的同仁、同好。音乐界也不兴曲艺界那样的拜师，我们的师生之谊也只是夫子口中的"三人之行"，我们的相处交往轻松且愉悦，纯粹而温情。足矣！幸哉！

小文《词语蕴藏的空间信息》不是严格意义上的学术评论文章，且算是我作为一名曲作者和诗词爱好者研读名河师作品的学习心得吧，权作我在张名河老师音乐作品研讨会上的发言。

时代精神与流行元素
——张名河歌词创作评鉴及启示

彭 洋

社会文化有两种基本的形态，一类是精英文化，一类是流行文化。我们常有的观念是，精英文化代表了主流的时代精神和发展动力；而流行文化则是非主流的，尽管它的受众和参众群体和人数是最大的。在此，我不想深究这两个概念以及它们的关系，但当我们回到歌曲创作的背景和领域的时候，回到张名河的歌词创作成果的时候，我们会走到这两个概念前面，同时需要回答时代精神与流行方面的问题。处理好这两者的关系，应该说也正是张名河歌词创作之所以成功的经验所在。

张名河的歌词创作起步很早，至今已达50年之久。按说，文革时期几近板结凝固的创作遗风给他这一代歌者留下的不良影响和制约还是比较大的。但这一点，在张名河身上体现得并不明显。看得出的是，他属于较早抖落旧尘土轻装上阵的词作家。所以，改革开放伊始的80年代，当港台流行歌潮水般地涌进大陆歌坛，人们习惯的进行曲被庸常生活与凡人爱情的咏叹调所替代，说实在的，中国大陆的歌词作家们的笔头几乎一下子被凝固住了。在卡拉OK

乐坛的歌榜上，我们真是很难找到大陆歌曲作家的身影。张名河正是在这个时候闪现在人们眼前的。他的一首《一个美丽的传说》，以通俗但深刻的哲理意蕴和高亢华丽的旋律征服了大家。可以说，如果没有他的这首歌，《木鱼石的传说》的主题诠释将达不到真正的深刻。这首歌像一扇被打开的天窗一样，让人们从尘封的历史中找到了一种信念，而这种信念对应了千百大众每个人心底的渴望。改革开放初期，这正是时代精神中的主旋律。"有一个美丽的传说／精美的石头会唱歌／它能给勇敢者以智慧／也能给善良者以欢乐／只要你懂得它的珍贵／山高路远也会获得"。歌词看似简单，也容易听得明白，但非常有哲理。它唱出的是当时时代向人们展露的一种憧憬，改革开放刚刚开始，大梦初醒的时代和人民走进新时代，开始了百年梦想的新的征程。张名河的这句歌词，几乎成为那个时代的一句非常经典的成语式的代言。当然，著名的作曲家吕远和程恺所谱的曲，也给歌词插上了一双飞翔的翅膀。词曲俱佳，完美融合。在流行的元素里，这首歌以高亢的时代激情和励志的风格，赢得了大众。

张名河的歌词创作，也由此渐入佳境，进入了一个"井喷"式佳作不断的创作阶段。数十年，数百首，其创作领域广阔、成果十分丰硕，他也成了国内最具声誉的歌词作家。在20世纪80年代中叶一个流行时代刚刚开始、港台明星连同歌曲潮水般漫淹了整个歌坛的情境下，他这一席之地，弥足珍贵。

20世纪末，我国电视的复兴和迭代性的进步和繁荣，把张名河的歌词创作带进了一个销量巨大供不应求的创作市场，这一需求极大地拉动和影响了他创作的数量和走向。"影视之音""荧屏歌韵""山水溢彩""岁月留芳""童心飞花"，大量的作品让人目不暇接。但从中也可以看出，这一时期，他的创作也出现了两种情形。其一是如电视剧《封神榜》和《杨乃武与小白菜》系列插曲中的"且记住当初那番誓言／且忘掉眼前这般仇冤／说什么有缘无缘／既曾是相爱／短暂也是久远"（《既曾相爱》）；"爱乌纱／反遭乌纱骗／费尽心思／藏起一个冤／忘了是非能辨／忘了欠债要还／一阵风／吹落头上的冠／啊／像落叶一片片／遍地都是乌纱怨"（《乌纱怨》）；"小小琵琶怀中抱／高堂满座乐逍遥／歌女心中黄连苦／手拨琴弦佯作笑／人间冷暖谁知晓"（《人间冷暖谁知晓》）；"来也飘然，去也飘然／何需叹，山路长，水路远／崎岖坎坷如履阳关道／笑对艰难无艰难／啊／他日若寻我／篱下问桑田"（《来去飘然》）。这几首歌，以古鉴今，分别写爱写恨写怨也写了一种超然于世的理想情怀，典型地应和了那个拨乱反正时代非常容易引起人们共鸣的伤感与叹惋。这一路，依托影视剧情进行广度和深度的文化挖掘，有着浓重的批判现实主义、直视社会人生复杂意蕴的主题倾向。就当时来说，这是对路的，也是时尚的。也因此，它具备了当时流行的基本元素。

相比起这一路子的作品，他的"山水溢彩""岁月留芳"和"童心飞花"相对就显得薄弱了。它们薄弱于过于直白的溢美表达和略显陈旧浅显的意绪，也就是缺乏了那种刻骨感和震撼感，没能高出时代认识水准的水平线上。尽管流行文化有流俗甚至表面媚俗的可能局限，但它根子里的时代精神和硬度才是它之所以能流行的原因所在。

上世纪末和这个世纪初，世界性的流行文化像潮水一般扑面而来，电视机在家庭的普及，使我国电视剧生产一下跃上了在数量上位居世界首位的台阶。巨大的需求也把张名河的创作推进了一个

"井喷"时期。他先后为几十部电视剧创作了70多首插曲歌歌词。其中,吕远、程恺作曲,蒋大为、阎维文演唱的《一个美丽的传说》,吕远、程恺作曲,彭丽媛演唱的《木鱼石的传说》插曲《一曲琵琶送君行》,以及他为《封神榜》和《杨乃武与小白菜》等创作的歌词,由于当时我国最著名的一批作曲家的谱曲,以及一大批红极数十年的著名大歌星的演唱,天时地利人和,把张名河推上了这个领域的时代最高舞台和流行文化主流的洪流中。这种声誉和荣耀,不仅在广西,在全国也是不可多见的。

看得出,把握时代精神、挖掘地域民族生活题材、不停地在其中寻找流行元素,成为之后20余年张名河歌词创作的主体意识和实战经验。他的一大批作品,可列出满满的一张耀眼的清单。他藏在歌唱家身后,成就了一批歌星。流行,流行,时代精神太需要流行文化力量的推动而让自身成为流行。一首歌写得再好而不能流行,就不是一首好歌。但流行只是靠歌唱吗?也不是。

在寻找流行元素方面,美国的流行文化制造商们可谓是心机用尽。这一点,非常值得我们寻味。2002年情人节那天,美国当时拥有全球140多个国家近10亿听众的音乐电视台向全世界追逐时尚的年轻人发出了"请听"的呼唤,但它的用意并不在那一组软绵绵的新歌,而是请了时任海湾战争统帅的美国国务卿鲍威尔将军做客直播间,由他来回答现场听众的任何提问。结果可想而知,火爆非常。那天情人的歌声与战火及奇异到关于罗马教皇在艾滋病流行时代禁止使用安全套之类的问题遥相呼应,流行的元素被放大到极致的边界。

我们能有这种更开阔的思路吗?

当然,值得玩味寻思的是,《一个美丽的传说》之后,他的作品尽管很多也挺好，为其谱曲的名家和为其歌唱的名家成行如流，但再也没有能超越他自己在上世纪80年代中期所创造的艺术高峰。流行的元素有形也无形，理性也任性，这就是一种挑战。这种挑战首先是针对词作家的。那个时期的港台歌曲之所以流行，是因为在时代背景上应和了当时刚刚打开国门，海外各种思潮和信息鱼龙混杂沙泥俱下地一拥而入，人生观、世界观、价值观三观大碰撞的社会现实。在其流行的元素里，时代精神显然是占主要因素的。张名河后来的创作，大多还保持在对阳光照耀下的一种美好而柔软的解读里，而比较缺乏对更为复杂的社会心理的观照和揭示，也就是我们常说的是新诗或者歌词里的那种硬度，像他的《一个美丽的传说》中的那种硬度。如果他在为电视剧《封神榜》的插曲中的创作思路延续下来，又能在题材方面更具创意的话，他的成就会更高。

应该说，张名河为电视连续剧《封神榜》插曲所创作的系列歌词，也是他整个歌词创作在最好时期最成功的一个系列。此时的他，已把笔触碰到那个时期容易被视为禁区的神学境界。《封神演义》是我国古代志怪小说的一部经典，从其叙述的故事来看，它非常通俗而生动，但恰恰又是最难读懂读通的一部以象征手法反映社会现实的恢宏之作。张名河的配词，第一道难关不是一般的抒情而是破译天机。而破译天机谈何容易！

　　看生死面前怎分真假／酸甜苦辣都吞下／让星月仰慕神的金榜／我辈只求四海漂流为家／丢掉无聊的怨愤／丢掉不堪的笑骂／用情爱塑一个／神魔大厦
　　愿生命化作那朵莲花
　　让百世传颂神的逍遥

这些金句，在乐曲的推动下，可说是沁人心脾。

而在《妲己吟》中他对这一邪女内心的破译，那种描绘和提示更是入木三分：

星儿闪闪／好一双迷人的眼……／金簪儿插在鬓边／银链儿挂在胸前……／专把那帝王的魂儿牵／喜众神相杀／盼众生相残／恨的是情满人间

张名河摒弃了歌词创作中容易出现的肤浅的歌颂、赞颂、颂扬，从一般插曲抒情，扩展到分析、剖析、反讽、批判的抒情，多侧面并深刻地烘托了剧情，为完成剧中人物形象的塑造加上了浓重的一笔，多侧面地并深刻地反映社会现实。

这组歌的流行元素也是较强的，嬉笑怒骂之歌，特色流行元素，如人们喜欢唱京剧《沙家浜》中的《智斗》一场的那场对歌。

尽管流行文化推动了张名河的整个创作，但实际上作为诗人、歌词作家和戏剧作家的张名河并不随波逐流更没有融入这种时尚的潮流。从他系列的作品中就可以看出，比他同时代的同领域的作家，他更接近流行的时代，但他整体地也没走出三四十年代那一代人的艺术局限和风格。文学艺术的向内转，更全面更深入更复杂地观照自我的内心体验，更全面更深入更复杂地抒发自我的内心感受，对于张名河那一代是困难的。因为，这一代的艺术家更注重的是公共精神，注重的是公共的话语习俗；而整个社会的成熟程度也限制了这一代艺术家艺术的成熟和进步度。从他体量相对少得多的诗歌作品中我们就可以看出，他新诗创作的程度直接影响了他歌词创作可能达到的平均高度。张名河是一个优秀的歌词作家，但却不是一个优秀的诗人，这个缺陷，成为一种逻辑性的限制，限制了张名河的艺术上的深刻度。因为不能否定的是，在流行文化元素里，时代精神的主流从未缺席而且是一直在场，只是它更为隐蔽更为含蓄，流行直白的是自我，而非流行直白的是缺乏自我实践经验和情感体验的空泛的概念。所以表面看来，放大的自我容易引起共鸣，但内在的基本依据是，它一定有普世的情感元素。是国情、民情、乡情现实的一种现实主义的反映。

值得注意的是，当前歌坛，一种新古典主义和现实主义的歌词创作潮流，逐步取代了平庸的颂诗，极大地提亮了当下歌坛和影视插曲领域的精神气质，其流行的元素特质也愈发浓重。我相信，这种时代精神的亮色，作为一个过来人的张名河老师一定是倍感欣慰的。

中国的流行文化并非西方流行文化的复制，而是在全面改革开放、整个中国经济文化社会快速发展、整体国力极大增强并迅速成为世界第二大的经济体的背景下发展起来的。也就是说，与中国特色社会主义的时代精神有着深刻的因果关系。其政治信仰、国家利益、民族情感、历史记忆所凝聚起来的爱国主义精神和中国特色社会主义的人生观、世界观、价值观，无不浸润其中。一首歌，只有深刻地反映了这种精神和情感，只有充分地承载了这些元素，才可能在中国大地上流行。这是不容置疑的事实和经验，也是张名河的歌词创作给我们最好的经验和最有价值的启示。

高唱经典,前进在新时代
——张名河词作家创作评论

裴 龙

悠久的民族历史,繁盛的民间文化为张名河的音乐歌词作品创作注入了深厚的文化底蕴,当我们梳理张名河词作家音乐歌词作品的时候,会发现各民族远古时期的历史遗迹、各民族民间文明的起源发展、各文人墨客的光辉足迹、各红色革命传统的历史烙印以及现代化建设中的创新创意,这些都在他华丽的歌词与优美的旋律中表现出来,呈现着山歌相对、渔歌互答的乡愁。

一、张名河词作家作品类型

理解音乐相关的人类行为,最显而易见的资料来源之一就是当地民族音乐的歌词。歌词当然不是音乐的声音,而是语言行为,但它是音乐整体的一部分,而且有明确的证据表明,音乐中使用的语言不同于日常谈话的语言。南宋张炎在《词源》中说:"词要清空,不要质实;清空则古雅峭拔,质实则凝涩晦昧。"而张名河认为:"歌词不是无情物,歌词不排斥叙事,但不重叙事;歌词不排斥说理，但不重说理。歌词是一门不重事理情怀的艺术，歌词必须是抒情的。"我们权且按照红色音乐、民族风情、影视作品以及广为传唱四个系列来评论。

（一）红色音乐系列歌词作品类型

红色音乐作品一直以来都是音乐创作人在作品创作过程中使用频率较高的音乐风格类型。红色音乐不一定只是存在于血雨腥风时代烈士们的红色，在现实生活当中，百姓爱党爱国爱家的家国情怀也是红色音乐的一部分。如大型交响合唱《湘江之战》《连心歌》《家乡》《不朽的黄河》《江南水乡》《鲜花映彩虹》等，这些画面感强、色彩感艳的歌词描绘都体现了张名河词作家对家乡的热爱、对祖国大好河山的赞颂，以及对革命烈士的崇敬之情。

（二）民族风情系列歌词作品类型

张名河音乐歌词创作不仅注重历史与现实的观照，也注重思想性与艺术性的高度统一。他重视田野调查，深知民间艺术生存的土壤就在乡间，他从乡村民间田野中去寻找灵感和创意，如同他心中的那一抹乡愁。莫言先生到淄博淄川参观蒲松龄故居的时候说过："外来的影响类似于化肥于植物，而民族的民间的影响则如同根之于土壤。"如《壮族诗情》《广西尼的呀》《山歌好比春江水》《共建家园》《茉莉花》《江南水乡》等，这些歌曲中有家乡的小桥流水，也有城市文化高楼大厦的融合。

（三）影视系列歌词作品类型

张名河词作家对影视类型所写的作品也有很多，如《木鱼石的传说》《封神榜》《杨乃武与小白菜》《天梦》《汉宫飞燕》《法门寺猜想》《海外遗恨》《大唐游侠传》《小巷幽兰》《新岸》《贺兰雪》《天梦》等的插曲。他对影视作品的创作称为"戴着镣铐跳舞",在思想特征上按照他自己的话来说,就是要在概况生活、提炼生活、浓缩剧情、深化主题上下功夫。按照歌词特有的艺术规律展现自己的艺术理想和创作才能。要做到能在一些看似绝境之处,寻求到艺术表现的生机;更是要在最不自由的状态下,获得倾吐内心情愫的自由。

(四)广为传唱系列歌词作品类型

他喜欢从民间艺术生存的土壤中寻找出如有诗意般色彩的音乐歌词,去表现生活中富有哲理光华的思想火花。在心中有着艺术作品要来自人民,又要回到人民生活中去的创作思维。如《二泉吟》《一个美丽的传说》《我们美丽的祖国》《阳光下的孩子》《美丽的心情》《奇缘》《不朽的黄河》《千古情》《神的传说》《海葬》《情系大海》《昭君出塞》《爱在这方》《如果世界是一个家》《舞台天地》等作品。在《一个美丽的传说》中"精美的石头会唱歌,它能给勇敢者以智慧,也能给善良者以欢乐;它能给懦弱者以坚强,也能给勤奋者以收获"。这些歌词就是词作者对生活的感悟,闪耀着耀眼的智慧。这首歌曲在当代大学生中广为传唱,也给当代年轻人对生活的追求与热爱起着积极的指引意义,产生出强大的艺术生命力。

二、张名河词作家作品的思潮

张名河音乐歌词创作引领着歌词界的时尚与潮流。他的主要作品有诗集、歌词集、歌曲集、译词歌曲集、文集等,不仅在歌词的创作上"衍生"了大量的音乐作品，也在词坛上为友人书写了精彩纷呈的序言。

他的歌词艺术在词坛上有着广泛而深远的影响，感染着年轻一代的音乐词作者。如《一个美丽的传说》，多次获得全国各类音乐作品大奖：中宣部"五个一工程"奖、中国音协金钟奖、央视音乐电视片作品金奖、央视唯一最佳作词单项奖、全国影视歌曲一等奖等。另外，由于在词坛有着较为深厚的影响力，1994年应美国有关文化部门的邀请，代表中国赴芝加哥参加当年度国际诗歌大赛并担任评委；1996年，在《音乐生活》杂志社等多家部门联合举办的评选活动中，被评为全国十大词作家之一；2019年，上海线装书局出版社出版的《当代词品十七家》，将其作为一家列入；歌曲《我们美丽的祖国》等十二首作品被选入国家高等专业艺术院校教材或中小学音乐课本；音乐剧《二泉吟》被北京有关部门评选为世界百部经典戏剧作品之一。

歌词是音乐作品的重要组成部分。茵加尔登结论道：音乐作品作为一种非实在对象，事实上与我们生活于其中的实在世界并无重要联系……音乐作品在实在世界中不存在它的"等价物"。没有一种艺术作品能像音乐那样"构成一个独立的、以如此完善的方式与外界隔绝的整体"。张名河词作家对歌词艺术规律的不懈守护以及直言不讳的表述风格形成了他与众不同的词作思潮。我的这篇短文，不可能对他写于不同时期、评述不同内容、篇幅有长有短的音乐歌词和部分序言做全方位观照。我只是想说，这些文字都是他生性与学养的自然表露，他就是这样一个豁达率真、极富幽默感的"性情中人"。所以从他笔下流出来的文字，不论是序言部分，还是《二泉吟》《不朽的辽河》《海葬》中那些直抒胸怀的文字，落笔就生动形象，庄严而悲壮，有棱角也有锋芒。正如何以教授所说：

"对历史的高度涵盖，对时空的超强浓缩，对情感的淋漓宣泄，对意蕴的深层开拓，造就了名河歌词恢宏的气度和魅人的品质；对古典诗词的精深造诣，对现代歌词的全息把握，使名河歌词语言具有强烈、独到的音乐性、节律性和韵味性。"可以说，张名河词作家在当代词坛给同行们开辟了新的创作方式和宝贵的经验，是可以值得借鉴和学习的。

歌词可以作为一种行为手段用于解决困扰一个社群的各种问题，通过张名河音乐歌词创作的分析研究，我们可以很快穿透保护机制而获得对文化"气质"的一种理解，并且对这种文化所特有的心理问题和心理过程有所了解。音乐作品中的歌词是文化传统的载体，是文化记忆与民族共同体建构的因素。在国家恢复民族传统文化的大语境之下，在民族共同体建构中，张名河音乐歌词创作唱述着民族的历史、当代与未来，唱述着各民族人群的内心情感和家国情怀，也呈现出各民族的文化脉络及其社会变迁。同时，张名河音乐歌词创作唱出一种豪情，催生一股精神，体现一种气节，激发一种动力，也作为大众集体记忆的产物，在老百姓的口口相授、代代传承的进程中，大踏步前进，走向美好的生活。

我们希望张名河词作家今后用生动的笔触，激发更多优美的旋律而成珠联璧合的歌曲，让人们用充沛的激情、嘹亮的嗓音唱响精彩的音乐作品，凝练为一首首的经典。让我们高唱经典——前进在新时代！

文学与音乐的巧妙融合
——论张名河歌词作品中的音乐性与民族性

张 灿

当代中国著名词作家张名河在诗歌和歌词创作两个方面都取得了重要成就，其二十世纪七八十年代出版的诗集《煤海浪花》《爱的沙器》及2013年出版的《美丽的传说——张名河歌词选》《茉莉花——张名河音乐剧作选》《结伴词林——张名河说词文选》等文选汇集了他各个时期创作的成果，凸显作者驾驭各类题材的功力和技巧，反映了作者丰富的生活积累和生活能力。特别是2016年下半年由张名河先生作词、广西大学教授赵琳作曲的《广西尼的呀》，受到国内外业内人士的普遍赞扬，堪称音乐文学与民族元素结合的典范。他之所以取得如此成功，与他歌词作品以其独到的艺术感染力吸引着广泛的听众不无关系，而构成这一艺术感染力的一个重要因素，就是他的作品中所具有的浓郁的抒情性、强烈的音乐性及鲜明的民族文化符号。本文试图从音乐性和民族性的视角，分析张名河歌词创作的文学民族性思想，以期抛砖引玉，对当代音乐家群体文学创作及发展有所启发。

一、张名河诗词创作概述

　　张名河，1941年3月出生于湘西历史文化名城沅陵县，沅水河上的民歌、傩戏、阳戏、花灯戏、辰河戏、目连戏等丰富的传统文化，让他从小在沅水文化的浸润中成长。中学时代，张名河先生就开始了最初的文学创作，他初中二年级时发表了第一首诗歌，还投入到话剧《母女辩》的创作与演出之中，获得了湖南省黔阳地区文艺调演创作奖。随后，张名河先生在中学及大学时代，发表了《我的爱情》《红岩碑》等五十余首诗歌。在接下来的1964—1974年间，张名河先生大学毕业后，就职于辽宁省《抚顺工人报》、抚顺文化局，在《诗刊》《人民日报》等报刊上创作发表《真理的女神》《矿山素描》等诗歌近三百首（含长诗、组诗），部分作品收录于1972年出版的诗集《煤海浪花》及1988年出版的诗集《爱的沙器》，实现了他人生第一阶段诗人创作的身份认同。1974年，张名河先生调入辽宁省文化创作办公室，先后担任《音乐生活》《词园》等刊物的编辑及编辑部主任，就这样，他从诗的轨道上被拉向了歌词，与歌词成了"捆绑夫妻"，也从此结下了不解之缘，开启他人生第二阶段音乐文学创作的名家之旅。上个世纪八十年代，电视剧《木鱼石的传说》中的主题歌"有一个美丽的传说，精美的石头会唱歌……"，这首《一个美丽的传说》，脍炙人口，家喻户晓，流传至今，还是那样动听，和谐有味……也是从这时起，张名河先生逐步成长为闻名全国的词坛大家，一大批由他作词并广为传唱的歌曲红遍大江南北，如《美丽的心情》《奇缘》《一个美丽的传说》《不朽的黄河》《千古情》《神的传说》《海葬》《情系大海》《昭君出塞》《二泉吟》《爱在这方》《如果世界是一个家》《舞台天地》《独占潇洒》等。成名之后的张名河，于1998年来到广西，壮乡八桂的风土人情深深吸引着他，让他满怀激情投入了广西题材的创作，彰显了他人生第三阶段音乐文学民族性创作的自信之路。2011年，张名河先生创作的音乐剧《茉莉花》登上国家大剧院歌剧厅的舞台，后来《蝶殇》和《山歌好比春江水》又惊艳亮相。继后，张名河先生2016年创作主题歌词的《广西尼的呀》，现已成为广西的又一个音乐经典和艺术品牌，是音乐文学与民族元素结合的标杆之作。"尼的呀"系广西那坡黑衣壮壮语音译，汉译"好的呀"，他将"尼的呀"融入到歌词中，而作曲家赵琳也应用了许多壮族民间音乐元素，形成独特风格的壮族音乐语言，是当代主流文化中壮民族的代表性声音。

迄今为止，张名河歌词作品达九百余首，也可从作品中反映出他本质上是一位抒情诗词作家，他非常喜爱地方民歌谣和传说、音乐等，并在自己的创作中竭力把这些艺术形式的优美魅力呈现在大众面前。张名河歌词作品中的音乐性和民族性与作者的成才、生活的民族音乐文化氛围密切相关，正如他在一篇后记中写道："我要感谢生我养我的家乡……那里，山歌相对，渔歌互答……自小便承受了歌的滋养。我要感谢素有歌海之称，自古文风词韵昌盛，民歌民谣更是烟波浩淼的八桂大地。"正是由于张名河从小受民歌谣的滋养，他大胆地吸取着民歌的营养，让歌词作品韵律繁复多变，五彩缤纷，使他的作品具有浓郁的民族文化美、音乐韵律美。他认为"歌词是一门不重事理重情怀的艺术"，所以，他创作的歌词作品才因之充满了浓重的抒情氛围，被评论家认为其歌词作品"诗中有词，词中有诗；词有诗的精练、隽永；诗有词的音乐韵律"。

二、张名河歌词作品中的音乐性阐释

在张名河的创作中，音乐性在音乐剧作品的总体构思中起着独到的作用。如《茉莉花》这部悲剧性的音乐歌剧作品中，音乐描写在结构上起着首尾相互呼应的效果，在音乐剧的序曲部分和尾声部分，都有对音乐的描写，而且，乐声大部分是从开头部分的悲转向结尾部分的哀。如在《茉莉花》的序曲部分，有"我的琴声，我的贫寒……"，而在尾声部分，同为"胡琴"的琴声，是"凄苦的岁月在琴弦上流""是你手中一曲愤和忧""是你命中一曲不沉的舟"，而且整部音乐剧歌词中出现了"胡琴、琴弦、琴声、歌声、丝竹小唱"的音乐描写。如《蝶殇》这部爱情题材的音乐作品中，第一场中出现了"我是没皮的鼓，我是破脸的锣"，而在接近结尾的第六场中出现的则是"不再闻鼓响，不再听锣鸣"等，有关音乐描写在结构上同样起着首尾相互呼应的效果，且乐声多半是从开头部分的欢喜转向结尾部分的悲哀。而这些首尾相应的由悲转哀或由喜转哀的音乐描写，都强有力地渲染了作品的悲剧气氛。

在歌词作品的结构方面，音乐性结构起着不可忽视的作用。张名河歌词的语言形式是建立在美学基础之上的，完整的形式，多变的韵脚，使得作品同中有异，异中有同，克服了读者心理上单调板滞的感觉，表现了一种变幻流动的美，并且时而与整齐匀称的美结合在一起，构成矛盾对立的统一体。如在《是谁把你带到人间》歌词中，作者将每段歌词的起句和末句押韵，造成一种"回旋"，又将开头部分一问一答的四句和结尾呼喊的四句完全重复，中间部分加入了新的元素，形成一种"同头合尾"的创作手法，造成一种

"循环"，这样就给人产生一种既娓娓述说，又饱含深情的音响效果，使人精神共鸣。

音乐性也是张名河传达思想情感、揭示作品主题的重要手段。如在《人间冷暖谁知晓》歌词中，作者用"小小琵琶怀中抱，高堂满座乐逍遥，歌女心中黄连苦……"来说明主人公与生俱有的悲剧性。如在《一曲琵琶送君行》中，"窗外风声凄，手中琴弦泣，一曲琵琶送君行，未唱不觉愁绪起"的歌词，就是直接点题的表现环境与性格、理想与现实发生强烈冲撞的别离之歌。再如《马背上的歌》歌词中，用音乐性语言"琴弦上的故事——马背上的歌儿——讲的唱的都是乌兰"来歌颂草原女英雄乌兰。

在描绘自然景观方面，张名河恰如其分地通过对音乐性的感受而表现得淋漓尽致。在《相聚金秋》歌词中，作者用"你用歌喉，唱出这秋的风流，我用舞步，踩响这秋的节奏……我们相聚金秋"，满怀深情地描绘秋天的自然风光以及那自然的景物中既有着与人类情形相呼应的欢快的基调，也有着与人类情形相呼应的优美的音乐和动人的旋律。而在《啊，湘江》歌词中，用"啊，流吧，湘江，你一半是情，一半是爱，唱在祖国鱼米之乡"，同样以表达自然河流的情感，来表达人民对祖国鱼米之乡的歌颂。

音乐性也是作者景物描写和塑造主人公形象的重要手段。张名河也非常擅长以音乐为描写对象或喻体，表现人物的情绪和景致。如在《桂花雨》歌词中"桂花雨，桂花雨，让我想起远方的你，你那里可有桂花香？谁听你唱那桂花曲？"，在《旧海情山》中，表现一对恋人饱受爱的离散、思念寻觅之痛时，张名河写道："这歌声，也许能带去我的信息，这歌声，也许能找到你的踪迹，不知我们相隔千里还是万里，但愿你听到这歌儿不要哭泣……不知我们相离有期还是无期，但愿你听到这歌儿把我寻觅。"

三、张名河歌词作品中的民族性阐释

俄国文学批评家别林斯基认为，文学的民族性即为民族特性的烙印，民族精神和民族生活的标记。当然，在歌词作品中民族性所起的增强作品感染力的作用，也是不可忽略的。张名河在歌词作品中，有时直接引用民歌民谣增强作品的民族性和抒情性。如《国韵流芳》歌词，"忽闻一曲《月光光》，在远山轻轻地唱"。作者将《月光光》这最广为人知、分布最广泛的客家童谣巧妙地融入歌词，抓住了客家人对这首童谣的特殊情感和美好记忆，深刻细腻地表达了地方文化的特点，渲染了作品的气氛，增添了作品的民族文化气息和抒情因素。

听觉方面，张名河歌词作品中丰富地汲取了民族器音和地方语言的营养，把词作家字正腔圆的现实风格同民族器音或地方语言结合起来，具有浓郁的民族音乐之美，代表了作者的审美特性。如《壮族诗情》大型民族交响合唱中第一首《铜鼓声声》，作者就巧妙地使用"嘭、嘭、嘭……"的铜鼓器声作为歌词，增强了作品的感染力。如"壮族三月三·八桂嘉年华"主题歌《广西尼的呀》，作者将广西那坡黑衣壮壮语音译"尼的呀"融入到歌词中，彰显了原汁原味的壮民族的声音，以此来加强歌词的民族感情色彩，这也是他始终是我们的最能打动人心的抒情诗人的原因之一。

同样在大型民族交响合唱《壮族诗情》歌词中，张名河以不同的壮族文化符号作为载体和意象，以此来加强壮乡人民斑斓多彩的民族文化情感和幸福美好的生活色彩。作者用"好一幅壮锦映在百花间——天琴一唱天地都变新——亮闪闪的银镯，摆呀摆起来，美灿灿的绣球，抛呀抛起来，火辣辣的扁担舞，跳呀跳起来，响当当的铜鼓，敲呀敲起来"等壮民族文化符号，书写和歌颂了"各民族兄弟姐妹永远相亲相爱，共创辉煌时代"的和谐景象与豪迈之情。

四、结语

　　综上所述，音乐性和民族性是构成张名河抒情性特色的重要手段，通过对张名河歌词作品中的音乐性和民族性的分析，我们可以更深地理解作者独特的"重情怀的艺术"的思想，也可理解他作为词作家兼诗人的独特的审美个性。同时，张名河作品中的浓郁的音乐性和民族性也给我们一个启示：以文字为工具的文学作品与以音符为工具的音乐作品都表达了创作者的精神追求，虽然已经分家，但相互交融、相互补充、有机结合的传统仍然是应当传承的，音乐文学作品中渗透音乐性或民族性元素是音乐文学发展的可行路径之一。

附录一：

名河入歌海　浪花朵朵开

——张名河歌词作品研讨交流活动记

11月26日，由中国音乐文学学会、广西音乐家协会、广西艺术创作中心联合举办的张名河歌词作品研讨交流活动在广西南宁举行。广西壮族自治区文化和旅游厅一级巡视员唐正柱，广西文联党组成员、副主席牙韩彰，自治区党委宣传部文艺处处长罗东斌等出席活动。

牙韩彰在研讨会上表示，本次研讨交流活动是自治区文联实施"广西经典音乐作品研讨系列"的开篇，以此作为推动广西音乐理论研究工作的切入点，对加强广西音乐理论和评论工作，从名家、名作中汲取创作经验，把握创作规律，激发创作动力，促进广西音乐事业高质量发展，具有重要意义和积极作用。

研讨会上，区内外专家共同就张名河歌词艺术中凸显的创作手法、审美风格、价值取向、精神依托等方面进行了深入探讨，并表示只有贴近群众之声、紧扣时代旋律、彰显家国情怀才能写出有温度、有厚度的经典作品。

借词抒意，展现精气神

"有一个美丽的传说，精美的石头会唱歌……""花开花落，花开花落。悠悠岁月，长长的河……""尼的呀，尼的呀，美丽的广西谁能不爱她……"纵使没听过张名河的名字，也一定听过张名河写的歌。

从事音乐文学创作五十多年来，张名河创作了大量脍炙人口的经典作品，是广西歌词界乃至中国歌词界的标杆人物。张名河创作的《一个美丽的传说》《二泉吟》《美丽的心情》等作品家喻户晓，被广为传唱。这些优秀作品在音乐的长河中经久不衰，拥有强大的艺术生命力和感染力。

中国音乐文学学会会长宋小明在贺信中说，张名河的作品语言质朴平实，情感真挚深沉，始终追寻着"使用群众熟悉的语言、抒写百姓喜爱的语言、创造人民佩服的语言"之语体语境的至高境界，体现着人民至上的理想追求。

《一个美丽的传说》语言朴实，简约明快，却含有深刻的意蕴和人生哲理。歌词赞美了勇敢、善良、坚强、勤奋的品格，使这块唱歌的石头，闪烁出理性的光辉。

"这是因为作者所站者高，所见者远，所怀者大，小小歌词往往寄托着大情怀。他的作品立意中，既有历史情怀，也有时代情怀；既有家国情怀，也有人文情怀。"词作家、一级编剧、《新歌诗》副主编吴善翎评价张名河的作品，情理交融相得益彰，即便离了曲调，依然文采飞扬引人入胜，成为中国词坛一个"美丽的传说"。

《神的传说》曾风靡了一个年代,那是电视连续剧《封神榜》的片头主题曲。对于以周武王伐纣为主线展开的人、鬼、神、妖之间的浩大搏杀,张名河以清醒的笔触点明了这些不过是历史长河中的小小浪花,最后也都只是神的传说。

"人要活得明白,歌词才写得深刻。"著名作曲家、词作家、文艺评论家魏德泮说,他的歌词语言简练,短句为多,语势灵动,音乐性强。既有从生活中提炼出来的口语,又有诗化了的变形语言,淡语皆有味,情语皆有致。

以歌传情,唱出真善美

张名河出生于湖南,曾担任过辽宁省文联驻会副主席,后又担任广西壮族自治区文化厅副厅长,无论是北上还是南下,他始终不渝地钟情着文化工作,奉献于中国音乐文学事业。

他的作品大至祖国山河、神鬼传说、历史跌宕,小至鱼虫花鸟、野村阡陌、亲友路人,但他的视角始终关注着人性的力量,落笔之处无不满情溢爱,展现世间之真情真爱。

大型原创音乐剧《茉莉花》是张名河写的带有悲剧色彩的故事。以江南民间艺人阿泉收养的女儿茉莉花做原型,用浪漫的手法,巧妙地布局,把剧中人物设计得活灵活现,神态毕肖,演绎了一场人性之美与丑恶的对弈。引发人们对人生、命运,以至社会深刻的思考。

作曲家、编辑家、中国儿童音乐学会副会长、一级作曲顾晓丹评价说,张名河擅以优雅的文字,传神的语言,擦拭历史的底色。他的作品像一幅卷轴,一点点推开,在人物纠葛之间,逐渐打开社会表象下的"生活流""情感流",再打开人物的心理和情感脉络。"音乐剧《茉莉花》是一部思想上有深度,精神上有高度,艺术上有光彩,颇具观赏价值的好音乐剧。"

来到广西后,张名河融入了壮乡歌海,并且激起了一朵朵美丽的浪花,先后创作出了《绿城花雨》《壮族诗情》《鲜花映彩虹》《山歌好比春江水》《湘江渡》等歌词,在八桂大地广为传唱。《广西尼的呀》是张名河近几年最有影响力的作品之一,歌中不光有地理空间的营造,还有文化空间的建构,让壮丽广西的形象变得更加丰满立体。

"尼的呀"是广西那坡黑衣壮壮语音译,意思是"好的呀"。张名河将"尼的呀"融入到歌词中,让世界更清晰地听到了壮民族的声音,感受到八桂儿女幸福美满的生活。评论家、广西文艺评论家协会主席容本镇在发言中说,张名河善于捕捉和选取有特色有代表性的地域文化元素和诗歌意象融入歌词创作中。"他创作的'壮族三月三·八桂嘉年华'主题歌《广西尼的呀》,已经或必将成为广西的又一个音乐经典和艺术品牌。"

张名河的歌词创作讲究用情,在情感的层层推进之中,呈现出的是词家悲天悯人的情怀。

这一点在其刚刚获得的第十届广西壮族自治区文艺创作铜鼓奖作品《湘江渡》中表现得最为透彻。

评论家、广西艺术学院教授黎学锐说,《湘江渡》从"最爱莫如湘江渡,爱得让人痛欲哭"一开始,就将整个悲伤的情绪调动了起来,为什么要痛欲哭,是因为"江底尽埋英烈骨""英雄血染红军路"。踏着红军当年走过的路,今昔对比让现实与历史逐渐交融到了一起,沉湎其中,这渡口的一山一石、路上的一草一木都曾沾染英雄血,怎不叫人哭断肠?"这歌里的情感是真切实在的，是有血有肉的，在时空交错与情感交织中，体现出的是词家的悲悯之心。"

研讨会上，张仁胜、宋安群、梁绍武、黄朝瑞、常剑钧、王建平、廖洪立、麦展穗、胡红一、包晓泉、唐春烨、冯艳冰、王布衣、钟纪新、黄劼、金彪、张利群、李君、黄钰、丁铃等与会专家纷纷表示，张名河的词作大气磅礴、意境深邃、志向高远，融汇了哲人的思辨、诗人的浪漫及赤子的情怀，是广大文艺工作者的榜样，令人敬佩。

年届80岁高龄的张名河在研讨会上回顾了自己在音乐艺术上的创作历程，并表示尽管自己年事已高，依然对新的时代、新的百年征程充满向往，绝不辜负党和人民的培养。"我生活之河哪怕到最后一朵浪花，也要汇入歌的海洋。"张名河说。

（光明网客户端2021-11-28 通讯员 覃冰　光明日报全媒体记者 周仕兴）

附录二：
张名河歌词作品研讨交流活动在南宁举行

人民网南宁12月1日电 （伍迁）11月26日，由中国音乐文学学会、广西音乐家协会、广西艺术创作中心主办的张名河歌词作品研讨交流活动在广西南宁举行。区内外专家对张名河歌词艺术中凸显的创作手法、审美风格、价值取向、精神依托等方面进行了深入探讨，并表示只有贴近群众之声、紧扣时代旋律、彰显家国情怀才能写出有温度、有厚度的经典作品。

中国音乐文学学会会长宋小明在贺信中说，张名河的作品语言质朴平实，情感真挚深沉，始终追寻着"使用群众熟悉的语言、抒写百姓喜爱的语言、创造人民佩服的语言"之语体语境的至高境界，体现着人民至上的理想追求。

广西文化和旅游厅一级巡视员唐正柱表示，张名河的词立意新颖，视角独特，形象生动，语言鲜活，情感充沛，耐人寻味又易于传唱。体现了他慈善聪慧的心灵、博大宽广的胸怀、从容儒雅的气质、潇洒豁达的风神。听唱他的歌，既是精神享受又受到陶冶教育，感受到向善向上的力量，感受到艺术永恒的魅力。

广西文联党组成员、副主席牙韩彰表示，本次研讨交流活动是广西文联实施"广西经典音乐作品研讨系列"的开篇,以此作为推动广西音乐理论研究工作的切入点,对加强广西音乐理论和评论工作,从名家、名作中汲取创作经验,把握创作规律,激发创作动力,促进广西音乐事业高质量发展,具有重要意义和积极作用。

广西区党委宣传部文艺处处长罗东斌表示,希望广西的艺术家以张名河老师为榜样,用饱满的创作热情来抒写这个伟大的新时代,用无限的忠诚来表达对脚下这片大地的热爱,对我们民族的热爱。

大型原创音乐剧《茉莉花》是张名河写的带有悲剧色彩的故事。作曲家、编辑家、中国儿童音乐学会副会长、一级作曲顾晓丹评价说,张名河擅以优雅的文字,传神的语言,擦拭历史的底色。

词作家、一级编剧、《新歌诗》副主编吴善翎认为,张名河的作品情理交融相得益彰,即便离了曲调,依然文采飞扬引人入胜,成为中国词坛一个"美丽的传说"。

"有一个美丽的传说,精美的石头会唱歌……""尼的呀,尼的呀,美丽的广西谁能不爱她……"从事音乐文学创作五十多年来,张名河创作了大量脍炙人口的经典作品,是广西歌词界乃至中国歌词界的标杆人物。张名河创作的《一个美丽的传说》《二泉吟》《美丽的心情》等作品家喻户晓,被广为传唱。

张名河出生在湖南,曾在辽宁工作,无论是北上还是南下,他始终不渝地钟情着文化工作,奉献于中国音乐文学事业。他的作品大至祖国山河、神鬼传说、历史跌宕,小至鱼虫花鸟、野村阡陌、亲友路人,但他的视角始终关注着人性的力量,落笔之处无不满情溢爱,展现世间之真情真爱。

20多年前来到广西工作后,张名河融入了壮乡歌海,并且激起了一朵朵美丽的浪花,先后创作出了《绿城花雨》《壮族诗情》《鲜花映彩虹》《山里山外》《湘江渡》等歌词,在八桂大地广为传唱。《广西尼的呀》是张名河近几年最有影响力的作品之一，歌中不光有地理空间的营造，还有文化空间的建构，让壮丽广西的形象变得更加丰满立体。

评论家、广西文艺评论家协会主席容本镇说，张名河善于捕捉和选取有特色有代表性的地域文化元素和诗歌意象融入歌词创作中。"他创作的'壮族三月三·八桂嘉年华'主题歌《广西尼的呀》，已经或必将成为广西的又一个音乐经典和艺术品牌。"

词作家梁绍武说："张名河先生20多年前来到广西工作，我曾对广西音乐文学界、音乐界的同行和朋友说，这是我们广西音乐事业的一次幸运。因为随着张名河先生的到来，广西音乐文学界就有了一个众望所归的领军人物。"

研讨会上，张仁胜、宋安群、黄朝瑞、常剑钧、王建平、廖洪立、麦展穗、胡红一、包晓泉、唐春烨、冯艳冰、黎学锐、王布衣、钟纪新、黄勍、金彪、张利群、李君、黄钰、丁铃等与会专家纷纷表示，张名河的词作大气磅礴、意境深邃、志向高远，融汇了哲人的思辨、诗人的浪漫及赤子的情怀，是广大文艺工作者的榜样，令人敬佩。

"我生活之河哪怕到最后一朵浪花，也要汇入歌的海洋。"年届80岁高龄的张名河在研讨会上回顾了自己在音乐艺术上的创作历程，并表示尽管自己年事已高，依然对新的时代、新的百年征程充满向往，绝不辜负党和人民的培养。

当天晚上，作曲家、二级教授唐力在广西艺术学院音乐学院主讲著名词作家张名河经典作品赏析，广西音乐界人士和高校学生参加活动。

人民网—广西频道2021年12月01日

附录三：

让世界在歌声中认识广西

——走进张名河的音乐文学

蒋　林

他，从南到北，从北返南。出生于文人墨客众多的湖南湘西，工作于白山黑水的遥远北方，23年前，他又重返美丽的南方来到广西。

他，是闻名全国的词坛大家，迄今为止，已创作了900多首歌词，《我们美丽的祖国》《一个美丽的传说》《二泉吟》《美丽的心情》等传唱大江南北。

这位80岁的老艺术家，就是张名河。

11月26日，由中国音乐文学学会、广西音乐家协会、广西艺术创作中心主办的"张名河歌词作品研讨交流活动"在南宁举行。区内外数十名专家学者汇聚一堂，对张名河作品的创作手法、风格个性等展开交流，大家以张名河的创作现象为引，对广西音乐事业发展和音乐人才培养建言献策。

广西文联副主席牙韩彰表示，活动是自治区文联实施"广西经典音乐作品研讨系列"的开篇，以此作为推动广西音乐理论研究工作的切入点，对加强广西音乐理论和评论工作，从名家、名作中汲取创作经验,把握创作规律,激发创作动力,促进广西音乐事业高质量发展,具有重要意义和积极作用。

广西文旅厅一级巡视员唐正柱说:"张名河是专家型领导,为人谦和,德艺双馨。在担任原广西文化厅副厅长期间,出色发挥他的艺术才能和领导智慧,遵循艺术规律抓创作生产,促使我区的艺术舞台呈现一批思想性艺术性观赏性相统一的优秀作品,为我区艺术创作作出了重要贡献。"

中国音乐文学学会会长宋小明在贺信中说,张名河的作品语言质朴平实,情感真挚深沉,始终追寻着"使用群众熟悉的语言、抒写百姓喜爱的语言、创造人民佩服的语言"之语体语境的至高境界,体现着人民至上的理想追求。

"他的作品立意中,既有历史情怀,也有时代情怀;既有家国情怀,也有人文情怀。"词作家、一级编剧、《新歌诗》副主编吴善翎评价张名河的作品,情理交融相得益彰,即便离了曲调,依然文采飞扬引人入胜,成为中国词坛一个"美丽的传说"。

"什么地方四季常开鲜艳的花朵,我们的祖国美丽的祖国,亲爱的叔叔阿姨像蜜蜂一样辛勤劳动,花丛中为我们创造那甜蜜的生活……"多少人唱着这首《我们美丽的祖国》长大。

《我们美丽的祖国》的曲作者、中国儿童音乐学会副会长晓丹告诉记者:1979年年初的一天,我俩说要写首孩子们喜欢的歌。张名河说要写题材大一点的作品。音乐最好选用动感、带有舞蹈节奏的旋律。我说最近写了一首四分之三拍子、圆舞曲风格的曲子可否填词?没过两天,张名河就给我一份誊写工整的《我们美丽的祖国》歌稿。词,写得很美,起句很别致,采用一问一答的形式,巧妙而自然,就像一幅有声的画面。

这首歌,之后被选入全国中小学音乐课本。《我们美丽的祖国》风靡祖国的大江南北，在亿万孩子中间广泛传唱，被誉为20世纪中国最优秀的十首少儿经典。

评论家王建平说，我们从张名河的《我们美丽的祖国》《我们是祖国的花朵》《祖国前进我成长》等儿童歌词中，感受到社会主义核心价值观，感受到爱国主义思想。从《小树听懂了我的话》《告别童年》等表现成长的歌词中感受到永恒主题闪烁光芒。

"有一个美丽的传说，精美的石头会唱歌，它能给勇敢者以智慧，也能给善良者以欢乐……"电视连续剧《木鱼石的传说》里的主题曲《一个美丽的传说》，一经问世便引起很大的轰动。

"张名河写的这首《一个美丽的传说》，歌词融抒情、写景、状物、叙事、构境、明理为一体，成为这一故事的基调及主旋律，可谓精美绝伦、意味深长。诸如此类意象，在张名河歌词中比比皆是，意象之精美的独创性及个性风格自不待言。"广西师范大学教授张利群说。

成名之后的张名河，于1998年来到广西。壮乡八桂的风土人情深深吸引着他，让他满怀激情投入了广西题材的创作。

2011年，张名河创作的音乐剧《茉莉花》登陆国家大剧院歌剧厅，后来《蝶殇》和《山歌好比春江水》又惊艳亮相。

"张名河先生把《茉莉花》和《二泉映月》两首名曲极有创意地融为音乐剧《茉莉花》，令这部音乐剧出手便是美人胚子。加之作曲家孟庆云大师亲手打扮，盖头一掀，倾国倾城。"一级编剧张仁胜说。"序幕主要是盲人收留弃婴。从故事角度看，可视为正剧前史。但是，如果从又名《二泉吟》的音乐剧角度看，他给全剧埋下的是《二泉吟》音乐动机。他在全剧第一个唱段《是谁把你带到人间》中写道：'孩子，孩子，心爱的孩子，用什么将你喂养？我的琴声我的贫寒。'序幕的琴声二字，如同经典歌剧序曲中展现的

353

音乐动机，必将要在戏剧行进中发展，并最终掀起高潮。当这个音乐动机在尾声发展成撼人心弦的《二泉吟》时，再回味阿泉拉着胡琴领着茉莉花卖艺、给茉莉花做胡琴、给茉莉花送胡琴及阿泉与茉莉花的二重唱《胡琴说》等细节与场景，不得不佩服名河先生草蛇灰线、伏脉千里的音乐结构功力。"

剧作家常剑钧也谈道：从赏析张名河的《茉莉花》《蝶殇》和《山歌好比春江水》三部音乐剧入手，一是因其独特的审美价值和艺术风格，二是可为广西的舞台艺术创作提取宝贵的经验和深刻的启示。选材精妙、结构严谨、时空并重、转换灵动是张名河音乐剧的一大艺术特色。这三部标明"中国音乐剧"的作品在故事情节、人物设置、音乐元素、文化底蕴上无一不有鲜明的中国印记。名河先生三部音乐剧中的唱词，或者叫做唱诗，精彩纷呈，比比皆是，这是别的音乐剧中极少见到和难以企及的。优秀的戏剧、戏曲作品都应该是剧诗，音乐剧尤应如是。

评论家容本镇谈道，张名河善于捕捉和选取有特色有代表性的地域文化元素和诗歌意象融入歌词创作中。他说："张名河来到广西后，创作了大量歌词作品，与广西作曲家傅磬、黄朝瑞、唐力、傅滔、李嘉、赵琳等都有过合作。他创作的大型民族交响合唱《壮族诗情》、歌曲《祖国万岁》《鲜花映彩虹》《山里山外》《我们的中国梦》《湘江渡》《连心歌》《绿城花雨》等，曾成为舞台和网络平台上的热门歌曲，并获得各级各类重要奖项。20多年来，他已完全融入了广西的社会环境和壮乡文化。他对广西的历史文化、风土人情、社会生活等都有着深刻的观察、了解、体悟和感受。"

有一个细节很能够说明张名河对广西地域文化的深入了解。他应邀为贺州"客家文化节"创作歌曲《国韵流芳》，歌词中有一句话："忽闻一曲《月光光》，在远山轻轻地唱。"《月光光》是一首在乡村民间流传的客家童谣，如果不深入调查采访或细心查阅有关资料，是不可能了解和体会得到客家人对这首童谣的特殊情感和美好记忆的，更不可能巧妙地把这首童谣写进歌词中。

"尼的呀，尼的呀，美丽的广西谁能不爱她，迎宾那坡酒，那坡酒，待客西山茶，西山茶，揽胜德天飞银瀑，访古花山有壁画，有壁画……"张名河创作的"壮族三月三·八桂嘉年华"主题歌《广西尼的呀》，已成为广西的又一个音乐经典和艺术品牌。"尼的呀"是广西那坡黑衣壮壮语音译，意思是"好的呀"。张名河将"尼的呀"融入到歌词中，就是让世界更清晰地听到壮民族的声音，感受到八桂儿女幸福美满的生活。

张名河应邀为中国歌剧舞剧院创作的大型民族交响合唱《壮族诗情》，选取了铜鼓、壮锦、天琴、绣球等具有典型代表性的壮族文化符号作为载体和意象，勾画和表现了壮乡人民斑斓多彩的民族文化和幸福美好的生活，抒写和歌颂了"各民族兄弟姐妹永远相亲相爱"共创辉煌时代的和谐景象与豪迈之情。整部交响合唱昂扬雄壮，气势恢宏，充分展示了八桂大地的神奇与美丽。

"作为广西音乐文学界的标杆，名河在理念上很值得我们学习的就是他看问题的高度、格局和境界。他自己的歌词，并非首首经典。但是却可以说，他的创作状态，出作品的数量和质量，总是在高高的平台之上，总是精彩地走在'经典进行时'。如果我们追随他的脚步，即使无法迅速跟上，也会发现自己所处的状况已经与出发时大不一样。他1998年南迁，身份成了广西作家，对广西文艺界具有重大意义。一是让从事歌曲创作的广西词、曲作家能从此零距离得到他的指教、示范与合作，二是让全国歌曲创作界给予广西音乐文学界以更多的瞩目和尊重。"作家宋安群对张名河的创作之路给予了高度评价。

词作家梁绍武说:"20多年来,我看着张名河先生的背影,与他一路同行,得到很多感悟:选择艺术创作道路,就要经历三个平台的比拼和考验,不断胜出,才能在艺术创作的金字塔上成功登顶,即技巧和技能的实践和磨炼;创作个性和风格的最后形成;深厚底蕴的积淀和支撑。张名河先生就是凭着坚忍不拔的定力,丰富充实的学养,精彩传奇的阅历,以及高度的境界和宽厚的情怀,使他在三个平台的比拼和考验中胜出。"

青年作曲家金彪感慨:"张名河老师以一颗善良真诚的心,毫无保留地与我们年轻人分享他成功的经验,使我们年轻人受益匪浅。张老师为文、为人都是我们的榜样!与张老师的交往轻松而愉悦,纯粹且温情!张名河这棵艺术常青之树,还将绽放更艳丽的花朵,奉献更多传世的精品。面对大家,他动情地说:"尽管我年事已高,依然对新的时代、新的百年征程充满向往。绝不辜负党和人民的培养。我的生命之河,哪怕剩下最后一朵浪花,也要汇入歌的海洋。"

广西日报　2021年12月03日第11版

附录四：

张名河：你是一条河

李宗文

著名词作家张藜赠诗予他：你是一条河。

当红主持人、青年女作家红雨著文记叙他：《水一上路就成了河》。

这条河，煊赫浪腾，激情奔涌。音符与旋律在指尖流动，笔墨在纸上飞扬。他，就是著名词作家张名河。

从南走到北，写词路上高歌猛进一发不可收

张名河出生在湖南沅陵，从小就从乡间山歌、民谣中汲取营养并走向诗词王国的大门。当年，读初中二年级时，张名河就在地区报刊上发表处女诗作并创作、演出了话剧《母女辩》。他还记得发表处女作得到稿费后，和同学们坐在橘子树下，吃着刚刚买来的麻糖，分享创作的喜悦。张名河把他取得这些成绩归功于他的中学有几位文学修养很深的语文老师的培育。

年少时，站在小城的江边，张名河就早早窥探过诗歌的蓝天。

中学毕业后，还没等迈出大学的门槛，张名河就拿着自己的诗作加入了湖南省作家协会，站到了诗人的行列。从此一发不可收，直至攀登到词坛的巅峰。

上世纪70年代的沈阳大南门大帅府注定是个不寻常的地方。这里曾是《音乐生活》编辑部和辽宁省文联各艺术家协会所在地。从这里，走出了一批批音乐创作和编辑人才。张名河也曾在这里度过一段难忘的时光。大学毕业后，他分配到这里成为一名编辑。编辑部里有永远看不完的稿件。打电话的铃声，编辑们抽烟、喝茶及翻动稿子的声响……这些构成了一幅生动的编辑部的画面。张名河负责编辑部一些重要的文字和采访工作以及歌词编辑。他的同事晓丹这样评价说："张名河文学底子厚，他是诗人，又是词作家，写过很多文章，也不知他挑灯熬夜多少回……张名河严谨细致的编辑工作，在《音乐生活》编辑部也是出了名的。经他手的稿件整洁、干净，词不达意的文稿能删则删、能减就减，让文字发挥最大的张力。他主编的《词园》绝不放过一个错字……"

《二泉吟》，斩获央视金奖勾起如歌往事

1994年11月，由张名河作词、孟庆云作曲的《二泉吟》获得中央电视台音乐电视大赛金奖，歌词获唯一的最佳作词单项奖。这首歌词的创作原来与张名河的童年有关。

在张名河上小学高年级时，大人让他进城读书，住在城里的亲戚家。那段时日，他就喜欢夜里独自一人逛街的那份享受。每晚9点钟，县有线广播站总以一首乐曲结束一天的广播。这时也正是他照例独行的时刻。一次，他正行在半途，突然听到广播里传来一曲

极好听的二胡曲。因为曲子非常感染人,他便一连数晚一次不漏地准时收听。一曲听毕,余音缭绕,不绝于耳。许多年以后,他才知道,这曲子叫《二泉映月》,是盲人阿炳的作品。因为《二泉映月》,心里便多装了一个人,那就是阿炳;因为阿炳,心里便多装了一个地方,那就是无锡。从家乡的沅陵城到无锡,因这一段情缘,才有了后来写给阿炳的那首歌《二泉吟》,才有了后来张名河以阿炳身世为背景写就的音乐剧《茉莉花》。

游子眷念家乡,家乡也不忘游子。当《二泉吟》获得央视唯一最佳作词单项奖时,张名河收到了家乡发给他的贺电。这种温暖,让他再一次面朝心中珍藏的那座老城与长街,流下了滚烫的热泪。那一刻,他像极了当年那个单纯的孩子。

漫步诗画里,美丽绿城提供创作灵感

1998年,张名河调到广西壮族自治区文化厅任副厅长。从此,他把家安在了一座绿色而充满诗意的城市——南宁。由张名河作词、赵琳作曲的《广西尼的呀》,2017年起成为"壮族三月三"的主题曲。壮语"尼的呀"就是"好的呀"。张名河说,将"尼的呀"融入歌词中,就是让世界更清晰地听到壮民族的声音,感受到广西八桂儿女幸福美满的生活。赵琳在作曲时,使用了许多民族音乐素材,并着意追求壮族音乐语言的风格。

由自治区党委宣传部组织创作的"中国梦"主题歌曲《鲜花映彩虹》传唱全国。这首由张名河作词、黄朝瑞作曲的歌曲独唱版MV播出后,乐视网视频点击量很快超过33万人次,合唱版发布后更是在北京、上海、天津、江苏、辽宁、河南、山东、山西、重庆及广西等各地传唱。

由张名河作词、傅滔作曲的《湘江渡》入选中国当代歌曲创作精品工程"听见中国听见你"2019年度优秀歌曲。"看不尽,两岸苍翠参天树,铺展长天写史书;听不够,一曲高歌英雄谱,江山如画映日出。红军路,湘江渡,一草一木香如故。"优美而深情的语言为歌曲增添了无限的内涵。

绿城越来越美丽,吸引世界更多目光的关注。而有多少像张名河这样的人,远离故土,如今扎根绿城,奉献自己的光与热。张名河作词、李嘉作曲的《绿城花雨》唱道:"绿城四季飞花雨,天天都有春消息……"更是把南宁"走在诗画里"的美渲染得淋漓尽致。

深入浅出,热心肠掏出的都是肺腑之言

张名河其实不太希望将自己的精力耗在无谓的应酬中,他愿意过一种深居简出的生活。但必须要参加的大型活动,他都会掏心掏肺地给年轻的后来者说说音乐的创作。此时的他,显露出一个前辈的大气和热心肠。

当下出现了不少与电影、电视剧剧情发展严重疏离,显得刻意、突兀的主题曲、插曲,张名河却从看似艰难的创作框条下,寻找到艺术表现的途径,创作出大量观众喜欢的影视歌曲。比如《一个美丽的传说》《二泉吟》《神的传说》《小白菜》《江山美人》等经典作品。张名河曾为《封神榜》作词,后来上海的电视剧女导演李莉在剧中留意到他的歌词,立刻通过剧组,并联系上海电视台音乐

编辑顾国兴寻找张名河，请他为电视剧《杨乃武与小白菜》写一组歌曲。张名河留在上海半个多月，沉浸在音乐创作中，为这部电视剧创作了共11首主题歌和插曲，后集结录入磁带出版发行。

这同时凸显时下词坛依然存在的一个事实，那就是歌词作品不少，但真正被人青睐的却不多。张名河认为，固然影响一首好词或好曲是否经久流传的因素众多，但作为词作者，歌词经典意识非常重要。没有经典意识，作品就会沦为一种制造，失去穿越时空的力量，这类作品不得不被时间无情地遗弃。

好的歌词要给人启迪至深，要有一种别有天地的创新意识与创新才华。词作者必须出手不凡，写出别有韵味的歌词语言，给听者带来新颖感。一名作家所具有的语言能力，会显示着这名作家生活经历和艺术经历的深度与广度。

正因如此，评论家认为，张名河诗中有词，词中有诗。词有诗的精练、隽永；诗有词的音乐韵律。他的许多诗作，谱曲可唱，都具有可唱性。

采访后记：那些写歌的人，寥寥数语把人生写深悟透

张名河把这些年的阅历浓缩成经得起时间考验的文字，这些文字又与音符组合成一首首动人的歌曲。歌声里没有人情世故，没有怨声载道，有的是各式鲜活的时代印象、文采飞扬的倾诉，还有各类人物对人生充满深情的吟唱。

轻描淡写也好，力透纸背也罢，这些都不重要。重要的是，当

初听歌的人，再听时，有的有恍若隔世之感，有的又宛若昨夜发生。好的歌词讲的是每一个人都遇到过的故事。也有人向张名河建议听听年轻人的歌。他会欣然接受。听到好听的，不禁击节赞叹，"真是一首好歌"。人是到了一定境界，才会毫无保留地向相关的人说出肺腑之言的。张名河在音乐人齐聚的座谈会上，从来不会刻意保留。他要把自己想要表白的告诉那些需要帮助的年轻人。如果没有这些赠言让晚辈醍醐灌顶，这些年轻人要走的弯路可能会更多一些。

作家、音乐人何述强回忆年轻时听到《封神榜》片尾曲里的《独占潇洒》唱道"愿生命化作那朵莲花，功名利禄全抛下"，他的人生观曾在刹那突然方向扭转……

音乐家黄朝瑞在柳州讲课，讲到张名河的作品时，情不自禁地流下热泪……

一首歌曲的成功要经过多少关？就在万人传唱中，那些写歌的人已用寥寥数语把人生写深悟透。

《南宁晚报》南宁宝客户端　2021年8月6日

后　记

　　这本《不老的传说——张名河歌词作品研讨文集》，是2021年11月由中国音乐文学学会、广西音乐家协会、广西艺术创作中心共同主办的"张名河歌词作品研讨交流活动"的成果。张名河老师是蜚声国内外的著名词作家，他的《一个美丽的传说》《二泉吟》《神的传说》等一批脍炙人口的歌词作品，谱成乐曲后广为传唱，已经成为民族记忆。《茉莉花》《蝶殇》《山歌好比春江水》等音乐剧作品，都以古韵深厚、清雅典丽、至情至性、不可复制的经典特色，在当代艺苑熠熠生辉。

　　"桃李不言，下自成蹊。"德艺双馨却不事张扬的张名河老师，用心中热诚而铿锵的音符，谱写出精粹的歌词，在创作上走出了自己的境界，营造了强大的艺术气场，吸引了各界人士来参加他的歌词作品研讨交流活动：既有歌词界的重量级人物，也有初出茅庐的歌词作者；既有专业的大学音乐教授，也有新文艺群体音乐人；既有著名的剧作家，也有作曲家、文艺评论家、作家，还有文化界的领导、新闻媒体界人士，大家纷纷从各自不同的角度，参与到张名河老师歌词作品创作的探讨交流中来，试图解码经典歌词作品诞生的秘密。这场研讨活动跨越了行业藩篱，自由热烈的艺术研讨气氛，无疑是罕见的。基于以上情形，整本书呈现文风各异，叙评琳琅，产生了一种交互辉映，互相补充、内具张力的特殊文化效果。有些文章偏重理论高度，有些文章注重体验深度，但都是对张名河老师歌词作品的真诚解读，是对音乐创作中的歌词艺术非常有益的探讨。理论探讨与对话精神，这对音乐发展至关重要。

　　本书出版得到作家出版社的大力支持，责任编辑兴安老师提出诸多宝贵意见，在此，我们深深感谢！

　　由于时间仓促，尚有不当之处，敬希读者们批评指正。

广西音乐家协会
2022年3月

图书在版编目（CIP）数据

不老的传说：张名河歌词作品研讨文集 / 广西音乐家协会编 . -- 北京：作家出版社，2022.9
ISBN 978-7-5212-2006-3

Ⅰ. ①不… Ⅱ. ①广… Ⅲ. ①张名河 – 歌词 – 文学研究 – 文集 Ⅳ. ①I207.22-53

中国版本图书馆CIP数据核字（2022）第164509号

不老的传说：张名河歌词作品研讨文集

| 编　　者：广西音乐家协会
| 策　　划：牙韩彰　何述强
| 责任编辑：兴　安
| 装帧设计：意匠文化·丁奔亮
| 出版发行：作家出版社有限公司
| 社　　址：北京农展馆南里10号　　邮　　编：100125
| 电话传真：86-10-65067186（发行中心及邮购部）
| 　　　　　86-10-65004079（总编室）
| E-mail:zuojia@zuojia.net.cn
| http://www.zuojiachubanshe.com
| 印　　刷：唐山玺诚印务有限公司
| 成品尺寸：152×230
| 字　　数：200千
| 印　　张：23.25
| 版　　次：2022年9月第1版
| 印　　次：2022年9月第1次印刷
| ISBN　978-7-5212-2006-3
| 定　　价：62.00元

作家版图书，版权所有，侵权必究。
作家版图书，印装错误可随时退换。